杨志军 作品

无人区

ཨི་མེད་ས་ཁོང་།

凤凰出版传媒集团
江苏文艺出版社
JIANGSU LITERATURE AND ART
PUBLISHING HOUSE

图书在版编目(CIP)数据

无人区 / 杨志军著. —南京：江苏文艺出版社，2010.9
ISBN 978-7-5399-4013-7

Ⅰ.①无… Ⅱ.①杨… Ⅲ.①长篇小说 – 作品集 – 中国 – 当代
Ⅳ.①I247.5

中国版本图书馆 CIP 数据核字(2010)第 180364 号

书　　名	无人区
作　　者	杨志军
责任编辑	黄孝阳
出版发行	凤凰出版传媒集团
	江苏文艺出版社(南京市中央路 165 号　210009)
集团网址	凤凰出版传媒网 http://www.ppm.cn
印　　刷	北京市平谷县早立印刷厂
经　　销	江苏省新华发行集团有限公司
开　　本	700×1000 毫米　1/16
印　　张	18
字　　数	260 千
版　　次	2010 年 11 月第 1 版，2010 年 11 月第 1 次印刷
标准书号	ISBN 978-7-5399-4013-7
定　　价	29.00 元

江苏文艺版图书凡印刷、装订错误可随时向承印厂调换

无人区

生命的丑陋暴露在光天之下，
即使太阳仍然具有让一切变得美好神奇的巨大威力，
也无法在这白骨中镀上一层华丽的金粉。

第一章　黄金台

唐古特，一个高原部族的名字。部族在时间中消亡了，唐古特却被人用来称呼部族生存过的地方。这地方位于昆仑河以北，祁连川以南，东接巴颜喀拉雪谷，西邻唐古特大峡。好大一片荒原，辽阔而遥远。正如世界上的许多地方，离人群居住区越远，拥有的宝藏越多。很早以前孤独的探险者就发现，唐古特的岩石土层里有一些闪闪发光的东西，所以就又称之为唐古特金场。顺便提一下，不知什么缘故，在生物界，学者们又习惯于用"唐古特"这个词来指代整个青藏高原。

不清楚是从什么时候开始的，唐古特金场每年都会有一个热闹的夏季。成千上万的淘金汉从各自的家乡走来，穿越唐古特大峡，进入古金场。于是，古金场空旷的原野上有了凌空飞翔的诱惑和潜地流动的人欲，有了冒险者大口喷吐的狂喜狂悲的气雾。那一年，夏季被一阵凄冽的荒风送来了。荒风连点绿影子也没留下就又狂放地别去。随之就是沉默的人流，就是数万双放射出股股欲火的眼睛。刹那间，荒原上有了点点白帆一样的帐房，有了挖胶泥、垒锅灶的忙乱和冉冉拂动的炊烟，有了占地盘、揭地皮、掏地坑的劳作。沉寂了一冬一春的古金场直到这时才打起精神来，用自己的富有和深厚，冷静地抚慰着一张张和地貌一样粗糙的苦巴巴的面孔，时不时地挑逗起这些面孔上的惊喜和傻愣来。谷仓人自然也不例外。

谷仓人进入古金场后发现许多好地方已经被人占了，只得沿着横贯古金场的积灵河朝荒原深处走去。当他们走到一座土石混杂的高台前时，已经十分疲累，都想歇歇，后面的人便用哼哧声示意走在前面的金掌柜停停。金掌柜谷仓哥哥回头看看那些腰来腿不来的伙计，有心无意地骂了句什么，算是允许了他们的要求。他兀自前去，没走几步又突然停下，喊道："红狐狸，你们看，前面有只红狐狸。"

许多人瞪起眼，瞅了半晌也没有看到什么，便喘出大腿粗的气，东倒西歪地坐下。唯有挑着两撇翘天胡子的周立通好奇地问："哪儿？我咋看不见？"

"你没这灵性。"说着，谷仓哥哥掏出一块干粮朝前扔去。

干粮在空中倏然不见了，像丢进了无底洞，连落下的声响也没有。这时，在人们刚刚扫视过的那块岩石顶上升起了一团火焰——红狐狸火样的绒毛随风唰拉拉抖动，那干粮就叼在它的尖嘴上。伙计们迅速站了起来。嗖嗖嗖，干粮块如冰雹飞去，刚落下，红狐狸就消逝了。他们顿时紧张得不敢大声出气，歪斜着眼互相传递着惊悸。谷仓哥哥却笑了。让人困惑的古金场时时都有令人毛骨悚然的吉兆，这在他是深懂其妙的。他不希望伙计们紧张，便哼唱起家乡的儿歌：

> 学样儿，学样儿，
>
> 阿妈剪了个鞋样儿。
>
> 鞋样儿扯掉了，
>
> 阿妈打给一顿了。

"怪！来无声去无影，不知升天了还是入地了。"

"怪啥？神鬼不买你的账。"

"买你的账就成啊！"周立通又道。

谷仓哥哥得意地笑笑，扮出一副睥睨荒野的神情，大步过去，来到岩石前一道六尺高的坡坎下。他也想歇歇了，卸下肩膀上的镐头，朝前扔去。"砰"一声，镐头碰落了一块石头。石头骨碌碌滚下来，砸到谷仓哥哥脚面上，好疼。他抬脚想踢，眼前突然闪耀金光，脚悬空停了一会儿，又一下将石块踩住，身子凝然不动了。片刻，他眼珠朝旁边一滚，见周立通就在身后，便倒地脱下衣服，弯腰铺在地上，就势躺下，冷不丁说了一句不合自己身份的话："这个活人不来死人不挺的地方，我没力气走了。"

周立通蹲到他面前，眼光贼亮。"我也看见了。"他压低嗓门道，见谷仓哥哥不住地眨眼，便马上改口，"你那身子是叫野女人榨干的。"

"榨不干哪有你啊！"谷仓哥哥用手指将土撩向他。

周立通吃了一嘴土，呸呸呸地啐他。一个再撩一个再啐。谷仓哥哥恼了，跳起来撕住周立通的衣领，一拉一推，在对方倒地的同时，又狠踹一脚。周立通鬼叫一声，翻身抄起镐头。

伙计们备觉兴奋，拍巴掌给他们加油："蹦蹦跳跳，打打闹闹，母猪学人笑，公狗也摔跤，老婆叫人抱，吊死有毯毛。"

谷仓哥哥佯装惊惧地弯着腰朝后退去，忽地卷起衣服，满怀抱着，蹬腿就跑。周立通扔下镐头追去，一串儿脚步声一串儿骂，无非是翻祖宗倒先人罢了。尘埃腾起，高高兴兴地翻卷着。一道弦月形的土梁出现在他们面前。两个一前一后跑进弦月怀中，喘息不迭地面对面坐下了。

"一人一半。"周立通紧张得不敢睁眼，晃着脑袋急急地说。

谷仓哥哥掂掂手中那块打地下钻出的砂金："砸开就不值钱了。咱凭良心，换了钱对半分。少一毛，你把我家的房子烧了。"

周立通犟犟的："不成！"

"贪鬼！木头脑袋贼眼睛，你以后少跟着我。"他起身要走。周立通跳起来死死拉住他。

"这里是分的地方么？上！"谷仓哥哥厉声道。荒风扑来了，万道金光的太阳和金光万道的大地肚皮贴肚皮，将两个荒野弄潮儿挤上了高台，挤到了台坡西面的那一眼幽深黑暗的石窑前。

"砸吧！"周立通拍拍窑口一方光洁的青石。

谷仓哥哥不理，径直朝里走。周立通紧撵几步跟上。顿时，他们被黑色吞没了。那黑色是柔软的海绵，舒畅地伸展，又被人挤压着，渐渐收缩。窑两边有些毛烘烘的阴生植物，顺着窑壁往上爬，爬到窑顶后又把细长而带刺的胳膊伸下来，时不时地抓人一把。周立通的脸被抓破了，惊叫一声，却发现叫声引来了更多的绿色利爪，在他眼前爹开又蜷起，而谷仓哥哥早已不见了，甚至听不到了他前去的脚步声。周立通停住，一会儿又挪着后退，觉得四周空荡荡的无依无靠，忙将身子朝岩锥林立的窑壁靠去。黑色被搅扰得上下翻滚，窑壁突然裂开，将他的半个身子吸了进去。他感到有个巨大的湿漉漉的舌头在舔砥他，忙用手胡乱抓挠，却又被那舌头轻轻一挑，挑得他腾空而起，咚地摔倒了。等他爬起，向着黑色中的神秘力量乞怜一条逃生的道路时，发现不远处有个怪模怪样的人影。

"谷仓哥哥！"他提心吊胆地轻声叫唤。

那人应承了一声。

周立通急急靠过去，一把撕住他："金子！你把金子分给我。"

他的脖子立刻被一双黑手掐住："你们挖到金子了？"

声音好陌生，又阴又险，像鬼的。周立通吓得浑身哆嗦。那黑影在他身上乱摸了一通后倏然离去了。他呆愣着，好一会儿，才心惊肉跳地挪动了脚步。正行间，忽被一道金光照耀得脑袋上金花乱飞，眼皮沉重地往下耷拉着。他赶紧用手蒙住脸，意识到自己已经走出石窟。阳光酣畅地蹦跳，一脚一脚地踏着他。好久他才睁开眼，看到伙计们正在和几个陌生人对峙。谷仓哥哥将一个吊眼突嘴的汉子朝前推搡着。

"我们早来了！三天前就住进了石窟。"

"哼！三十年前我们就住过。"谷仓哥哥伸手又要去推，那人啪一声将他的胳膊打开了。

"要来武的？我们围子人可从来没服气过谁。我叫张不三，杀人不剁第三刀。"

围子人？他们就是围子人？谷仓哥哥想起了一个住在积灵川的俊俏妹子。淘金汉们都说她是围子人的女人。他仔细瞅瞅张不三，说："文的武的都不想来，就想叫你们滚远。"

张不三吊眼上的浓眉抖了几下，握锹的手便缓缓抬起。不远处的另外几个陌生人也虎里虎气围上来。

谷仓哥哥回头看看自己身后那些并不准备强力压服对方的伙计们，恼怒地说："都是些死人么？怕啥？我们人多势众。"

张不三紧紧咬起牙关，凶狠地眯缝着眼，死死盯住谷仓哥哥，眼光一寸也不肯挪开。这时，一群谷仓人大声辱骂起来，挖空心思寻找高质量的污秽词藻肮脏言语。张不三不禁退了一步，寻思该怎样对付辱骂。立在窟口的周立通突然尖声叫道："狐狸！"

刚才被谷仓人撞见的那只红狐狸又出现了，像火球滚动在原野上，渐渐滚向远方，在积灵河边闪出最后一苗火焰，便不见了踪影。张不三看着，心里一阵激动。不知为什么，很久以来闯金场的人都把遇到红狐狸当做吉祥的征兆。张不三觉得今年的运气一定很好，尽管一到古金场就受到了别人的挑衅。但他是自信的，这种自信使他毅然放弃了争斗，带着他的人很快离去了。

张不三是围子人的金掌柜。金掌柜就是金场上一个淘金群体的首领，用这种称呼是为了寄托一种希望：金子不久就会大块大块来到面前，总管这金子的人当然应该是掌柜的。掌柜的有绝对权威，他想干什么，他的伙计们就必须跟着干什么。他边走边对他身边的人说："等我们的人到齐了，把他们的头一个个拧下来。"

那几个人马上附和，似乎他们来金场就是为了进行一场残酷的肉搏。

谷仓人和围子人发生冲突的这座高台叫黄金台。

黄金台坐落在唐古特古金场中部的岩石错落带上。从东看很陡，土石层层叠起，用一种吓人的架势装扮着自己的高傲和威仪。半腰间的那两眼石窑就像牛魔王吐纳气雾的鼻孔，仰天洞开，煞是神气。而黄金台的西面是一抹平坡，如同女人的长发披散着铺开，铺向积灵河，铺向渺远混沌的地平线。长发之上也有一眼窑，窑口向南，扁扁的，镶着岩石的青光，像一枚半月形的发簪。一道沟壑从积灵河上游歪歪扭扭过来，一头扎向黄金台，钻进坡面上那个豁裂了几次又弥合了几次的通地坑里了。

谷仓人当然不了解，为了这个通地坑，围子人的金掌柜张不三已经煞费了一番苦心。围子人是分两拨进入古金场的。头一拨十多个人由张不三带领，趁冰雪还没融化，冒险穿越唐古特大峡，成了这年夏季第一批来到古金场的人。和别的淘金汉不同，他们根本没打算满荒原去寻找含金量高的金砂地，占领黄金台是他们的唯一目的。另一拨由石满堂和宁进城负责，开着四辆手扶拖拉机，带着器具和炸药，随后缓进，这天下午才到达古金场。一进入这片蛮荒之地的门户积灵川，他们就被金场管理所的人拦住了，说要检查他们的行装，看有没有携带准备厮杀的枪支弹药。前去迎接的张不三生怕没收拖拉机上的炸药，挨个朝伙计们伸手，说权当是他借的钱，借一元还五元，秋后用金子抵账。凑足了五百元，他交给一个对他们态度最为蛮横的额头上有一道伤疤的青年。那青年接过钱数数，仍然没有放行的意思。他嫌少。可葫芦里藏宝，即使有也出不来。伙计们个个都说，没钱了，除非把衣服扒光了做抵押。"破棉衣烂裤子，又臭又脏，谁要哩？"张不三骂着伙计们，又走到那青年跟前说："淘来了金子再补上千儿八百，同志，你就高抬贵手。"

"谁是你的同志。"那青年嘴角一撇，藐视着他说，"哄人也要看对象，我不是三岁的娃娃。你能淘得金子我可淘不着你。"

张不三十个指头嘎嘎响着攥紧了拳头。软的不吃来硬的，既然人家非要给他找麻烦，他也就没有必要回避锋芒。

"要咋？要行凶？"

"把钱还给我。"

"不淘金子了？"

"淘你妈的×！"

那青年哼哼两声，顿时就嬉皮笑脸起来："骂人可不对，下次见我可要文明一点。走你们的路吧！"

张不三觉得自己镇住了对方，朝地上啐口唾沫，扭身就走。一个在不远处看热闹的人突然快步走过来，冲张不三道："没出息货！票子就是擦屁股也不能给他们。"他长着浓密的络腮胡子，脸膛红光泛滥，滋润得就要渗出油来，五官拼命地朝四方扩张，那种开阔正如大地铺展着在向天空延伸。他有一对秃鹫一样刁顽凶狠的眼睛，眼角的褶子很粗，很有力量地弯到斑白的鬓边，看上去年岁正在花甲左右徘徊。但他说话朗气，步履稳健，洒脱的举止使他像个虎势势的后生。他撇下张不三，过去直面那个带伤疤的青年，吼道："把钱给我！"

一看这人的架势，青年心里就有些发毛。他知道，别看他是管理金场的人，一旦打起来，吃亏的往往是自己。淘金汉里有的是亡命之徒，而他在任何时候都不会忘记生命是第一可宝贵的。他回头看看自己的几个同伴，有人冲他眨眨眼让他妥协。他还在犹豫，络腮胡子抓起他的手腕狠劲一捏，那攥钱的五指便不情愿地展开了。络腮胡子拿了钱来到张不三跟前，刷刷刷数出一百来装进自己兜里，将那四百归还张不三："小意思，我得养活女人。"说罢便迈开大步乘风而去。围子人望着他，几个管理人员望着他。他就像在自己家里一样自由放浪，潇潇洒洒的姿影在温暖的荒野里如同翱翔的巨鹰，肩膀无畏地甩动着，甩出了百里荒风。张不三有点犯傻，想自己怎么就不能在伙计们面前拿出络腮胡子的气派呢？他把眼光扫向几个管理人员，希望他们再来找麻烦。可他们却多少有点狼狈地离开了。他遗憾地摇摇头，又对自己说，后悔个毬，表现自己的机会多着哩。

张不三带领围子人沿着积灵河朝前疾走，在一片桦树林中停下了。他激动地告诉那些后来的伙计们，黄金台已经被别人抢占，一场真正的搏杀就在眼前。围子人大部分都有过闯金场的经历，深知以强力征服是古金场的法规。这法规要求每一个出色的淘金汉必须具备顿起杀心的素质。一听张不三的话，他们就明白赌博性命的日子已经开始了。

这是一个幽幽黯夜。夜色如同无声流淌的河溪，而那几百颗怦怦跃动的心便是这流波中光亮的水晶石，透过它可以看到人类天性中最原始古朴的那部分内容。已经不再有对后果的担忧了，野性的荒原给了张不三和他的围子人一片宣泄精力和激情的美丽园地。他们从积灵河边的桦树林出发，向谷仓人的驻地偷偷靠近——旷野里，列队成行的黑影在大面积漂移。

谷仓人的帐房就扎在黄金台西面的缓坡上，像一串黑铁锻造的链条紧箍着黄金台的双脚。这链条是由男人们坚硬的心灵组成的，心灵的光晕里，黄金台就像一个奇妙的金身女子。

月亮出来了，被纯净的天风摩擦得又圆又亮。张不三停下，薄薄的双眼皮里噙着两盏炽热的灯，朝队伍频频散播一轮一轮的亮波。他气派地摆摆手，学了几声狐狸发情时的嗥叫。这是暂停前进的信号，围子人的双腿全部牢牢地粘在了地上，也抑制了那种大轰大擂的呼吸，道道眼光刷刷刷地朝张不三甩去。他们从来没有这样步调一致过。金场自有金场的纪律，淘金汉中间自有一种金带子的约束和视服从为天职的习惯。张不三穿行在队伍中间开始下命令。他不断地用无声的手势，左一劈右一砍，划一个圆，然后朝空一拳，再伸开巴掌挥舞。人人点头，尤其是对那一拳心领神会：抄他们的老窝，捶他们的心脏，制服他们的金掌柜谷仓哥哥。

按照早已商议好的办法，围子人秩序井然地分成了两路人马，在夜幕的遮挡下，朝黄金台包抄过去。过了一会儿，只听张不三发出了一声只有雪豹能与之媲美的吼叫。他身后的人便迅速朝谷仓人的帐房扑去。另一部分人绕到帐房后面，爆发了阵阵喊声："天塌了，地陷了，围子爷爷打门了；要命的滚蛋，不要命的来前，作揖磕头随你便。"

在这个旷世荒阒的地方，他们在比嗓门，比粗野，比精神，一个比一个叫得响亮。雄壮的声音冲撞得帐房哗哗直抖。谷仓人穿衣蹬裤子，挤挤蹭蹭争先恐后地来到帐外夜色下，互相大声询问，眨巴着眼惊慌地向黑暗窥望。谷仓哥哥的脸刷地变得苍白，浑身一抖，高低不平地吐出了一串谷仓人事先约定的警语："风来了，贼来了，老虎吃天了！三家四靠，捣烂锅灶了！暑里的雨，缸里的米，快来快来，护住缸口了……"

谷仓人醒悟得太晚了，不等他们在金掌柜的呼喊下聚拢到一起，张不三就带头一蹦子跳了过去，残忍浮动在他那被热血烧红的脸上。谷仓哥哥急了，撕开衣服，亮出了一把斜插腰际的短刀，用刀光和眼光迫胁张不三停止这种野蛮的袭击。张不三横着眼不动。那刀光便闪耀在谷仓哥哥粗糙的大手中了。

"想拼命？阎王面前耍把戏，狗胆子不小！"

张不三说着一阵狂笑，抡起手中锋利的铁锨，朝对手飞去，一下没飞中，又飞出了第二下。对方手中的短刀脱手了，拇指和食指也随之凌空而起。谷仓哥哥意识到自己身体的一部分已经被铁锨削去，逼前一步，吼道："拼了！今日拼了！"却被从张不三身后跳出来的石满堂扑过去压倒在地。

"谷仓人，还要拼命么？"石满堂道。

谷仓哥哥没有讨饶的习惯，闭嘴不语，但也不想挣扎着起来。他明白任何蠢动只能给自己的性命增加危险。而在张不三看来，不反抗就等于乞怜。他跳过来将就要抬脚猛踢的石满堂推向一边，俯视着谷仓哥哥："想活命就别多事，打打闹闹可是要流血的。"说罢，又吆喝石满堂去追逐别的谷仓人了。

进击的风暴再次掀起，围子人潮涌过来。沉甸甸的夜的大氅突然开裂，闪现星辉的黑色缝隙里，射进道道血红眼睛的亮光，直扫个个呆若木鸡的谷仓人。混淆了人兽区别的嘶鸣，无数有棱有角的拳头，文明的铁器，还有无时不在被荒野强化着的亢奋精神，荟萃成一片黑色的蛮力，朝谷仓人压迫而去。谷仓人拥挤碰撞着，跌跌碰碰奔下台坡。可退路已被截断，迎面逼来的仍然是无法阻挡的凶悍的围子人。

毁灭发生了。这一刻辽阔的天空有几颗流星从黑暗走向黑暗。荒原上的血色如同艳丽的斑瘢，衬着恢弘的大气凸现而出。张不三脸上的每一道纹沟都变得又直又深，眉峰朝眼睛拥挤，颧骨上的皮肉拼命堆积在一起，两个被锨头砍倒的谷仓人似乎就在他脸上蜷缩成了两条肉虫。不知是谁的锨头如此准确有力，他看到两个血窟窿分布在两颗年轻的头颅上。生命匍匐在泥土中，瞬间完成了最彻底的皈依，而来不及飞升的残灵只好借助大地的磁力，游弋在人尸周围，呢喃着向苍天祈吁："来拯救我们吧！"这声音使张不三突发慈悲，好像他就是苍天的代理人，有权赐给别人快意的死亡，也有能耐指出一条坎坷不平的生路。他吸紧肚皮，发出一声表示停止打斗的嚎叫："呜——啊——呜——啊啊——"

人群的呐喊低落了，脚步声变得杂乱滞缓，黑潮不再滚动，大夜渐趋宁静。倏忽来转眼去，这是金场战争的性格。谷仓人落荒而逃，围子人没有穷追不舍。张不三明白：任何过分的打斗都意味着精力的浪费，意味着自杀。

又是一个金子般灿烂的早晨。白色的太阳从云里雾里淡出，渺远的大地上是无边的纯净。黄金台的坡面上，谷仓人的遗落物在温馨的晨风里抖索哀鸣：用锹用刀割裂了的帐房碎片，撕扯成了千条旗的衣服，破碎成六瓣莲花的铁锅，撒了一地的白花花的面粉，丢弃了的淘金工具，还有人体的热血，殷红殷红的，点点滴滴地连成串儿，勾勒出红艳艳的版图界限，或是一笔一画地书写着恐怖和愤怒的文字。

在这红色的文字中，安息着谷仓哥哥的那对粘连在一起的指头。对张不三来说，所有弃物中，这指头是最醒目的。只要一眼不眨地耐心观望，就会发现它并没有死去，有时在痉挛着跳舞，有时又在舒展着歌唱，尽管那期期艾艾的声响算不得什么歌曲。

对了，它在向祖灵祷祝。

在想到这个问题的同时，张不三就感到一阵凉气袭来。人人都有祖先，人人都会有对祖先灵魂的敬畏，而包括谷仓人在内的所有人的祖灵都是伟大神圣而具有权威的。淘金汉遇水见桥、望山有路的好运和摆脱困境、化险为夷的种种机缘，永远离不开祖灵的暗中帮助。他惊悸地四下掀动眼皮，终于觅到了那座谷仓人寄托虔诚的祭坛。

设祭坛是淘金汉们的古老传统。谷仓人的祭坛在黄金台的西坡上，砾块垒就，摸不透它到底是什么形状，北风来它是两个三角形的重叠，西风过它又成了凸起无数棱角的旋转的方梯。烟雾漫散，祭坛上平添一种迷茫混沌的景致。仁慈的祖灵就匿身在这人眼看不透的烟雾中。张不三所恐慌的正是这看不见摸不着的东西。它在他心里时而发出平静明朗的笑语，时而又有狡诈阴险的哭声。这哭声告诉他，更大的威胁并不在于随时都可能出现的谷仓人的反扑，而在于仍然盘踞黄金台，借用千变万化的自然音响恫吓着他们的那个陌生而可怕的谷仓人的祖灵。在同一块地方是不能有两种祖灵的。不幸的是，谷仓人的祖灵不去，围子人的祖灵就不来，设祭坛、立牌位也干蛋。

张不三扭身就走，很快隐了西坡石窟。窟中已经有亮色了，爬满窟壁的阴生植物被人铲下来，在火堆中痛苦地呻吟。石窟深处过去也许塑造过法相神位的平台上，已经被铺盖罩住，平台下的地上也排列着行李，年长的在上，年轻的在下，这界限早在数千年前就已被祖先划定，用不着张不三操心。他只是按习惯检查了一下，就叫来石满堂和宋进城，开始布置驱逐谷仓人的祖灵的事情。

驱逐谷仓人的祖灵，要在夜晚天空泛滥乌云时进行。当月华的瀑布被云坝截断，群星也不再洒下金色光雨时，盘踞黄金台的谷仓人的祖灵也就无法获得老天爷的怜悯和帮助而羁留不去。耐心非凡的围子人坐等时机，直等到子夜将尽，积灵河畔的唐古特蓝马鸡忍不住觅食的欲望，嘎嘎叫着，伸长脖子想将太阳从河水里捞出来时，云霭裹着湿润的露水，才从远方的积灵山坳里缓缓漫到黄金台的顶空。张不三的声音响起来了："谷仓灵儿，谷仓灵儿，不少胳膊短腿儿，还不快去撵你的孝顺孙娃儿。"他一连喊了三遍，那谷仓人变幻莫测的祭坛就被石满堂带着十来个精壮汉子推倒了。这也是先礼后兵，刚柔兼济，话语儿好生劝慰，动手动脚彻底摧毁。之后，张不三又是一阵吆喝："冬日主伏，灵儿进屋；夏日主出，灵儿走天府；秋日好景致，满山羊来满坡猪，油汤溢满河，河里肥肉多，快去快去，海吃海喝，猪大肠进肚。"

而别的人却嗨哎嗨哎地拉起了节奏缓慢的号子，一边滞重地迈步，一边颤悠悠挥舞铁锨、镢头。刹那间，黄金台西的土坡上，智慧勇敢的围子人个个都成了被恐怖和神秘驱使的训练有素的巫师。

面目可憎的谷仓人的祖灵果然胆怯了，惊慌地抓来几股荒风，快快扔向围剿追杀它的围子人，又用脚踢起阵阵迷乱人眼的尘埃。

"跑了！它跑了！"宋进城喊道。

"就在那儿！追！"张不三黑不溜秋的身子又抖又扭，连自己也不明白举起的手指向了哪里。

但人群却明白，他们举起淘金工具，在自个脚下一阵疯狂地乱剁。而后，又拥挤着跑向一块还没有留下扫荡痕迹的空地，将剩余的精力全部发泄在了几个土堆土塄上。黑色的天空下黄尘飞扬，所有隆起物都被铲平，而谷仓人的祖灵不是被剁碎，就是逃之夭夭了。围子人相信的自然是后者，因为他们害怕有朝一日自己的祖灵也会被别人剁成粉齑。

天亮了。积灵河水哗啦啦啦响着，将太阳频频呼唤，而首先呼之欲出的却是又一座圣光可鉴的新祭坛。坛上，象征祖先也象征命运的花岗石已经立起，半人多高，光滑洁净，坛身方正，阴阳对峙，乾坤分明。围子人相信他们的祖先肯定是天底下最为荣光、最有灵性、最能尚武的先民，不然，这祭坛何以要造得比谷仓人的气派阔大呢。

"点猫儿了！点猫儿了！"张不三高兴地喊着，划着了火柴。

没有灯盏，不成祭祀。但淘金汉管灯叫猫儿，因为"灯"与"蹬"同音，意味着一脚蹚走运气，而猫儿却是抓老鼠的。金子如老鼠，见洞就有，一哄就出，淘金汉全是捕技稔熟、机灵可爱的大猫小猫白猫黑猫。

猫儿着了，猫儿又灭了。这可不是好兆头。第一次来金场的半大小子连喜忘了别人的事先交代，着急地跺着脚说："骡子不上套是缰绳没拴好，你把灯捻子弄长点！"

许多人帮腔，可张不三却手攥火柴不动了，恶狠狠地瞪连喜一眼，扔下火柴退到一边。这时，连喜猛然醒悟，吓得惊叫一声。

"咋了？"生性迟钝的王仁厚问连喜。

"他把猫儿叫错了。"宋进城说。

大家这才反应过来，默然了一会，便朝后退去。祭坛前，留下连喜一个人，朝四下瞪眼扫视。静悄悄的土坡上，莫名其妙地传来了一阵怪响，吓得他浑身紧缩，双手朝胸口捂去，胸中是那颗因恐惧而激跳不已的心。

犯忌者是要受到惩罚的，轻则遭打，重则开除，而最轻的是让你面对猫儿直腰跪拜整整一天，祈告神明恕罪。连喜跪下了。他现在唯一的希望就是张不三萌生善心，别再加重对他的惩罚。他和大部分淘金汉一样，既要依靠金子娶媳妇，又要依靠金子养活父母弟妹，责任重大，将他开除回去，那就意味着断他的光景杀他的父母。他把心提到了嗓子眼上。可过了一会，他听到的却是张不三的笑声。他毛骨悚然地猛回头，见张不三招手让他起来。

"算了！板子不打嫩屁股，列宗列祖会原谅的。不过，不能叫大家看出我对你的偏向，这样吧，罚你打捆柴来。"

张不三说着抬眼望望积灵河边那片在晨光中淌绿流翠的桦树林。石满堂长出一口气，过去拉起连喜，将自己腰中的那把砍刀塞给他。祭祖做饭都得用柴，这本是石满堂分管的事，现在他只好暂时移交。连喜眼睛眯了起来，笑着向宽容的金掌柜鞠了一个躬。张不三也笑了，笑得有些像哭，其实，他很明白，此时对连喜的惩罚莫过于让他进桦树林打柴。如果连喜一去不归，那就说明谷仓人并没有跑远，就躲在林子里窥视着黄金台，随时准备反扑。

一个钟头后，连喜安然无恙地回来了。他背着比他身子大好几倍的一捆柴，腰弓着，脸却懵懵懂懂地仰起，望着张不三傻笑。宋进城赶紧过去，要帮他卸下。他躲闪着，非要自个儿把那捆柴背到窨口不可，没走几步，脚一歪，便朝地下扑去，好大一捆柴重重地压在他身上。宋进城和张不三过去连人带柴一块扶起，又帮他将柴卸下。

"你不会少背点，又不是金子。"

连喜没理会宋进城，又问张不三："再砍一捆吧？"

宋进城抢着回答："别逞能了，掌柜的不会开除你的。"他说着，偷瞥一眼张不三的脸色。

张不三点头，突然抑制不住地问道："你没看到啥？"

"看到了，兔儿打洞雀儿飞，喊喊喳喳的。"

"有雀儿？"

"多啦。"

"有野鸡么？"

"见到一个，花的。"

"你咋不打？"

"我没枪。"

"那你的枪呢？叫老鼠吃了？"

张不三哈哈大笑着走了。宋进城狠狠地盯着他的背影。

"咋了？"连喜分不清吉凶，急问道。

"没咋。以后小心点，话说不到点子上就装哑巴。"宋进城说罢就去撵上张不三，"林子里应该有谷仓人。"

"连喜不是说没有嘛！"

"那就怪了。"

"大惊小怪。"话虽这么说，可他心里却闷闷的。

"谷仓人害怕了，金疙瘩就是我们的了。你高兴，大家高兴，要是驴妹子知道了她也高兴。"

"驴妹子？"张不三眉间跳出四五道肉棱来。对宋进城这个喜欢卖弄聪明，说话总希望让人回味的人，他多少有些嫌恶，可又舍不得丢开。他想了想，一下明白了对方的暗示："你是说他们要报复在驴妹子身上？"

"我想不会吧。"

第二章　驴妹子

　　厮斗结束之后，谷仓人还没有来得及集中起来，谷仓哥哥就在黑夜的掩护下悄悄离开了自己的伙计。和他一起的还有紧跟他寸步不离的周立通。他的离去也许意味着古金场的和平与安宁。因为他不想让自己人知道他们的金掌柜已经身负重创，更不愿因此而酿成一种祸患——每个久经金场的人都能预见到的那种血流成河的人祸。不错，这就是他要快快走出古金场的原因了。

　　他们沿着积灵河溯流而上，钻进积灵河东侧那个和黄金台上的石窟同样幽深的响水洞里，用清泉洗涤伤口，再挖一把紫叶草裹缠右手。那草是老天赐给生灵的神奇物，止血止疼，消毒消肿。之后，继续走路。黑夜蒙蔽了他们，也麻醉了他们。天亮的时候，他们来到积灵川。这地方是唐古特古金场最繁华的所在。几排牢固的石头房子里住着金场管理所的人，还有国营和私营的商店，主要向淘金汉出售日用杂货、黄酒香烟。离石头房子不远，隔着一片四季常青的杉木林，依傍积灵河坐落着一些土坯房，一看房屋东倒西歪、破烂不堪的样子，就知道它们的主人只想临时凑合，不打算长期居住。土坯房是淘金汉们自己盖的，里面住着一些愿意来金场陪伴男人的女人。这些女人有的是金掌柜花钱给自己雇来的；有的却没有固定的主儿，只要能从淘金汉身上抠出几星金子，她们乐意奉献一切，也乐意接受一切人的奉献。她们在古金场创造着人间气息，给淘金汉们煽动着另一种欲望之风。大概也是由于黄金的作用，杉木林那边的金场管理所对她们视而不见。

　　积灵川离可以走出古金场的唐古特大峡只有十多里路，但谷仓哥哥已不想继续赶路了。他觉得浑身一阵困乏，四肢拼命下坠，有些前脚提不起后脚的感觉。他招呼周立通停下，立在一间面朝积灵河的土坯房前，用脚轻轻踢门，一连踢了好几下。周立通喊道："你没见铁猴把门么？"

谷仓哥哥其实早看见了，他只是想踢，似乎多踢几下也是一件快意的事。"铁猴把门也得歇歇，实在走不动了。"他说着，左手抱着右手，抖抖索索扭转身子。周立通殷殷勤勤拉住他坐到门边墙根下用来当柴烧的一堆茅草上，从身上摸出一个酒葫芦来："喝！暖暖身子压压惊。"

淘金汉中没有不喜欢喝酒的。谷仓哥哥喝进去的是酒，吐出来的是往事和惆怅："你知道么？我和她……"

"知道。前年你一个人来金场碰运气，粮食吃完了，要饭要到她门上……"

"不对。我是冻僵在路上了，她把我弄进这间房子里，用眼睛给我暖身子。咳！那眼睛，两团火，天越黑，它就越明。"

酒没了，眼前的迷茫也没了，八月河川的早晨是清亮清亮的。清亮的岚光中，传来一阵脚步声，一个穿着蓝底白花衫子的妹子挑着一担水从那边走来。谷仓哥哥急忙站起，精神大振。

"你先走吧！今儿我要在这妹子炕上歇哩。"他朝周立通挥挥手。

"你连妹子的门槛也迈不进。"周立通激他。

"金子手里攥，不怕她不让我进。金子，金子，女人的身子。"酒的作用使谷仓哥哥挺了挺胸脯。

"有金子你也不敢，这妹子是围子人的。"

"你说我不敢？天王老子的干女儿我也敢。"

"眼见为实。"

"好！我今天叫你长长见识。"

周立通伸出了右手，他伸出了左手，两只巴掌一声响，条件是周立通提的：如果谷仓哥哥敢去抱住这漂亮妹子亲一口，那块砂金就全都归他。这时，妹子正好过来。谷仓哥哥上前拦住，涎笑着呆望。妹子水眼一闪，知道遇了邪，连忙将一担水放下，想快快回避。谷仓哥哥如狼似虎地扑过去，用一条胳膊将她搂住，看她左右挣扎着，便又倏然放开，嘿嘿嘿地傻笑着后退了好几步，然后对周立通摇摇头，红着脸叹气。

"算了，妹子不愿意，妹子不认识我了。"

"不能算！"

"有本事你来。"谷仓哥哥拍拍自己的棉衣，"金子押上啦！"他看周立通不动，便脱下棉衣扔到地上。

周立通顿时感到一阵紧张，犹豫了片刻，捏起拳头给自己壮壮胆，猛跳过去，从后面抱住转身就要逃走的妹子，吊长脖子，瞎猪滚泥般地将头探来扭去，也不知亲在了哪里，听到叭的一声响，便松了手，返身跳过去，一把揪起谷仓哥哥的棉衣，将里边的一块补丁哗啦撕开：一眨眼，那块用棉花裹着的砂金就揣进了他的怀里。妹子看着有点纳闷了，想恼又恼不起来，呆愣地望着这两个可憎可笑神经又有点毛病的怪人。谷仓哥哥憨憨地笑起来：他们不过是趁兴耍笑，吃辛吃苦、担惊受怕弄到手的金子，哪能就这样移了主儿呢！大不了分给他一少半。可周立通却是个不会耍笑、实实在在的角色。他丢下女人和伙伴，也丢下了全部的义气和友情，转身就跑。等谷仓哥哥醒过神来大步撵过去时，他已经消逝了。土坏房那边的杉木林为周立通做了半路剪径的同谋。

"立通！立通！"

这急切忧虑的喊声先把谷仓哥哥自己喊懵了。他一屁股坐在杉木林边，用一只手又撕头发又捶胸。捶够了，一蹦子跳起，就要追，一侧身，见妹子立在身边。他愣了。她却在用眼睛微笑。好眼睛，水色荡漾，勾男人的魂儿只需轻轻一晃。他不由地平静了许多，想给她说几句歉疚的话，可词儿一时卷不上舌头，急了，便又开始捶自己，捶了一下，第二下就用错了手。他哎哟一声，抱着右手原地跺脚。痛苦非常适时地让他清醒了许多：好一个出人头地的金掌柜，竟是这样的不堪一击。做作的强悍，在众人面前假装的天地不怕的派头，一时半会的勇武，统统都被迅速剥去了。原来，赤裸裸的他从来就不是一个把冒险当乐趣的真正的淘金汉。他之所以离开大家，仅仅是因为他已经有了金子。既然古金场对他的厚爱被他看做了撵他回去的信号，他何苦要为了别人、为了黄金台把性命搭上呢！金场上的人命说丢就丢，一个懦夫呆汉是没有理由陶醉于危险之中的。可现在，身子残了，金子也丢了，剩下的就只好交给时间和命运了。人们都说，团伙里昧了金子的人要受到粉身碎骨的惩罚。那么，对他的惩罚是已经降临了，还是正在半路上向他悄悄遁进呢？往后，他的那些伙计们的命运又将如何？在村里他是个出类拔萃的好小伙，纠集乡亲们出来闯荡金场，他又是掌柜的，他是无法摆脱这种牵挂的。

他任凭妹子扶住自己因眩晕几欲摔倒的身子，任凭她捧着自己断了两根手指的手去惊骇无主地吹拂凉气，又任凭她拉着自己的胳膊离开湿润清新的林带边缘，走进了她那间土坯房。

谷仓哥哥斜靠在被垛上，像个娃娃，一声不吭地看着她给自己换药。妹子家也有紫叶草，而且是晒干后碾成面的，混杂着消炎粉和不知从哪个神庙撮来的香灰。野草拌家药，再加一点祈求神明福佑的虔敬，这就成了一个女人的全部愿望。她将这愿望厚厚撒上一层，再拿出一块白布来小心翼翼地包扎，手儿绵软冰凉，不时地撩起睫毛瞟他一眼。谷仓哥哥一个大男人，即使浑身创伤，也没有他痛苦的份了。

"你碰上强盗了？"

他摇头，忙又点头。他不想描述一件会让女人心惊肉跳的往事，那会破坏这温醇的气氛。这气氛有点会相好、续旧情的味道。妹子已经认出他来了。

一碗荷包蛋也是她用眼光端给他的。清澈的汤水里漂浮着一双裹白纱的红太阳。他细细呷一口，接着便呼噜呼噜往嘴里灌。他望望桌上，这房子里，除了她的眼睛，就只有桌上那个罐头瓶富有风韵和情致了。瓶中清水满满当当，一个浑圆的形似紫皮洋葱的东西捂在瓶口，而瓶中水里，浸泡着无数洁白的细根，像老人的银须那样风采卓然。南极寿星，长眉白髯，这贵态尊相文文静静，突挺着让妹子日日饱览。他摆过头去，让眼皮在桌上遮出一角阴影，试探着问她："你男人呢？"

她不语，躲开他的眼光，端着空碗进了厨房，一会又出来，坐在炕沿上，用目光拂去他脸上的困倦。

"你们男人家，一出远门就不安分，断了指头还到处打听你男人呢？"

"我没有到处打听，我就问你。"

她自顾自地说下去："喝了羊奶忘了亲娘，找个野的忘了家的。你们男人一个个都是黑了良心的狼。"

"家的？唉！有家的我就不登你的门啦。"

"没有家的，全是野的？"

他直愣着眼望她："妹子，你是要我野一回么？"

"你没野过？"

"没有。"

她低下头去："看得出你是个老实人，指头叫人家弄断了，金子叫人家抢掉了。"

"这你放心。他不把金子给我送来，我就把他劈成三瓣。"

"那指头呢？你也要折断人家的？"

他脸色变得黯郁起来，怂怂地将眼光扫向窗外："狗养的。"

"你骂吧，骂着骂着他那指头就断了。"

"你以为我是条只会汪汪叫的狗？我是男人！男人！"他欠腰一把拉歪了她，"我不打断他的腿，就不再来见你。"

好像他在对情人发誓，好像他们已有过天长日久的深情蜜意而且日后还会发展下去。他朝前挪挪，揽住她的腰，就要往里拖。她跳下炕沿："你要死么？还不快走。"

"今儿不走，明儿走。"

"走！走！你走。"

"偏不走，就是不走！"他说着，索性回身倚着被垛儿仰躺到炕上。

她突然变了脸，眼里冒出令人诧异的目光："你是谁？我不认得你，再不走，我要喊人了。"

"嗓门是你的，要喊我也管不着。"

她急急打开门，靠着门框张大了嘴，想喊却吁出一声轻叹。她回身："算了，何苦要叫你再挨打哩。你要歇就老老实实歇着，一指头儿也别动我。我可不是野女人。"

他笑笑："我不动。你坐在炕沿上，让我看着你就行。"

她服从了，坐下，拿过针线来纳鞋底。他平静地望她，一会想着伙计们，想着被周立通拿走的那块金子，一会想着家——阿哥中风瘫了，医病没钱，他能不管？嫂嫂待他好，越好他就越觉得他这当兄弟的应该承担起挽救一个家庭的责任来。他怕的就是这好。要是待他不好，他反倒省心了。嫂嫂，你眼里分明藏着让我救救阿哥的期待。他想着便睡去了，疲劳使他很快有了沉沉的鼾声。妹子放下手中的活儿，呆呆地望他那张英武俊气的脸。她是喜欢上这张脸了，那鼻子又光又挺，眉毛又黑又浓，阔口能吃，吃粮吃肉吃运气；大眼能看，看星星看月亮看女人。圆圆的下巴颏上没有胡子，光光净净的，像她的奶子。没有胡子就是年轻，年轻就会体贴女人，就有前程，前程就是金子。她暗自赌咒：这人，淘不来大金子，那就是祖灵不灵，老天爷死了。相比之下，她所熟悉的那张突嘴巴塌鼻梁的男人脸，就显得有些像鹰像猴像狗熊了。

她就是张不三的姘头驴妹子。驴妹子就是驴生的妹子。

驴生的妹子不记得自己有过母亲和父亲。她从小跟着麻眼(瞎子)阿爷生活，麻眼阿爷说，她是他在大路边捡来的。捡来的娃娃不心痛，阿爷待她并不好。从她记事起，他手中那根探路的枣木棍就常常会在她身上留下一些或青或紫的肿块。但麻眼阿爷又离不开她。他需要她带路，需要她为他烧水做饭。她从五岁起就承担了服侍他的义务。

村里只有一个人待她很好，那就是早已死了男人膝下又无儿无女的薛寡妇。薛寡妇给她吃的，给她补缀衣裳，还会把她搂在怀里动情地抚摸。她禀性中的温情和善良似乎就因了这抚摸才得以存留。她十三岁那年，薛寡妇死了。不知哪路外乡秀才写了一纸碑文：

薛氏乡民得孚之妻十七岁于归二十四岁夫故孝事孀姑备极艰辛守贞三十六年病故年六十岁举报世人许赏柏舟励节四字具奏奉旨建坊入祠

立牌坊是不可能的，生产队没那个经济条件。祠堂倒有一座，但那是围子村张姓人家供奉鬼神祖灵的地方，外姓外族的人即使德行如日月耀天如江河行地也要靠边站。这碑文只好被当时的生产队长放在队部，蛛网尘封了几年，后来就不知到哪里去了。

薛寡妇死后两年，就在"柏舟励节"四字渐渐被人理解的时候，她领着麻眼阿爷去阳山坡上晒太阳。阿爷不小心摔了一跤，竟摔出不治之症来。临终，阿爷吐露了实话，说他收留的这个女娃是他和薛寡妇生养的。人们不信，都说阿爷说胡话，他连坦坦大路都摸不着，怎么会摸到女人肚子上。更充足的理由是：那碑文上明明说她是三十六年没沾过男人，娃娃是舔阿爷的唾沫舔进去的？碑文上的话是不会骗人的，秀才是文曲星下凡，文曲星怎么会糊弄老百姓呢？不信便是事实，群众意愿谁也不可违拗。麻眼阿爷死后留给她的遗产除了锅碗被褥、土炕土房，还有一头毛驴。一天，她遵照麻眼阿爷的遗嘱去给薛寡妇上坟，张不三拦住她问她去给谁上坟。

"我阿妈。"

张不三诡诡地一笑说："你没有阿妈，你阿妈是你家那头尕毛驴。"

张不三那时是个三天不打上房揭瓦的半大小子，天性顽皮，捉弄别人就像往沟底下扔石头一样随便。"驴下的妹子！驴下的妹子！"他喊着跑开去。她自小没有名，人们提到她时总说她是"麻眼阿爷的拐棍"。现在由张不三给她起了个名，而且四处宣扬，人们很容易地接受认可了，因为不管她是驴下还是马生，丝毫不损害别人的什么。只要认可就是事实。于是她成了驴妹子，她和那头朝夕相处的驴也便由人畜关系变为母女关系。在她幼小的心灵里，她觉得这是一件非常丑恶下作的事，不论谁叫她，她都极力辩解道："我不是，不是。"可她越辩解，似乎越是真的了。大家不听她的，反而叫得更加认真顺口，久而久之连她自己也相信她的阿妈是头驴。后来她大了，受到的屈辱也多了，便萌生了一种非常强烈的愿望：她这辈子一定要证明驴到底能不能生娃娃。天降大任于石满堂，他当仁不让地做了驴妹子愿望的实践者。

石满堂有一身牛劲。儿时放牛，常与被他视为同类的牛犊为伴。清晨出门，他抱牛犊上山，转换草坡，又将牛犊从这山抱到那山，牧归时又将它抱回棚圈。天长日久，牛犊被他抱大了；大了还要抱，因为那东西已经让他抱出了娇气和习惯，不抱便不走，便要用头朝他怀里蹭，蹭不着就撞，而他自己也有了一种莫名其妙的恋情，一旦不抱便会心慌意乱，毕竟是从小一起长大的嘛！但他没想到自己抱牛会抱出浑身的蛮力来，直到这牛患病暴死，他才明白了自己的健壮和伟大。

那日，秋老虎升天，热辣辣烤地的麦地里阵阵爆响，噼里啪啦的，焦急的麦粒似乎马上就要滚出穗头淌成河了。庄稼把式王仁厚打头，唰唰唰的走镰声又悠又匀，把别的人撂下好长一段距离。后来他屎憋，走了。给他打下手的石满堂一下子成了打头的。石满堂在心里把自己和王仁厚摆平了，就要逞能，占住麦行挥着镰刀往前扑，声音响得急骤，可走镰的速度仍然很慢，手底下就是不出活，紧挨他身后老有撵行人的鼻息。他一急，那茬口便高得出奇。领着女人扎捆子的队长张不三喊一声："满堂，你到后面去。"他不服，闷头装作没听见。庄稼人在庄稼活路面前丢脸是最让人难堪的，挣死也不能在这个时候撤下来。没想到张不三会撵过来拽住他的衣肩，硬要将他拖出麦行。他脸红得要冒血，身子一扭手一挥，张不三竟然倒地了，一个狗坐墩墩得他龇牙咧嘴地扭歪了脸。他站了起来，朝石满堂的后腰就是一脚，又闷闷地说一声："你别割了，割也是白割，回家歇着去。"石满堂还要挥镰，忽又直起腰，明白队长已经决定将他今天的工分扣除，便沮丧地离开麦行，去地畔上仰面朝天躺下。他不回家，村口的麦场上全是婆娘，婆娘们的嘴是专门用来嘲笑男人的，说一句笑话飞一把刀子，不刺出血来不罢休。

驴妹子是给割麦人送水的。水来了，大家过去抢着喝，也要抢着在驴妹子身上揩揩油。既然是驴生的妹子，别人也就不把她当人。可驴妹子偏偏自视金贵，硬是闪开那些浑身冒油汗的人，舀一茶缸水先端给了老老实实躺着的石满堂。他欠起腰接住，咕咚咕咚灌下去。水没喝完，茶缸就让驴妹子碰得脱手掉在地上，她也差点扑到他怀里。人们哄笑，痛快得像是凉水变成了西瓜，个个都歪了嘴。他推开驴妹子，站起来骂一句："把你阿妈往我怀里推，我不要！不要！"骂着就要躲开，却见王仁厚依仗着自己年龄比他大，又有庄稼把式的身份，伸过胳膊来，一把撕住他的领口："你骂谁？""谁是畜生就骂谁。"接着便是对方出脚他出手。他稳立着，王仁厚却倒地了，也是一个狗坐墩。别人吃惊，好个石满堂，吃了什么天汤地丸，一夜之间有了虎威成了真人，又见他轻轻松松抱起地畔一块大石头，当是要砸死王仁厚，惊呼着瞪圆了眼。石满堂将石头轻轻放下。他不过是要试试自己的力气，成功了也就满意了，好歹已经抹去了被撵出麦行的耻辱，便耀武扬威地去了。没走几步又回身，拉起驴妹子，腾腾腾地拽着走。

他不能再割麦，又不愿继续躺在地上望天，太阳耀眼不说，浑身沸腾的精血也不允许。男人意识苏醒了，他觉得自己必须干点什么。驴妹子他喜欢，喜欢就得干。

男人和女人的事儿不就和牲口一样么？在黄土沟热腾腾的阳坡上，他撕扯她的衣裳。"不不不！"驴妹子推着他，躲闪着身子一个劲地"不"。"你不喜欢我？"他吃惊道。她不语，哭了，哭得好伤心。他断断续续听到她对男人的责备："你们就是不把我当人。你，也和他们一样。""不一样，我和他们不一样，我是好人。"他表白着松开手，叹口气，一屁股坐下了。坐得太阳偏了西，他抬起头，看她还在那里怯生生立着，吼一声："还不快走！"吓得驴妹子扭身就跑。他冲着她的背影咧嘴酣笑："好人，我说我是好人嘛。"

石满堂无疑是好人。驴妹子相信自己此生注定要跟着好人过一辈子，便也就开始人前人后地想他，拿眼睛瞟他了。她这双眼大概是专门用来给男人涂抹光彩的，被她看中的男人会一瞬间变得亮堂起来，她的眼也就被摩擦得更亮了。亮是因为水色，水色能创造一切：秀气、灵光，春波漾漾，秋潮荡荡；天是蓝的，那眼就是蓝的；湖是绿的，那眼也是绿的；霞是绯色的，那眼便也是绯色的；云翳多彩，那眼中就常浮现多彩的企盼；禾苗青青，眼里就会含满青色的忧郁。她变了，只因为她心里有了自己的男人而骤然变得鲜嫩洁净，甚至让人觉得：假如人驴交媾会诞生这样的人间尤物，那将来娶媳妇或嫁男人就应该在驴堆里寻找。

"你是个好人。"他去田里打坷垃时说。

"我不好，我是……"

"你不是，不是驴养的。"他急得大喊。

她眼光顿时黯淡了："人们都这么说。"

"我就不说。"

"你是个好人。"

"嘿嘿，你也好。"

他们的谈话总是周而复始。

"我不好。我是……"

"我不信。"

"我信。"

"你信？信就信吧！是驴是马反正我要娶你。"

"你信我就不嫁你！"

"我是说着耍哩，驴咋会养人。"

"满堂哥，我不嫁你，不嫁你。你能证明驴不会养人？"

"我证明。"

"光说我不信。"

"那你要我咋？要我爬驴身子？"

她红了脸，扭身就走，走了几步又回头："满堂哥，你叫我相信，我就嫁你。"

石满堂是个诚实人。这夜，当月老闭眼、星星打盹的时候，他闯进了自家的驴圈。平生第一次干那事，竟是和驴，竟是为了得到一个人的爱。但他没想到，驴妹子的亮眼秋波同样也让别人着迷。张不三的心里早就有了驴妹子。

张不三年轻时得过一种病，叫饥饿劳困症。稍有饥饿感他便浑身颤栗，不由自主地缩脖子耸肩。一见食物，不管稀稠荤素好坏，两眼马上吊起，黑仁儿冒焦火白仁儿游血丝，舌头勾着天花板，舔呵舔地没个完，牵动得胃肠不住抽搐，生出些酸水来朝上翻涌。有人说，这是由于他经历过那种胖人瘦了、瘦人肿了的饥荒年月，因恐惧饥饿而产生的生理性反应。

就为这个，他在婚姻大事上屡屡失意。第一次在母亲的催促下去外村相亲。人家问他，晌午到了，你想吃点啥？饺子还是面条？一听到吃，他先露出一系列怪相，而后直言不讳："有了饺子谁还想吃面条哩！"结果饺子吃了六大碗，姑娘却在吃饭前就没了。饺子是圆蛋蛋，吃了饺子就滚蛋；面条却是个吉祥物，因为它象征细水长流、天长日久。此乡风俗如此，即使张不三家道盈实，人品出众，占尽相亲优势，那姑娘也只能暗自垂青仰慕，终不敢背离乡俗而嫁给他。待张不三连续三次去外村相亲而没有被人家相中后，他的自尊心大受损害，当着母亲的面发誓，这辈子再也不去相亲了。母亲惶惶地说："张娃，你娶不来媳妇就对不起你阿大。你阿大说了，留着青山在，不怕没柴烧。张家不能断后。"儿子可怜母亲，拍着胸脯气汤汤地说："阿妈，你把心放宽，到时候我给你抱回来一个活蹦乱跳的大头孙子，别管是谁给我养的，反正是咱张家后人。"母亲摇头："现时不比从前，那种事干不得，还是正正板板娶个媳妇来家。""不娶。事不过三，受屈受辱的事更不能有第四次。阿大给我起了这个名字，我就得照着他的愿望做人做事。"母亲拗不过儿子，也没等到大头孙子来家，就带着憾恨撒手而去。撒手而去的母亲给张不三留下了极深的印象，也左右了他以后的生活。她活着时，半辈子总在唠叨两个人，一个是丈夫张老虎，一个是杨急儿。唠叨丈夫是由于她全身心地拥抱过他。他风风雨雨、轰轰烈烈的一生中经历过那么多惊心动魄的事情，她需要一件件毫不夸饰毫不隐瞒地告诉儿子，当然这里面也有她作为一个女人的自豪和沉痛。唠叨杨急儿是由于他是丈夫的结拜兄弟，最终又杀了丈夫。现在母亲死了，儿子的思想也趋于成熟老练，性格活脱脱就是父亲的翻版。在母亲的坟前，萋萋芳草悲凉地哗然鼓荡，怒放的太阳花正在哀婉地唱出一首悠远的摇篮曲，一种仇恨和幻想造就的人格使张不三迅速流枯了眼泪。在纸灰飞上天空的时候，他把誓言刻进了头顶那一片碧净的蔚蓝：他要出人头地，要女人给自己下跪，更要像父亲那样用心机、用力量呼风唤雨地生活。

那一年，春天霜多，夏天刮了一场干热风，秋天又碰到冰雹袭击，围子村的庄稼稀稀落落、病病歪歪的，明摆着打不了几升几斗粮食。但公购粮的任务有增无减。张不三给队长说："他下他的任务，我打我的粮食。口粮标准不能变。按去年的卡码分，剩下的再上交，交多少算多少。"

队长摇头："上面要来检查哩。"

"你害怕他们检查？那你就不要出面，在屋里歇着，就说肚子疼。我来对付那些狗日的。"

张不三的话代表了群众的普遍想法。老实巴交的队长虽然喜欢秉公办事，但也不想和乡亲们过意不去。麦子一上场他就病倒了，队里的事交给张不三全权处理。张不三来了个快刀斩乱麻，打一斗分一斗，麦场上脱粒后的草秸还没有垛起，分配口粮的工作就已经结束，除了留有少许籽种和饲料外，颗粒无剩。而这时，别的村里连分配方案都还没有定下。县社两级干部组成的检查组来围子村那天，张不三做了周密安排。他让各家各户的男人都去平整土地，把女人留在家里生火做饭。他自己去村口等着。检查组驱车五十公里，到达时正好是中午。他笑嘻嘻地说："吃了晌午再办事。客人来了，围子村理应好生招待。"

带队的是一位县革命委员会的副主任。他常常下乡，常常喜欢去农户家吃饭。一来显示了他深入群众的工作作风，二来农户招待副主任，一般都要杀鸡宰羊，比队上集体招待要吃得好吃得饱吃得舒心。张不三的安排正好投合了他的心意。他说了句"那就先吃饭吧"，然后跟着张不三进了村。张不三带着他们，路过一户人家安排一个人。副主任被安排在了王仁厚家。王仁厚家没什么更好的条件，唯一可取的是，女人的脸蛋比别家的耐看些。

将近一个时辰过去了。张不三来到地里让那些男人们悄悄回家。结果就跟他谋划的一样，王仁厚站在自家门口高声骂起来。因为他看到自己的女人端端地坐在副主任怀里。张不三闻风赶到，厉声呵斥王仁厚："你喊啥？人家是县领导。"

"县领导咋啦？他就是玉皇大帝我也要告。借检查的名义勾引旁人家的媳妇，对得起他自己的妻室家小么！"

这位副主任早就是一脸大红大紫，惊慌失措地把求援的目光投向张不三。张不三把王仁厚推出门外，见仁厚媳妇早就溜进了厨房，便小声询问副主任："你看，这事咋办？"

"是我——我勾引她，还是她——她硬要往我怀里钻哩？"副主任那张长长的马脸气成了猴屁股，委屈得结巴起来。

张不三面孔和善得就要立地成佛，软言软语地替父母官着想："唉！这事说得清么？他一个吃泥吃土的农民当然告不倒你。但万一他要去县城嚷嚷，你那如花似玉的娘娘知道了也不好收场啊。"

"哼！"副主任这是在哼他的娘娘，哪里是如花似玉！脚像鸭掌一样夯巴着，腰身水桶似的上下一般粗，一身肥肉往下坠，呲着门牙鼓着腮帮也不知凭啥动不动就要对他指手画脚。但嫌弃归嫌弃，副主任生来就惧内。他明白一旦嚷进她耳朵，她会一把眼泪一声骂地闹到常委会上。张不三察言观色，坦坦荡荡说出了自己的主意："嚓屎尖尖，也就是吃屎。"为了表示吃屎吃得轻松自如并且很有分寸，他用了一个干净利落的象声词："嚓"。这是乡俗，得罪了某人，某人就屙一泡屎让他嚓。嚓过了，前仇后怨就算一笔勾销。副主任气得猴屁股似的脸上平添了许多铁青的疙瘩，半晌憋出一句话："你们这是对待我的态度？"

"你不嚓，我怕百人百嘴不好堵，说不定哪天闲言碎语就会灌满县城街道。"

这简直就是威胁了，副主任气得不理他。张不三又说："你要是实在不想嚓，那我就去和乡亲们商量商量，看能不能免了。"商量的结果是不能免，并且他捧来了一泡用菜叶托着的干屎，不知是哪天屙的，也不知是不是王仁厚的，但显然是早已准备好的。他放在副主任面前说："嚓干的，干的好嚓，又没气味，乡亲们一致同意照顾你。"张不三说罢就出去了，留下副主任一个人在背人处忍辱受屈。这也是照顾，要是别人，不仅要当面嚓，而且要规定尺寸，还要在众人的哄笑声中搅着舌头咽下去。过了一会，等张不三再次出现时，一坨盘起的人粪中央那根插天直立的屎棒棒上，半寸长的尖尖已没有了。他一定是用手嚓去的，更不会咽进肚里。但张不三相信副主任是吃了屎的，傲气十足地叉腰而立，口气变得又硬又阴："我说父母官，你下乡调戏良家妇女，叫人家喂了一泡屎，丢人丢到家了。若要人不知，除非己莫为。你说咋办？"

"还要我咋？你们有完没完？"愤怒已极的副主任失态地跳起来。

张不三脸上刮过一阵狞厉的寒风，又道："说完也完了，说没完也还没完，就看你了。你知道，围子村今年没打粮，一把粮食也交不起。公家人要是再来这里催逼粮草，那我们就去满县城嚷嚷。"

直到这时这位反应迟钝的父母官才明白张不三的意思，吼道："就这个事你为啥不早说？"

副主任带人匆匆离开了围子村。也不知道他是怎样糊弄上级的，这一年，县革委会形成了二十三号文件，专门讲的是围子村免交公购粮的事。

人人受益，人人得意。唯独王仁厚不悦，觉得自家付出了最最金贵的名声，得来的却和大家一样，实在不公平。张不三便让各家各户匀出一把粮食，凑足了半布袋，亲自送到王仁厚门上，说是奖赏有贡献的人。王仁厚这才消了气定了心，把个名声损失抛在了脑后。当然，更重要的是他媳妇一向是个极本分的人，受命于张不三做出荒唐事情来，也没有让嗜好闲话的人多费口舌。

事实证明，奸诈狡猾比老实本分更能给乡亲们带来好处。老队长自愧弗如，

对张不三说:"还是你当队长吧。"吃亏吃怕了的群众也看透了张不三的为人和手段,编了一首顺口溜流传开来:

> 张不三的脑袋长得尖,
>
> 想当队长不用选;
>
> 张不三的心眼溜溜转,
>
> 点头哈腰的是父母官。
>
> 咚不隆咚嚓,嚓,嚓,
>
> 嚓了个干粪棒棒屎尖尖;
>
> 咚不隆咚嚓,嚓,嚓,
>
> 不纳粮草不种田,
>
> 荫凉底下坎橡橡(手淫),
>
> 舒——坦
>
> 舒舒坦坦奔光景,
>
> 高举红旗永向前。

这最后两句是张不三自己加的。人人都说他加得有水平,是队长说的话。

张不三当了队长,自然是不缺吃的不缺喝的,他那饥饿劳困症也就渐渐痊愈了。更让别人羡慕的是,他沾女人的机会也多起来。男女间的事,三十如虎四十如狼。虎劲没用上,积攒起来全部增添给了狼劲,叫做老狼添翼,威震百里。

乡村道上,不知不觉又有了一首顺口溜:

> 嚓巴溜毬嚓,
>
> 张不三的脖子比马大,
>
> 三间房子圈不下,
>
> 女人女人快躺下。

张不三不在乎这些讥诮和揶揄,乐呵呵地回敬道:

> 赶马车的人,笑嘻嘻,
>
> 赶哩赶哩的日马屁。

他这是个比喻,因为在他看来所有的男人都得"扬鞭催马",都是"赶马车的人"。

他瞄准过不少小媳妇,以猛兽初舐人血的野狼,将自己渐渐塑造成一个偷香老手。他不怕张扬,因为她们根本不可能张扬。除非她们喝了豹血野了心,甘心做个不洁祖宗、有污门风的"烟渣"。俗语说："烟渣女人随人卷。"张不三对石满堂和驴妹子的眉来眼去早就注意了。他之所以迟迟没有下手，是因为他还从来没有对任何一个大姑娘产生歹意，觉得那样她们就很难嫁出去，自己快活一夜，别人痛苦一生，这种事还是不干为好。

驴妹子骤然出落成了百里挑一的俊俏姑娘。她就要嫁给石满堂了。

按照围子村的习惯，姑娘结婚必须穿娘家人的衣裳鞋袜。驴妹子没有亲人，她身上穿的全是自己给自己准备的。出嫁那天，婆家人用驴车拉她来到满堂家门上。一下车她就左躲右闪，却怎么也躲不过，她穿的是"鸳鸯"(反其意而用，专指不配对)鞋，一只红一只黑，一只新一只旧，分外耀眼。围观的女人们全都捂着嘴吃吃发笑。在王仁厚媳妇的挑唆下，那些会说人话的狗崽儿羊羔儿便一哄而起，不知轻重地喊起来：

> 鸳鸯姑姑吃岽岽（粪便），
>
> 吃了岽岽屙不下，
>
> 屙下一窝尽猪娃。

一声一榔头，十声十榔头，直敲得驴妹子一颗心在腔子里活蹦乱跳，牵动出五脏六腑的难过来，拧开了龙头的泪腺也直往外喷射那两股咸水儿。未及进屋，她那蒙住眼睛的袖子便早已湿漉漉的了。

"别哭别哭，弄脏了衣裳没啥换的了。"

谁知道说这话的婆婆是好心还是坏心，浪声浪气的，提醒了驴妹子，也提醒了那些来看热闹的刁钻婆娘们。她们眼仁骨碌碌转，亮闪闪的目光锥子一样地刺来，差点没把这新娘子洞穿，就只剩动手动脚里里外外翻个遍了。接着便是交头接耳："哎哟妈，你没看见么？衣扣、衣袋、衣袖全是鸳鸯。"偏偏这时驴妹子不再抹眼泪了，昂起头，蔑视那些不断飞升而起的闲言碎语。她甚至想讲话，如同给一大帮鼻子上大办粉条厂的娃娃们训话那样——这鞋这衣是她进城换来的(乡里人虽有布票但缺钱花，就只好背着半口袋大豆去城里走街串巷吆喝着换衣服穿)。换来的！不是偷来的！鸳鸯好，鸳鸯俏，比起你们这大窟窿小眼睛的破布衫，我这还是涤确良涤卡凡尔丁的三合一哩。自然，话未出口，她就被人一把拽进了房里。

然而，大事已经不妙。围子人是宁养两条黄狗，不要一头大牲口。凡事总讲配对儿，阴阳不能失调，山水不能移位，天地不能颠倒，高低远近不可混同。

可这新娘子，脚穿鸳鸯鞋，颜色新旧各异不说，鞋尖儿全都朝右拐。那衣服更是只能对立而无法统一：左袖红右袖蓝，红配蓝，死讨厌，不仅不好看，而且招人嫌。村子里的议论很快多起来：黑星下凡，扫帚头上带着股阴风凉气，灾难就像垃圾，是一疙瘩一疙瘩连绵不绝的。驴妹子过门，一则克夫，次则断后，三则亡家。心明眼亮、爱憎分明的围子人，一眼就把这新娘子看穿了。

驴妹子两年不育，满堂家面临断子绝孙的危险，并且谁也不敢保证往后她会不会将别的灾难降临到这个平静的家中。那些日子，满堂家的房里房外渐渐出现了一个随时移动着的阴森森冷冰冰的角落。这角落由人心和人嘴组成，制造嫉恨，散播风言风语，放射寒光冷气。满堂家的人，包括那个夜夜搂抱着驴妹子的男人，也已经觉得她拖在身后的那股晦气越来越明显，越来越张牙舞爪。就在这时，驴妹子的公公病倒了，脘腹鼓胀，心口疼痛。再也忍耐不住了的婆婆撕烂脸面，扯烂嗓子，站在当院望天谩骂，说是骂鬼："看见了，看见了，扫帚星临门了，黑老虎进家了，血口张开咬人了，鬼鬼鬼！白猫儿进了老鼠洞，出不来也进不去。好怪事儿哩！天到了地上，地到了天上，水往山上淌，风往心窝窝里钻。不是瘟猪来家，好端端的人咋就呻唤开了呢？"

骂乏了进屋，坐到炕沿上，守着皱巴巴的细脖子支不起大脑袋的病人，唉声叹气，叹着叹着又抹起了那永世抹不尽的眼泪："命苦了天欺，人贱了狗欺。呜呜呜，天欺狗欺都来了。犯了天条的老祖宗，你为啥要叫我们受这种苦哩！"

这声音将乞怜和诅咒、伤感和悲愤纠葛在一起，粘粘糊糊分不清主次来。在灾难中生活的婆婆最拿手的便是这种五味混同的撒泼。那是一种所谓骂者无心、听者有意的艺术，聪明人不难意会那猪那狗那白猫那黑虎指的是谁。驴妹子是聪明人，在一个月光如水的夜晚，她知趣地离家出走了。石满堂明明看见了却装作没看见。第二天，他也没有去那间麻眼阿爷留给她的破房子里将她叫回去。她恨就恨在石满堂的这种举动上。她对他能不能做一个可靠的丈夫渐渐绝望了。

天旋地转水倒流，一切都得重新开始。

那日，队长张不三来到驴妹子门上说："你的工分算错了，黑饭后来我房里核对一下。"她去了，无法不去也无法不留在那里过夜。她已是一个小媳妇，张不三对小媳妇是没有什么顾忌的，况且眼下她还是个失去了丈夫保护的小媳妇！再说，她想怀娃娃，想证明地里不结瓜是没有播进好种子的缘故。她盼儿盼空了心，想那张不三一定是个如狼似虎的角色，地中精气、天上阳火全漩在他的血道道脉巷巷里，雄种要是加身，瓜儿豆儿就会一嘟噜一嘟噜地结出来。她被张不三搂在怀里，一搂就是几晚上。好火色，她是生铁疙瘩化成水，她是石头块块融成泥。很长一段时间都被男人冷落着的驴妹子盼这火色烧身的愿望不知不觉膨胀起来，与日俱增，不可挽回。而对张不三来说，自从有了驴妹子，别的女人他就一概不沾了。如果她能给他怀上娃娃，他就想娶她。两个人恩恩爱爱、缠缠绵绵好几个月。村道上又有了一首专门为张不三助兴的歌谣：

老公见酒，

骚羊见柳，

天上的嫦娥地上的妹子，

你就是好酒你就是嫩柳。

而在满堂家，老人的病日见好转了。石满堂想把媳妇接回来，他母亲一听就吓得直打哆嗦：“冤家！你想让她克死娘老子么？插根尾巴她就是驴，你要跟她过，先把娘老子找个土坑埋掉。”

他父亲也说：“满堂，你就死了心吧。驴妹子跟了张不三，那是老天有眼，给了她好福分。我们命苦家寒，草木百姓一窝窝，活到下一辈子也不敢去队长碗里抢肉咂汤。”

石满堂表面上答应，背地里还是去了。他来到张不三门上，说是来看看驴妹子。驴妹子没让他跨过门槛，凄恻地说：“满堂，死了心吧，好好找个能生能养的女人过日子，我怀不上，永远怀不上了。”说罢，她就进去将门从里面闩死了。石满堂愣怔着立了好一会，才怏怏回去。从此，枯寂与他有了缘分，命运的捉弄滋生了他对生活的冷漠和对别人的怨愤。他是人，人所应该具备的东西一样也不缺包括那份黄金一样沉重的感情。这感情随着时间的流逝越积越厚，竟然使他有了发誓不再婚娶、气气娘老子也气气自己的念头。只要父母一提起他的婚事，他就会大吵大嚷着给他们发一顿脾气。他变得暴躁起来，似乎天下所有的人都欠了他的债，都伤了他的心。他想复仇，可又实在不明白该怎样泄恨或者把怨怒发泄在哪里。几年过去了，张不三开始带人闯金场，为了防止石满堂侵犯他的权利，他将驴妹子也领走了。之后，他年年闯金场，年年带着她。他虽然不想和她结婚，但已经到了离不开她的地步。她呢？似乎也没想到过要离开他，至少在围子村，她是没有办法不经过他的同意去做别人的名正言顺的妻子的。张不三像一片幽深的海，淹没了她作为一个女人的选择和企盼，也淹没了她的记忆。

第三章　桦树林

驴妹子想着只叹气。

谷仓哥哥也在梦中叹气，叹金场叹女人叹那些山山水水。古金场全是阴山柔水，像女人，像妹子，总是罩着雾，总是藏着宝，总是不肯抬起头——她等待着别人将信物送到她怀里，一旦有人送来了，却又缩手缩脚、羞羞答答的，久久不肯揭去面纱。甚至，由于胆怯她会借着荒风和寒冷，借着貌似伟大的天云地雾，无情地拉起一道鲜血淋淋的屏障，威吓着拒绝别人靠近。

在梦中恍恍惚惚的境域中，谷仓哥哥把古金场和驴妹子搅和在了一起，怎么也分不开。过了一会，连自己也变了，变成了一座陡峭的山，正在经受狂风的摇撼。风在吼，人在叫，他脸上热辣辣的。他费力地睁开眼，眼皮粘乎着，没看清炕沿下站着的是谁。那人伸手又给了他一个耳光。谷仓哥哥彻底醒了，忽地站起，才明白是张不三将自己扇回到了这个残酷的人世中。

"冤家！冤家！你不死在我手里就不甘心哪！"

张不三两眼冒火，用骇怪异样的腔调咆哮着，又要打人了，但挨打的却是一边瑟瑟发抖的驴妹子。谷仓哥哥愤怒地曲身跳到炕下，举拳打在张不三的胸脯上，可真正感到痛苦的却是自己，他又忘记右手上的创伤了。张不三根本没把他的愤怒放在眼里，回身撕住驴妹子的头发："养野汉子也不能养到谷仓人头上。他是人么？你说他是人么？"

驴妹子痛苦地将牙齿呲出嘴唇，眼睛朝上翻着，翻没了黑眼仁儿，翻没了她的灵光秀气，她使劲点了点头，张不三又是一记耳光扇去，扇歪了驴妹子的脖颈。谷仓哥哥抱着右手，惊叫着差点倒在地上，忙又立稳，跑向门外。他知道，张不三的威风是耍给他看的，他多呆一分钟，驴妹子就会多受一分钟的折磨，多有几次更加丑陋剧烈的变形。使他吃惊的是，门外，许多谷仓人肃静地伫立着，就像伫立着一些他的卫兵。他吼道："你们来干啥？"他们是来报仇的，可没想到，围子人会和他们一起赶到这里。这会，全体围子人挤挤蹭蹭排开，对他们形成了一个半圆的包围圈。谷仓哥哥再次责问自己的伙计们："你们来干啥？"

"宰了她，她是围子人的女人。"有人道。

"应该宰他，宰那个畜生。"

他吼着，气急败坏地朝前走去，谷仓人呼啦一下跟上了。围子人分成两半，从中间让出了一条道路。

"呸！"石满堂站在人群中，将一口浓痰朝谷仓哥哥啐去。

谷仓哥哥停下来瞪他，气得鼻翼发抖，却被自己的伙计们连拥带拉地裹挟走了。好汉不吃眼前亏，他们自认是些好汉。

这天，谷仓哥哥回到自己的伙计们中间后做的第一件事，便是直奔唐古特大峡口拦住携金逃走的周立通。他明白，要向围子人讨还血债，周立通是最好的帮手。别的伙计都是第一次闯荡金场，禀性没有得到荒原的改造，最容易被激怒也最容易退却。

周立通怀揣大金子，不敢急急忙忙地赶路，那样太危险，碰上经验丰富的金油子，一看就知道：他如果不是盗贼就一定是个发了横财的人。抢劫一个独行的而且十有八九携带着金子的淘金汉，在古金场几乎可以公开进行。看到抢劫的人一般只会欣赏抢劫或者自己参加抢劫，而决不会上前阻止抢劫。周立通扮出一副被遗弃的狼狈相，晃晃荡荡地行走，遇到人时他就凑上去主动打招呼，问人家要不要卖力气的砂娃。人家一看他枯瘦委顿的模样，自然会挥手让他快走。态度好一点的人有时还会规劝一番："回去吧！金场可不是混饭吃的地方，谁也不想雇一个散了架的砂娃。到时候，你挖的砂子还不够埋你的。"

他于是哀叹几声，垂头丧气地离去。这样走走停停，离唐古特大峡口还有老远，就被谷仓哥哥带着几个人撵上了。谷仓哥哥对他说，那东西他不要了，但他必须跟他回去。碍着别人，谷仓哥哥不好提到大金子。但周立通是明白的。他问回去干什么。谷仓哥哥闷闷地说："杀人！"

周立通嘴角一阵抽搐，脸上顿时显得很得意："干这种事就想到我了？我咋会杀人呢？不会，不——会。"

谷仓哥哥哼一声，威胁道："小心我们把你放翻在这里，叫你鸡飞蛋打，啥也得不到。"

跟谷仓哥哥来的人中有一个叫李长久的小伙子，挺机灵的一双眼睛在他们两个人脸上瞅来瞅去想瞅出个水落石出。对周立通的突然离开他早有疑问，又听他们说话打哑谜，便上前道："你为啥要走？扒了裤子，我看你还有没有本事走出唐古特大峡。"

谷仓哥哥瞪他一眼。他以为这是暗示，就要动手。周立通赶紧道："算了！不跟你们罗嗦。只要惹了我，杀人就杀人。"

他轻笑着看看李长久，似乎这话是说给李长久听的。谷仓哥哥推一把李长久说："走喽，围子人裤子尽够叫你扒的。"

在积灵河边的桦树林中，谷仓人经过一番吵吵嚷嚷的商议之后，开始向黄金台出发。他们顺风而进，所有人的身子恍然被巨大的不可逆转的天外之力抬举着，在桦树林前仰后合的热烈鼓动下，飘飘然而行。就要走出桦树林了，风声变得悠远而清亮，呜儿呜儿的。走在最前面的谷仓哥哥突然停下，眯眼瞅了一会，大喊一声："抓探子！"

周立通和几个机敏的谷仓人也已经看到了不远处稀疏的树影后面有颗脑袋，脑袋上的头发像茅草一样随风跳舞。他们喊叫着飞跑过去，像饥馑中的野兽在奔逐一只弱小生物。大风被他们搅混了，搅出了一阵诡异的声响。随着这声响的消弭，那密探也就成了谷仓人的口中食。当人们将他押解到谷仓哥哥跟前时，他已经被捆绑成一团发抖的人肉了。

"吊起来！"

周立通眨着一对鼠眼飞快地进谏，看谷仓哥哥不语，便马上动手。

这探子被悬空倒挂在了树上。大地有情，吸引着他的胳膊、双手、头发、眼仁和浑身的皮肉。他身子光溜溜的，转瞬间，随风而来的绿头蠓虫就在上面欣喜若狂了，吟唱着飞起落下。而他那被麻绳勒紧的小腿上，皮肉正在开裂，渐渐露出血糊糊白生生的骨头来。旁边就是积灵河，从水中望去他好像是个脚踩白云，踏天而行的人。他高一声低一声地嘶喊着，但粗野的风声水声林涛声却将他惨烈的叫声过滤成了瘆人的笑声。

谷仓人得意地欣赏着。他们的残杀游戏做得轻松而自然，根本没有丝毫的不安和沉重。甚至，当谷仓哥哥想起自己在家乡曾打死过一只狗，试图重温一下当时那种淡淡的伤感时，竟不由自主地发出了一阵沙哑的笑声，笑得让人发颤发怵发麻。

队伍又开始进发，桦树林远了，黄金台近了。天风突然转向，变作一个神奇的大口袋，在头顶窜来窜去。一会，口袋坠到地上，将一片墨汁般流淌的人群倾倒在了谷仓人面前。他们是在听说黄金台上发生争斗后匆匆赶来的。为首一个长络腮胡子的人过来拦住谷仓人，眼光左右一扫便认出谁是掌柜的。他凝视着："听说围子人把你们赶跑了？"看谷仓哥哥点头，便满不在乎地晃晃脑袋，"土台，荒了千年万年，别去争了，啥也没有。"

"有金子，一弯腰就能拾到金子。"

"当真？"

"不是真的，围子人要占它开荒种地养老婆么？"

这正是夏季涌入古金场的所有淘金汉关心的问题。有争有抢就有戏，有戏就有金子。他们其实早就准备好要去抢占黄金台了。即使不碰到谷仓人，他们也会以为这场骤起的大风便是天公在鼓舞他们去参加一场生死搏斗。

"黄金台又不是自留地，老天爷的地盘，人人有份。好金子不能让他们独吞。"

谷仓哥哥不吭声了，迟疑地望望那人身后如潮如涌的人群，突然害怕起来："你们要咋？"

络腮胡子反问："你们要咋？"

"不咋。"谷仓哥哥意识到这些人是来抢他们的饭碗的。

"不想去黄金台上拾金子？"

"哪有的事，我是说笑话哩！"

"大风天拉起队伍走金场，是尕娃娃在耍把戏么？"

谷仓哥哥有点发懵。络腮胡子拍拍他的肩膀："伙计，小肚鸡肠可不是正经淘金汉，要吃亏的。"

两支队伍汇合了，一下子壮大成一股汹涌的洪流。而且这洪流还在膨胀，半路上，又有新队伍从四面八方不断涌来不断汇入。他们抱了同样的心愿：不是大金子的诱惑，就不会有你争我夺的场面。而大金子是大家的，既不能让围子人独吞，也不能让谷仓人霸占。只要我能得一份，啥话也好说。抛洒热血也行，磕头作揖也干。只要心里装着金子，双手可打人，膝盖可打弯，张嘴吐得骂语，开口叫得亲娘。

风吼天叫，数千人的进逼就是数千把钢刀的插入。人们那野性和蛮力以及占有和复仇的情绪都变做厚重的天盖，激动地朝黄金台扣去。黄金台倏然渺小了。

就在谷仓人准备雪耻时，黄金台西坡石窑口的平地上却是一片炊烟袅袅的和平气氛。

从积灵川归来的围子人正在吃饭。负责伙食的人给他们揪了一大锅稠乎乎的白水面片。他们一人舀了一铁碗，七人一群八人一堆地蹲在地上，专心致志地朝嘴里扒拉。正吃间宋进城一个喷嚏打出五朵金花。他面前的人吓了一跳，个个都抬起头望他。宋进城把碗放到地上，一拍大腿给自己叫好，完了便唱：

> 喷嚏一个，家里人睡了，
>
> 喷嚏两个，想你想急了，
>
> 喷嚏三个，满炕跳了。

这是围子人的《喷嚏歌》，不知起于何年，始于哪月，反正也是老祖宗的遗产：从古到今，围子村的男人们都在不断地外出谋生，留下媳妇独守空房，男人的牵肠挂肚就像脚下的道路一样绵长。有人在半途上得了伤风感冒，喷嚏连天，为了宽慰自己，就说是家中媳妇想他了，而且想得死去活来、肚肠欲断。别人觉得这说法不错，便接受了过去。久而久之，便演绎成了一种乡俗。那年，王仁厚第一次跟着张不三闯金场，离家三个月，均不见喷嚏出鼻，就以为媳妇没惦记着他。他媳妇五官端正，面皮天生白嫩，在围子村的众女人里也算是个人物。他以此为自豪，但也时常提心吊胆，生怕那些穿窬之贼趁他不在，甜言蜜语地软化了她的心。女人的心，谁也摸不透。联想开去他便怒火中烧，冲天詈骂："养了老公野了心，不念你男人在外是死是活。欠打！"张不三耐着性子宽慰，说："你媳妇就是我妹子，谁敢欺负，我回去把他宰了。"王仁厚相信他的话，感激地直点头。当然王仁厚更多的是庆幸，他媳妇和张不三是姑表亲，不管张不三乱沾过多少女人，但和他媳妇却一直保持着距离。那一次闯金场，王仁厚金子淘了才三钱，想媳妇却想得平添了几道皱纹，头发也白了几千根。好不容易平平安安回到家中，媳妇喜气洋洋给他端水倒茶、揉面做饭，他却冷着面孔一声不吭，等吃了饭，便动鞭子动歪辣（一种用于家教的短棍），拷问媳妇家里来了几个野汉。女人泪流满面，一迭声说："没有。"他自然不信："没有？那你为啥不想我？""想了。白里想到黑，黑里想到白；想干了眼泪想断了腿。村口那条白生生的路不就是我踏长的么？"王仁厚气已消了大半，但依旧不相信，夜里搂着媳妇细细盘问，拐弯抹角套她的话，套来套去套不着，便满腹狐疑地问："你说你想我了，那我为啥连一个喷嚏都没打？"媳妇揣摸透了男人，知道这时已到她耍耍威风的火候，掰开他紧搂着自己的胳膊，用食指点着他的脑门儿："是我叫你没打么？马不跳槽怪驴子，老天爷没给你打喷嚏的命。我就养了老公，养了十万八千个。"说罢扭转身去假装赌气不再理他。生死由命，连打喷嚏也要由命。他只好唉声叹气自认命苦，又急忙搂住她，在她肋巴骨上硌出痒痒来。她笑了，扇他一巴掌（当然不会是在脸上），挣脱他，忽地坐起："谁知道你在外面做了些啥，我也没打喷嚏，我就不信你没有打野鸡。"王仁厚又一声哀叹，伤心地抹着眼泪，就要将那离家在外的坎坷光景、冷暖人生摘要发表，以便让她明白去日苦多，自己一秒钟也没有享过福时，媳妇就一骨碌滚到了他怀里。于是浑浴和光，真一味风清月朗。

从此以后，王仁厚再也没闯过金场。他吃不了在金场风餐露宿的苦，惧怕那种随时都会发生的争争抢抢的金场风潮，更不堪忍受想媳妇的煎熬。今年，张不三谋算着要在黄金台上掘穿通地坑，动员全围子村的男人都跟他奔赴古金场。大家都被张不三撺掇得来了精神鼓足了勇气，唯独王仁厚恍恍惚惚没个准，今天说去明天又说不去连他媳妇都替他着急，时不时地数落他："等人家挖出了金疙瘩，腰包里鼓鼓囊囊有了钱，你的脸往哪里放？家里穷得就要没裤子穿了，你就一点不焦心？我可不跟你再过这种面汤拌盐盐拌面汤的日子。"

"我想你咋办？"

"老脸老皮的不知羞。你要是不去，人家不说你一个大男人没志气，还说我得了眼前的亲热丢了将来的红火。将来，哼，将来谁得了大金子我就跟谁过去。到时候你想我，我连喷嚏都不打。"王仁厚几乎拖着哭腔说："你这不是逼我么？那金场是好去的？一到金场人就不是人了。""人家去得你为啥去不得？我就不信一到金场人就会变成狗。"慑于媳妇的压力，王仁厚终于决定跟着张不三再闯一次金场。临行，他问媳妇："你想我不想？"

媳妇痴痴地望他。

"你不想？"他忧急得眉峰耸起，脸上肌肉一撮，眼泪啪嗒啪嗒落下来。

媳妇实在控制不住了，一头扑到他怀里，悲悲戚戚地说："我想你，想你……要是日子好过些，仁厚，我就不叫你去。"

这举动使他定下心来，仅仅为了媳妇的这片真情，他也得捧来金子。他用手掌揩干自己的眼泪，长叹一声，毅然推开她。既然非走不可，那他就要走得气派，走得像个男子汉。为了让媳妇心里好受些，他在门口故意打了两个响亮的喷嚏。

既然有这样一些有关喷嚏的往事，也就不奇怪为什么《喷嚏歌》一出口，就挑逗得人们各俱心态、各有情势了。宋进城得意不尽，边嚼面片边哼歌，嫉妒得石满堂一手端碗一手撑地站起，又将沾在手上的土噗噗噗地吹向宋进城。宋进城岔开大手罩住碗，逗趣道："满堂哥，你别使坏，人心不善，下辈子也没有人想你。"

"你说我不善？我扒了你家的炕灰还是掰了你家的锅盔？"石满堂恶声恶气地说。

"不是你扒了我家的炕灰，是我想扒你家的炕灰。等你再有了媳妇就给我言语一声，我立在你家门口等你把她赶出来。"

这话触到了石满堂的痛处，他抬脚就要踢过去。宋进城跳起来躲开，他可不想和这个蛮牛莽汉对阵，虽然他不怕，但打起来总不是一件好事。围子人干的是大事业，干大事业就要讲团结讲友爱。他是读过书的人，这个道理他比谁都懂。这时，他听到在停放拖拉机的地方王仁厚小声小气地问张不三："掌柜的，你说我那媳妇咋又不想我了？"

张不三低头不语，宋进城大声道："才来几天，她就会想你？"

"你懂个啥？女人的屁股是尖的还是圆的都没见过。"

"见过见过，你媳妇的屁股是四棱子。"

王仁厚不想开这种玩笑，两眼巴巴地望着张不三，似乎张不三能给他解释清楚他为什么不打喷嚏的原因。

"你媳妇现在正想你哩，你不知道？"张不三说着走进石窑，一会儿又出来，手里攥条毛巾，要王仁厚揩去脸上镶着白色花边的泪痕。

"啊嚏！"王仁厚一揩便打喷嚏，再揩再打，惊愕得他死僵僵地立住了。这时宋进城首先盯准了毛巾，夺过来整个儿捂到自己脸上，鼻子酸了，鼻孔大了，毛巾一取，一连发出了几声"啊嚏"。"嘿嘿！"他咧嘴一笑，又将毛巾传给别人。直到每个有媳妇守家的人都打了喷嚏，这神奇的沟通男女心灵的毛巾才送回到张不三手里。连喜也要打喷嚏，张不三不给。

"我试试看，有没有妹子想嫁给我。"

"你挖到金子就有了。"

但毛巾还是被连喜抢在了手里。他欲捂不捂，嗅嗅又看看，叫道："毛巾上撒了花椒面。"

所有人都拿眼光盯住他，看他还要说，宋进城跳上前去一个耳光扇歪了他的嘴。

其实这奥秘谁都知道，只是不想也不敢揭穿罢了，求个舒畅，求个心安，腾出精神来拼死拼活挖金子。可你偏要用实话搅扰心绪、掏空精神，打你一个嘴巴你还得感谢宋进城的再造之恩呢。连喜知道自己又犯了大错，惊恐地望着张不三。张不三已经有了锁眉竖眼的怒相，回头吩咐石满堂："明儿开挖时要点火，叫连喜多砍些烧柴来。"

宋进城愣了，忙道："我和他一起去。"

"你还有你的用场。"

连喜倒爽快，一迭声喊道："我去！我一个人去！林子里我熟。丢不了。"

宋进城明白谷仓人一定会图谋报复，一旦连喜撞上他们，那就死定了。他抬头望着迷濛的原野，仿佛看到一个幽灵正在远方闪现忽明忽暗的荧光，诡谲地朝他眨眼。他不禁恐惧地缩了一下身子。

连喜一个人去砍柴了，但他没有按时归来。不独事事都想庇护他的宋进城感到不安，就连张不三也立到台坡上张望起来。

"咋搞的，你去看看。"张不三道。

宋进城浑身一颤，悲愤地大叫："死了！他死了！"他相信在散发着恐怖之光的荒野深处，当人直面他们自己制造的暴力和杀气时，对不幸的预感总是不期而至的。

天变了，一半青白一半铅灰，太阳突然远远遁去，像巨型放大镜的聚光点那样扫射着古金场。一条似受创的猛蛇游窜天空的风带，从高空栽下来，一头扎向黄金台顶。于是，围子人的领地开始颠簸了，像怒涛急浪中的一只船，飞扬而起又迅速潜入黑森森的水墼。就在这时，张不三和宋进城看清了在风中动荡不宁的黑色人群，听到了他们的喊叫。两个人转身朝石窨跑去。过了一会儿，窨口像鳄鱼张大的嘴，哗哗哗地将所有围子人喷了出来。他们被面前的风声和人潮的涌动声惊吓得失去了理智，好像迎头撞去才可以免除灾难。而张不三疯得更厉害，竟然习惯性地挥动手臂，连跑带喊："堵过去！堵过去！"

围子人朝台下奔去。当他们立定脚跟准备拼死一战时，勃勃向上的人潮便没头没脑地漫溢过来，眼看就要将围子人淹没。宋进城大喊："堵不住了，回石窑！"

围子人急转趔回，比刚才跑出石窑还要迅速地隐入了窑口。

人潮更加狂放。整个黄金台顿时被险恶的人欲覆盖了。

人们是为黄金而来的。弯腰拾金子当然纯属虚妄之言，他们也没抱那种希望。但对黄金埋藏于土层之下却是深信不疑的，要紧的是抢占有利地盘。唯独谷仓人另有图谋。人影混乱的黄金台上，谷仓哥哥将自己的人马稍事整顿后，便带领他们朝石窑蜂拥而去。转眼间，他们用怪声怪气的叫嚣和器械的碰撞声在石窑前垒起了一堵恐怖的墙。

石窑里乱成一团。

"我的铁锹哩？日你妈，你拿了我的铁锹。"昏暗的油灯下，石满堂骂道，接着便是一阵厮打声。挨打的王仁厚老大没羞地哭了，连连申辩："我的，铁锹是我的。"铁锹在这时已成了无可替代的防护工具。

张不三过去，一人一个耳光。

宋进城说："要是刚才别进窑里就好了。"

"少说废话。"张不三吼道。

人们渐趋安静。这时从窑外传来一声严厉的命令："快出来！不出来我们就堵窑了。"

围子人最担忧的就是对方从窑顶把土挖下来堵住窑口。

"畜生！老子不想死！"石满堂骂着，端起铁锹就要往外冲。张不三一把拽住他说："要出一起出，满堂带头，大家跟上。"

王仁厚畏畏缩缩地朝后退去。张不三眼睛一横，过去撕住他，把他推到石满堂身后。

外面，周立通和另外一个谷仓人一左一右把守在窑口。他们一人手持一根头大尾小的桦木棒，随时准备敲打跑出来的围子人。

石满堂出现了。他骂骂咧咧的，突然感到肩膀被重击了一下，身子一歪，咚地倒在地上。他再也不敢吭声，生怕人家再来第二下。

"日奶奶的，命硬得很哪！"

吊着伤手站在一旁的谷仓哥哥骂着给周立通鼓劲。周立通又抡起棒子朝第二个出窑的王仁厚打去。王仁厚尖叫一声，滚翻在地。

所有走出窑口的围子人都挨了一棒。谷仓人高兴地喊起来："棒棒来了，风收掉，婆娘娃娃哭开了，走好，走好，阴间道上走好。"

大概是受了这喊声的鼓舞，周立通估摸人出得差不多了，猛吸一口气，咬扁了嘴，旋腰挥棒，带着一阵风声朝前砸去，一个命中注定要为黄金殉难的短命人瞪眼看着那棒飞来，眼睛没来得及闭上，轰然一声，脑袋里的所有部件便移动错位，破碎成了一葫芦浆糊。恰好张不三跨出窑口，他望着死人一阵发怵，不禁打了个冷战。

谷仓哥哥阴冷地笑着，他希望张不三吊眼竖起，好激起周立通敲死他的欲念。但求生欲不让张不三唤回他往日的威严和自尊，渴望尽情生活的愿望在关键时刻帮了他的忙。他张口说话了，极力装扮得平静和诚恳："放我一条命，我把驴妹子让给你。"谷仓哥哥听着生怕漏掉一个字。之后，他愣了，愣得消失了脸上的狰厉，丢弃了浑身勃发的胜利者的自豪。一看这情形，张不三突然又变得硬气起来。他小声骂了对方的先人，留下凶狠的一瞥，大步前去。那些挨了棒打的人顾不得去为同伴收尸，忽地跟上。一长绺黑色人流穿行在一些陌生的淘金汉中间，走下了黄金台。人流后面突突突地紧跟着四辆手扶拖拉机。

谷仓哥哥抬头望着，心中暗暗诅咒："千刀万剐的，连自己的女人都舍得。"他后悔刚才没把张不三敲死，敲死了，驴妹子不照样属于他么？为啥要等这个畜生的许诺呢？但他的心情毕竟是舒畅的，仇报了，黄金台到手了，女人也有了，再有什么奢望，那就一定是多余的了。

一声悠长的情歌从高旋的秃鹫胸腔里发出，越过茫茫大气，直插天际云雾。秃鹫的情歌是发情之歌，唤来了黑夜，唤醒了许多金光灿烂的眼睛。浓黛幽幽的黑色桦树林沉思到鸦雀无声。

连喜的灵魂早已升天了，而尸骨犹存，赫然裸陈在他的伙计们面前。他已经没有人样了，绿蠓的咬噬使他满身白肉翻滚，密布的肉洞里有营营的叫声，食肉昆虫们的爱情夜曲优美动听。他的一只胳膊和一只手已经不见了，头发连皮剥去，白生生头盖骨上有一个深洞，脑浆已从这洞口中流逝。不知是哪个野兽的杰作，竟表现出如此狡黠的智慧和如此高明的技艺。

围子人没有将连喜从树上解下来。他们拾来柴草在尸首下面燃起大火，红色的热潮泛滥了。表情冷峻的围子人个个像石雕，凝然不动，只有眼睛是活动的，随着火苗的跳跃和一阵噼噼啪啪的响声，显得无限哀恸。葬火很快将尸首罩住，像裹缠了一层厚厚的红色尸布。一会儿这不肯平静的尸布又继续升腾，将整个悬挂尸首的大树燃着了。于是古金场中有了人造的悲壮的黄昏，有了人造的鲜艳的霞霓。

当大树和人体一起化为灰烬，火色变作缕缕鬼怪的黑烟，人们从悲愤到无声的葬礼中超脱出来之后，石满堂终于觉得满肚子牢骚就要撑破肚皮了。

"拔根毫毛也能立起来，你就软成一团泥了。驴妹子都肯让出去，我们这些兄弟乡亲到时候还不让你卖了？"

直人说直话，急了，恼了，感情受到损害了，石满堂什么话都敢说。张不三仄他一眼，阴郁地低下头去，只让两道隆起在眉间的肉浪格外突出地显露在对方眼中，表明了他对一切诘难的蛮横拒绝。

"祖宗八辈子，没有黄金照样活，照样过来了，可没有女人不行。那驴妹子，苦巴巴、孤零零的一个好人，给你暖被窝，给你垫肋骨，需要了又搂又啃，不需要了一脚蹬开，你忍心？"

"别说了！驴妹子是好是歹，与你有啥相干？我软了？我还不是为了大家！有本事你去一棒子敲死他们的金掌柜，算你是人养奶喂的。"

"我没本事？哼！我就没本事！没本事也是人，也有良心。你呢？心肺烂了狼不吃狗不闻，臭！那驴妹子，唉！跟了吃心狼还要赔笑脸哩。"

张不三不吭气了，眼望面前的河水。河水泛着清浪，踉踉跄跄朝前奔，好像不奔出个巨大声威来不罢休似的。这时宋进城靠了过来。

"把驴妹子接来，啥事也就没有了。"

"混搅！把她接来，啥事都有了。你想等着看戏啊？"张不三一把撕住宋进城，却又被对方一阵笑声打懵在那里。

"不就是担心石满堂么？我叫他老老实实的。"

张不三松了手，思忖片刻，还是摇了摇头。不知为什么，他觉得驴妹子即使跟谷仓哥哥睡觉，也比整日让石满堂用眼光裹来绕去的好。他摘下自己腰间那个扁扁的酒罐，递给石满堂。石满堂侧头痴望张不三，突然明白面前这个赌博性命的人是不会在这种场合讲什么良心的。他绝望地接过酒罐，悲凉地喊一声："喝酒！"

许多人躺倒在地，疲惫不堪的面孔上毫无表情，目光淡漠得如同失去了太阳的白昼，嘴唇凝冻了，看不出他们是不是还在呼吸。张不三知道，只有酒才可以刺激起他们的精神。

"八台有喜！"张不三一声猛吼，惊炸了一天厚重的雾气，惊得人人都将头勃然参起。

"来啊！喝酒了！"宋进城马上呼应，摘下自己的酒罐，冲天一洒，便嘴对罐口，一阵猛灌。而石满堂喝得更加野浪，喝干了自己手里的酒，便和宋进城伫立着划拳。

"四喜临门！"

"九发中原！好！你输了！"石满堂喊着，却习过宋进城手中的酒罐，朝自己的大嗓门倒去。张不三面孔严峻地望他，心思却早就飞升到黄金台上了。

这时，四周已经响起一片猜拳行令的吼声。人们疯癫了，不可理喻地把残存的精力宣泄得淋漓尽致。高兴啊！亢奋啊！为失败欢呼啊！颠前踬后，出生入死，不就是为了人生有一个这样的瞬间么？但很快这美丽的瞬间被石满堂的一声悲嚎送上了西天："驴妹子！"

他跟跄前去。张不三伸手拦住。

"走开！我要去守她。"

"她已经是人家的了，我说话要算数。"

"畜生！驴妹子愿么？"

"她不愿意？啊哈！她不愿意就好，就不怪我说话不算数了。"

张不三恨得咬牙切齿，也不知是恨自己还是恨别人。他一屁股蹲到地上，双手紧紧捂住脸。他问自己，就这样认输了？张老虎的儿子就这样成了让人随便抟捏的面蛋蛋？父亲被人砍掉了下身砍掉了双腿，自己的身体虽然团圆着，但这副窝瘪相跟断了双腿没两样。他又想起了世仇杨急儿，隐隐地有些佩服。这人就是厉害，为了报仇，憋屈了多少年！比起来，他不如，难道自己天生就是个骨头酥软、劲气不足的男人？

第四章　叛兵

张老虎说了声让他死吧，他就注定要死了。尽管他的头还扛在肩膀上，心脏还在咚咚跳动，但张老虎的话就代表了阎王爷的意志。

来送信的剽悍无畏的撒拉族骑手将尖尖的下巴朝上一翘，似在问，我为啥要死。张老虎将手中的信捏成一团，朝身后的火堆扔去。这就等于做了回答：谁让你来送信呢。张老虎不打算承认自己接到了信。兵荒马乱，骑手或许在半路上遇到了敌人，或许贪生怕死，开小差去睡女人了。

信是西北第二防区司令马步芳给唐古特黄金管理局马刀队队长张老虎的命令，要他在唐古特大峡伏击正在向古金场逃窜的一连叛兵，务求全歼，不得遗漏。

四周是荒野，马刀队的队员们分散在一堆堆篝火边，不时地朝这边张望。张老虎提刀在手，问骑手是想跑还是不想跑。骑手不回答，转身奔向自己的马。就在他跃上马背的同时，一把大头马刀带着啸声飞过来。骑手倒在地上。马惊嘶几声跑向一边。张老虎远远地望了一会，过去从地上捡起马刀，在死去的骑手身上蹭干净刀面上的血渍。两个队员走过来收拾尸体。他们把那颗被大头马刀飞下来的头颅拎起，用皮绳拴住了头发。在离他们不到一百米的地方有几排横逸着斜枝歪权的青杆树，上面挂满了人头。骑手的头颅将作为新成员加入这个恐怖阴森的王国。

过了几天，以杀人不眨眼而使所有砂娃毛骨悚然的张老虎带着他的马刀队，在靠近古金场的唐古特大峡口围住了在多次战斗中死伤已经过半的那一连叛兵。但这次他并不想杀人，他知道最廉价也最得力的劳动力应该是那些走投无路的战俘。他丢掉马刀，傲气十足地走过去立到两支敌对的队伍中间，冲叛兵大声说，你们走到了绝路上，做我的砂娃，我保证一个不杀。但对方的回答是匍匐在地做好战斗准备。张老虎的马刀队从来不使枪，也从来不怕枪。在张老虎退回去的同时，他们旋舞着胳膊甩动炮石将一块块鸡蛋大的石头甩过去。炮石本来是用来揽羊的，好牧人可以在几百米开外击中头羊的犄角，迫使它带领羊群改变方向。马刀队的队员们虽然都不是牧人出身，但为了指挥和对付逃跑的砂娃，天天都在练习。几乎所有甩向叛兵的炮石都击中了目标，有被砸晕的，有被砸出叫声的。于是叛兵的枪响了。张老虎身边有人饮弹而亡。张老虎大喊："砸烂狗日的头！"一排更加密集的炮石从四面八方呼啸而起，接着又是一排。叛兵开始突围。但骤雨一样陨落而来的石头使他们很快打消了突围的念头，因为被石头击中脑袋的往往是跑动的人。他们趴倒在地不动了。张老虎指挥马刀队缩小包围圈。又有了枪声，马刀队又有人死去，炮石又一次飞去。这样持续了一会，枪声就哑了。马刀队蜂拥而上。叛兵横七竖八地或卧或躺，有死的有昏过去的还有砸瞎了一只眼睛或砸裂了头盖骨而痛苦呻吟的。张老虎手提马刀逡巡在他们中间，不时地用脚踢一下，看到中用的留下，看到不中用的就顺手一刀割下头，再将头一脚踢出老远，让队员们拾起来带回去挂在树上。到了第十七个叛兵身边，他看是一个身坯高大的人，便蹲下将纹丝不动的身体扳得仰面朝天。他瞅瞅那张脏腻而稚嫩的年轻人的脸，抬脚在他的腿夹里使劲一踩。那年轻人吼叫一声，睁开眼一看，机灵地朝一边一滚，跳起来，脚没立稳就朝张老虎扑去。张老虎挥刀就砍，又突然将胳膊缩回去，侧身用岩石一样结实的肩膀顶住对方，一脚蹬去，再次蹬在年轻人的腿夹里。年轻人后退几步，捂着下身立住。

"来吧，做鬼也要咬死你。"

"便宜了你。做我的砂娃，我就放你一条生路。"

"砂娃？"

张老虎从身上摸出一块拇指大的砂金丢给那年轻人。年轻人接住，看看，大惑不解。

"砂娃就是给我淘金子的人。"

这叛兵明白了：他要让自己和那些活着的人做他的苦役。

"我们不缴枪。"

"成。"

"我们的队伍不能解散。"

"成。"

"要不我们就死。"

"先活着，到时候你们就不想死了。"

张老虎窃笑：一群在白天迷失了方向的猫头鹰落进了老虎窝，不立马吞了你你就得给老子磕响头，还要讲条件？什么条件他都可以答应，因为一进入他的淘金地，一切条件都将失去作用。

把三十六名俘虏带回淘金地后，张老虎叫来最初相识的那个年轻叛兵，问他是不是头。年轻人点头。张老虎知道他不是头，他之所以点头是想掩护那些真正的头。三十六名俘虏中说不定就有连长、排长什么的。但张老虎想利用这个年轻人，从对方那两只火炬般熠亮的眼光中他似乎窥探到了一种残忍和野兽一样的狂妄，这正是淘金生活所需要的。

"那你就是你们那伙人的领班。你叫啥？杨鸡儿？鸡儿鸡儿，娃娃的鸡鸡儿。好名字。"

"是急儿，我性子急，一急就不要命，啥事都干得出来。"

话里露出对张老虎的挑衅，但张老虎不在乎。

"杨急儿？现在你就急着给我淘金子。见了金子不着急就不是人。"

这是一片古金场南部的开阔地，紧挨它的是一条山谷。冬天里天寒地冻，砂娃们先点燃篝火烤化冻土层，然后将沙面砂石用皮袋背到山谷另一端的河面上，那儿又有另一拨砂娃砸出冰窟进行淘洗。淘出的金子全部被马刀队收去集中到张老虎的原木房里。张老虎每隔一月派人把金子押送到设立在唐古特大峡外的黄金管理局，再由管理局上缴受马步芳直接控制的湟中实业银行。张老虎从中当然要留一部分作为自己的财产，至于留了多少，还要留多少，连他自己也不清楚。三十六名叛兵开始几天的工作就是将一个个装得圆溜溜、硬邦邦的皮袋运送到五里外的河边。几百名砂娃和他们干着同样的活。皮袋用皮绳绑在背上，压得人人弯腰弓背。天空昏暝而不祥，两边枯黄寂静的山脉带着几分挑战似的嘲弄。马刀队的队员们挎着马刀，拎着木棒，不时地朝砂娃们吆喝，个个都显得残酷无情。叛兵们受不了这种要命的驱使，便开始怠工。半途中，杨急儿首先斜靠到一块岩石上连说走不动了。

"走喽走喽，没到歇的时辰。"

马刀队的催促反而使别的叛兵也和杨急儿一样贴住岩石不动了。有个砂娃想学叛兵的样子，招来了两个马刀队员狂怒的棒击。他倒在地上，被沉重的皮袋拖着想滚又滚不动，歇斯底里地喊着爷爷，一个劲地告饶。

这一天注定要死人，天空早有预示，那一轮久久不肯露面的太阳正隔着云层暗自发笑。杨急儿解开了皮绳，扔掉了皮袋，大步走过去。叛兵中有人用命令的口气要他冷静，但他没有回头。他老拳出手，打在马刀队员的鼻梁上。对方发愣，倒不是害怕他，而是吃惊他这种打抱不平的胆量。另一个马刀队员下意识地举起了木棒。杨急儿扑过去。木棒敲在他的脑门上，他不管，双手死死拽住对方腰际的马刀。他被打倒在地，但同时对方的马刀握在了他手里。他朝上一挥，刀尖划过对方的耳朵。对方朝后一闪，他就跳了起来，让刀光飞出一道道道劲有力的斜线。密不透风的光影那边，有人倒了下去，脸上身上到处都是一撇一捺的血沟血壑。另一个马刀队员飞快地跑了。那个挨了打的砂娃突然跪倒在红艳艳的死尸旁，发出一阵惊骇无主的哀号。杨急儿住手了，威风凛凛地立着。叛兵们全都围过来。散开一条线的砂娃们也都卸去了身上的重荷。肩碰肩头碰头地聚拢成了一座黑色的山体，骚动不宁。有人大喊："把祸闯下了。"

哀号的砂娃跪着挪过去抱住杨急儿的双腿："砍了，你把我砍了，反正是一死。"

杨急儿扔掉马刀，想扶他起来。他瘫着，像一团泥，拉不起扶不直。

有个年长的皮包骨的砂娃走过来，恼怒得眉毛乱跳："你杀了张老虎的人，张老虎要收拾我们哩。你说咋办？"

"反了，我们大家一起反了。"

"放你妈的屁！张老虎一刀能剁下六个人的头，谁敢反？今儿你们不死，明儿我们的头就会挂在树上。伙计们，我们不能死，我们要为张老虎的人报仇。打！把这些外路人往死里打。"

刹那间，几百双冰凉枯硬的手像从天而降的鹰爪朝叛兵们伸去。他们是天天挨打的人，从来未打过别人，这次也算是集体发泄。

"打！往死里打！"又有人喊道。

杨急儿的脑壳里嵌进去这句话后他就昏死过去了。一块石头击中了他的脑袋，并给他带去了永久的罪恶的意念。下午，在寒风的吹拂下，他回到了晚霞的瞩望中。天边是无数云翳的洞隙，是无数血红的眼睛。他的眼睛也是血红的，红得染透了他目光所能看到的所有物体。砂娃们都走了，山谷里除了他没有别的活人。但他觉得他们还活着，他们之所以躺着不动，是想用自己的肉躯照耀出一个通红的世界，或者是想让紫红的血浆痛快地溢出来，全部灌注在他的血管里。他走过去，在每具尸体旁伫立片刻，一共伫立了三十五次，天就要黑了，他想离开那里，打定主意去找张老虎。他望着山谷另一头的浓重的青雾，想发出几声壮猛的吼叫来驱散四周的寂静。可他壮猛不了，他感到浑身乏力，气息短促。他稳住神，担心自己走不出山谷，便低头凝视脚下一滩一滩的积血，有些已经冻住了，有些还没有。他蹲下身去，皱着鼻头嗅嗅清新微甜的血腥味，突然趴下了。他将头整个埋进冰凉的血水之中，贪婪地吮吸着。直到它润湿了他的肠胃，他才抬起那张血红的脸，再次望了一眼远方的青雾。他站起来，喃喃地告诉那些尸体：我喝了你们的血，就是为了让那些杀了你们的人流血。

第二天早晨，张老虎在自己的原木房前看到了杨急儿。杨急儿已被几个马刀队员反剪双手绑了起来。一见张老虎，他就腾地跪下了。他请求张老虎不要杀他，也请求对方不要让他再做砂娃。张老虎隆冬季节只在光身子上挂了一件缎面夹袄，敞开衣襟，露出毛烘烘的胸腹。胸腹上每一根黑色的鬃毛都表明着他的超人的残酷和理解残酷的能力。当杨急儿说到自己想在他麾下当一名马刀队的队员时，他就明白了对方的心思。他从队员手中要过一把马刀，扔到杨急儿面前。杨急儿双手捧起，朝他拜了三拜。

"拿一颗人头来做见面礼。"

"拿谁的？"

"想拿谁的就拿谁的。"

杨急儿起身走了。半个时辰后他杀死了第一个砂娃。

杨急儿当了马刀队的队员后，张老虎反而不让他肆意杀人了。那是劳动力，杀多了影响产金量，除非抓到携金逃跑的砂娃。三年下来，杨急儿只要了五条砂娃的命。他焦灼地时常捶打自己的心窝，时常望着那条山谷祈求亡灵的原谅。那些亡灵里有叛兵的连长——他的亲哥哥。

张老虎每年都要离开一次古金场，带着金子和保镖到有女人的地方风光风光。有一年出去后他在家乡置了家产，娶了媳妇，耽搁了一些时间，这就给杨急儿提供了一个机会。他和另外几个马刀队队员监视着两百多运送皮袋的砂娃穿过山谷，就在三十五名叛兵遇难的那块地方，他借口走得慢用木棒击倒了一个砂娃。别人停下来替挨打的砂娃说情。他说谁停下来谁就是消极怠工。他把所有停下来说情的砂娃叫到一边，数了数一共十四个，便对他们说，别干活了，今儿你们歇着。之后他从自己腰际解下一盘细长柔韧的皮绳。人们没有反抗，都不知道他要干什么，还以为这种绑起来的惩罚比起棒打要轻松好受得多，况且，绑住手脚就意味着休息，困乏的身子和瘫软的双腿最需要的就是稳稳地依靠在地上。

他们背上的皮袋卸去了，双腿并拢着从腿根到脚踝全被杨急儿用皮绳扎了起来；双手背过去，在捆住手腕的同时又在脖颈上缠了一圈，然后皮绳延伸着再去捆绑另一个砂娃。人与人之间相隔三尺，十四个砂娃被绑成了一排。皮绳的两头拴死在两块稳固的岩石上。有人站不稳，咚地倒在地上。接着便是一片吼叫声和想吐气又吐不出来的呼哧声，酷似骡马在干渴的日子里对着燥热的太阳张嘴吐舌地抗争着窒息的那种声音。因为倒地的人将皮绳拉紧了，他自己和他两边的人都被皮绳勒紧了脖子。杨急儿发出一阵狞笑，受到惩罚的砂娃们这才明白那皮绳就是一根死亡的绳索。倒地的人怎么也站不起来，徒劳地在地上挣扎着，皮绳越拉越紧，他和他两边的人都痛苦地半张着嘴，鼻孔绷得圆溜溜的，又长又黑的鼻毛翘出来一上一下地蠕动。那些仍然背负着重荷的砂娃们从他们身边经过，惊怪地望着这治人的新花样，生怕自己也会被绳索串起来，脚步顿时加快了，一个个变得精神抖擞，仿佛别人用痛苦给他们注入了一股拼命劳作的力量。杨急儿带着幸灾乐祸的神情蹲到一边观看自己的杰作。这不是他的发明，家乡抗租抗粮的农民就曾经被县衙里的刽子手这样整治过。那时，他差点也被串在绳索上，但他跑了，跑去当了兵。

倒在地上的那个人不动了。杨急儿看到，他左边的一个砂娃呲出两排齐崭崭的黄牙，咬住皮绳使劲朝自己这边拉。皮绳在他脖子上松脱了一些，而倒地的人却已经很难呼吸了。过了一会，杨急儿断定那人已被勒死，便过去在他脖子上割断皮绳，又把两头在空中连结起来。那个咬住皮绳的砂娃一直没有松口，一直在用牙齿将皮绳朝自己这边拉。皮绳勒进了和他邻近的那个砂娃柔软的脖子，那砂娃瞪凸了眼仁张嘴哦哦哦地吸着空气，但呼吸的大门已经关闭，空气一到嘴里就被堵了回去，而用牙齿死咬皮绳的那个人却感到舒畅了许多，喉咙上没有了任何压迫，皮绳松松地垂在他的下巴前。他勾下头，用下巴蹭住绳圈，一点一点挪到嘴巴上。皮绳绷得更紧，靠近他的那个砂娃突然倒了下去，身体扭曲了几下就僵住了。他知道那人已经被勒死，而他的嘴角尽管被勒出了血，牙床也有了牙齿往里长的那种痛感，却再也没有了被勒死的危险。他大声喘气，无比哀怜地望望杨急儿，生怕对方将那好不容易蹭上去的绳圈再次套到他脖子上。但杨急儿脸上却溢荡着赞许的神色，冲他笑笑，转身离开了那里。他明白，在这条拉紧的绳索上，有一个人活着出来，就会有另外一个或两个人倒下死去。只有一种情况可以让他们全部活着，那就是谁也别想减轻自己脖子上的压迫，谁也别去考虑先让自己活的问题，大家一齐忍受折磨，平均分担痛苦，挺住身子不要动，更不要去用牙齿碰那根皮绳。可是，砂娃们似乎根本想不到这些，都愿意做那抢先挣脱勒索的事情。杨急儿回头看看，发现剩下的所有活人都龇牙咧嘴地咬住了皮绳。这和刚才的情形已经不同，人人都在拉，谁都想让皮绳朝自己这边挪进。一种连环套上的角力使他们个个满头大汗，精力格外集中。有人突然力不从心地松口了，大哥——乞求对方不要再使劲的话还没说完，皮绳就无声地从喉结上滑下去，陷进了松弛的皮肉。不到两分钟他就翻起白眼倒了下去。杨急儿满意地点点头，放心大胆地走了，一边走还一边唱起了歌：

> 山里的水萝卜川里的田，
>
> 杀了财主是好汉；
>
> 蓝茵茵的绸子红红的绢，
>
> 当了吃粮人扯你的卵。

下午，当杨急儿监视那些运送皮袋的砂娃再次路过这里时，他的神态就变得更加得意满足。十四个人中，六个人将脖子上的皮绳松松款款地噙在嘴里，他们安然无恙地活着，只是耷拉着头，眼睛无光，一副精疲力竭的模样。别的砂娃全被勒死了，那是幸存者活着的代价。杨急儿给活着的人解开了绳索，高兴地说，明儿我给你们放假。第二天，他果然没让那六个人出工。

接下来发生的事情是杨急儿又让砂娃替他取下了四颗人头。两个砂娃探听到张老虎不在，将腿肚子用刀划开，在里面放了几块私藏的碎金，用布条缠紧后打算逃走。但他们没想到对砂娃的警戒比张老虎坐镇时还要严密。杨急儿在山谷连接河水的那一端拦住了他们。他们被吓得跪不能跪，说不能说，爬在地上，浑身发抖。杨急儿灵机一动，克制着没让自己的马刀行使权力，反而把它掷给了他们，并从身上摸出张老虎一开始给他的那块拇指大的砂金说："一人取两个砂娃的头来，我就放你们走，还要奖一块金子。"

两个砂娃直起腰，呆愣了半晌。

"你们不杀人我就要杀你们。"

杨急儿躬腰去捡自己的马刀，那马刀却被一个砂娃扑过去用身子压住了。

两个砂娃提着一把马刀朝回走去，天亮前便将四颗人头交给了一直等候在谷口的杨急儿。他们生怕杨急儿食言，再次爬倒在地，连连求饶。杨急儿爽朗地哈哈大笑："我杨急儿是讲信用的，拿去！"

他将那块砂金扔给了两个性命捏在他手里的砂娃。两个砂娃一个劲磕头，磕得额头麻木了，抬眼一看，杨急儿早就不知去向。这是多少年以来砂娃们携金逃出采金场的唯一一次成功的举动。

张老虎回来后知道了这两件事。他闷闷不乐，倒不是怜惜那几个死去的砂娃，而是一种嫉妒的本能使他不希望看到有人在施虐方面和自己并驾齐驱。他想让杨急儿的头搬家，或者收去他的马刀，让他也去做一个任人宰割的砂娃，可思前量后还是没有下手。他想到了黄金台上的通地坑，杨急儿的淫威也许会在那里成为最有用的东西。

张老虎娶了媳妇有了家，这表明了他的一种倾向或者说是担忧：他在古金场干了二十多年，不可能干到咽气的那一天，前半辈子吃苦玩命，后半辈子享福保命。总有一天他会彻底离开古金场，而且这一天的到来似乎并不以他自己的意志为转移。他是汉人，他知道马步芳除了利用他的凶残掠取黄金外，并不真正器重他。他比以往任何时候都更多地想到了黄金台上的通地坑，那儿将会有他最后的疯狂和最后的希望。然而，这希望的实现一直推迟了三年。三年中，对他已有戒心的马步芳时常派人来金场巡视，他不敢贸然动土，因为他掏挖通地坑的目的绝不是为了增添马步芳的财富。三年过去了，由于世道变迁，那希望也就泯灭了，杨急儿却在三年当中基本上实现了自己的夙愿：他杀死的砂娃前后加起来已有三十四名。还差一名，他不着急，他要留着发泄自己那种浸入骨髓的带着遗传基因的仇恨。

三年后的一个夏天，张老虎突然把杨急儿叫到他的原木房里，头一句话便是，砂娃们要暴乱，你看咋办？杨急儿略感惊讶，他从未听说过这等事。更让他惊讶的是，一向傲慢残忍的张老虎竟会向他提出这个问题。他试探着问，"你是想让我的马刀卷起刃子来？"张老虎沉吟着突然和颜悦色地回答："我要你赶快走。"他琢磨面前这位霸主要对他玩什么花样，但愣了一会就明白，张老虎只是想借重他的骁勇残暴，把一批藏在原木房地下的金子运送到他的家乡围子村。

　　杨急儿奉命带着六名马刀队队员离开了古金场。他是高兴的，因为他已不想再和砂娃们过意不去。就在他们穿越唐古特大峡后的第二天，古金场深处空前残酷的大屠杀开始了。张老虎以每天取头五十颗的进展准备将砂娃斩尽杀绝。砂娃们起初并没有觉出什么反常，以为那些死去的一定是给张老虎惹了麻烦，死的该死，活的该活，他们不记得自己惹了麻烦，也就想不到自己也会死。在这种麻痹状态下，屠杀持续了七天。三百五十颗头颅已经悬挂在青杆树上了。活着的人这才感觉到死亡离自己只有一步之遥。他们互相串联着开始逃跑。一千多名砂娃一夜之间散向荒野四周，接下来便是追逐，马刀的寒光闪现在这块蛮荒之地的各个角落，只有不多几个幸运的人逃过了这一场莫名其妙却又非常自然的洗劫。

　　古金场外面的世界正在演绎着一出改朝换代的悲喜剧。

　　杨急儿到了围子村，把金子如数交给张老虎的媳妇。这媳妇抱着儿子，一丝不苟地验收，然后又让他们把金子藏进了炕洞。这时，马步芳坐飞机逃向台湾的消息已经传来，几个马刀队队员悄悄溜了。他们身上或多或少都带了些金子，丢掉马刀，乔装打扮一番，便凄凄惶惶地直奔各自的家乡。只有杨急儿一个人留了下来，说是要尽忠尽职。那媳妇好生感动，每天用好饭烧酒招待，生怕在这动乱之秋家中没有一个男人，让自己六神无主。

　　过了一个月，张老虎才从古金场回来。他身边一个保镖也没有。马刀队散了，是他命令他们散的。一见杨急儿他显得喜出望外，大把大把地从衣兜里抓起碎金朝他怀里塞，说这是对他忠心不二的褒奖。杨急儿扑腾一下跪倒在地，庄重地磕了三个头。张老虎想不到这是对方给自己的祭礼，还要媳妇温酒炒菜，说要和这位叛兵英雄结拜兄弟。喝着酒，张老虎又是伤感又是愤慨。

　　"赢了，共产党赢了，今后的日子难过了。"

　　"你有金子还怕日子难过？"杨急儿赔着笑脸道。

　　"你笑啥？笑你妈的蛋哩。你有血债，三十四条砂娃的命，都登记在我肚子里，我想啥时候公布就啥时候公布。"

　　"还差一条人命。"杨急儿差点说出这句话。

　　"你说，我给你吃喝，给你公干，为的是啥？你说，我当初砍了送信的骑手，为的是啥？"

　　杨急儿摇头。

　　"我看你不知好歹，实话对你说，我当初那样做，全是为了共产党好啊。

你们当叛兵是共产党挑唆的，你们就是共产党的人嘛。马步芳的手谕里说得明明白白。"

杨急儿着急起来，表白道："那是胡说。我们连共产党是黑脸还是白脸都不知道。"

"那为啥要当叛兵哩？"

"旅长奸污了我们营长的小老婆。营长带着队伍去干仗，干不过就跑，跑了一路干了一路也散了一路，最后就剩下了我们半连人马。说我们是共产党的人，不叫人笑掉大牙么？"

"现在是啥时候了，你还不承认。我问你一句，叛兵是谁杀的？"

"是砂娃们杀的。"

"对！你就这么说，我张老虎在危难之中保护了你，保护了共产党的人，我是个功臣。"

"我就这么说。"

"兄弟，我敬你一杯。"

杨急儿接过酒杯，一饮而尽，看那媳妇搂着儿子和衣蜷缩在炕角，便起身告辞。张老虎在他身后喊道："我有的是金子，共产党要多少我给多少。"

杨急儿回到自己歇息的那间房里睡了。半夜，他爬起来，手提自己的马刀，悄悄地摸了过去。他毫不迟疑地下手了。嚓地一声，张老虎就变成了两半截。女人以及孩子惊怕的哭喊刺破了房顶和黯夜。杨急儿从炕洞里取出几块大金子，揣进怀里，匆匆出了门。

他走进黎明的迷雾，理直气壮地去迎接正在诞生的新政权，那些金子和杀死张老虎的壮举便是他的见面礼。但仅仅过了一年，他就发现自己的算盘打错了。幸存的砂娃们的证词使他成了一个囚犯，他被关押了十七年。

第五章　金星骨殖

　　消息惊人地传播着：张不三走了，告别了他的伙计们和黄金台，趁着浩茫的云雾，消逝在了谷仓人的关注之外。有个自称年年都来古金场的货郎说，他看见张不三的身影被一股青幽幽的冷气推进了古金场南部的山里。听说那儿挖出了大金子，不要命的张不三想去沾光了。

　　"他把妹子带走了？"

　　"妹子？知道知道，他有个妹子，唉！好俊气的一个妹子，听说他卖了。"

　　"卖了？"

　　"是卖了还是让给了别人，底细不清楚。反正他没带。上午我来时还见她在房檐下晒阳娃哩。"

　　谷仓哥哥的兴奋是不言而喻的。被丢弃的驴妹子现在自然是属于他的了。他傻乎乎地从货郎那里买得一方花头巾，垂吊着双手，傲岸地立在黄金台石窖前的空地上。

　　谷仓人从来没有身上带手巾的习惯，袖子揩鼻亮晶晶，自小揩到大，揩到老；一件衣服越旧越有光彩，两袖晶莹硬邦邦，走到哪里也都是农人标记、穷苦气派。如今，谷仓哥哥的腰带上突然拴了一方新崭崭的手巾，而且印着艳艳的大红花，伙计们没有惊裂眼睛惊歪嘴，就算是见多识广了。是的，他不能把手巾装进衣袋。衣袋里面黑乎乎的，前日装了烟末儿，昨日装了馍馍蛋儿，去年正月侥幸装过一块肥嘟嘟的白水肉，还不算久远历史留在里面的生活痕迹。脏了这手巾也就等于脏了他这颗为女人跳荡的俊爽的心，那可就水擦不净了。管它三七二十一，笑话惊诧由他去，他谷仓哥哥可不是那种二两瓶子装不下一斤货的乡脑角色。时来生铁增光，运去黄金失色，该是他风光风光的时候了。

"谷仓哥哥，买花手巾做啥？"有人问他。

人人都明白谷仓哥哥要去积灵川，去一个有着花朵精神的女人那里，可玩笑不开白不开，枯燥烦闷的生活需要佐料。

"有用。"他说。

"拿过来让我先用用。"

周立通过去一把撕过手巾来，顶在头上，扭扭摆摆哼唱着前去：

麻胡儿月亮麻胡儿夜。

麻胡儿媳妇麻胡儿睡。

谷仓哥哥被他的顽兴所感染，也跟着唱起来。忽觉胸腔阻塞，心里难过，懊悔地喊一声："扯毬蛋，驴妹子是月亮人才、锦绣身子，糊里糊涂睡得么？"

"睡得！睡得！"好几个人道。

"睡啥？跟你妈睡去！"谷仓哥哥骂人了，他觉得人们亵渎了他水一样清金子一样纯石头一样真的感情，觉得这些被同一个太阳照耀、被同一样的风吹黑了脸、被同一块土喂养的乡亲全都不理解他。只有他理解自己，也只有他才是天底下第一个干净正直美好的人物。那驴妹子，清清亮亮一眼泉，透透明明一块玉，捧在手里、含在口里、揣在怀里、摆置在心尖尖上，还怕风吹雨打弄脏了哩。

"回来！把手巾给我。"他朝周立通喊道，等不得人家返身过来，便急颠颠撵去。他要捍卫那花手巾并为这种捍卫的神圣而感到自豪。可自豪的结果是，嘶啦一声花手巾判为两半。他将周立通踢倒了，周立通自然要用拽住手巾不放的举动作为报复。他抖着一半手巾连连发问："咋办哩？咋办哩？"

"沾上！用唾沫沾上！"周立通爬起来，看看攥在自己手中的半朵红花，伸出舌头就舔。

谷仓哥哥一把夺过来，又弹又抖，见抖不净那稠乎乎的唾液，便在衣襟上蹭来蹭去，衣襟上有土，越蹭手巾越脏。他气得跺脚呲嘴，又要向周立通发泄怨怒，对方早已溜远。围观的人哈哈大笑。谷仓哥哥无奈，丧气地看着两半花手巾，手一扬，扔了。

两半花手巾纠缠着在空中飘舞，又一头朝下栽去，蹭着地面向前滑行，最后消逝了。谷仓哥哥怜惜地望着，突然有了一种心惊肉跳的冲动，一种理智无法支配的情欲的萌发。他觉得自己已经很累了，需要休息，而最解乏的便是驴妹子家中的那条大泥炕，还有那他可以彻夜枕在上面酣睡的香喷喷、软乎乎的胸脯。张不三已经将她让给他了，只要她愿意，她就永远属于他。他想即刻就去她那里，可一回头，就明白自己是不能离去的。他得带着伙计们碰运气。企盼中的金子已经让他失去了自由，而他需要的也恰恰就是这种金色的可怕的禁锢。

谷仓人已经发现，和围子人的争锋早就耽搁了他们的时间。他们纷纷离开窖口，在别的淘金汉挖掘坑窝的台坡上，寻找他们自以为下面就有大块砂金的空闲地盘，找到后便心急火燎地下手干起来。这行动使谷仓哥哥感到吃惊，他们怎么没得到他的命令就开始了呢？按照惯例，他应该把所有人召集到一起，垒起新祭坛，面对祖灵来一番群情激扬的赌咒发誓——颂扬团结，摈绝分散，谁挖到金子谁交公，完了大家平分。在随时都有死亡临头、恐怖缠身的荒野深处，任何人都没有理由摆脱对乡党团帮的依赖。而现在他们却只想把团结精神体现在用一口锅、吃一种饭、睡一样的带着噩梦的觉和抗击围子人上，至于金子，似乎谁挖到就是属于谁的。

"停下！停下！都给我过来！"

他跑过去朝自己人呼喊。但伙计们太专注于地层深处的黄金了，没人理他，甚至连抬头望一眼的举动也没有。只有风是听话的，悄没声地飘来，钻进他的裤筒，在光腿上游移。

"过来！集合！"

他的喊声被荒风吹散了，如同野鸟的啁啾让人淡漠。他恼火地走过去站到一个已经挖进去半米多的土坑前，将正在铲土的周立通撕转了身子："听见没有？"

"啥呀？"周立通眨巴着眼，不解地望他。

"没脑子的猪，想抱金砖又不知道咋抱。这样挖下去成么？"

"咋不成？"周立通烦躁地反问。

"集合！"他说着，又到别的坑口训斥人去了。周立通又低头吭哧吭哧干起来。无形中的竞争已经开始，谁都想首先挖到金子，谁都觉得自己占据的是最佳地形，谁都想在一种不分昼夜的劳苦之后变成财主。

谷仓寄哥训斥完了别人，再回望周立通，突然感到一阵沮丧，同时也清醒了许多，人们已经把他的举动看作是嫉妒和多管闲事了。他静静立了一会儿，看没有一个人听他的话跟他过来，便叹息着摇摇头。何苦哩，他也是条刚血汉子，甩开别人，他不比谁过得好呢？可眼下，他的一只胳膊吊在胸前，锨拿不成，土挖不得，好像他不去到处吆喝着阻碍别人就没事可干了。

睡觉去，睡他个人昏金子黑，忘天忘世界。他朝前走去，忽觉悦然而轻松，甚至还有一种幸灾乐祸的快感：照这样分散挖下去，十年九载也挖不出三两金子。伙计们汗流浃背的结果，还不如他做几场美梦来得痛快。

不过，要睡觉也得找个好地方。不想黄金了，可不能不想妹子。他朝台下拐去，忽然记起了嫂嫂。嫂嫂待他好，常说："谷仓家，你啥时能娶个媳妇？咱阿大阿妈不在世了，该我们张罗，可你阿哥成了瘫子，叫我一个人咋给你操心哩。"他在心里说："嫂嫂，人如今有了，有了……别给我操心，你就操心阿哥的病吧。"他高兴起来。

原野，原野中大气的动荡，大气中忧伤而雄健的格调，从人们脸上那两个深邃的黑洞中升起。不再刮风，太阳的光斑静悄悄倾洒，像纷纷扬扬的黄金雪。

秋深了，突然深得像女人的眼睛，像男人心中为寻找黄金而变得沉甸甸了的黑色思虑。

登上黄金台的那些忧急而冒失的人众不久便挖出了东西，但不是黄金，而是白花花的人的骨殖。更让人吃惊的是，这些先人的遗落物竟那样多，只要揭开两米厚的地皮就随处可见，层出不穷。好像偌大一座黄金台，全是由白骨堆成的。人们起先异常兴奋，以为他们企盼中的那种成色纯真的黄金并不是自然生成的，而是这些数千年前的人类用以炫耀富贵的身上的佩饰或囊中的积攒。

用力气、用汗水、用激奋的情绪、用庄稼人的那双粗糙的具有挖掘传统的大手，一鼓作气朝里挖就是了。这里没有那种青色的迷人的砂粒，也用不着拿龙骨金床去淘洗簸筛，五官便是最好的探金雷达。人们用瞪圆的眼睛在松土中石块间和人骨的夹缝里细细搜寻，有时还会趴在地上，贴过耳朵去静静谛听那种只有老练的金场冒险家才可分辨的预示黄金出现的微妙声响。而鼻子挨着地面轻轻吸气的举动，表明他们霎时和自然贴近了。摈绝思考，丢弃理解，只用感官去和命运表示亲热，感受大地的冷温亲疏，敏捷而准确地判定好运的降临或那种细微的却是严厉的拒绝。

终于，随着黯夜悄悄走来，他们的精力用尽了，剩下的就是迟疑不决、沮丧困惑。痴呆的神情里失望不期而至，川流不息在龟裂的嘴唇间的是一疙瘩一疙瘩的叹息，像白色的骨殖那样在四周堆起垒高。他们猜测着，面前这些骨殖是什么人的？埋藏了多少年？它们为什么会集中到这里，把恐怖气氛和迫人窒息的白色托出地层呢？鬼！只有千万年游荡不去的古灵旧魂知道。它们是洞察一切的，它们这些苍鬼是遍地老骨的主人。蓦然之间，那些被淘金汉们随便堆积起来的骷髅在夜色中整整齐齐地竖了起来，睁开拳头大的眼睛，呲起雪白的牙齿，朝人影狞笑。所有人都停下了手里的活，惊慌四顾，却又发现，每传来一声颤抖的笑声，就倏地闪现一点奇幻诡谲的亮色。渐渐地，笑声多了，此起彼伏。荧荧烨烨的火色连缀成一片金碧辉煌的地狱之光，披挂在了灰蒙蒙的黄金台上。人们已经无法静立，尽量寻找没有人骨堆积的空地，挤成一团，瑟瑟发抖。而谷仓人却从四面走来，快快隐进了石窑。

大约到了午夜时分，万物枯死的黄金台上，突然回荡起一阵人流奔腾的沓沓声。先是那个首先登上黄金台的络腮胡子果断地带着自己的人走了，接着，数千黄金狂纷纷撤离，再也不做挖洞就拣金疙瘩的美梦了。淘金汉的希冀只能寄托在四野中的青砂层里，只能撑起龙骨金床，借积灵河的圣水一点一点冲刷出金光来。月亮滚开了，群星逸去，紧接着便是鬼笑的收敛和地狱之光的熄灭，便是寂静的复归，便是轻风无声地飘曳。而在西坡石窑里，谷仓人却还在酣睡，轰轰隆隆的，鼾息一片。

夜深了，星月再次出现，轻飘飘浮动在虚空之中。谷仓人中最有灵性的周立通被一道亮光刺开了眼睛。他呆望窑顶，竭力回想自己醒来的原因。片刻他摸摸权充了枕头的棉衣。在，那块压在心头的金子还在。他放心了，用舌头舔舔涩巴巴的上腭，觉得口渴又觉得尿憋。他起身披上棉衣，朝窑口望望，见窑外金光闪烁。那金光摇摇摆摆飘进来，勾起他的身子往外拖。他来到窑外，眨巴着眼在地上寻觅了好一阵，发现并没有闪烁的金光。他解开裤带对着黑夜撒尿。尿声大作，他始才觉得四周一片死寂，淘金汉们踪迹杳然，不知去向，好像原先那种闹闹嚷嚷的场面不过是一场梦。他打了个寒颤，明白刚才朝他闪烁的是星光而不是金光。可这念头一出来，遥远的群星便蓦地朝他逼近了，光芒四射，炫人眼目。金子！他几乎喊出声来，快步走过去，走了半晌也到不了金子跟前。他四下看看，发现周围堆满了白花花的骨殖；发现群星迅速远去，金光消逝了，荧火幽灵一般飘来荡去。他浑身猛颤，转身往回走，走了约摸半个时辰也不见窑口。他立住，惊悟自己中邪了，迷路了，而面前的荧火又告诉他，他似乎是要去鬼魂窝里串门的。他吓得尖声叫妈，又发现神秘的古金场没有他的妈，他只好求救自己的双腿。双腿僵硬得怎么也不打弯，像木桩，像家乡正月的高跷那样直愣愣地捣向地面。鬼打墙，鬼绊脚，无数鬼手从黑暗中丫丫叉叉冲过来撕拽着他。他不敢叫妈了，叫爷，老天爷，祖宗爷，关帝爷，财神爷，还有这时正在顶空藐视他的嫦娥爷爷。天大地大不如他的叫声大，叫得嗓门冒烟，也不见哪位爷爷光临。恐怖已极，他便一屁股坐到地上。一个黑影从他身后绕过来，耸立到他面前。他吓得就要跳起，黑影伸手将他捺住。

"你来这里干啥？"

周立通觉得声音很熟悉，抬头仔细瞅瞅，才发现来人是李长久。他想不到，从他一出石窑，李长久就一直跟踪着他。

"星星贴到地上了，我当是金子就去拿。"

"人心不能太贪，你已经有金子了。"

他正要否认，就见李长久举起了双手，双手之间是一块泛着青光的石头。石头砸了下去。他惨叫一声歪倒在地。李长久扑到他身上，急急忙忙扒下他的棉衣。黎明前的夜色愈加深沉黯郁，就像人的黑色欲念。那块金子从死去的周立通身上转移到了李长久怀里，李长久顿时感到异常紧张，跳起来就跑。他的面孔也像被什么迅速地重新塑造了一番，卑微和惊恐牢牢地嵌进了他的眼睛。

驴妹子打开房门时天已亮透，太阳顺着积灵河滚动，忽一下滚上了远方的山顶。阳光斜射而来，将对面那棵冷杉树照得金光粼粼。同样披了一身金光的还有树下的那个操着袖子的人。

她惊愣着望他，好一会儿才眨巴了一下眼皮，发现他已经走到自己跟前，便板起面孔，眼睛里妍妍地有了几缕悲哀，冷淡地问他来做啥。他支吾了半晌才道："我在外面等你起来哩。"

她送给他水灵灵的一瞥。

"妹子，嘿嘿，我的。"他禁不住将这充满邪味的笑声用牙齿从胸腔里抻了出来，又道，"你男人说，我就是你男人。"

她没听懂，惊慌地抬眼朝他来的那条路瞅瞅："你还想挨打？"

他憨憨地笑："妹子……"

"做啥？"

"有水么？我渴了。"他想进了房子再说。

　　她迟疑了一下，扭身去倒水。

　　他悄没声地溜进去，却被端着一碗水的妹子撵了出来。他觉得额头发烫，一摸，满掌湿腻，汗珠簌簌落下。他接过碗喝了几口，汗水就更多了。他用手指抓住袖口。抬胳膊就擦，见她一声不响地递过一条手巾来。他接住，仔细看看，忘了擦汗，傻乎乎地又叫一声："妹子……"

　　"做啥？"她刁过碗去，恼恼地瞪他一眼，扭身进房，拿出两个白蒸馍，像打发乞丐那样塞给他，"带回去吃吧！"

　　他明白她不希望他走进这间暖烘烘的房子，便瞅她的眼睛，看那里面还有没有别的内容，或暗示或遗憾或默默相许的神情。没有，什么也没有，空空洞洞的，带着原野的明朗和开阔。

　　"快走吧！不走你会着祸的。"她说，"女人不值钱，挖金子要紧呐！"

　　"你是我的，再不值钱也是我的。"

　　"我有男人。"她说罢，轻叹一声，回身轻轻关上了门。

　　谷仓哥哥失魂落魄地站着，发现那素花手巾还攥在自己手里，忙伸展指头，生怕满手的油汗污脏了它。他捂到脸上闻闻，香喷喷的温馨扑鼻贯肺，和他想象中的驴妹子的胸脯一个味儿。他闻着，禁不住过去推开门，探头朝里瞅。他太专注了，没觉察任何异样的变化，就被人从身后一把推进门槛，又揉倒在地。有人按住了他，接着，又有人扔过一床棉被来，须臾将他蒙住。他要掀掉，可被子四角像被什么铆合了，怎么也掀不动。

　　"谁？"他惊问一声，却听有个低沉沙哑的声音像从墙壁中挤出来那样问他："谷仓人，想死还是想活？"

　　他觉得胸腔憋闷，只想吐气不敢多嘴。那声音继续说下去："想活就挺着，想死就跳起来，棒子就在头顶，跳得越猛越好。"

　　他害怕得头发竖起，心脏猛烈地朝喉咙窜来，大吼一声，掀掉了被子也掀掉了压在身上的那个人。他站起来就跑，没跑两步就被一个软乎乎的东西绊住了，一个马趴仆倒在地，那伤口正在愈合的残手恰好压到自己的肋骨下面，疼得他粗嚎一声。

　　他又被蒙住了。他听到了一声妹子的惊叫，好像她又因为他挨了打，又好像她在用叫声哀求那些来堵截他的人别对他太残忍。他昏昏沉沉地趴在地上，仿佛是一块无生命的石头，孤零零地被时间和万物遗落在了阳光投射不到的死角，再也无法回到人世间了。

"谷仓人，要想活，就拿金子来换命。"

他听到这声音是张不三的，便什么也不想说，什么也不想做，好像自己必死无疑。

这时他听到妹子在说话："他没有金子，他的金子叫人抢了，我亲眼见的。"

被子掀掉了，张不三将他拽起来，吼着问他："抢了？谁？说呀！我是讲信用的，只要你说出来，你就能活。"

一声巨响，张不三身边的石满堂将一根桦木棒敲到一条长凳子上。凳子顿时劈裂了。谷仓哥哥浑身一抖，喊道："放开我！"

张不三松开手。而石满堂却将大棒举了起来，随时准备砸下去。谷仓哥哥看看大棒，又看看急切地瞪着他的驴妹子，悲愤地低下头去。

"说呀！抢你金子的那个人是谁？"驴妹子几乎是哀求着问他。这声音使谷仓哥哥再也坚强不起来了，凄凉地说："放了我，我把金子从周立通那里要过来。"

话音刚落，石满堂手中的大棒就落了下来。谷仓哥哥觉得眼前一片黑暗，摇摇晃晃地趴到地上。接着又是一阵拳打脚踢。他昏过去了。张不三让人把他拖到门外，又拖进杉木林，将他的衣服扒去后用绳子倒吊了起来。他们想起了连喜，连喜是怎样死的，谷仓人的金掌柜就应该怎样死。之后，他们急匆匆朝黄金台赶去。忙乱中，他们忽视了一个重要问题：只要有人，就会有善良存在。驴妹子是善良的。他们刚刚离开，她就一头钻进了杉木林。

黎明，谷仓人簇拥在台坡上，惊怪地议论着一夜之间别的淘金汉悄然失踪的事情。周立通也不见了，李长久自告奋勇，带着几个人去寻找。在离黄金台一里许的地方，他们发现了周立通的尸体。他们断定周立通是被淘金汉们打死的，至于为什么会死，就用不着去探究了。大概是他说错了话或者放错了屁，惹人家生了气。那么多人，乱哄哄的，又都是些因为没挖到金子而变得格外恼怒的莽汉，打死一个人如同扬一把尘土，谁也不在乎。他们就地埋葬了周立通，回到了黄金台上。就在这时，围子人出现了。

当围子人绕过谷仓人的视线，从黄金台南侧冒出来时，谷仓人下意识的举动便是操起家伙，朝黄金台顶端奔跑过去。凸凹不平的台顶上几百人层层叠叠地站了好几排，最前面的是壮汉，中间是年事稍高的，后面便是那些嘴上无毛的半大小子。他们端着铁锨、镢头和木棒，一致对外。围子人吆喝着密密麻麻爬上来，以为用这种喊炸了肺腑的声音便能把谷仓人吓得晕晕乎乎跑开去，可没想到对方会反扑过来。

斯斗开始了。衣服被撕裂着，血肉四下飞溅，喊声和惨叫混合在一起，死亡的黑影紧随在每个人身后。一会儿，围子人流水般溃退下来，一直退到台坡上督战的张不三周围。张不三冷酷地望着他们，将自己手中的铁锨朝地下墩墩。他没料到这次攻占会失败，根据他的设想，谷仓哥哥被堵在驴妹子那里后，这些失去了金掌柜的谷仓人将不再可能聚拢到一起进行猛烈的反抗。他脸上有了耻辱的标记和克制杀性的肌肉的痉挛，大声吆喝着，准备组织第二次进攻。

> 宰羊了宰羊了，
>
> 打狗宰羊了，
>
> 撵雀儿撵雀儿，
>
> 撵到你阿妈的怀里了。

喊声再次爆发，围子人杀气腾腾地扑上去。结果和上次一样，他们纷纷退了下来。但张不三的目的达到了，他派定的石满堂和几个结实汉子将两个谷仓人顺滑坡拖离了谷仓人众，可又不马上拖下来。谷仓人分出一拨来扑过去营救。而这时围子人在张不三的带领下又一拥而上，铁锨的寒光带着嗡嗡的声响诡异地闪射。谷仓人就要冲下去搏斗，咚一声，一颗人头凌空落到脚前，接着又是一颗，血花飞起来溅到他们脸上。人头是石满堂掷过来的——被拖走的那两个谷仓人并没有等来同伴的营救。人头落地就意味着对其他人的警告，谷仓人顿时有些怯场，稍一迟疑，对方的铁锨就已经飞到了眼前。李长久将头一缩，首先朝后退去，惊慌中没忘了用手死死捂住自己的棉衣前胸，似乎围子人是冲他身上这块金子来的。有一个人败走，就会有许多人跟上，谷仓人你推我搡地挤成一团，节节败退。等他们大喘粗气，停下来抚摸身上脸上的伤痕时，发现自己已经退到了台坡上。他们惊骇无主地四下张望，寻觅着退路也寻觅着希望，可他们寻觅到的却是自己的金掌柜。

谷仓哥哥出现了。他从台下爬来，吃力地翘起头，咬扁了牙默默注视自己的伙计们。谷仓人呆子一样僵立着，用眼光扫尽了他身上的每一块地方：裸露的血淋淋的皮肉，脸上布满了青肿的伤痕，干旱的眼睛，湿润的下巴，满嘴的唾液和血沫一滩一滩流出来。

李长久首先明白过来，跑过去扶他。于是别的人也动荡起来，上前围住了自己的金掌柜。他们将谷仓哥哥扶过来，打算重新直面这场搏战。这时，台顶上的围子人开始移动，移动得让谷仓人莫名其妙。等到他们在谷仓哥哥的呻唤中突然醒悟：自己已经失败，必须马上离开这里时，一阵轰鸣声从台坡那边传来。一会，随着李长久的一声怪叫，谷仓人看到，四辆手扶拖拉机露头了，顺着土坡迅疾滚动，飞转的轮胎打起无数土浪土花，轰轰隆隆碾过来，转眼就横冲到眼前。谷仓人哗地散开，让出一条狭道。但是，由宋进城驾驶的为首那辆拖拉机并没有按狭道直走，机头朝右一歪，又猛地一窜，就将一个谷仓人撞倒在地。人们开始后退，退了几步便扭转身子抬着谷仓哥哥撒腿奔走。宋进城愈发精神抖擞，劈腿立在机座上，用身子压住因地势不平而上下窜跳不已的机头，突突突加快了速度。

这时，另外三辆手扶拖拉机也开过来了。荒阒沉寂的原野上，四辆比装甲车还要骄傲十倍的拖拉机，带着阵阵尘烟朝人群追杀过去。士气正旺的围子人就跟在拖拉机后面，奔腾着用痛快酣畅的吼叫，赞美这种残酷而诱人的暴力的挥发。追撵速度最快的是张不三。他提着一把铁锨，和手扶拖拉机处在同一条进攻线上。一眨眼功夫，他就用铁锨拍倒了一个人。他上前一脚踩住那人的胸脯，扫一眼不远处奔逃的谷仓人，吼道："快说，周立通是哪一个？"

那人躺在地上，突然嚎叫起来："大哥，别弄死我。我有金子，大金子。"

张不三打了个愣怔，见那人从棉衣胸兜里真的摸出一块大金子来，弯腰一把攥住，又厉声问他："金子是哪来的？"他怀疑谷仓人还有不少大金子。

"周立通的。我把他杀了。他用大棒敲死了你们的人，我就把他杀了。"

张不三后退一步，兴奋地立了片刻。突然，他腾地跪倒在地，仰望天空，在心里大声说："老天，老天，你这是成全我。我撵他的时候，咋会知道他身上就有金子呢？"他想起了那只象征好运的红狐狸，瞪视远方，希望再次看到它的身影。远方是雾，笼罩着一切。他收回眼光，发现那人正准备逃走，便一锨拍过去，正好拍在对方屁股上。那人趴下，再也不敢动了。

"滚开！你张爷爷喜欢金子不喜欢命。"

张不三快快返回，边走边将那块金子放进了自己的棉衣夹层。

谷仓人退了，浩博的古金场爹开荒诞而豪迈的命运之手，又让他们的四个伙计惨死在了土法上马的装甲车下。但命运的偏袒总是有限的，它给围子人馈赠了胜利，也让他们付出了代价。被自己的勇武和谷仓人的惊慌失措所欺骗，一个试图逞能的青面汉子超过了宋进城，驾驶手扶拖拉机横冲直撞得太远了。当张不三鸣金收兵——用石头敲响一口破铁锅时，青面汉子并没有听到，而别人以为他在那里原地打转是想蹓回大本营。围子人开始往回走，风尘弥漫处，只有他还在那里勾留。他骂老天爷，说要是没有这个突然裂开的地隙陷住轮胎，他这会早就从谷仓哥哥身上压过去了。也许老天爷是不该骂的，骂声未已，几个谷仓人便回身反扑了过来。人没停稳而镐头先到，只听嗡一声，他就什么也不知道了。接着他的身子和拖拉机同时发出了皮开肉绽的声音。

苍天死沉沉的，一片鸿濛景象。已经不再有人的哭声了。面对破碎的尸首，面对氤氲不散的血腥味，悲伤已被粉碎，痛苦显得矫情而多余。只有无言的沉郁酿造着新的搏杀、新的恐怖和死亡。

第六章　通地坑

又要祭祀了，祭天祭佛祭神祭鬼祭祖灵，淘金汉的一生是要在这种无休无止、提心吊胆的祭祀中度过的。因为他们与恐怖同在，他们那诚惶诚恐的敬畏哀求，证明他们是一代最能交通神明、亲近鬼魅的人。

当然，张不三还有更为直接的目的，那就是通过祭祀，凭借祖灵神魅的统治，让这几百口子甘心情愿拧成一股绳，跟着他上天入地抱得金疙瘩。人之生不能无群，结群又要无争，又要形成众星捧月的局面。谷仓人的溃败也许就在于他们违背了这个常理。而违背常理的还有往古时代那场发生在唐古特古金场的群体分裂，骨肉相煎的厮杀。正是由于这场厮杀，才导致了今天张不三不顾一切地拼死争夺黄金台的行动。

在那个遥远的泛滥着神话的年代，古金场充满了金色的诱惑，七块大地赐予的浑朴的金疙瘩如同玉玺，成了部落权势的象征，谁得到它谁就可以成为唐古特之王。这样。那七块金疙瘩也就变作仇雠敌忾的战争之源了。唐古特部落的首长死后，他的大儿子贡郎继承了金疙瘩，三儿子不服，拉起人马争抢。从冬天到冬天，战伐一直在进行。后来，贡郎的兄弟哲昊尔杀了贡郎，可金疙瘩已不在贡郎营帐中了。贡郎的妻子经不住哲昊尔的诱逼，说出了那个埋藏金疙瘩的旱魃出没的通地坑。正是隆冬，哲昊尔率部众去坑沿上探视，见深坑已被黄土夯实，便下令掏尽黄土，让金疙瘩重见天日。通地坑直径约有十米，坑有多深无人知晓。一直挖到来年三月，人们才看到坑底出现了三块青石，呈品字形摆置。按贡郎妻子的说法，这金疙瘩便在这三块石头中间的夹缝里。就在人们准备揭去石块的一刹那，积灵河的水突然从上游涌起，沿着那条天造地设的沟壑奔腾而来，泥沙俱下，将通地坑灌了个满满当当。十来个盘桓坑底，准备撬起青石的部卒都做了无常鬼的战利品。深坑所在的那座高台也就被人称为黄金台了。以后又有人挖过，最有声势的便是清末和硕特蒙古的后裔乌兰哈达王爷倾家荡产的那次。至今，乌兰哈达的英雄壮举还残留在许多人的口头上——乌兰哈达王爷嘛，一世贵人，半个神仙。积灵河的水流多远，他的领地就有多远，名声就有多远。他要挖金疙瘩，从四方招来民工，管你吃喝，外加十串麻钱的月饷。金疙瘩现世后，每个还有一百两银子的赏钱。光光头儿照太阳，跟着闪光了。几百条虎虎势势的汉子干了三个月，柳树开花没结果，和前几次一样，青石一见，河水便来，夹石带泥直灌通地坑。这耗尽了家产的苦命王爷哭天抢地，骂人怨神，眼泪没断线气息儿早没了。

古夜茫茫，今夜茫茫。古金场越来越开阔。峭然孤出的黄金台也越升越高，越长越胖，像是有什么东西在里面不住地用力撑着，撑大了身躯，撑出了神圣，撑出了悲凉。老天爷的秘密永远是秘而不宣的，黄金台就是机密的象征。然而，对淘金汉们来讲，一切都已经不复存在，古金场的风风雨雨留下来的只是"青石见，大水来"的神秘和恐怖，这恐怖使他们早已失去了探索机密的勇气。他们否认着历史，以为那不过是个传说中的故事，而故事是人人都会编的。随着时间的流逝，更多的人甚至连这个故事也忘记了。可张不三却牢牢记在心里，并且相信那是真的。这不仅是由于他的祖父曾经跟乌兰哈达王爷挖掘过通地坑，也不仅是由于父亲曾有遗嘱，更主要的是他那把苦难的生活和浪漫的冒险划了等号的天性。

祭祀刚刚结束，张不三就根据土石的不同和那条沟壑所指引的方向，确定了通地坑的位置。之后，一连三天，他都带着人在正对积灵河的地方垒坝造堰。一旦真有大水漫溢而来，也不会灌进通地坑，给生命造成危险。更重要的是垒坝可以安定人心。

黄昏坝成，开饭了。人们坐在石窑前，张嘴瞪眼地往肚里吸溜清汤面片，谁也不说话。那口黑色的大铁锅被几十双眼盯得越来越小，锅中的汤面也越来越少。人人变成哑巴的原因很简单：你少吃一口，他就多吃一口。只有张不三不屑于这种小家子气的争汤吃面，尽管他对自己那痊愈了的饥饿劳困症记忆犹新。一碗下肚，他就琢磨起劳力搭配的事来。要在腊月前挖到那三块青石上，就得不分昼夜三班倒，要使班与班之间不为挖多挖少互相争吵和防止班内滋生纠纷，必须把劳力按关系和强弱搭配均匀。他进窑靠到自己的铺盖上，从被子里摸出一个本子和一支油笔，绞尽脑汁，罗织出一个名单来。高家和殷家反目，赵家和郭家龃龋，程家兄弟针锋相对，熊家叔伯素有芥蒂，姜大六亲不认，宋进城爱耍小聪明。王仁厚呢？谁都嫌他生性木讷，除了做庄稼活，别的事情上，是个放屁还要打草稿的窝里窝囊的大肉头。光那脾气暴躁性子急的石满堂就在三个班中颠来倒去了七八次。终于安排妥当了，他来到窑外，看大家刚刚放下碗，还没从哑巴境界中摆脱出来，便将名单念了一遍。人人都在琢磨别人，都在急速权衡自己的位置，不把本班所有人对自己的好坏冷暖揣摸透彻，他们是不会轻易表态的。

"有没有意见？没有啊，那就这样定了。"

张不三想来个白菜生吃、老肉快煮的办法，料不到竟是木讷人王仁厚破坏了他的愚民政策。

"我不去石满堂那个班。瓦碴揩屁股，我和他没茬茬。"

人不嫌他就算运气，他还戳三捣四地说人哩。张不三恶狠狠瞪他："那你说，你想在哪个班？"

"宋进城的那个。"

"不要，我们不要。"宋进城道。

"那我去一班。"王仁厚满脸通红，不知是气的，还是臊的。

"鸭子走路一摇三摆，燉了，没火；养着，我们的血汗养不起。"有人马上反对。

王仁厚一副可怜相，佝偻着身子蹲到地上，咕哝一声："没人要我，我就走。"

素来对王仁厚看不顺眼的石满堂听他说要走，便数头数脚地骂起来："你这个畜生，只知道一杆老秤十六两，现钟不打要去捡破铜，让你发财，还得捧着求着小声大气地哄着么？要走就走，快走，别以为少了你事情就办不成。"他骂着不过瘾，捋起袖子上前就打。人多手杂，一时间将他拉住了。

张不三暗自叹息，开店容易守店难，一上手就碰上人家朝你撒尿，不治治他们，往后闻了屎臭，还要说是馍馍香哩。

"石满堂，你欺负人也得顾顾我的面子。这一伙人是短是长都是我请来的，你打走一个，我让你全家冰清水冷一辈子。"

王仁厚得势了，瞪眼朝石满堂哼一声。石满堂马上做出一副激怒状，又要扑向王仁厚。

"仁厚，站起来！你也有手有脚有气血，我看看他能把你打死。"

张不三吼道，可他没想到醉酒人越扶越醉。王仁厚慢腾腾站起，低头勾脑，带着一鼻腔呼哧呼哧的闷气，朝台下晃悠悠走去。

"回来！"宋进城喊一声。

王仁厚回头，苦笑着弯了一个腰："我不想叫人打死。"说罢又要走。宋进城跳过去，将他拉住了。

真拳不打躬腰人。石满堂的火气也化成了叹息。张不三瞪他一眼，突然笑了："满堂，你有本事你就打，打得只剩下我们两个人，几十斤重的金疙瘩对半分。"

"撵我走你就直说，我可不是那号死拉着旁人的裤腿奔光景的人。"石满堂道。

"你走？别人离得，你离不得，野猫儿不逮家老鼠，自有大用场。我们围子人就缺个你这样的金掌柜。"

"你这不是糟踏我么？"

"就算是糟踏，你也得忍着。我当正的，你当副的。"

所有人都呆了。最先反应过来的是宋进城："好！这个决定我拥护，别人也拥护。大家说，是不是？"

人群中出现了一阵七零八落的"嗯啊"声，但很难说这就是应诺。石满堂洞悉其妙，使劲摇头。张不三恼了，一拳擂到他胸脯上："你滚！马上就滚！我看错了人！"

"掌柜的，你这是抱着母鸡当凤凰。"

"我说是凤凰就是凤凰。"

石满堂沉默了一会，突然扬起头："那好，我听你的。"他又望望三丛四簇的人众，心一横，牙一咬，大声道："要我干，我就得有我的章法。丑话说在前，想散伙的现在就散，明儿动土，谁敢捣蛋，有娘的我拐走他娘，有媳妇的我拉跑他媳妇，啥也没有的，我打断他的肋巴骨。"

张不三笑盈盈的："我怕这伙人轮不到你欺负。"他又转向大家："你们也不要害怕他姓石的。他要无故打人，我亲自问罪，绑起来叫大家剜肉。不过，你们也要小心点，别叫他抓住把柄。看大家还有啥问题？没有了？好！进窑睡觉。"

明知乐极生悲是个颠扑不破的真理，张不三还是对着石满堂着实笑了几声。

古金场深秋的冷凉空气中，笑声也是带着寒意的。

"明儿放假，下午烙馍馍包饺子，来顿干的。"

"放不得。庄稼人贱脾气，越惯越懒，越放越散。"石满堂用黑手抹着脸上的汗水，表达着符合他副掌柜身份的意见。

张不三摇头，显出一副比对方老辣深沉的模样："冒出来的泉水几把土堵不住，但要不堵，三天两后晌就会冒光。"

十天下来，通地坑下挖的速度比张不三预料的几乎快了一倍。每天，虽然他不会跟一个班干满八个小时，但班班都得去泡上一会儿，加上一些琐碎事情的纠缠和时时要提防谷仓人的偷袭，时间被肢解了，他只能刁空休息。幸亏有石满堂这样一个占理不让人的助手，这帮人中还没有发生过那种钉头碰钉头，叮叮当当不可开交的矛盾，省了他不少精力。张不三没有把石满堂算成班内的劳力，只让他和自己岔开，每班都去干上三四个钟头。这种安排一方面发挥了石满堂督促别人加油干的作用，一方面增强了他的自豪感和对张不三的义胆忠心。石满堂从未管束过别人，这次得到器重，那受宠若惊的使命感使他显得比老天爷还要负责。"三班比二班多挖了整整两尺。""狗日的王仁厚耍尖溜滑不出力，我给了他一脖梗（用巴掌扇后颈）。"每次回到地面，石满堂总要向张不三喘喘吁吁地汇报，其实是卖弄他起到了一个监工的作用。张不三当然不会放过每一个表扬他的机会，南墙根里的葱，全靠壅。班班都在比赛，下一班一定会比上一班挖得多，哪怕多半尺，不然就会赖在下面不交班。和出坑的土石一样，人也是被麻绳吊上吊下的。麻绳通过支架上的滑轮受人控制，比起历史上那几次掏坑挖金来，当然是既省力又有时效。人的热情加上炸药的威力，大坑已有四丈多深了，而疲倦和忧急也同样深地钻进了人们的躯壳。古金场的地层里那股激动的潜流，也就在这个时候从坑底汹涌而出。

正在向休息的人们通知明天放假的张不三被宋进城拽到坑沿上，还没站稳，就让人用麻绳拦腰缠了一圈。几分钟后，张不三的双腿重重地插进了水中，水浪四溅，稀哩哗啦的。那水已经回旋着没过了膝盖，更可怕的是坑壁四周冲刷出了几个洞穴。失去了支撑的坑壁随时都有可能崩塌。而石满堂却得意地望着张不三，为自己能够镇守坑底，没让大家逃向地面而自豪呢。

"真的不要命了？"

石满堂没听准张不三的口气，嘿嘿一笑："能捧到金疙瘩，死也值。"

"掌柜的，命是盐换的，一人只有一条，死不起哟！"

张不三扫一眼满脸凄哀的王仁厚，冲石满堂吼一声："快上！"说着，他解开了自己身上那根麻绳。

八九个人忽地围过去，你抢我夺地挤成一堆。石满堂上前，死命地拽过绳子来："谁也不准上！掌柜的，轿到门前马撒尿，你不能惯坏了他们。"

张不三伸手夺绳子，却被石满堂一把推到坑壁上。哗啦哗啦，浸湿的泥土朝坑水落去。涡流湍急，旋出一只只滚动不已的深陷的眼睛来。波纹鼓荡着，急促地拍向四周。张不三感到水面在倾斜，通地坑在倾斜，整个地球都在倾斜。

"满堂，听我的，金子要人挖，人死了，啥都完了。"

这请求出自张不三的口是从来没有过的。石满堂愣了。王仁厚扑过去，将麻绳三下两下拴在自己身上，朝上面猛叫："拉！快拉！"

半个钟头过去了，坑内积水越来越多，大块大块的泥土滑下来，砸出一阵阵惊心动魄的激响。冲刷出的洞穴如同地狱之门，威赫赫、阴森森地洞开着。别的人都已被吊了上去，坑底只剩下张不三和石满堂。

"满堂！谁先上？"

张不三拽过绳子来就往自己身上缠："挖金子没有我不成……"

"没有我也不成！"石满堂大吼，却没有抢绳子。

"你万一出了事……"

"少给我念咒，上！"

石满堂狠推他一把。张不三朝下拉拉绳子，便倏地被拽离了水面。石满堂翘起下巴朝上看，忽又勾下头去。晦黯的坑底寒气扑来荡去，浸湿的土石又一次落下，水浪使劲推搡着他，像是魔鬼要将他押送阎王殿似的。积水已经没过腰际了。随着一个冷战，他双手捂脸，颓然歪倒在水中，头迅速被淹没。他咕了几口水又挣扎着站起，觉得自己该死了。

石满堂没有死。但当他被吊出地面抬进石窑时，那张脸苍白得比死人的还要难看。他眼闭着，喜怒哀乐全部逸去。好一会儿，那双眼才渗漏出两股绝望的白光，在张不三身上滞留不去，僵硬的嘴巴也慢慢张开了："看不得，看不得……鬼！我看见鬼了。红的黑的绿的白的，在坑底水洞里……"

张不三连忙用手捂住他的嘴，四下看看，见窑内没有别人，厉声道："不准胡说！"

"掌柜的，我一个大男人，哄你做啥？信不信由你。"

"我不信。"

张不三来到窑外时，人们大多瘫坐在地，叹的叹，喘的喘，好像挖金疙瘩的事儿已经由地下水宣布结束。人们的精神溃败起来如山倒，刹那间就变得不可收拾，恼怒得张不三恨不得一口气将他们吹起来，吹出一个龙腾虎跃的场面。他双手叉腰，拿出一副天地不怕的气派："挖金子就像种庄稼，只愁不种，不愁不长。"

一声粗闷的哀叹打断了他的话。他在人堆里搜寻，却见宋进城长长地打了个哈欠，懒洋洋道："治不住水，好话说上一万遍也是多余的，话不饱肚不解渴，更不能拿它挖土铲石。"

张不三气得瞪凸了眼睛，攥起拳头吼道："过来！"

大概宋进城是愿意挨打的，居然稳稳当当走了过去。

"你说我的话是多余的？你盼大家散伙？"

"要是用胶泥也堵不住水，不散还有啥办法哩！"

"胶泥？"张不三愣了，明白对方又在卖弄聪明，抡起胳膊，一拳打出了宋进城的几声尖叫。但在心里他是很感激宋进城的。

胶泥有黑白两种，黑胶泥是湿胶，白胶泥是干胶。一黑一白分别堆积在积灵河床里和河岸上。显然这是被河水从积灵山深处冲下来的，年经日久，越积越厚。淘金汉们虽然早就理解了它的用途，比如盘锅垒灶，比如在淘洗砂金的水坑里固定龙骨金床，但谁也不清楚它为什么会和水泥具有同样的性质。

围子人开着拖拉机将胶泥运来了，再用灌木韧条捆扎成许多胶泥块，塞进坑底的洞穴，既能够支撑坑壁，又可以挡住流动的泥沙。这工作是当过几天泥瓦匠的宋进城带人完成的。危险越大，张不三就越觉得自己有保全性命的必要。不到撬开青石见真金的最后一刻，他不想冒死亡的危险。

更加苦累的挖掘又开始了。坑底还有地下水不断渗出，过去是挖掘干沙干土，现在每往上吊一桶都是水泥参半。而且人的双腿长久泡在稀泥浆里，皮冷骨寒关节疼，咬牙鼓腮地干活，心有余而力不足。有人开始装病，有人真的病了。石满堂希望自己昏沉沉挺在石窑里，有朝一日翻身起来，就见金疙瘩辉映于世，自己摸啊摸，先沾上一手金粉再瓜分。无论真病还是装病，躺倒的人都切盼着自已能被张不三开除。可是，他们一连躺了四天，也不见张不三发话，甚至连他的丝丝恼怒也看不着。真病人，假病人，每天照例要得到张不三的三次问候，还不算饭间的好言安慰。一日三顿，至少有两顿，张不三要亲自把饭端给他们。有几个人害怕了。在这种盛情挽留下了，他们知道总有一天自己会被感动，然后心甘情愿地再被人吊下坑去。可一想那冰冷的水和沉重的镐头，他们就会感到一种死灭的召唤，还有那铁锹碰石头的瘆人的嗞嗞声，更是世界上最难听的来自地狱的恶音。在一个没有月亮窥视只有黑风劲吹的晚上，有三个人装做起夜，丢下铺盖，神鬼不知地跑下了黄金台。

天亮了，首先觉察逃跑行迹的是石满堂。他摇摇晃晃走出石窑，去给刚刚爬出坑口的张不三报信，却被张不三拉起来就走，一直拉到黄金台下的背人处。半个钟头后，台下便传来石满堂的惨叫。除了坑下和坑沿上劳动的几十个人外，别的人都簇拥到了那里。石满堂已经被绑了起来，衣服撕破了，胸脯上有道道血痕。张不三盯着大家，高声说道："日奶奶的！他想跑，你们说我打得对不对？"

人们恐怖地瞪着张不三，一声不吭。

"犯了戒条，别说是石满堂，就是天王老子我也要收拾。"说着，他又举起手中的树枝，在石满堂背上狠抽两下。

"这杂种也有报应了。打！打死他！"人群中王仁厚突然记起石满堂平日的残暴和自己挨打的屈辱来，大声助威。

"对！拿嘴骗舌头，打死也是自找的。"又有人道。

"打死？便宜了他。来两个人，把他抬到窑里圈起来。"张不三说罢，气狠狠朝回走。宋进城赶紧跟上："掌柜的，看不出你武艺高强力气大，牛高马大的石满堂叫你一个人绑成了死猪。啧啧，我服了。"

张不三得意地狞笑，突然一愣，打心里涌出一股嫉恨来："我的心眼装在你身上。你要败我的事，我迟早会收拾你。"

宋进城笑笑："我敢么？做梦也在替你着想。"

张不三哼一声，走了。除了宋进城，还没有第二个人识破这苦肉计。而对石满堂来说，这也算是一次盐末换砂糖的交易，挨一顿打免了日后下坑去和鬼魂打交道的苦役。虽然他是张不三最得力的支持者，但毕竟是人，是人就怕炼狱的煎熬。他已经被煎熬过一次了，人在世上，灵魂却在鬼域中颤栗。他不想再有那种颤栗。

挖掘依旧在进行。但那由张不三点燃起来的物欲和煽动出的热情，随着气候的渐趋寒冷和挖掘的日益艰难，正在迅速消散着。天冷，地冻，人萎缩。人心与人心的碰撞已不是由于比赛速度和深度了。第一班掘深了一尺，第二班接班时一看，便嚷道："没偷懒才怪哩！我们挖够两尺就上去。"第三班呢？ 有心要挖一尺五，可由于劲气不足，心神不定，只掘深了一尺。于是，一种比赛谁比谁更有惰性的恶性循环开始了。无计可施的张不三只好采取班班跟到底的办法。不仅如此，在坑底，他还得下死力气干活。冰凉的水盖在他的脚面上，随着他举镐刨挖的动作，水漫上他的小腿。脚掌实在冰冷难耐时，他就双膝着地跪着干活。跪跪站站，那镐头倒也听话，泥沙疏松，石头翻滚，逼得那几个使锨的人不得消停。吊桶不间断地朝上输送着，每一班的挖掘速度又加快了。然而，他那强健的血肉之躯只让他坚持了两个循环，也就是说，除了吃饭、解手，他连续干了六个班，便累倒在坑底水洼里。人们把他吊出坑沿，又抬他来到石窑。他眯着眼寻找石满堂："满堂，就再帮我一次吧！这几日你也将息够了，下去领着大家干一阵，好歹别停下。我要睡一觉。"

"唉！癞蛤蟆垫桌腿，鼓起来的劲长不了，我恐怕再也拢不住大家了。"

石窑深处突然一阵响动。轮到休息的宋进城从地铺上爬起，走过来，朝张不三撇撇嘴："不是我说满堂，他是个没多大辣气的糠萝卜了。依我看……"他突然低下头，嘿嘿笑起来。

"说呀！"张不三催促道。

宋进城一拍胸脯："我当副掌柜的。"

张不三摇头："你就是星星也是西瓜大的，年岁太轻。"

"我就不信这帮懒猪不听我的话，我自有办法。"

张不三等着他说下去，却见他紧抿了嘴唇，便急躁地挥挥手："成成成！你想当你就当，挖多挖少事小，千万不能散伙。"说罢，他头一歪，闭上了眼睛，心里说，瞌睡，瞌睡，就像魔鬼。

在那些男人们应该回来的日子里他们没有回来。围子村的女人们像口袋里倒出来的豌豆四处乱滚。凶多吉少的感觉使她们一刻也不能安宁地互相串门，从早到晚都是她们叽叽喳喳的议论。她们就只有这点本事了，猜测、祈祷，寻找别人的安慰，然后进入多梦的睡眠。王仁厚的媳妇却比别人有胆有识，她也在议论和猜测，但很快就觉得这是一种毫无用处的做法，猜测越多，越让人感到心惊肉跳。惶惶不可终日的光景简直没法过下去。她对他们说："我们一起去金场看看，这些忘了女人丢了家的浪荡汉们到底在干啥。"没有人敢于附和，只是说："要去你去，我家的男人死不了。"难道我家的男人就一定要死？仁厚媳妇心里咯噔一下，没好气地瞪她们一眼，心想，别张狂得太早了，谁家的男人做了鬼还说不一定哩。她把别人的话误解成了对自己的诅咒，而当她夜里做了个梦，梦见有一伙面目不清的男人回到围子村，村前村后地转了一圈又溘然逸去了时，就再也按捺不住了。她认定自己梦见的便是亡人的阴魂。阴魂来向亲人告别，不吐姓名不露面孔，到底是谁家的男人？但一定不是仁厚，仁厚做人做鬼，回到围子村就要进家门。她极力回想梦中的情形，断定那些男人没有一个走进她家的门。可隐隐约约又记得有一个人在她家门口站了一会。莫不是他想见她？围子村的男人中间，想见她的除了仁厚还有谁？她越想越邪乎，越想越觉得那人的面孔真真切切就是仁厚的。她心慌意乱，坐卧不宁，找出一个布包装满了干粮，拎起来就要上路，一想到自己是个女人，便又泄气了。这样重复了几次之后，出走的决心终于压倒了一切顾虑。

一个秋霜染白了农田村庄的黎明，料峭的寒风刮过天空，刮得她那颗为男人而跳的心高高地窜起！她来到了县城，在那里打听了一番，知道每两天有一趟班车开往唐古特大峡外，峡外有一片村落。她身上带着家中仅有的七元钱，花五元五角钱买了张站票，颠颠簸簸来到峡外，钻进人家的马圈过了一夜，第二天便朝唐古特大峡走去。当她出现在古金场的积灵川时已是四天后的一个中午了。

对没有闯过金场的人来说，什么时候古金场都是一片沉寂，似乎它永远在酣睡之中。太阳滚过中天，满天浑黄，满眼迷离。阳光铺下来，再铺下来，永远地铺着。仁厚媳妇发现，和世界上所有地方的中午一样，太阳是圆的，而且悬在头顶，而且略略发烫。但她还是有了一种异样的感觉，似乎天上的阳光和地中的金光交相辉映着，把空气变得有形有色有棱有角有味可嗅了，只要愿意，一伸手就可以满把攥住了质感坚硬的光波。她真的伸出了手，使劲攥了一下，指尖硌着手掌，有点痛，但她心里很舒适，到底是古金场，连空气都能硌手。她看到了几个女人，以为她们也和自己一样是来看望丈夫的（她忘了自己是来寻找而不是来看望的），精神上便宽松了许多。她想她们既然能够安然无恙地呆下去，自己刚一踏进古金场时那种恐惧惊慌、孤立无援的感觉就显得多余了。遗憾的是，当她上前和她们搭话并打听围子人的去向时，她们异常冷淡，说根本没有一个自称是围子人的淘金汉来找过她们。

"他们有自己的妹子。"她们把一间破烂不堪的土坯房指给她看。

"谁啊？"

"不知道，她不和我们来往。"

仁厚媳妇已经猜到了，八成是驴妹子住在那里面。她过去，看门上挂着锁，等了一会儿，便怅怅地转身，漫无目的地朝前走去："喂！古金场有几万人呢，你要去哪里找？"一个女人冲她喊道。

她停住。

"让她走吧。男人的去处只有水知道。喂！你顺着河水朝下走，说不定就能碰到你要找的人。"另一个女人道。

她朝那边看看，果然看到有一条河，河水清澈得如同一面镜子，微澜鼓荡着，玉色的浪花悄悄溅起，似乎有点害羞，有点不敢打扰人的胆怯。她感激地望望那女人，走近河边洗了一把脸，这才和流水一起朝同一个方向迈步。她想围子村要是有这样一条河，就不愁旱年干月不打粮了。有河就秀气，就水灵，就会叫人不知疲倦，浑身永远清爽。她觉得自己已经不累了，似乎她没有赶长长的路，心里也没有装沉沉的心事。她的男人就在前面不远处，那片嫩生生绿汪汪的林子里不是有男人的身影在晃动么？她当然不知道那是围子人的仇敌谷仓人。他们也不知道走来的是围子村的女人，只是感到惊异：离开了积灵川，一个女人独自在荒原上行走是很危险的。

"大概是刚来的。"谷仓哥哥对他的伙计们说。

她东看看西望望，脸上的每个部位都流露出兴奋和好奇。谷仓哥哥冲她喊了一声。她倏然止步。

"你去干啥？不要命了？"谷仓哥哥问。

"我来找我的男人。"

"我们都是你男人。"有人浪笑着喊道。

"快回去，在积灵川等着。你男人就会去找你。"谷仓哥哥又道。

"大哥，我男人是围子村的。围子村的人在哪里？"

树林里的人突然哑巴了，互相看看。围子村的女人撞进了他们的淘金地，就等于一块肥肉蹭在了饿兽呲出的利牙上。而仁厚媳妇当是他们没听懂，又把刚才的话重复了一遍。话音刚落，树林里就一阵骚动。几个人走出树林，一脸凶相地瞪视她。她敏感地后退了一步，不禁打了个寒战，看他们恶狠狠地渐渐靠近着自己，便神经质地叫了声"大哥"。

"今儿你大哥不把你浑身日出一百个窟窿来就不是人。"有人咬牙切齿地说，似乎这女人是来承受他们对围子人的全部仇恨的。

仁厚媳妇没再多想，撒腿就跑。那几个人追了几步，便被谷仓哥哥喝住了。

"不要跟一个女人过不去，那不算本事。"

"你有本事，你不是也在勾搭女人么？"有人小声嘀咕。更多的人则冲着仁厚媳妇远去的背影大声谩骂。骂够了又哈哈大笑，似乎仁厚媳妇的逃跑已经证明，在围子人面前，他们依旧是强悍而伟大的。

仁厚媳妇跑一程走一程，一口气回到积灵川，瘫软到一间土坯房前。有个女人出来，漫不经心地瞥她一眼说："咋？遇上强盗了？我说你别去，你偏要去。"

"大姐，找不到我男人，今儿我去哪里过夜？"

那女人不回答，进房呆了一会，又出来说："你要是实在没地方去，我俩就挤一条炕吧。"

仁厚媳妇的眼里顿时闪出许多泪花花。更让她感动的是，女人还管了她一顿晚饭，虽然只是一碗拌汤一个油花（用青稞面做的花卷），但填饱肚子就是幸福，她已经不知用什么词来赞美这女人的善良和热心了。

她住了下来。可她万万没想到，半夜会有人敲门，会进来三个强壮的淘金汉。他们一见她就吃了一惊，问给他们开门的女人，她是谁。那女人说是个没见过世面的过路人。他们会意地笑了。这时她已经坐起来，披上衣服，用被子将身体裹得紧紧的，双腿在里面微微打战。

"怪不得今儿淘得顺当。"一个长着络腮胡子的人说着走到炕沿前。那女人上前拦住，冲他伸出巴掌。

"放心，会多给你的"。

"多多少？"她问。

络腮胡子回头看看自己的两个同伴。其中一个竖出食指晃了一下。

"不成。别忘了我的好处，以后我还会让你们尝鲜品嫩的。"

"那就再加一个指头。我说了，今儿顺当。"

络腮胡子说着，手伸进棉衣胸口，捞出一个布包，打开，朝那女人的手心里撮了两下。那女人又走向另外两个男人，而络腮胡子却急不可耐地扑向了仁厚媳妇。仁厚媳妇嘶喊一声，接着就是死命挣扎，就是哀哀乞求。另一个男人过来帮忙，摁住她的身子，让络腮胡子扒掉了她的衬裤。一切都是猝不及防的，她想起了丈夫的话："一到金场，人就不是人了。"可她是人，她不能随便让一个陌生的男人占有。她用牙咬，用头撞，用脚踢。她想跑出去，想掀翻这并不结实的房顶。有几次，她推开了络腮胡子，直起腰，用尖利的喊声让他惊愣了片刻。但接下来便是更加沉重的挤压，男人高大的身躯将她整个覆盖了。等络腮胡子开始造孽时，她已经无力反抗，脑子昏沉沉的，眼泪一股一股地溢出来。他们好像没看见，或者看见了也不在乎，轮换着在她身上肆虐。之后，便又把同样的淫威施加在了那女人身上，不过，她是平静的，如同喝凉水，不喜也不恼。

天亮后，他们走了。那女人也离开了房子。仁厚媳妇爬起来，穿好衣服，蹒跚着来到门外。

"喂！你去哪里？"那女人从杉木林里走出来，怀抱着一小捆柴。仁厚媳妇呆板地望着她。她走过来，把柴扔到门旁，又道："我给你打听过了，你要找的围子人在黄金台上。掌柜的叫张不三是不？在那，那片云彩下面。"

她望望那片凝滞的阴云，艰难地挪动了步子。

"今黑你还来？"那女人凑到跟前问。

她蓦地回过身去，一巴掌扇到那女人的嘴上。女人捂着嘴，困惑地望她。

她走了。一进古金场，顷刻就失去了女人的贞操，这在她是无法理喻的。古金场，难道是人呆的地方？她要去找仁厚，拉上他，一分钟也不停留地离去，哪怕再过一天就会抱上金菩萨呢！仁厚，仁厚，你为啥要来这里？是我逼你来的么？那我就活该！活该！仁厚，你咋就不知道我会来找你呢？你一个大男人，守不住自己的媳妇，怪你怪你不怪我。

一个女人呻吟在茫茫荒原上，如同清晨拂过地面的微风，连一阵尘土也扬不起来。

第七章　积灵河边

张不三是被一个女人的咳嗽声惊醒的。他睁开眼，望着窑顶呲牙咧嘴的岩石，不明白自己为什么会躺在这里。记忆消逝了，好像他刚刚出世，脑海中只有一种对母亲温馨的下意识留恋。他扭过头去，眯起眼痴望她那桃花一样馥郁芬芳的脸。

"你醒了？"

这声音让他迷惘。我睡了？他问着自己慢腾腾坐起，用手揉揉眼，突然大叫："你咋来了？"

驴妹子吓了一跳："宋进城来叫我，说你病了。"

"我病了？扯毬抻蛋哩。我没病，没病！"他四下看看，"伙计们呢？都散了？我的娘，我咋躺倒了呢！"

他吼着就要往外走，驴妹子一把将他拽住。他回头，恶狠狠地甩开她，前走几步，见她被自己甩倒在了铺位上，又过来扶起她。她站稳，想走开，却被他如狼似虎地抱住了。干裂的结着血痂的嘴唇伸过来，在她柔软的散发香味的脸上胡乱涂抹。她觉得就像人在脸上刺绣一样难受。她竭力仰过脖子去，那辫子就一直拖到地下，被她自己的脚后跟踩住了。她当是又有人在背后撕拽头发，猛地推开他，急转身寻觅。没有，什么也没有。等她再回过头来，准备迎受他更加肆无忌惮的拥抱时，他已经不在眼前了。

高原的太阳正在头顶炫耀自己的光彩。沐浴在阳光下的张不三彻底清醒了，可清醒后变得异常明晰了的眼睛，看到的却是一片缀满了土屑的黑乎乎的人头。这些人头都被战战兢兢跪倒在地的双膝支撑着，像流波缓缓散开。

"掌柜的，你就放我们回去吧！"石满堂带头乞告。

"咋了？你们这是咋了？想回？不挖金疙瘩了？老天，金疙瘩就在我们脚下，离眼睛只差一拃了。你们看见了没有？"张不三一时失去了镇静，不知所措地连连发问。"不挖了，我们不挖了。苦太大，我们吃不消了。"又是石满堂的话，引出许多表示同意的点头和呼应来。

"出来时间长了，媳妇一个人守家，我们不放心。"王仁厚道。

"有啥不放心的？怕让野猫子叼了？还是你们想要媳妇了？"

"想，就是想。掌柜的，你不想么？"。

张不三吃惊，说这话的竟是自命不凡的副掌柜宋进城。他气得面呈紫色，脖子上青筋暴跳，却又见宋进城仰着脸在朝他眨眼。这个贼娃子养的，又布下了啥迷魂阵？张不三搜寻到肚肠角落里也琢磨不出个头绪尾端来。

"掌柜的，不让我们散伙，准我们几天假也成。你和驴妹子住石窑守住黄金台，我们满金场转转，看能不能打个野鸡。"宋进城又道。

这话像雷鸣闪电，轰击得张不三茅塞顿开。好一个宋进城，法场上的偷刀贼，胆大得没边没沿了。但张不三是明智的，他已经恼怒不起来了。浑身的肌肉也和他的心一样沮丧得松弛了下去，他再也想不出比宋进城更好的主意了。如果不按照这贼娃子的安排去做，也许挖掘就连一天也维持不下去。他阴沉沉地望着大家，望了好久，才伤感地问道："你们不就是想女人了么？"

没人回答，静静地等待就是一切。

"女人我有！我把我的让给你们！"他猛然吼起来，急转身进窑，又忽地踅回，极深地喘了一口气，语调顿时平和了许多，"其实，这事儿我早就想到了。驴妹子来这里做啥？还不是为了你们！"

人群骚动着，黑色的流波骤然鼓起又迅疾沉陷。一张嘴便是一个急流的喷口，飞溅出阵阵喧哗。后来就平静了。人们那滞涩脏腻的面孔上悄悄绽放着惊愕忧惧的花朵。这神态不知不觉激发着张不三的勇气，使他变得分外得意而张狂。他抢进窑去，拽着驴妹子的胳膊拉她出来："要吧，你们要吧，就当我死了。"

他真的紧闭了眼睛，脸上叠起的道道肉浪让人明显地感觉到了他的痛苦。驴妹子不知事情深浅，抖抖索索地站在一群跪伏在她的男人面前，好一阵惶怵。人们一个接一个地站了起来，小声对小心地互相看看。宋进城叹一声，说："掌柜的为了大家，把驴妹子都搭上了。谁再想今儿散明儿走地捣蛋，就不是人了，天理不容，一个马趴摔死。谁要来，快举手，我给你们编排好次序。"

没有谁吭声。宋进城只好点名道姓："石满堂，你不是说不消肿你干活就没力气么？咋不举手？"

石满堂浑身一颤，看张不三眯缝起眼盯着他，忙道："我说了？我那是放屁！"

宋进城诡谲地冲张不三笑笑，又喊道："不算放屁的那些人，你们举手啊！王仁厚……"

"我？我又不是畜生。"

驴妹子突然明白了，眼泪闪闪烁烁落下来，接着哭声一拉，便朝张不三扑去："畜生！畜生！你把我不当人呐！"

张不三呆然不动，任驴妹子扑扑打打。宋进城匆忙过去，将她拉住，又拖她进窑。张不三看着连连摇头。筷子挑凉粉，滑头对滑头。可他不如宋进城。好狗日的，天知道你做了件好事还是坏事。他叹口气，回避着众人的眼光，边迈步边哼唧道："谁要来就来啊！我给你们发通行证了。散伙不散伙你们看着办，只要良心过得去，你们就由着性子来。"

"掌柜的，当真？"

这声音拽住了他。他回身狠狠地点了点头。

"那今黑夜驴妹子就是我的了。"

他又点头，撩起眼皮朝前瞄了一会，才从人群中看清这个贼心加贼胆的人竟是刚说过不愿当畜生的王仁厚。

"豁出去了。反正不定哪天就会死在坑底，不来亏得慌。"王仁厚自语着给自己鼓劲打气，却见石满堂一蹦子跳到张不三跟前说："你真的同意？"

张不三看他脸上肌肉打颤，眼冒凶光，顿时来了精神："关你屁事！卖萝卜的跟着盐担子转，好个闲操心。"

"你不要她，她就是我的！"

"你的？谁批准了？"

"老天爷！"石满堂吼着，忍不住拳头出手。张不三被打得连连后退。他稳住自己，就要扑过去，却被闪出石窑的宋进城拦腰抱住。

"别打，别打，打死一个人就少一份力量。掌柜的，从昨夜开始，坑底不冒水了。"张不三使劲甩开他，顺手从窑前捞起一张铁锨，朝石满堂直戳戳捣过去，一下没捣着，又要跳起来抢锨拍过去。突然，锨脱手了，咣一声掉到地下。

张不三急转身，撕住宋进城的衣领："你刚才说啥？"

"我啥也没说。"

"不冒水了？土干了？"

宋进城点头，但话却说得令张不三焦急难耐："可能吧，大概是干了，可这是啥征兆？谁也不知道。说不定明儿还会冒水哩。"

"快！快下！打炮眼，放炮！"张不三喊着，什么都忘记了——驴妹子，屈辱，对石满堂和宋进城的忌恨统统成了过眼烟云。揣在心尖上沉甸甸压迫着他的，只有深坑，只有坑底的黄金。所有人都被他的情绪感染了，疯狂地跑向坑沿。尤其是石满堂，他突然变得格外兴奋，对张不三说炮眼由他带人去打，并说王仁厚是最好的炮手。张不三同意了，他便拉起王仁厚急冲冲来到坑沿上。

"下！"他给王仁厚拴好了绳子。

王仁厚望着他阴冷的面孔，一个寒颤打得浑身尘土簌簌落下。但他来不及考虑别的，就被石满堂推下了坑沿。麻绳绷直了，滑轮慢慢转动，吊着他像钟摆一样悠悠落下。就在离坑底还有二十多米的时候，麻绳突然断了。

在石窑里，在地铺上，王仁厚醒了过来。他示意宋进城扶直他的腰，面朝几十张严峻、苦涩的乡亲们的面孔，哀哀乞求："我看见了，金疙瘩，一堆一堆的，离地面不远……别散伙，千万千万……我给你们磕头了……"

他咚一声趴了下去，嘴对着地，眼瞪着地，似乎金子就在他的眼前，却和他的眼睛一样无光无亮。

哭声，粗闷刚硬的哭声在石窑里回荡。宋进城将他扶起，款款放到地铺上。石满堂又拍大腿又拍头，悲声喟叹。但他的眼睛是干涩的，像两眼古老的枯井。宋进城大把大把抹着眼泪，禁不住抬起自己那只沾满了泪水的湿漉漉的手，在石满堂眼上抹了两下。石满堂的眼窝里顿时也有了泪渍。他愣愣的，似乎不甘心用别人的伤心装点自己的残忍。突然，他哭了，真的哭了，自己的脸上也真诚地淌满了自己的苦泪。而在石窑外面，随着隆隆的炮声，无数碎石从深坑飞出地面，如节日的礼花在夜晚欢畅地爆响。张不三笑了。狂喜中，他看到驴妹子朝自己走来。

"我走了。"她淡漠地说。

"走？你就等着捧金子吧！"

"这么多男人……"

"有了男人你才能捧金子。"他伸手摸她的脸。她悒郁地扭转了身子,却被他推了一把。"走吧!小心碰上野兽。"他说罢,便去催促伙计们赶快下坑清理炸开的土石。她缓缓地迈动步子,就要走下黄金台,却见黑暗处闪出石满堂来。

"妹子。"

她竖起眼眉瞪着他说:"仁厚死了。"

"唉!"

"你还会叹气?"

"妹子,我是为了你。"

"这么说,仁厚真的是你害死的?"

"我能随便害人么?我想害他,可没等想好,绳子就断了。"

"天理不容,你不得好死。"

"别咒我,妹子,我是为了你。"

"谁叫你为我了?"

"你不叫我为你?"他抹起眼泪来,"反正我会死的,今儿死明儿死,只要你说一句话,我啥时候死都行。"

"死啥?还是男人哩!谁叫你死了?你好好活着,做个好人,我就高兴。"

"那你还要说我害了他?"

"不。谁死谁活,老天爷早定了,由不得人的。"

他揩把眼泪,想笑,可嘴一咧就比哭更难看。她赶紧转过头去,朝通地坑沿上的人群望了一眼,急匆匆走了。

是月亮的启示:远方积灵川的山顶上,有了一片玉色的闪光,月华朝那里静静流泻—— 一个神秘而伟大的古夜,苍茫了。

石满堂的脑海里也是一片苍茫景象,对谁他都否认是自己陷害了王仁厚,但记忆却告诉他,那个恶毒的念头曾经毫无愧色地支配了他的双手。那一刻,他没有犹豫,他浑身上下没有一个地方是因为良心不宁而颤抖的。苍茫的意绪里,除了萧杀的荒风和野性的拼搏之外别无所有。可事后他不能不想到,他害死的是一个老实巴交的乡亲。他慌恐地四下望望,似乎自己已经回到围子村,置身在父老兄弟们仇视的眼光中。夜风吹醒了他。他想回去,睡觉或者下坑干活,一抬头发现驴妹子又朝自己走来。他跑过去。

"妹子，你没走？"

她停下来，身子在风中摇晃。他看她就要倒地，扑过去抱住她。她在他怀里瑟瑟发抖。

"妹子……"他觉得自己的手被她狠咬了一口，疼得他松开她，听她喃喃地说："一到金场就不是人了。满堂，你咋也这样。"她认出了他。可他还执迷不悟。她又说："我是来找仁厚的。"

"仁厚？我说了不是我，是他自己下去的。"

她双手攥住他："他下到哪里去了？"

他无言以对。现在他看清了她。他像焊接在地上的一根铁柱，在坚硬冰凉中凝然不动。

"满堂，仁厚呢？我来看仁厚。"

他觉得她是来向他索要人命的，扭身就跑，跑向了张不三。她跟跄着追了几步，便被脚下的坑窝绊倒在地上。张不三很快赶到她面前。

"大哥，"她站起来，"我来找仁厚，叫他回去。"

"回去？唉！晚了，他已经去了。"

"？"她蠕动着嘴唇说不出话。

"去了。你早来一步就好了。"

"他，回去了？"

张不三一愣，忙道："对对！他回去了，回家去了。你没碰上？"他突然意识到，仁厚媳妇的到来是一种不祥的预兆。炮声刚刚响过，也许再过几天他们的辛苦就会结束，金灿灿的光亮就要从深邃的通地坑里喷射而出。偏偏在这个时候王仁厚死了，他媳妇来了。她的哭声带给围子人的只能是悲哀和退却。他说："你赶快走吧。这儿不是女人住的地方。你去过积灵川？那你现在就拐回去，去找驴妹子，她刚走。在驴妹子那里住两天，就回家。说不定仁厚已经到家了。"张不三担心她不走，又说，"驴妹子那里啥都有，吃的喝的，你看你，累得脸上的肉都掉完了。你去那里好好休息几天。你看，天快亮了，叫别人看到不好。"

他的担心是多余的。仁厚媳妇一听丈夫已经回家去，就恨不得连夜穿过唐古特大峡。她说："大哥，那我就走了。"没等到他再表示什么，她就扭转了身子。

仁厚媳妇原路返回。但她离开黄金台不久，就碰到了一群谷仓人。谷仓人是认识她的。

失去了黄金台之后，谷仓人并没有善罢甘休。最初几天他们呆在桦树林里，准备随时扑向黄金台。既然已经付出了惨重的代价，再把发财的机会拱手让给围子人，那就实在窝囊。但他们又明白，光靠自己的力量是无力再去和疯狂的围子人抗衡的。他们派人去黄金台下窥探围子人的行动。种种迹象已经使他们明白了围子人的意图，他们惊怪，又感到可笑，但更多的却是愤怒和妒嫉。他们以为围子人在做梦，最终不过是竹篮打水一场空，却又担心对方真的会挖到金疙瘩。他们愤愤地沉默着。

桦树林也在沉默。它作为谷仓人的露营地，在最初迎接这些疲惫不堪、创巨痛深的人进入树林，医治伤痕或休养生息的那一刻，曾表现得那样激动：细枝摇曳，绿叶婆娑，柔情的歌喉在飒飒地歌唱，亲热得有些过分了。后来，它发现人们并不理睬它，发现它弹奏的美妙音乐换来的不是唉声叹气就是粗鲁的咒骂。它失望了，在寂寞中悄悄走向伤感。树林越伤感，人们的思虑就越会滋生发展。终于有一天，谷仓哥哥憋不住了。当做贼心虚的李长久在黎明的清新空气中向他讨好地端来一碗热水时，他将碗中的热水泼向了对方的胸脯，厉声质问他，在张不三的铁锹下面他为什么没有死？那天的情形谷仓哥哥并不知道，但有人看见了，告诉他，李长久之所以死里逃生，是因为他给了张不三一样显然可以换回性命的东西。

李长久极不自然地回避着谷仓哥哥如火如炬的眼光，喃喃地说："老天爷保佑我。"

"放你妈的狗屁！"金场上除了金子，还有什么东西能和性命具有同等价值呢？他又说："你昧了金子？"

"没有。"

"犟毡顶不起尿罐子，小心我把你弄折了。"

"没有就是没有。"

李长久萎缩着身子离开他，走向一边解裤带撒尿，吭哧了半天也不见尿水水出来。谷仓哥哥盯着他，没打算上前继续盘问。但李长久从此便开始躲避他，躲又躲不远，只好加倍警惕地窥视他的脸色，看那上面有没有惩戒自己的信号。事情正在败露，他知道让伙计们活活打死的厄运离他只有一步之遥。可他什么也没看到，谷仓哥哥的脸色和大家一样，都是一个模子里倒出来的阴沉和凄惶。

中午，谷仓哥哥征询大家的意见："能不能找公家人说说去？"

谁都清楚，这是无可奈何的举动。

"这儿不是乡村是金场。他们管得了？要能管早管了。"

"去总比不去好。坐在这里就能报仇？"

没有人再表示反对。桦树林摇着头送走了他们，也送走了凌凌乱乱地散落在草丛间的怨怼和苦闷。他们来到积灵川，在几排石头房子间穿行，很快找到了挂着金场管理所牌子的地方。谷仓哥哥上前敲门。过了半晌门才被打开，里面走出一个睡眼惺忪的青年。青年穿着便服，额头上有一块紫红的伤疤。他歪斜到门框上，不耐烦地瞅着他们，阳光刺得他眼皮不住地眨动。谷仓哥哥二话没说，就开始愤怒地历数围子人的罪恶。没等他说完，那青年就反问一句："这种事，你让我们怎么办？"

"杀人偿命，你们得惩办凶手啊！"

"说得轻巧，一个巴掌拍不响，你不惹人家，人家会杀你？"

谷仓哥哥有些语塞。他身后的人七嘴八舌说起来："我们是农民，你们不管我们，谁管我们？你说清楚，谁管我们？"

青年挥挥手说："好，我现在就去对人家说，把凶手交出来！把地盘让给别人！你们说行不行？"

没有人回答。

"看，连你们也觉得不行嘛。人家能听我的？我算老几？"青年又道，"算了吧，年年都要死人。凶手不可能是一个，你一拳他一脚，要抓就得抓一大帮，抓来往哪里关？法不责众，这个道理你们是清楚的。"

"我们不清楚！"有人喊起来。

"不清楚那我现在就告诉你。"

谷仓哥哥气得浑身一抖："你们要不管，那我们就把他们全杀了。"

青年眉毛一扬："有本事去啊！"说罢，他回身咣地关上了门。

谷仓哥哥望着大家，两眼阴暗可怖。他看到了伙计们紫胀的脸，看到了不远处的一根绳子上晒着拆洗过的被里被面，看到几只鸡在那里安闲踱步。他分开众人跑过去将白色的被里一把拽下来，又对伙计们喊道："宰了，把这几只鸡宰了。"但大家情绪低落，反应冷淡，谁也不想再把精力宣泄在一些无所收益的事情上。

有人懒洋洋地说："再不想办法找个地方淘点金子，今年就算白来一趟了。"

"那就淘吧。"谷仓哥哥烦闷地喊一声。

突然管理所的门又开了，那青年走出来问道："你说围子人抢占了黄金台？要在台坡上挖坑？那还不容易对什么？他挖坑，你放水，上游的涝池还能用。"

"放水？"

"放水把坑淹掉，谁叫他们无法无天哩。"

谷仓哥哥半晌没说出话来。这主意太好了，好得他不知道如何赞美。他回头睃巡自己的伙计们，嘿嘿嘿地笑了。

他满足了。他就要带着大家去干另一桩大事业了。临行前他没忘记去看看驴妹子。他来到她门前，见门锁着，四下里望望，没望见她，便又返回来。这时他突然意识到这半天没看到李长久，问别人，别人说，刚来这里就去杉木林里解手，到现在也没照面。这畜生，大概是跑了。他想着，浓眉跳了几下，鼻翼抖了几下，嘴皮子颤了几下，手一挥，咕哝道："回去再收拾，过了初一还有十五哩。"

怀揣着阴谋带来的激动，谷仓人踌躇满志地离开了积灵川。而这时李长久其实并没有逃走，只要他们寻找，就一定会发现他仍然呆在杉木林里。他没尿却一直做着撒尿的样子，因为他觉得随时都会有人追踪而来，到那时他的举动就是他为什么久久不归群的理由。在这种手握男根的静止不变的姿势中，他思虑着自己的出路。他错误地估计了自己人，以为他们一定会去唐古特大峡口拦截他。所以他想躲开荒原的阳光，去向黑暗乞讨平安无事地离开古金场的机遇。

黑夜如期而至，他走出杉木林，轻手轻脚地路过土坯房，正在庆幸万籁俱寂、四周了无人迹时，突然听到一声断喝："谁？"惊慌中，他没搞清这声音来自何方，跳起来就跑，却被一个人迎面拦住了。他停下，见不是自己的伙伴，心里踏实了些。

"贼日的，偷了谁的东西？"

"我不是贼，我是过路的。"

"不是贼，为啥怕人喊？"和黑夜一起来到积灵川的络腮胡子一眼就看穿面前这个人不是个过关斩将的主儿，无所顾忌地搜起身来。他什么也没搜到，又问道："过路的？路过这里去做啥？"

"来金场还能做啥？我是谷仓人。"

"就是抢占黄金台的谷仓人？一伙吃五谷不屙干屎的瓜娃。伙计，跟我干吧，看你身坯里还攒着些力气。"络腮胡子是个年年靠收买砂娃淘金子的金掌柜，眼下他恰好觅到了好金地，正需要人手。他又说："我发工资，一天两块，还要管你吃饱喝好。至于金子，丑话说在前，能下得大苦就能多得，下不了大苦一星也没有。"他掏出一张拾圆的票子。"先拿着，买两条烟抽。"

李长久凸起眼珠不敢接。

"不识好歹。"络腮胡子收起钱，走了。

李长久盯着那间吞没了他的土坯房，思谋了半晌，犹犹豫豫上前敲开了门。络腮胡子正在脱裤子，一见他，便又提起裤腰。

"我干。"他说。络腮胡子扔过拾圆钱来。李长久伸手没接住，钱掉在地上。

"章法定在前，偷懒耍奸就要吃鞭子，你想好。"

"我先试当试当。"

"那不行！干起来就得干到底，不出唐古特大峡，你就是我的人，我要你咋你就咋。"

不就是铲土挖砂么？苦苦累累他也受过，甩不动铁锨镐头就不算是庄稼人。他想着弯腰拾起钱揣进兜里。络腮胡子勒好裤带过来，一拳夯在他胸脯上。他愣了，怯怯地望着对方。络腮胡子哈哈大笑："这叫下马威，敢还手我就让你屎尿鼻涕、汤汤水水先流出来。"

他强打精神笑笑，要退出去，从炕上被窝里探出个女人头来说："别走了，今黑就歇在这，不碍事的。"

这夜，李长久和他们睡在了一条大泥炕上。

一边是货真价实的翻江倒海，一边是虚虚幻幻的焦躁温热。他背过身去不敢看他们，整个心身却被他们弄出来的声响牵扯着，每一丝呼吸都让他感到奇妙得不可思议。他坠入五里云中，淫荡地猜测着哪一种声音代表哪一种动作。两腿间的那东西从一上炕就鼓了起来，一直鼓到后半夜，差点没把裤裆顶破。络腮胡子泄了三次，乏得瘫在了女人身上。女人不过瘾，还巴望着新鲜货色，推开络腮胡子，蹭着炕毡溜过来抱住了李长久。他被吓得不敢大声出气，回过身去推搡她。"咋？你不是男人？"欲入睡梦的络腮胡子含含混混地说。他这才贴住她，还没贴紧就尿了半裤裆稠浆子。"漏气的猪尿泡。"那女人扫兴地骂一句，滚到一边自个睡去了。李长久一夜无眠，天亮时眼皮才死死合实，却被络腮胡子揪住耳朵拽了起来。

"快走，我雇的不是养膘的牲口。"

他站到地上，用手背揉眼，揉着便揉出了后悔：他就像是我的阿大，要打就打要揪就揪，呸！才不哩。他嗫嚅道："掌柜的，我看我还是算了。"

"想睡了就来，占了便宜就走，我这里可不是旅馆。"女人说。

"算了？由得了你么？"

络腮胡子一脚踢在他的腿腕上。他身子一歪，跪倒在地。女人扭着屁股打开门。晨光斜洒而来，淡淡的凉风吹散着房内混浊的气息，黄金天地特有的清苦滋味让人顿时消除了夜间失眠或运动的倦怠。李长久被络腮胡子拽直了身子。女人凶悍地吼道："快滚，都快滚，老娘还要睡个回笼觉哩！"两个男人出去了。李长久仿佛走在满是蒺藜的路上，一步比一步迈得艰难。络腮胡子在他背上一把一把地推搡着。

谷仓人远远避开了一切可能引发血案的锋芒，恭恭敬敬地给强梁霸道的围子人双手捧去了和平与安宁。他们很快找到了属于自己的金地。金地在积灵河上游，离积灵川不远。曾有先驱者说："积灵河出积灵川，高湖十万泓，水沮散焕，若银盆，若星宿，若冰镜，真塞外大观。"其实所谓高湖不过是几座古涝池，既不算积灵河的源头，也没有十万泓之多。涝池是用来贮水的，说明这儿过去曾有人居住，当然是很久以前了。从涝池的规模看，当时的居民也是成千上万的。他们在春天积灵河涨满时，把河水引入池内。在涸水季节里饮用或者灌溉，还利用它们做一些损人利己的事，不然历史上那几次挖掘通地坑的壮举就不会失败，"青石见，大水来"，也不会成为流传至今的灾难的预言。积灵河的流量有限，只有蓄积起来，才能出现大水，才能通过那条连接着涝池和通地坑的天然沟壑，创造一次声势浩大的洪灾。谷仓人就在这样一种祖先提供的有利地形中安定了下来。每天，他们在积灵河边用龙骨金床一锨一锨地挖砂洗砂，淘取黄金，又分出一部分人，在那几座以北斗星状排列的古涝池上花费精力：挖开河水通往涝池的渠道，再把所有涝池用渠道窜联起来，又在天然沟壑和涝池的衔接处垒起堤坝，蓄水之后只要挖开堤坝，洪水就会直走黄金台。另外，他们还随时派人去监视围子人掏挖通地坑的进展，以便准确掌握放水的机会。在这段时间里，他们很少关心自己，尽管一百多号人淘到的砂金还不足十六两。

谷仓人的金地和驴妹子的住处相隔只有两里路，中间是一片云桦混交林，积灵河就从林中穿过。尽管是隔林相望，但谷仓哥哥再也没有去过驴妹子那里。他觉得驴妹子距离他的生活仍然十分遥远，自忖自己是没有力量将她从张不三的庇护下夺过来的。算了，他对自己说，即使驴妹子对他有情有义，那也是水中的月亮梦里的影子，想想看看可以，搂搂抱抱不行。再说，只要他得了金子，他就不愁今生今世娶不来媳妇成不了家。这想法使他的内心平静多了，也抹去了许多痴情幻想，开始一门心思在金子上打转转了：淘自己的金子，刺探围子人的金子；做金子美梦，想金子前程。可他没想到，就在他几乎要将驴妹子彻底从脑壳中排挤出去时，她却意外地出现了。

那时辰，天还没亮，按照惯例他们去黄金台下刺探围子人的行动。他们觉得围子人一定会有防范，生怕遇到袭击后吃亏，每次去都是二三十个人成群结队。半路上，他们听到前面有沙沙的脚步声，以为是围子人派出的密探，便悄悄隐藏起来。他们不想让围子人知道他们的金地，金地中有古涝池的秘密。

"弄死他！"有人给谷仓哥哥提议。

他摇头："万一不是围子人呢？"他想出了一个好办法，他要装鬼了，而古金场的厉鬼是会吓跑任何夜行人的，哪怕他胆大包天。他用白胶泥胡乱涂抹自己的脸，又让伙计们捡来地上的枯枝点着了一堆火。在火色的映照下，无边无际的黑暗中出现了一张撮鼻瞪眼吐舌头的鬼脸，又有了一阵人间不存在的古怪的笑声，接着笑声变作了野兽的神秘浩叹。正在靠近他们的那个人顿时惊叫起来，叫声锐利得像飞过来了一把刀子，洞穿了充实着荒原的黑暗。女人？谷仓哥哥的心一沉，冲动地跑过去。

女人倒在地上，昏昏沉沉的。他望着那身蓝底白花的衫子，仿佛看到秋天的落英点缀在一角深邃的蔚蓝中。他俯下身去轻轻摇晃她，又侧耳听听她的鼻息。没把她吓死就是不幸中的大幸，他万分懊悔。一会，他抱起了她，看伙计们都围在自己身边，便低下头去立着不动。伙计们互相拽拽衣服，知趣地离开他，继续朝黄金台摸去。

害怕从山巅林带飘来的夜风吹坏了这个娇好的女人，谷仓哥哥将她放在积灵河边的一棵老杉树下。一地柔软的牛毛草像绒毯铺在她身下，身边有些野花，随风摇曳着，在夜气中，在这个寒流乍到的季节里最后一次展示着生命的壮丽。他蹲踞到她身边，痴迷地望她，发现自己对她的钟情霎时复活了。夜色将整个世界缩小到他的视域之内，黑色的墙垣隔绝了人与兽的可怕的遥睇，就他和她，原野无比寂静。做为一个血气方刚的男人，他没有任何理由回避这种上天赐予的呼唤着他的情欲的机会，他觉得她的从天而降也就意味着她对他的依赖。他为什么不可以拥有她呢？她的丰满的胸脯在无声地挑逗，乳房像两匹活脱脱的金马驹就要蹦向他的怀抱，只要解开她的衣扣他就可以如愿以偿。可他又不想这样做，他希望这两匹金马驹是她用心灵捧送给他的礼物，而不是他趁人之危掳掠来的迷人的财宝。他生怕自己会马上做出一些粗野的举动，忙转过脸去。他的心跳加快了，浑身的血液像要燃烧一样灼烫。他站起来，心烦意乱地搓着大手来回踱步，也不顾地上的花草已被他踩倒了好几枝。而驴妹子展展地躺着，头歪向河水，莹亮的水光映照得她那张脸格外灵秀。她闭着眼，半张嘴发出几声微弱的呻唤，在昏厥中继续迎受着恐惧的折磨。谷仓哥哥背对她停下，让近岸的一湾静水映出一尊有无数皱褶的高大身躯。好一会，当剽悍的山野之风怎么也吹不凉他周身的灼热时，他猛然转身，低眉扫她，眼光已不像刚才那样小心翼翼了。他蹲下，手战战兢兢伸向这位睡美人的衣服，可指尖刚刚触到她身上，他便浑身一颤。天哪！他心里揣了一团火，也揣了一块冰，冰与火宁肯自灭也不可调和，但火的赤红和冰的玉洁同样都是美丽的。他腾地跳起，赶紧朝后退去。

头顶缀满了金色的宝石。华丽的天幕绷在四面郁黑的山顶上，世界成了一个硕大的穹窿。她醒了，眨巴着眼，望天，望四周黑魆魆的树林，望那在夜色中闪着白光的河水。半晌，她才想起刚才发生的可怖的一切。她倏然坐起，四下看看，不由地发出几声惊恐的叫唤。谷仓哥哥伫立着望她，不知所措地摊着两手。她慢腾腾站起，身子一歪，又倒了下去。他跳过去扶她，却被她死死拽住了。

"谷仓哥哥……"

她哭了。女人，气愤是眼泪，哀怨是眼泪，无可奈何，忧急惶惑也是眼泪。那么现在，她流的是什么泪呢？他发呆地问着自己。

荒原的夜已经接近尾声了。

监视围子人行动的谷仓人在第一抹晨光到来之前躲进了桦树林。就像一口偌大的黑色染缸里搅进了许多白色颜料，天渐渐呈现出一片湿润光滑的铅色，继而又成了蛋青，成了灰蓝，成了流动的奶汁。在这种奶汁的洗浴下，仁厚媳妇出现在积灵河边。一会，她就走进了桦树林，走进了谷仓人的视域之中。她看见了他们，看见了张张不怀好意的面孔，她没跑，她已经跑不动了。他们将她围住，敌意地打量她。她是女人，而且是围子人的女人。这就够了，用不着为他们的动手动脚寻找别的理由。她知道喊叫是没用的，面颊变得惨白，明澈的眸子里饱和了乞怜的水色。这水色表明了她女性的怯懦，而怯懦只能刺激出他们更加凶残的本性。古金场不存在同情。

"找到你男人了？"

"脱了裤子再说话。"

有人从后面拦腰抱住她。她的双脚离开了地面，身子在空中停留了一会，便被他们放倒在草地了。她痛苦地闭上了眼睛，旷野不见了，罪恶的人群不见了，斜洒而来的晨光更显得微不足道。男人大风一样狂妄地席卷着她。旷世金场成了他们翻江倒海的浑金大炕。那些围在四周的谷仓人嚎叫着欢呼，又拍巴掌又跺脚，喜若狂，疯若狼，群情飞扬。她的眼泪无声地溢出来，清粼粼的如同身边的流水。

"放开我，放开我……"

微弱的哀求已不能表达她内心的凄楚，只有心力衰竭时的恐惧陪伴着她。她似乎望见了一口黑锅正在朝自己扣来，她希望这是天空的崩塌，因为只有这样才能彻底消除自己的羞辱和正在溃烂中的心灵的创伤。她想到了仁厚。仁厚已经回家去了，她也就放心了。她已经感觉不到几十个被荒原的残酷剥去了外衣、裸露了本性的淘金汉正在轮奸着她，深深地愧悔和内疚使她只想说一声：仁厚，我对不起你。她只想给自己的丈夫解释清楚：这一切都不能怪她，不是她想奉献贞操，而是古金场公然夺走了她的贞操。无法无天的古金场，仿佛是地球之外的某个地方。

最后一个男人终于离开了她。他并没有得到满足，因为他发现她好像已经不再吸气出气了。

"快走！"有人喊了一声。

刹那间，他们害怕了，他们没有胆量直面一个被他们用生殖器杀死的女人。因为他们隐隐知道生殖器是创造生命而不是屠戮生命的。一阵杂沓的脚步声骤然响起，倏尔而逝。

这时，仁厚媳妇从心灵深处发出了最后一声对丈夫的忏悔。可她哪里知道，她死前还以为会为她难过的丈夫，早已在阴曹地府的门口守候着她了。

第八章　大水

令人窒息的寒潮送来了明白如话的危险，超人的深沉潜藏在诡谲的雾海之中，下雪了，像天上抖下了无数白色尘土。坦荡的古金场敞开襟怀，静默地等待着覆盖、堆积。这是秋深以来的头一场大雪。雪飘无声，寒流凝滞在黄金台上，石窑里取暖做饭的火堆已不能改变人们缩头缩脑的姿势。而在通地坑内外，人们的活动被寒冷所牵制，纵然有火旺的心劲，也无法痛痛快快地干活。但工作不能停下，忍耐成了人们的第一需要。在这种情况下，张不三充分显示了他比别人更为坚韧的毅力。他迎受风雪吹打的时间比别人长，而且还要扮出一副乐呵呵的神情，还要时不时说出几句目空一切、傲视霜雪的笑话。张不三是忍耐的天才。

"黄连锅里煮人参，好不容易从苦水里熬到今天了，打野鸡也得等到三更。刺窝里摘花难下手，抓住了就非摘不可。"

他总是这样说，一贯忠诚于自己这个群体的宋进城响应着他，唱出了一首歌谣：

> 跑马溜溜到山上，
>
> 拨开林梢打黑枪，
>
> 不打个兔儿你就别骑上。

宋进城没完没了地唱着，人人也就把这支没羞没臊的歌挂在了口头上。不打不转的陀螺虽然一摇三晃地像要马上倒下，却还是在那里旋转不停。终于有一天，人们发现，危险闪电般逼临和希望之光的迅速出现，同样都是荒野的特点。当骄矜的命运猝不及防地捧来好消息时，张不三正端着一碗饭，烦闷地不想下咽。

"见了！见了！"

他愣怔着，随即撂下碗筷，跳起来一把撕住窜出坑沿后疯跑而来的宋进城："见啥了？"

"青石！整整三块，上面还有斧头劈出来的印子哩。"

张不三扭身就跑，恨不得一蹦子跳到坑底，但几分钟后，当那三块青石赫然撞入眼帘时，他却连摸一摸的勇气也没有了。三块青石明净溜光，方方正正，呈品字形摆置。每块青石确有斑斑斧痕，大概是先人们挖掘时留下的痕迹。他望了好久，才趴倒在石面上，仔细琢磨。石块中间的罅隙只有一寸宽，任他怎样脸斜头歪地窥觅，也无法看到哪怕一滴金光。石满堂横过镐头来要撬，却被他激动地挡住了："你上去，告诉宋进城，点上祭火，越旺越好。"

这是规矩：在接近胜利的最后一刻，不管你信神还是忌神，这堆火是非点不可的。并且要让火焰窜上半空，青烟漫近云彩。红火，隆盛，吉利，兴奋，激情的袒露，淘金人的豪迈，胜利者的炫耀，疲累者的舒展，统统都包容在这火焰之中了。唐古特人这样做过，乌兰哈达王爷这样做过，他张不三也要这样做，而且一定要在火势上超过他的所有先行者。

一个小时过去了，当张不三得知祭火已在台顶升起，坑面上的所有围子人都拜过了天地神明祖灵鬼魅后，才开始端起笨重的橇杠，满怀虔敬地撬那三块青石。金疙瘩就在青石中间，如果不是青石太厚重，恐怕早就被先人们捧走了。他感到侥幸，甚至以为，如果要埋怨青石的沉重稳实的话，简直就是一种罪过。品字中间的缝隙在他的努力下渐渐张大了，一股冷气冒出，好像青石下面就是地府的殿堂，神秘莫测。他揩着汗喘气，打发人上去再拿两根撬杠，再叫几个人下来。可是，过了一会，来到坑底的却是一阵阵撕裂嗓门的吼叫："大水下来了！大水下来了！"。

这声音如同石头落井，轰然一声砸在张不三铁硬的脑袋瓜上，又四散开去，顺坑壁纷纷跌落。之后张不三就听到了一阵隆隆声，好像整个黄金台在滚动。他赶紧拽过垂吊的绳子，拴在了自己身上。

真该感谢那提前打起来的围堰，不然，张不三和坑底的人就恐怕再也不会有出头露面的机会了。

水势浩大，沿着那道天造地设的沟壑，从积灵河上游滚滚而来，一浪一浪地翻卷着，又倏然滞留在围堰前面，聚攒着一次比一次伟壮猛烈的力量，呼哧呼哧地推搡着面前的阻拦物。原先的围堰显然经不起这种天水地流的拍击冲撞。张不三奔前奔后地吆喝着，招呼所有人都来到围堰上，排成两队，传递从黄金台上搬下来的土石。围堰和水面一起增高着，在黯夜来临之前，水终于小了。黄金台的坡面上顿时平静了许多，随之而来的是人的极度疲倦和对神灵福佑生灵的感激。有人哭了，接着便是许多双泪眼的呼应。包括一向乐观的宋进城，也和石满堂相对着啜泣起来。张不三骂骂咧咧嘲笑着他们的泪水，自己的眼窝也禁不住潮气泛滥了。他赶紧用袖子揉揉，让大家撤回石窟，准备饱吃一顿后，带几个壮实汉子连夜撬开青石。青石一见，大水就来。如今水被堵住了，但堵不住人们的欲望。他现在最担心的就是谷仓人的偷袭。在这个时候，偷袭是最容易发生的，而且一定会异常残忍和暴虐。

他们回到了石窟里，人们都高兴，又都那么伤感。可时间并没有让他们充分去体味这种矛盾的心境，窟外又响起一阵水潮的涌动声。这次，水势太猛，太有些出乎意料了。没等所有人冲出石窟，厚实高大的围堰已经出现了一道豁口。接着便是坍塌，便是毁灭，便是动人心魄的巨响。土石带着哭声流走了，人的骨架、人的体魄、人的精神、人的所有悲壮的和惊恐的情绪也随之坍塌，随之流走了。

轰隆隆隆，声威俱烈，大水朝通地坑漫荡而去，直灌坑底那三块希望和命运杂交而生的青石。很快，水满了，而冲锋陷阵的泥沙石块还在不断填进，坑里的水又朝外激愤地溢了出来，在黄金台脚下奔驰。这时辰，人们站在高高的台坡上，静静伫立。没有一个人发狂，也没有一个人恸哭，肃穆的神情，对泯灭和死亡、对企盼和复活失去热情的淡漠，以及无光无亮的眸子，让大野、大山、大水、大天都染上了一层浑朴悲怆的黑色。夜色深沉，而祭火还在台顶活跃地升腾、爆响。青石一见，大水便来，挖掘了三个多月的通地坑已经被泥石填平了，万两黄金，黄金万两，又一次沉寂了，杳然了。远山带着愤怒的吼声，带着初冬的风鸣，威风凛凛地逼近着。人顿时萎缩：心被掏空了，眼被掏空了，灵魂被劫持走了，血液被换成了浑浊的河水。人心如原野空旷，如雪色煞白。

突然，伫立在人群前面的张不三一声喟叹，号哭从他憋满了怨怒和绝望的胸腔中喷涌而出，像大水倾泻。

无数条泪河顿时汇合。人们脚下的土地湿润了，而黄金台依旧耸立，依旧是永恒的希望的象征，依旧是诱发无边人欲的伟大磁场。

天亮了，太阳升天，环绕着太阳的是俯临人间的厚重的云翳。张不三终于明白：真正的古金场的冬天来临了。静雪被阳光催逼，缓缓飘来。荒原，就是阳光和大雪共存的地方。

"你们快回吧，家里人都等急了。"

张不三对所有人都说着同样的话。而所有人的反应便是沉沉地点头，默默用眼睛分泌离别时的伤感。只有宋进城问了一句："你呢，去哪里？"

"大水漫出河床的地方。冬天了，天不下雨，雪又不消，哪来的河水涨潮呢！"

"青石见，大水来。神仙老爷不保佑，谁也怪不得。"

"命里的事我认了，将来咋样谁也说不上。去积灵河上游走一遭，见庙上香，遇神下跪，我就不信我是死面饼饼一沓沓，永世不得翻身。"

"那我跟你一起去。"

这次轮到张不三点头了。

循着大水冲刷的轨迹，前去二十里许，便是积灵川和绵亘不绝的积灵山脉。覆雪的峰巅倨傲地藐视着两个踽踽独行的人。积灵河的源头就深藏在它脚下的血管里。山脚下那片云桦混交林和中游的桦树林遥相呼应，像是茫茫古金场中的两只绿色眼睛。地高风硬，积灵河已经有了冰岸。连接着冰岸的是几道人工掘成的水渠，直通那些古涝池。涝池一个接一个，像葫芦串似的，全都封冻了，显然是不久前才蓄了水的。光滑平展的冰面让人陡然产生一种温淡的冲动，就像浪子归乡，嗅到了家门旁鸡窝里的那股熟悉的臭味。围子村里也有涝池，那是用来供人畜饮水的。

张不三站在涝池沿上，愣愣地望着。宋进城拾起一块石头扔向冰面。石头朝前滚去，发出一阵嘭嘭嘭的声响。

"空的！涝池是空的！他们把蓄的水放了！"

而这时，张不三也发现，每个涝池边沿都深深地扒开了一道丈余宽的口子。从豁口朝里望去，冰下无水，幽深的涝池竟像荒野一样空旷。豁口处，水流的痕迹正好通向那直达黄金台的天然沟壑。天转了，地转了，人也在旋转，经受过大悲大喜刺激的张不三，不屈不驯的张不三，差点晕倒在地上。

他们朝回走去，歪歪斜斜，走走停停，古金场的黄昏被他们用仇恨的火焰燃红了，红雾在遥远的天际垂直升起，像灿烂的擎天柱。观音菩萨，年年十八，任天塌地陷，大水浩荡，神佛无光，古金场还是充满了残杀之气，张不三也还是原来那条闯荡天下的刚硬汉子。因为他和宋进城吃惊地发现，在桦树林的边缘，所有围子人都在那里静立着。他们没走，他们等待着两个前去穷根溯源的人。双方都有急事相告。而石满堂抢先告诉张不三的是：谷仓人突然出现了，他们从桦树林中钻出，大踏步登上了黄金台。

张不三伸手慢慢地拿过石满堂手中的铁锨，直直插向地面，像插向谷仓人的胸脯那样气派有力："老天要我杀人，我不得不杀！"

石满堂握住锨柄，朝自己怀中一拉："我们就是为这个才没走。是慢慢地杀，还是清汤饺子一锅端？"

"一锅端？"

"叫来满金场的几万淘金汉。"

"对！"张不三笑了，放荡不羁的笑声，令人毛骨悚然的笑声，沸腾如海、如风的咆哮。沉郁的桦树林也翻卷起一阵阵迅疾骇目的险浪来。石满堂提醒张不三，在万众撕裂谷仓人之前，必须将驴妹子接回来。张不三点头，第一次在这种事情上向石满堂投去了赞同的一瞥。

围子人冒着大雪四散而去，去向数万淘金汉传播一个古老而可怕的秘密。而张不三却朝积灵川走去。他们说好了，天亮前在桦树林里集中。

张不三来到那几排石头房子中间，找到金场管理所的人，对他们说："谷仓人把我们的金子抢了，大块大块的紫红色的纯金。黄金台的通地炕里全是这种金子。"他看他们脸上充满了狐疑，便拿出那块从谷仓人李长久手里抢来的金子，双手托着，"你们看，我现在就剩这一块了。我打算来这儿把金子卖给国家的时候，身上有七块，加上这块是八块，还有一口袋碎金，叫他们全抢了。"

有人伸手要拿他那块金子。他朝后一缩道："这一块算不了啥。你们别抓了芝麻丢了西瓜。大金子全在他们身上，他们不会卖给国家的。"他边说边退，来到门外，看他们瞪大眼就要扑过来，返身就跑。

好像女人生来就应该守在家中，无休无止、温情脉脉地等待，尽管这土坯房哪里是她的家呀！不是家，却有她熟悉的男人味儿。她留恋它如同留恋痛苦和不安，留恋时光的酸酸苦苦。留恋的原因是：她决计要跟着谷仓哥哥走了。托人如托山，谷仓哥哥就是她的山，大山，厚山，胖山，高山，牢牢靠靠，郁郁葱葱的希望之山。

他说了，他要来接她，占领了黄金台就来接她。

她黑灯瞎火地坐着，伸手在炕上摸索，突然醒悟：没啥可收拾的，这里的所有东西都是张不三的。她带着她的心，利利索索地跟他走就行了。她愣愣神，听到有人开门轻轻叫了她一声，便激动地应承着，用眼光在黑暗中搜寻。一个男人的影子出现在夜气弥漫的门口，她眼睛玉镜般闪烁起来。

"谷仓哥哥，谷仓哥哥。"

贮满房间的夜气好像被什么推了一下，晃晃悠悠朝窗外溢去。

"谷仓哥哥……"

"嗯？"

"你过来。"

没声没息了。她想他一定是在和她耍笑，说不定马上就会跳过来抱住她，亲啊亲的。她禁不住嘻嘻笑了："我看见了，你就在那儿。"

还是没有人回答。

"你不过来我就不跟你走了。"

她觉得他在黑暗中痴情地望着她，便不由自主地羞红了面孔．娇嗔地噘起嘴，头低垂了下去，不无激动地等待着他那全身心的紧紧拥抱、那恣情的抚摸，还有那么多让她感到新鲜，感到脸热心跳的粗话、喃喃的迷醉了的情话和一声声妹子长妹子短的呼唤。这一刻终于让她等来了。沉重的男人的身躯像扑小鸡那样扑倒了她，粗闷的喘息和那股汗臭横铺到脸上，失去了温情的大手扫荡着她的身子。一切都是她熟悉的，也是她惧怕过憎恶过的。她惊恐，惊恐之后便是清醒，清醒地哭泣。她已经习惯了逆来顺受，一动也不敢动，只是一遍又一遍地重复着谷仓哥哥的名字。她以为自己只是在心里呼唤，可等到张不三掐住她的脖子后，她才明白自己是呼出了声的。

"你要跟他走？"

驴妹子浑身一阵哆嗦，摇摇头。

"瞎狗吃屎自己骗自己，我放你走，放你的魂儿上西天。"张不三疯了。他觉得自己挖不到金疙瘩全是由于驴妹子的存在。女人就是灾，就是那场大水，就是克走运气的扫帚星。至少，她是叛徒，她一定知道谷仓人放水的秘密，却没有跑去给围子人告密，这就已经犯下了该杀该死该变鬼的罪孽。他感到自己的手越来越大，像倏然裂开又要倏然碰撞的岩石缝隙。而驴妹子白皙的脖颈越来越细，越来越柔软，这柔软的感觉让张不三分外惬意。他仿佛看到，在过去的岁月时，在自己铁钳般牢固的拥抱中，驴妹子雪白的身体弯来扭去地缠绕在他的腰际。他夜以继日地沉浸在浪情之中，发现在驴妹子的柔软面前自己也变得柔软无比。柔软是温情的兄弟。她温情，他也温情。他们毕竟温情过。现在，他没有了温情也就失去了柔软，而她依旧柔软着。这算什么？他要弄死她？可为什么非要掐住这能够让他起性的脖子呢？他问着自己，聚攒在手上的全部力量便溘然从指尖流走了，就像过去驴妹子让他流走了体内的精气那样，肌肉松了，骨头酥了，浑身幸福地困乏了。他怀恋着一个流逝的困乏的岁月，双手离开了她的脖颈。可他又担心这是由于自己的怯懦，在心里反复告诫自己，不能让她就这样轻松地死，她应该经受更为痛苦的折磨。他相信，只有痛苦才能使她忏悔。"去吧，去找你的谷仓哥哥。他现在就在黄金台上捧着大金子等你哩。"他说着，从锅灶边拿起那根驴妹子打柴背草的麻绳，捞起菜刀一砍两段，过去将她的双腿和双手牢牢捆住了。

驴妹子惧怕得浑身颤抖。但她没有反抗，她怕惹出他的更加残忍的施虐。

他将她抱出房门，放到雪地上，狞笑一声，吼道："爬！你给我爬过去！死不了你就是谷仓人的。"

她脸贴在地上，仰头望他，两滴晶莹的泪珠滚出来渗进了积雪，张不三那张阴险紫红的面孔顿时模糊了。她咬紧牙关，将脸埋进积雪，沉浸了一会便挣扎着朝前爬去。她的动作显得非常吃力，但从那不断扭曲的身体中却透出了她的愤怒和顽强。她一寸一寸地爬着，像一头乏力的牛在土地上留下了最后一道犁沟。

张不三愣愣地瞩望她，凶狠的脸上肌肉渐渐收缩，一丝怜悯的光波溢出双眸。他害怕自己会做出可怜她的傻事，别转脸去看着土坯房。片刻，他迈动了脚步，很快消逝在迷蒙的雪雾中。

半路上，张不三碰到一队正在向唐古特大峡进发，准备在大雪封山之前撤回家乡的淘金汉。他上前主动和他们搭话，之后便遗憾地连连摇头："走不得，走不得，谷仓人就不走。大金子垒在石窟里，拿也拿不动，可他们还想挖。"

其实这伙人已听说谷仓人在黄金台上发了大财的事。他们将信将疑，大财不是好发的，几百年才有一次。难道谷仓人个个都是财神爷的干儿子，好运气全让他们碰上了不成？再说，气候不等人，大雪已经迫临，寒风凛冽的古金场正在用肃杀之气震颤着他们脆弱的神经。他们本能地有了归巢回窝的愿望。

"耽搁一两天怕啥？我们就不走。我们要按照金场的规矩办。"

这规矩人人都懂，得了大金子的人必须分出一些来给别的淘金汉，否则谁都有权利去抢去打，甚至杀死他。况且，眼下是金子多得拿不动，拿不动就是多余的，就应该让所有在金场吃苦受累的人都得到一份。

人们在犹豫。张不三又拿出自己那块金子炫耀了一番。他这次说是谷仓人送给他的。那些人围着他倒吸凉气，这么大一块金子敢于送人，说明谷仓人的确撞到财神爷的屁股底下了。待张不三走后，他们七嘴八舌地鼓动自己的金掌柜，不妨走一遭，等别人都拿到了大金子，他们就会后悔死的。既然大家都已经忘怀了气候带来的危险，比一般人都更能玩命的金掌柜自然就变得无比亢奋。他们转向了，激动地向黄金台扑去。他们看到，许多支队伍都在朝一个方向迈进。他们加快了步子，发现别的队伍也加快了步子。在一种万山倾颓般的竞赛中，人群和人群之间彼此坚定着信念：谷仓人真的挖出了成堆成堆的金子。谁要是再表示怀疑，那一定会让对方产生"他想独吞"的想法而狂奔起来。

仅仅过了一天一夜，在围子人的游说煽动下，畏葸着气候的变化，准备迅速离开古金场的数万淘金汉，又毅然放弃了走的打算，从广袤的积灵河流域的各个角落里冒出来，浩浩漫漫地奔向黄金台。数万张被物欲和妒恨雕凿出纹沟皱壑的脸上，就有数万张吞噬谷仓人的血盆大口。荒原之上，群情激愤，到处是崛起的人众、耸动的火苗和腾起的狼烟。缓缓移动着的淘金的铁器和滚滚流淌着的人的黑色毛发，一起将争锋推向高潮。就在这时，张不三意外地碰到了被他放生的谷仓人李长久。

李长久和一群放浪形骸的人呆在一起，领头的便是络腮胡子。他们正在去留之间徘徊，因为络腮胡子实在不想再上一次当，再像上次那样去黄金台上揣摸白花花的亡骨和亡骨散发出的幽蓝的荧光：张不三把刚才对别人说的话重复了一遍，眼珠在络腮胡子和李长久之间来回滚动。络腮胡子仍然不相信。张不三再次拿出自己那块金子让他们看。他知道这是一种非常冒险的举动，只要那些在这块金子面前目瞪口呆的人稍一狠心，他拿出来的就不仅是金子，还有性命，性命比金子当然要珍贵得多。但在络腮胡子眼里，张不三是个和他同样重要的金油子。

金油子敢于一反常态地将金子昭示于人，就说明他并没有把自己那块金子放在眼里。"我这块算啥，大金子多着哩！只要登上黄金台，就不会空着手下来。"络腮胡子咂摸张不三的话，不禁点点头，又一把撕住张不三的衣领说："我杨急儿轻易不相信人，今天我相信你。你要是把我骗了，以后就别想在古金场照面。"

杨急儿？这名字让张不三怦然心跳，一座仿佛已经从地球上消失了的大山突然隆升而起，矗立在了他面前。他感到这山正是为了自己才再次出现的。山上岩石嶙峋，布满了狰厉粗野的黑雾，黑雾之上是险峻的山顶，山顶有积雪，那是死亡禁地。但他并不害怕，他遗憾的不就是没有攀上这禁地，用自己的烈焰烤化冰冷彻骨的万年积雪么？他唐突地说："我为啥不能在古金场照面？你抢你的金子，我发我的大财，井水不犯河水。相信不相信我随你的便，实话说，我可不是个老实人。"

杨急儿一把将他推开，欣赏地审视他："老实人得不了大金子。得了大金子你就得小心点。只要我不死，井水照样犯河水。你走吧，明年我们再较量。看你是条汉子，我放过你的金子也放过你的命。"

"明年？"张不三斜睨着他，用手指指脚下，"我在这里等你。"

杨急儿爽朗地叫了一声"好"，然后指挥他的人奔赴黄金台。人群急速朝前移动，只有李长久磨磨蹭蹭落在了后面。杨急儿和张不三几乎同时朝他走去。咚一声，杨急儿一脚踢到他的腿腕里。他双膝着地，又赶快起来。

"日奶奶的，用你的时候你就想溜，牲口，把我喂你的粮食吐出来！吐！吐不出来？那就跟我走。"

李长久哀哀地说："我走不动了。"

"不死就得走，嫌我没给你鼻子上穿缰绳么？"

李长久沉滞地挪动了步子。张不三上前将他拉住，对杨急儿说："他不能去，他是谷仓人。"

"管他是啥人，我雇的砂娃就得听我的。"

"听你的？自己的巴掌不扇自己的嘴巴，他会跟你去抢谷仓人的金子？"

"他敢不去，我把他宰了。"

"好事还是大家匀着干，我替你动刀斧。"

他盯着张不三想了一会，问道："你想要他？"看张不三点头，他巴掌一伸："拿钱来，不多，就一千。"

"别把我往绝路上逼，我们明年还要见面。明年，我给你一千，不给钱就等于我抢了你的金子。"

杨急儿沉吟片刻，又像刚才那样叫了声"好"，一掌拍在张不三肩上："说定了，明年古金场的仗就由我和你打，你多呔几个伙计，肩膀上多扛几个头来。"

"我的头一个就嫌多。"

"嫌多就趁早送给我。"杨急儿说罢，看都没看李长久一眼，转身去追撵他的队伍。李长久像头被遗弃的牲口怔忡不宁地立着。张不三温和地说："跟我走吧，有你的好去处。"

这些日子听惯了训斥的李长久被张不三的温和吓了一跳，满腹疑窦地不肯迈步。张不三兀自前去，又回头微笑着向他招招手。这是人情的诱惑，李长久无法不让自己跟他去。他已经是一个丢了群的孤雁，在离开了群体就寸步难行的古金场，他就像庄稼渴望澍雨、饿虎渴望食物一样，渴望着一个平等自由的不再担惊受怕、不再忍受屈辱的人群。张不三给了他一丝忽明忽灭不可琢磨的希望。他跟在他身后，一步比一步迈得谨慎，似乎陷阱就在跟前。但他没有停下，身后是比陷阱更加可怕的孤独和寂寞。

"驴妹子呢？"一见张不三回来，石满堂就焦灼地问道。

"走了。"张不三冻得浑身打战，嘴唇哆嗦着，稀疏而细长的眉毛和睫毛受到白花花的冷霜的压迫，眼睛只好眯成一条缝，不时地眨动着。他身后的李长久蜷腿塌腰地操着两袖，脖子龟缩进了衣领，耸起的双肩上挑着两座晶体的雪峰。

围子人簇拥到张不三身边，就像满天黑沉沉的雪雾环绕着一颗只在古金场放射黑光的太阳。走了？所有人的眼窝里都汪汪地荡起困惑和怜惜。张不三那张比天色还要凶险的脸上卷起一阵紫色的风潮，沉重地点头："她走了，去找谷仓人了。"

他话刚说完，就被石满堂撕住了衣服："走了？她咋就走了？"

惨云低伏，阴风好一阵猛刮。他不再吭声。石满堂急了，双手使劲将他摇撼，摇得张不三暴跳起来，一把推开石满堂。石满堂忧心如焚，连连跺脚，继而定住了，直视张不三，两眼幽深得如同古金场的黯夜："好！你不管她了，那我就去管。我撕不碎谷仓人就不回围子村。"他扭身就走，挥动胳膊让人群给他闪开了一条路。宋进城跳过去拦腰将他抱住，却被他旋腰甩出老远，他自己也差点倒在地上。雪尘排浪一样从地上掀起，喧叫在他的脚前脚后。谁也没有再去阻拦，似乎觉得他就应该这样大义凛然地去复仇，去夺回驴妹子，或者说，应该义无反顾地去送死。围子人肃然而立，静悄悄地向远去的石满堂行着注目礼。这时，传来了张不三威严的好比老天爷释放惊雷闪电的声音："点火！谁不让我们挖出金疙瘩，谁就别想走出古金场。"

他自己上前，也像杨急儿那样朝李长久的腿腕踢去。可没等他踢着，李长久就扑腾一下跪倒了。人们这才注意到张不三带来的这个缩头缩脑的陌生人。

"大哥……"

"你们放水，我们放血，看谁来得利索。把这个谷仓人给我绑起来，绑！快绑！脱光了绑！"

人们扑向李长久。李长久生怕来不及磕头求饶，飞快地将头捣向雪地，却被一只更加神速的大脚狠狠地踩住了脖颈。

几个壮汉在绑人，一大群人在准备点火。篝火又一次升起来。桦树林奉献的枯枝败叶使火苗顷刻变得无比激愤，跳跃着步步窜高，不尽的焰火滚滚地飞上天空，忽啦啦啦的，吹绽了张不三脸上那几壑历史的曲折。他迎着风雪朝天仰望，突然过去，在手扶拖拉机上哗啦哗啦地扒开一些烙好的干粮，从最下面拉出一袋面粉，又拿过一把铁锨，朝面袋铲去。白花花的面粉冒烟似的从裂口往外窜着。他觉得这样还不过瘾，丢开铁锨，双手攥住面袋裂口，一撕两半，举起来朝空中挥舞。别的人也学着他的样子，将拖拉机上的所有面粉尽情洒向天空。霎时，荒风变作了白浪，雪粉和面粉合在一起，共同创造着一个恐怖的缟素世界。退路已经不存在了，没日没夜操劳过的粮食，又被他们亲手葬送给了荒野。他们不是不打算吃饭，要吃就吃谷仓人的，吃他们的肉，喝他们的血，再用他们的油拌着他们的面在青石板上烙大饼。

围子人的心灵黑箱又一次打开了。一番激扬蹈励的表演之后，他们围住了篝火。篝火边躺着李长久，光溜溜一丝不挂的身子上，横七竖八地缠绕着绳索。惊悸加上暴力的肆虐，他已经昏迷不醒。握刀在手的张不三蹲下去，揪起他那疲软了的雄性的性征，拉皮条一样揪得长长的，一刀剐去，那皮条就整个儿萎缩在了他手中。他拎着在眼前晃晃，扬头问道："谁吃？"没有人回答，他便扔进了火堆。

李长久被疼痛闹醒了。头在地上来回滚动。由于嘴被毛巾塞着，惨叫就变成了两股硬邦邦的气体，在绷大的鼻孔里一节一节地喷吐着，哧哧哧的声音就像风箱在吹旺火焰，篝火鼓噪着上蹿下跳。

刀子再次剐下去，李长久软沓沓的脖子像发酵酸奶的皮口袋一样张开了。似乎他的全部感觉都浸泡到了醋缸里，蜇裂肺腑的酸楚使他的每一块皮肉都像在粹火一样难受。跳珠般的汗水从毛孔里滚出来，水淋淋的身子湿漉漉的脸。

张不三用刀尖挑出了他的睾丸，举刀朝众人展示了一番，甩向火堆。接着，他开始从大腿上一条一条地割肉。动作缓慢，每割一条，都要啧啧啧地欣赏一遍，仿佛一个高明的屠夫在屠案上向顾客卖弄着他的操刀技艺。

肉条在火中叫唤。血泡不停地冒出来又不停地被烘干。热血消融了积雪，殷殷地在和火苗比艳丽。腿骨露出来了，张不三用刀刃在骨头上吱嘎吱嘎地刮着，直刮得没有了一丝筋肉，刀子上覆盖了一层薄薄的骨粉。李长久的忍耐终于到了极限，神经一根一根地绷断了，生命处在崩溃的边缘，知觉正在消逝，痛苦已经离他而去。张不三站起来，把刀交给宋进城，淡淡地说："你来割吧！"宋进城没有割。他过去摸摸李长久的鼻子，觉得还有气流呼进呼出，便抬手一刀扎向他的心脏。他没有拔刀，双手塞到他的腰肋下面，将他滚向了火堆，然后就去刨开积雪捡来一些枯枝，堆在了死者身上。火势蓬蓬勃勃地向四周蔓延。围子人出发了。他们带着干粮，带着太阳也无法匹敌的人欲的烈焰，风风火火地走向黄金台，抛在身后的是回家的念头，是那四辆已不能在积雪中行走的手扶拖拉机。

第九章　荒雪

谷仓人重新占领黄金台的目的似乎仅仅是为了一种莫名其妙的炫耀：他们收复失地了，他们最终是胜利者，最终是由他们主动撤离黄金台的。至于那沉甸甸、亮闪闪的黄金是在手中还是在地中，早就不去想了。

他们在黄金台上眺望四方，耀武扬威地四处走动着。谷仓哥哥发现，西坡上的通地坑虽然已被泥石淤平，但坑沿坑口的痕迹依旧赫然在目，就像一口没有了底子的扁锅搁在地上。他叫来几个人，经过一番修整，坑面就变得和别处一样平光了。如果谁要再来寻找，非得把整个黄金台细细勘察一遍不可。他觉得这还不够，还不能完善地表达自己的心愿，便在离坑不远的一块突起的岩石上用围子人留下来的锅墨子歪歪扭扭写出了几行字：

一九八二年夏秋，围子人张不三带领千名淘金汉，挖坑百丈，只有青石三块，并无黄金埋藏。后人永记。

他写完了，挺满意地端详了半晌。文字虽然夸张了些，但不夸张就不能起到警告作用。他要让现在和将来的黄金狂们明白，既然千名淘金汉挖坑百丈都没有挖到金疙瘩，那就别再轻举妄动了。别的谷仓人站在他身后，对他这种做法喷喷称赞。他们觉得，即使坑下真有金疙瘩，谷仓人是绝对没有魄力和能耐捧到手的，而他们自己捧不到的，也决不希望别人捧到。

该是离去的时候了。象征孤独的天空继续飘洒惨淡的白雪。家乡不也是个白雪铺满农田村道的地方吗？鸡鸣狗叫，冉冉的炊烟，女人的唠叨和她们在男人怀里的沉默，仿佛已经十分遥远了，却又带着亲恬温馨的味道环绕在他们的记忆里。绕来绕去，绕出了乡音的呼唤，房檐上的和尚鸟已在那里敲出清越的梆子声了："哥哥来，哥哥来。"回吧，回吧，每个人都在心里催促着自己。他们本来打算在西坡石窑里住一夜，明天一大早上路。现在不了，大雪迫人离去，食物也所剩不多了。更重要的是，黄金台上没有点火的柴草，夜里冷冻难熬，不如把夜晚打发在行路上。当然，谷仓哥哥还有一件压倒一切的事情需要马上去办，那就是把驴妹子接到自己身边来。阿哥瘫了，嫂嫂待她好，嫂嫂常说："你啥时能娶个媳妇？"

就在他们吆三喝四地准备出发时，金场管理所的人登上了黄金台。那些人不吭声，亮闪闪的眼光在他们身上扫来扫去。谷仓哥哥明白了，管理所的人不就是冲黄金来的吗？他笑呵呵地说：

"你们不去找有黄金的人，来这里做啥？这地方就我们谷仓人。"

"我们就是来找谷仓人的。"说话的青年和他见过面，这回脸上显得比别人凶狠些。

"找我们？我们放水了，可没淹死人。"

"死人活人我们不管，我们就管黄金。"

"驴进到狗窝里圈不下，那是他进错了门。黄金有哩，在张不三身上。"

"张不三是谁？"

"围子人的金掌柜，一个长脸突嘴三角眼的畜生。"

他们互相看看。那青年又道："你们没有黄金，来黄金台干什么？"

"来黄金台就该有黄金啊？"谷仓哥哥吃惊道，"不信你们搜。"他只能这样，因为他再也不能耽搁时间了。他心里揣着不知比黄金重要多少倍的驴妹子。

他们没有搜，经验告诉他们，面前这些淘金汉是诚实的，即使有金子，那也不过是从上百吨砂石里淘洗出来的一星半点。他们犯不着和这种人过不去。他们撇开谷仓人朝石窑走去，期望在那里有所收获，哪怕是一点能够证明确实有过大金子存在的线索。不然就是那个叫张不三的人欺骗了他们，他身上可是有块大金子的，少说也值两万块钱。这时，谷仓人刻不容缓地离开了黄金台，直奔积灵川的那片土坯房。旷原上，一群黑压压的人流和他们相望着过去。谷仓哥哥喊道："都啥时候了，还往那边走。小心风雪堵死你们的路。"

"别给我们摆迷魂阵了。谁不知道谷仓人掘开了金窝窝，黄金台上有成堆的大金子。敢情你们已经从谷仓人那里得了一份，裤裆里头装不下了。小心啊，别撞上了缉私队。"

谷仓哥哥吓了一跳。他身边的伙计们也都屏声静息地板滞了面孔，似乎只要一出气，那好几百人就会嗅出谷仓人的味道，扑过来将他们撕碎。他们继续往前走，碰到的人群越来越多。他们心惊肉跳地互相看看，侥幸地直吐红舌头。

两个时辰后，他们来到积灵川。等待谷仓哥哥的是寂静和空幻，那间土坯房里冰凉彻骨，和白茫茫的荒野一样让人绝望。谷仓哥哥搓着两手，忧急地踱步，忽又闪着泪花哀求自己的伙计们："等等我，我就回来。"他是一定要去找她的。伙计们都不想等，但碍着面子只好点头。有人嘀咕："等在这里还不如一起去找，走一走身上也热乎些。"别人想一想也对，就稀稀拉拉跟在了金掌柜身后，满荒原转悠着去寻找他的情人。

而这时，在他们离开不久的黄金台上，一场残酷的屠杀刚刚结束。当包括围子人在内的数万淘金汉陆续登上黄金台，当他们互相碰撞着四处走动了一会之后，就明白自己白跑了一趟。黄金台上什么也没有，有的只是茫茫大雪的覆盖，是空前寒冷的感觉。他们用各种粗俗的语言表示着愤懑，又不知该把壅堵胸腔的恶气发泄到哪里。

"日他祖宗，我们可是豁上老命来的。"

络腮胡子的吼叫让许多人明白：有人骗了他们，不仅仅骗他们白跑了一趟，更重要的是想骗取他们的性命。恰在这时，金场管理所的人走出了西坡石窟。他们在里面用手电筒细细照了一遍，不断商议着，排除和肯定了许多可疑之处，最后决定迅速奔赴唐古特大峡口，堵住随时都有可能溜出古金场的张不三。因为现在看来，只有他才能进一步证实情况的真伪，即使问不出什么，没收他那块不同寻常的大金子，也是本年底的最大收获。但他们的行动太迟缓了，刚走出窑口，就见淘金汉们已经堵住了去路。带伤疤的青年敏锐地意识到危险就在眼前，迅速脱去了出发前刚换上的制服，小声道："狗日的们不怀好意。千万不要硬来，让你们下跪你们就跪，让你们叫爹你们就叫。"说罢他朝前跑去了，纵身一跳，消逝在一座雪包后面。

他的预感是正确的，因为他曾经吃过亏，额上的伤疤就是证明。但他仍然没有估计到事情的严重程度。此刻，和淘金汉们一起存在的只有仇恨和疯狂。而管理人员的出现，却使笼罩在黄金狂们眼前的迷雾消散讫尽，仇恨的目光终于有了着落点。

如果没有一堆一堆的大金子，这些以猎逐黄金为天职的公家人来这里干什么？许多淘金汉都这么想。更重要的是，在古金场，在淘金汉眼里，管理人员本身就是一种敌意的存在，他们来了，就等于剥夺了别人获得大金子的权利，就等于层层乌云湮没了淘金汉们心中期望的太阳。

这时，除了没有找到谷仓人的围子人在张不三的指挥下正悄悄朝下转移外，别的淘金汉都簇拥了过去，将管理人员团团围住。他们既没有让对方下跪，也没有心思让自己当爹，更不愿意拖延时间，七嘴八舌地呵斥着，要对方把大金子拿出来。那些人顿时没有了往日的风度，结结巴巴地说了一大堆"没见到金子"之类的话。

"打！往死里打！"

人群中，杨急儿浪叫一声。他大半辈子都在古金场抒发豪情，经验和胆略再加上过剩的精力、强健的体魄和狡诈凶悍的性格，使他每年总要比别人多一些收获。正因为这样，忠于职守的管理人员没少找他的麻烦。一想到以往年份里，自己因不愿把金子交售给国库而被迫东躲西藏的情形，他就觉得连自己的九曲回肠都想变作一根鞭子，缠在这伙公家人的脖子上，将他们活活勒死。他试图扑过去，但密不透风的人群将他挡在了拳打不到、脚踢不到的地方。

"打！往死里打！"他更加粗野地喊起来。

淘金汉们动手了，一股巨大的积淀了无数时光的蛮力支配了他们。似乎只要对方一个个倒下，大金子就会络绎不绝地来到他们面前，就会熠熠煌煌地流淌出金子的梦和梦中的金子。

撕心裂肺的惨叫，剧烈扭曲的身体，从眼睛里冒出来的血水，因痛苦而被自己的牙齿咬断了的舌头，开裂的肚膛，稀烂的皮肉，像卵石一样挤向一边的眼珠，最后一口艰难的呼吸。管理所的六个男子汉须臾被乱脚踩成了肉饼。肉浆之上断裂的骨头狰狞地交错着。杨急儿懊悔得连连摇头，因为他竟然没有挤到前面去，在践踏血肉的舒畅中留下自己的足迹。血水肉泥中没有大金子，撕碎的衣服中也不露半滴金光。人群哑默了，就像上次登上黄金台那样。杨急儿带着自己的人率先走下了黄金台。

荒原已是一片寂灭前的动荡。

云雾一层比一层阴险地压下来，几乎可以摩着他们的头顶。大风呼啸着奔走，雪片在空中旋起一阵阵庞大的湍流。淘金汉们的心像被一只大掌猛拍了一下，他们幡然惊悟：雪灾降临了。

古金场已经隆起了无数雄阔的雪梁，一波接着一波，茫无际涯。而这比起漫天鼓噪的雪花来，不过是抹了几笔薄薄的底色。死亡的威胁再也明显不过了。它强烈震颤着对自然变化十分敏感和恐惧的人们。数万黄金狂此时抱着一个共同的意愿：迅速穿越唐古特大峡。不然，他们将会困厄在荒雪之中，茫然无措地去迎接那个生命顷刻变作腐朽的黎明。除了由张不三率领的复仇的围子人外，别的人群都开始大踏步溃退。黄金失色了，物欲被抛远，只有逃生的想法主宰着他们。他们像股股黑风，咆哮着掠过白色原野。

唐古特大雪灾以它的博大和无与伦比的威严，正在悄然消解着古金场的一切怨怼和残杀。

遗憾的是，命运留给黄金狂们逃生的时间已经被黄金台、被他们自己燃烧的欲火、被那些山峰一样崛起的仇恨耽搁了。黄金像媚态的狐狸一样诱惑了他们，和死亡一样宁静的白雪又将他们驱逐进了唐古特大峡敞开的峡口。谁会想到，那竟是天坟地墓的门户呢？

雪崩发生了。

那时辰是傍晚。数万淘金汉沿着峡谷蜿蜒如蛇的通道迤逦而行，脚步都迈得飞快。人人争先恐后，稍一迟缓，就会被后面的人超过去。他们有的身上带着金子或钞票，有的囊中空空，徒然来古金场抛洒了几滴热血，发了财的自然比没有发财的走得更快些，就是说，他们更加迅速地走到了路的尽头。只有杨急儿例外，他身上既有钞票又有金子，却落在了人群后面。天上地下和人们阴沉沉的脸上都布满了不祥的征兆。他预感到大难就要临头，即使两边静穆的山体稳实牢靠，天也会塌下来。他不想走。他想返回古金场，只是没有下最后的决心。

后来，他回头瞧了一眼自己走过的雾蒙蒙的路，发现没有一个人跟着他，跟着他的是几只哀噪不已的红狐狸。他立住了，等待着狐狸走近自己。他不知自己为什么要这样做，因为他从来就不相信红狐狸代表吉祥的说法。大概是靠了一种天启神授的感悟，他突然意识到狐狸在跟踪食物。而他决不应该是它们的食物。他健康地活着，年过花甲，不老不衰，浑身的每一个细胞都在更新，每一根黑毛都在发亮，每一个意念都是为了追求，每一种举动都是为了破坏或创造。他的畅通无阻的血管里注满了红光紫气的O型血液，永远地沸腾着。不错，不是他，是他们。狐狸的食物也许就在他前面的那些淘金汉中。他想到这里便庆幸地舒了口气。

那一刻，狐狸也立住了，并且不再哀噪。不再哀噪的狐狸扬起了脖子节奏明快地做着深呼吸，陶醉在被它们嗅到的那股神秘的气息中，柳叶般的眼里盈盈地洋溢着向往幸福和餍足的神采，红红的皮毛形成了动态的光明，莹莹烨烨的亮泽晕散出绚烂的波环。突然，它们动荡起来，灵性地幻化出一片神奇的红色清漪，炫示了片刻，便轻捷地朝古金场跑去，像一河流淌着的燃烧的黄昏。

杨急儿回身望望远去的人群，发现在他关注狐狸的时候，他和淘金汉们的距离拉大了。他继续走路，越走越慢。半个小时后，他又一次立住了。他发呆地瞩望前方，就像一个星球瞩望着另一个星球。

雪崩！

瑰奇的山脉如蟒蛇奔驰，发出阵阵轰轰隆隆的巨响。无数白色的流星陨落了，雪粉像云海一样在峡谷上空翻卷，冰块组成的瀑布自山顶倾泻而下，一泻千丈。风凄厉地呼啸着，又被雪峰撞回来，困兽一样左冲右突。人的惨叫声此起彼伏地在峡谷间回荡，很快又变成了悲烈的嘶喊。黑色的人影杂乱无章地涌前涌后，离开了身体的头颅和手臂浪花一样飞起来。一眨眼，人影不见了，惨叫消逝了，一切都殁入了鬼魅出没的白色深渊。喧嚣的自然之声飞遁而去，沉默回归大地——唐古特大峡，被万年残酷撕裂的荒原的腹腔，霎时成了张开在地球表面的万丈恶灵之渊。

这是本世纪，是八十年代初的一个冬天，是发生在地球之上、中国西部的一种万众一心走向灾变的悲惨举动。数万淘金汉分别来自青海、甘肃、新疆、四川、宁夏五省区。他们中的许多人在此覆灭，尸骨无存，只留下眼望雪峰摇摇欲坠时的惊叫，只留下雪石冰岩掩埋人的一刹那，生命的最后一声哀鸣。这惊叫和哀鸣变作浆汁，渗入冰岩，浸入时间，在不朽的大峡中日复一日地显现着，石破天惊。以后的岁月里，来寻找丈夫和亲友的男女们在傍晚的寂静中站在峡内聆听了片刻，就发现神经的承受能力是极其有限的。人，尤其是女人，不能在想象那种残酷的场面中活得更好更久些。他们或者疯癫，或者早死。

在寂灭来临的整个过程中，杨急儿一直立着。半夜，他坐下了。他淡漠着死亡，并不担心自己头顶的冰雪也会砸下来。黎明时分，他僵硬地站起，没再考虑自己是否返回古金场的问题，顶着风雪朝前走去。经验和胆量帮了他的忙，他想到的是雪崩与雪崩之间一定有间隙，而清晨又是最冷的时刻，也是雪石冰岩紧拽山体不放的静静的一瞬。他越走越快，傍晚到来之前，他甩过去了那几座最危险的山影，吼喘着展展地趴到雪地上，面朝古金场号啕大哭。在参与兵变和六十二岁之间，这段漫长的岁月里，他第一次有了用眼泪洗涤灵魂的悲恸。

要是驴妹子一直在爬动，她一定会被人发现的。她爬过了一个漫长的雪夜，爬到了黄金台，之后她就停下了，似乎已经到了生命的另一端，她眼前一片混沌，天是白的，地是白的，她的脑海里也是煞白煞白的，除了极度困乏，除了腰腿不听使唤的焦灼，什么感觉也没有。肉体和心灵的痛苦好像已经变作爱情的旖旎风光浮游在她朦胧的眼里，她只感到自己就要化成一片轻柔的无知无觉的雪花，飘摇在原野上。她想不起自己是怎样爬到这里的，开始是靠着毅力和对张不三的仇恨，后来就变成了机械的下意识的举动，反正只要有一口气就要往前爬。现在，她终于爬不动了。她将脸贴着积雪，伸出舌头轻轻舔着刚刚落下来的雪花。她感觉不到冰凉，因为她浑身的温度差不多和积雪一样。她一动不动，雪很快覆盖了她身后爬行的痕迹，也覆盖了她自己。她和四周趋于一致了，茫茫雪原上又多了一个隆起的小雪丘。

"谷仓哥哥。"在雪丘中，她叫着他的名字。一股甜丝丝的情绪的热流在她心里汪成了一片洁净明亮的湖，她的脑海里也升起了他那张俊气的面孔，冲她温存有情地微笑。就在谷仓哥哥的微笑中，她昏然睡去了。

雪在她身上越盖越厚。

她做着梦，做了许多梦，仿佛一生中经历过和企盼过的所有美好情景都串联在了一起，一幕幕地忽隐忽现着，和煦的春风吹暖了萧索的记忆。最后一个梦却是噩梦，有人拿了一根烧红的铁棍戳穿了她的前胸后背。蓦然之间，她感到浑身滚烫，感到窒息，感到有人正冲她吼叫着扑来。她慢慢地又醒过来，蠕动了一下，又动了一下，雪丘的四周有了裂缝，一丝凉意直钻她的喉咙，一束微淡的亮光霎时刺开了她的眼睛，两股热乎乎的泪水淌了出来。她当然想不到自己应该感谢大雪的覆盖，更想不到是覆盖之后产生的温暖融化了她僵硬的身躯。胸口的憋闷越来越明显了，除了雪没有什么东西朝她扑来，但吼叫声却真真切切存在着。她歪斜着头，从积雪的裂缝中望过去，看到离自己只有五十步远的地方，谷仓哥哥和他的伙计们立着，石满堂也立着。她平静地望着他们，没有发出任何声响，因为她觉得自己还在梦中。

石满堂浑身披雪，端着一把和雪色一样寒光闪射的铁锹，像一头凶猛的雪狮子，愤怒地咆哮："把驴妹子交出来！交出来！"他独自一人在积灵川、黄金台和唐古特大峡口之间已经走了两个来回。当他终于碰到谷仓人的时候，只觉得如果今天不来一番你死我活的搏斗，那他就等于白活在了世上，白爱了驴妹子一场。

被他拦住的谷仓哥哥目光黯淡，身上的每一条血管似乎都被冻僵了，像粗铁丝那样铮铮抖颤。

"我们也在找，也在找……"

石满堂不相信，把刚才的话又吼叫了一遍。谷仓哥哥不想再回答，有气无力地摇头。这就更使石满堂愤怒。他跳过去，疯狂地撕住他，将他的双腿从积雪中拎出来，又使劲一摔。谷仓哥哥倒在地上了。石满堂忽地举起了铁锹。但没等他拍下去，他就被别的谷仓人从后面抱住了。谷仓哥哥爬起来上前夺过铁锹，威胁地在他眼前晃晃。石满堂轻蔑地望他，望见一片绛紫的阴影正在谷仓哥哥脸上悄然驻足。他甩动身子奋力挣扎，看挣不脱，就反手撕住后面人的裤子，将那人的双腿撕离了地面。那人倒地了，他侧身一脚踢在那人的下身上，又回头扑向谷仓哥哥。谷仓哥哥浑身一抖，手中的铁锹刷地横了过来。锋利的锹头恰好打在石满堂头上。一片黑色的东西飘然落地，石满堂停下来看看，发现那是自己受之于父母的头皮和头发。他狂怒地蹦起来，犹如一头困兽果敢地用头撞向坚固的铁栅栏。谷仓哥哥手中的铁锹炫耀着冰凉寒彻的白光，再次铲过来，铲向石满堂的脖颈。似乎天空骤然下跌，他被裹缠在恢弘的气雾中上下翻滚。黑暗抓住了他，一股空前超然的感觉占据了他的全部意念，他迅速而幸福地解脱着，稳稳实实地倒向大地。身首快意地分家了，雄健的头颅在滢润的雪地上睁着双眼，依依不舍地告别着大地的静美和悲怆；身体无声地痉挛着，像一头奉献胴体的牛，血色的泉眼中汩汩地冒着葡萄酒一样的液体。春天，它将和积雪一起汇入积灵河。

谷仓人呆然木立。他们的金掌柜恐怖地扔掉了手中的铁锹。不远处被雪覆盖着的驴妹子正在经受更为残酷的感情的劫难，一张无形的大口有滋有味地咀嚼着她的大脑，试图咬死她的沉重的思念。她想喊，但舔过雪的舌头固执地粘在牙齿上怎么也喊不出声来。她明白自己不是在做梦，两眼睁得比以往任何时候都大、都明亮、都清澈，灿煜的光波在两汪水潭中滢滢闪动，谷仓哥哥便成了这水潭中的一头阴毒的黑色蛟龙。男人，为什么都这样凶恶呢？对生活，她现在似乎就只有这一个疑问了。

石满堂的尸体正在被大雪掩埋，已经形成雪丘的地方烙印着散乱的足迹。足迹朝哪里延伸？人们询问地盯着谷仓哥哥。谷仓哥哥默默扭转身子，仰望西坡上的石窑。他不好意思再要求大家跟着自己，却又想让他们跟来。他必须去石窑里看看，这是他最后的希望。因为他实在怀疑驴妹子会撇下她兀自离开古金场。她没在土坯房里等他，那就有可能来找他。

伙计们明白了自己的金掌柜想去什么地方。他们现在只能跟着他。用不着互相提醒，大家已经意识到自己的处境了。隆起的雪梁和没膝的积雪像没有尽头的海洋阻拦着他们，他们唯一的选择便是留在古金场，在雪海雪浪来不及淹没他们之前，躲进石窑，像虫群集体冬眠那样龟缩着苟延残喘。

他们吱嘎吱嘎地迈动了脚步。谷仓哥哥感激地望望他们，急切地朝上走去。

驴妹子凝视他的背影，久久不肯移动眼光。她的舌头已能够活动了，只要她颤动嘴皮叫一声，纯净的荒风就会把它当做救命的呼唤送入谷仓人的耳朵。但她没有这样做。她之所以望着他，也许仅仅是为了最后的送别。她的明眸里漾满绝望和悲哀，发现那个善解人意的俊气的谷仓哥哥已经走出她的心灵，走得很快很远，远得也许连他自己都感到惊讶。她又开始爬行，双肘蹭着积雪，下巴使劲朝前够着，仿佛一个受伤的动物在逃避猎手的追捕。她朝来的方向爬去，一点一点地离开了黄金台。深深的雪沟拖在她身后，越来越长了。

男人，为什么都这样凶恶？她还在想，思虑绵长得如同人类幻想黄金的历史。

一心想复仇的英雄的围子人这时依然暴露在风中雪中。当数万黄金狂一堆一堆地撤离古金场，用逃生的疯狂朝唐古特大峡奔腾而去时，张不三却带着他的人在四处乱窜着寻找谷仓人。他们去了积灵川，去了唐古特大峡口，又回到桦树林的边缘。突然，一切都沉寂了，茫茫荒原上刹那间消逝了人迹兽踪，黄金台已变作白色海洋中的一叠雪浪。纯净的雪浪毫无杂色混染，血腥的气息和残杀的痕迹荡然无存。围子人只能看到自己的身影，仿佛老天爷把整个世界都慷慨地送给了他们。张不三不知不觉放慢了脚步，最后停下了，身后的伙计们也都围过来。他阴冷地扫视他们，也就等于摆明了所有事实：他们已经被一种无法抗衡的巨大天力绑缚在雪野里了。唐古特大雪灾，早已有过人死兽亡鸟飞绝的记录，如果他们被饿死或者冻死，也不过是这历史记录中最为轻描淡写的一笔。

"掌柜的，你说这谷仓人哪去了？"有人懵懵懂懂地问。

"喂狗了！"

人们从张不三的口气中听出他已经愤怒到极点，没敢再说什么。这时宋进城喊起来："看，人，是谷仓人。"

有几个人攥紧手中的工具，朝黄金台走去。张不三没有动。那几个人回头看看。

"别去了！"他吼起来，鼻翼剧烈地跳动了几下，抬头望着倏然变得低矮了的黄金台，内心空落落、凉飕飕的，有了一阵空前沉重的悲哀。他恍然觉得在这茫茫无际的唐古特大雪灾中，人与人的厮斗简直就是蚂蚁斗蚂蚁，可怜得不值一提。雪原之上，偌大的白色天盖超然而冷漠地俯视着他们，连一声遗憾的叹息也没有。赶快离开这里。他对自己说着，一把拽住一直紧靠在身边随时准备出谋划策的宋进城。

"快！"他吞咽着风雪大声道。

"登上黄金台？"

"不！赶快走出去！"

宋进城使劲摇头："来不及了。"

"来不及也得走。"

宋进城望望周围一大片冻得瑟瑟发抖的人："我说，我们还不如进石窟。"

"谷仓人早占了。"

"黄金台东边的石窟，是空的。"

张不三苦笑着还想说什么，一股雪粉扑来，呛得他一阵猛烈的咳嗽。他连忙扭过脸去，就听顺风刮来一声焦急的喊叫："掌柜的，我们等死么？"

"走！还站着干啥？快走！"可张不三是逆着风的，除了宋进城，谁也没听清他在喊什么。

"冲上去，抄他们谷仓人的老窝也行。可眼下，你要吃他，雪要吃你。谁想死在这里呢？"张不三知道自己说话别人听不见，举起胳膊胡乱挥动着。宋进城急得大叫："要回去我们就得死在半路上！"

张不三不再理他，吃力地抬起脚，又插向疏松的积雪，没走几步，就觉得大地死死拽拖着他，这拽拖是人体无法摆脱的。但他没有停下，因为身后紧跟着一片黑压压的人群，就像一张铺在地上的偌大篷布，全靠他的牵引才能够匍匐行进。雪染天际，白茫茫一片真干净，干净得让人失望，让人精神顷刻崩溃。不一会，张不三就发现他身后的人越来越少了，远方，积灵河冰封雪盖的地方，那些以宋进城为首的掉队的伙计们已不再走动了。他用手不住地拨开那道就拉在他鼻尖上的雾帘，眯眼瞅了半晌，便声嘶力竭地发出了一声长长的号叫。仿佛他要用这种声音证明自己的存在，又像是他对可爱的黄金台的最后一声道别。

"你们回去吧！"他凄哀地说，"听宋进城的，没错。唐古特大峡，过不去了。"

他身边，那几个早已失去了前进的信心却仍然盲目信赖着他的人惊呆了，插进没膝深的积雪中的双腿不住打颤，僵硬的舌头已不能灵活转动，和雪色趋于一致的淡漠的眼光传递着忧惧的信息。

"我走了，反正是一死，但我不能死在谷仓人手里。"张不三一脚比一脚深地迈动了步子。

那几个人望着他，一直到雾岚掩埋了张不三也掩埋了他们的希望之后，才一个拖着一个，沿着自己的足迹，摇摇晃晃朝那一伙更无能更处在绝望边缘的人群汇去。他们看到，白色的地平线上，一只红狐一掠而过，留下一道霓虹似的弧线，随雪雾飘摇，久久不肯逝去。

大约三个小时后，张不三来到了积灵川。那几排石头房子带着宽大结实的帽子凌然不动。石头房子的主人，那些名义上来古金场维护根本不存在的秩序的人，那些经营食品百货的人，都已经离开这里，也许死了，也许仍然行进在逃离古金场的路上，而在杉木林这边，所有土坯房都已经被积雪压塌，女人们走了，破碎的墙垣，破碎的门窗，破碎的房梁房顶，把本来应该平铺在地上的雪被弄得凸起凹下、疙里疙瘩的。驴妹子的土坯房坍塌的尤其彻底，所有的东西都趴着，甚至连土坑锅台也给砸扁砸歪了。饥寒交迫的张不三一到这里就再也不想动弹。他那如同鹰鸷在寻找腐肉的可怕的眼光，扫遍了七零八碎的土坯房，又扫向四周。四周平整匀净，大雪像无数把神力无限的刷子瞬间刷没了他刚刚留下的脚印。他望了很久，明白他并不是在寻觅自己的痕迹。土坯房趴下了，驴妹子呢？难道她也像土坯房一样再也直立不起来了？他第一次对自己做过的事感到后悔，尽管他从来就缺乏对女人的温情蜜意，但现在如果有了她，他也许就不会产生那种自己就在坟墓中的幻灭感。他从原来是门的那个地方走进土坯房，脚步拖在地上，似乎想拖出昔日女人的温醇和自己浪掷在这里的火旺精神。他如愿以偿，脚从积雪中碰出了一个罐头瓶，捂在瓶口的浑圆的形似紫皮洋葱的东西安然无恙，青嫩的茎秆依旧挺立着，老人须一样的洁白的细根依旧在瓶中展示风采。只是瓶子被砸出了裂口，渗干了里面浸泡根须的白酒。这是张不三从积灵川的山崖顶上采来的唐古特白花果。据说一座山上只有一棵，比金子更难寻觅，据说它是老天爷赏赐给狐狸们的宝物，是它们的繁殖之母、创造之源。一只雄狐狸吃了它，就能让全荒原的雌狐狸鼓起肚子诞生后代。张不三幸运的得到了它，用酒泡在瓶中给他滋生用之不尽的元气精虫。想和驴妹子睡觉时他就抿一口酒。那种神奇的升阳固本的效果的确可以使他的勃勃雄心持续到太阳升起，情欲的大水一夜出现七八次洪峰是绝不在话下的。可现在一切都已经非常遥远，空漠漠的雪原上除了死寂还是死寂。他惆惆怅怅低头望它，弯腰捡起，仔细端详着，仿佛它就能代表驴妹子的存在。一会，他从瓶中取出白花果，揣进了胸兜，然后把残存的力气聚攒到双腿上，朝前走去。

杉木林就要穿过去了。在他经过的每棵树上，都留下了他的手痕，因为他必须扶着它们才能挺直身体。他在杉木林的边缘停住，望着近在咫尺的石头房子，就像望着遥远的闪动着灯火的家乡的地平线。脚下的积雪似乎是一个仰躺着的大汉，正用一根粗壮的绳索将他死死困在原地。他大口大口地喷吐着白雾，颓唐地靠到一棵树上。他想象别人在这种时候会怎么样，想象驴妹子在手脚不自由的情况下是如何爬着走路的。她一定是死了，寒冷和饥饿也会像人一样残酷无情地对待她。既然这样，他为什么还要想到她呢？为什么急切地想知道她死在了哪里呢？唉，驴妹子，当黄金梦已经破灭，唐古特大雪灾悄然消解了人与人之间的仇杀残害之后，他发现自己能够想到的，只有驴妹子。他想着，身子离开了树杆，颤颤巍巍地迈动了步子。无论石头房子里的温暖离人多么遥远，他都必须朝那里挪进，这是他现在活着的唯一目的。可他很快仆倒在地上。他挣扎着想站起，但已经力不从心。就这样死了么？他一遍又一遍地问着自己，回答他的是一阵劈头盖脑的轰击。头顶云杉的枝柯经不住积雪的重压，咔嚓一声断裂了。张不三被击昏了过去。

好像他并没有醒来，他正在去阴曹地府的半途中小憩。有个面熟的鬼魂走过来将他抓住，没完没了地冲他呵斥瞪眼，仿佛在说，不留下买路钱就别想通过这道门去见阎王。他看到面前的确有一道门，和人间那种司空见惯的门一模一样。他惊恐地连连颤抖，抖落了身上的积雪，抖得面前的雾障渐渐散尽。那个鬼魂的面容越来越清晰了，原来他并没有冲他瞪眼，只不过是在平心静气地说话。他说我认识你，你就是那个身上带着大金子的人。他忙将自己那只冻裂了的黝黑僵硬的手插进怀里，拿出那块金子，抖抖索索递过去，蠕动嘴唇，似在说："放我过去，求你了。"那人不接，问道："你说现在还能不能走出唐古特大峡？"

他嗯了一声。金子脱手掉下去，咣地碰到他身边的什么地方后又落在他的脚前。谁也不去捡。

"你说能走出去？你能把我带出唐古特大峡？你大概年年闯金场，有经验，你说到底能不能？"

他连那一声嗯也没有了。那人过来摇晃他的身子。他那被寒潮冻成了黑夜的头脑渐渐亮堂了，发现自己坐在一把椅子上，面前站着一个额上有伤疤的青年。

"你说话呀，我就是为了找你才到这一步的。"

"找我？"

"只要你能把我带出去，金子的事我就不过问了。"他说着，弯腰捡起那块金子，放到张不三手里。

"金子？"张不三脸上的肌肉突然抽搐了一下，金子从指间滑落到地上。他说："你想要你就拿去吧。给我一碗水喝。"

水端来了。之后就不见了那青年，也不见了那金子。张不三喝完水，把碗扔到地上，碗碎了。他站起来走向户外，走向茫茫大野。

这已经是第二天的黎明了。

他昏头昏脑地走着，一串脚印就像一串拴在他身上的黑色锁链，在皑皑雪原上一会扭曲一会绷紧。这时他的肠胃不识时务地咕咕叫起来。饥饿的感觉倏然强烈到无法抵御。他浑身猛地打出一串冷战，双肩像扛了两座大山，压得他只想趴下。他的舌头吐了出来，眼球凸突着，瘪下去的肚皮腾腾腾地直跳。他知道饥荒年代留给他的饥饿劳困症又犯了，如果不赶快填些食物到肚子里去，他会像发疟疾一样，打摆子一直打到死去活来。他毫不犹豫地拿出了揣在怀里的白花果，咔嚓咔嚓一阵大嚼。就在这个时候，奇迹突然迷乱了他的眼睛。他看到雪地中央燃烧着一片灿烂的霞彩。

霞彩跳跃着，团团火苗忽东忽西地窜动。他睁大了眼睛，很快看清，那霞火就是生命，就是一群美丽而迷人的狐狸。冬季猝然而至，它们来不及蜕去火红的毛色，来和大地保持一致。它们也和人一样迎受着雪灾的围困，不得不改变独往独来的性格，群集在一起行动。而它们群集的首要目的便是寻找食物。面前的这一群狐狸少说也有五六十只。它们在干什么？如果不是为了争抢食物，它们怎么会那样充满活力地来回窜动呢？张不三猛踢着雪粉走过去。

一地霞火顿时裂成了许多碎片。狐狸们似乎明白自己对人类犯下了罪恶，望着这个逼过来的人，散散乱乱地朝后退着，几声哀鸣之后，便朝远方飞奔而去，如同一阵火红的飚风，很快消逝了。

在它们刚刚呆过的地方，积雪被踩踏得坑坑窝窝，雪浪搅起许多脏腻的漩涡。人血一滩一滩凝固着，像飘零于雪原上的胭脂。完整的骨架上还残留着一些鲜红的筋肉，洒着雪粉，就像洒着调味的盐末。四周是无数红狐的爪印，如果不是亲眼看到它们，一定会让人觉得这是从唐古特大峡中飞逸而出的阴间鬼魅们寻找替死鬼的足迹。

还有一样东西是最重要的，那就是被利牙撕碎的衣服：蓝底白花，白花和雪色一样纯净，而那蓝色仿佛是躲在浓雾后面的蓝天的碎片被大雪裹挟到了这里。

这就是驴妹子毁灭的遗迹了。张不三呆立着，突然冷笑了几声。他在笑自己，笑所有的活人。他觉得自己仿佛生活在一个鬼的世界里，而所谓生命不过是不断壮大这鬼蜮行列的不尽不绝的源泉；觉得死亡并不可怕，可怕的是带着仇恨活着，像他一样，像杨急儿和谷仓哥哥一样，像所有他见识过的来古金场抛洒热血的英雄好汉们一样。

过了很长时间他才继续往前走。他知道唐古特大峡已经穿不过去了。他想到了他的伙计们，想到了黄金台。

围子人再也爬不动了，展展地用整个身体紧紧贴着地面。黄金台东边陡峭的雪坡上，几百条汉子如同几百条半死的蝮蛇，在爬上去的地方硬挺着稽留了片刻，便再一次一个接一个地顺坡滑了下来，终于又挤成一堆了：喘息，叹气，目光无神地仰望台顶，互相用手拉一拉，证明他们还没有被死神的大手抓起来抛向黑暗。西坡的石窟里有谷仓人，他们只能占据东坡的石窟。所以，面前的坡面无论怎样滑溜，怎样轻率而不近人情地拒绝着人的靠近，对他们来说，也是阳世中唯一通向希望的路。

石窟高高在上，也像人望它那样睁开黑幽幽的眼睛，鸟瞰着他们，冷峻、淡漠、怅然无绪。

"不想死就得……上，上。"

宋进城已经无力说话了。但他觉得这些人都是跟着他的，跟他活命，也准备跟他死亡。他没有理由先别人倒下，更没有理由在还有一口气、还能抗争几下的时候，让大家泄气。他又挣扎着率先朝上爬去，刚爬上去约有十米，却被一阵陌生而忧郁的喊声喊没了力气。他两手一软，哧溜溜地滑下来，咚的一声，摔得他鼻涕唾沫直往外流。

那声音随风飘远了，雪雾渐渐拉开。谷仓哥哥和一个年轻健壮的谷仓人就站在台下离他们不远的雪梁上。

"有吃的么？"谷仓哥哥又喊了一声。

围子人惊悸地瞪视他们。

"喂！你们身上有吃的么？"

"有！"宋进城张大嘴，好半天才吐出这个字来，然后就僵硬地闭上了嘴。

"跟我们来吧，西坡好上。"谷仓哥哥又说。

人们看看宋进城，想从他脸上看到去还是不去的表示。可他的脑袋却疲软地耷拉了下去。伙计们什么也看不到了。活路的突然出现一下子掏空了他不愿向死神投降的灵气和力气，希望的阴翳在带给他欣慰的同时，又整个遮罩了他那心灵通向光明的眼睛。他趴倒在雪堆上，用僵硬的舌头封闭了呼吸的嗓门，荒原的洁净清亮的空气只在他嘴边徜徉。此刻，金碧辉煌的宇宙已经渺茫，浪漫的黄金人生冰雪一样浪漫地消融着。他的头变成了坚固的花岗岩，横挡在黄金铺垫的道路上，他的一辈子的心思全都袅袅地飘上古金场的领空，那是永远散不尽的云。生命淡淡地随风去了。

围子人一个个泫然泪下。他们觉得他不应该死，便擦掉眼泪，抬起他，盯准两个谷仓人的背影，朝前吃力地趱行。西坡石窟里的全体谷仓人默默地接纳了他们，分食着他们身上的干粮。当又一个早晨到来的时候，这场浇熄了人欲和战伐的荒雪终于停了。黑云青雾悄然遁去，世界一片空白。寂静如同无浪无波无形无色的海水，淹没了茫茫古金场。昨天阳光下的呐喊在今天的忧郁中变得淡远悠深了。旷古的白色之上，飞翔着和平的气流，到处都是原始的明朗与柔和。

第十章　火狐狸

　　古金场陆陆续续来了一些女人。虽然她们都清楚丈夫或儿子已经被冰雪无情地埋葬，但她们还是坚定地穿过唐古特大峡，聚集在积灵川想看看这片迷惑了男人们的荒原。好像男人们依旧在这里打着喷嚏生活；发愤地在阳光下拉开马步，挺起腰杆，不停地挥锨抡镐；油汗滚动，散射片片铜光，夜晚的鼾声满荒原都是，如闷雷滚过天空；又要转移金地了，远方近处浓浓淡淡的写意般的山脉，莫不就是他们跋涉的影子？积灵川还残留着女人的香泽和积雪消融后裸露而出的她们的遗物。我的可怜兮兮的男人，明明知道你离了女人不行，可为啥还要放你出来，来这里寻找野女人，荡气回肠地消除你那见不得人的焦灼呢？金子，金子不是狗屎么？有毒的狗屎要了你的命也就等于要了我的命要了娃娃的命。觉醒到金子就是狗屎的女人红肿着眼睛，哭涨了积灵河，哭绿了杉木林，哭得空气湿润凝重。那一种饱和了啜泣和积郁的秀色里，茫然盛开着火红的冰郎花，殷殷如血，如渗出地面的发烫的岩熔。雪青的七姊妹花灵巧地点缀在血色之上，还有一些金黄的分不清叶片和花瓣的臭牡丹，那是暖气流随手丢在地上的招惹亡灵的纸钱。

　　这是第二年的夏天。

　　荒原比以往任何时候都更加专注地沉溺在它固有的静穆和混沌中。而女人们的伤感和惆怅却又给这混沌增添了一层潮湿和空幻。她们在一个雾茫茫的清晨恍恍惚惚离开了积灵川，先走的后行的，像逃难的人群洒满了漠漠荒原道。当第一拨女人来到唐古特大峡口时，那儿正在燃烧一场大火——几十群毛色斑澜的狐狸挡住了她们的去路。灵性的狐狸什么都明白，今年的荒原来的男人格外少，今年的荒原来的女人格外多，而且大都是痛苦不堪的寡妻寡母。它们知道女人是懦弱的，便聚集到一起肆无忌惮地用自己鲜艳的色泽炫示着它们的威武。而她们浑然不觉，只是惊怪地停下了。后面的人跟过来，女人们越积越多，海海漫漫地像在接受狐狸的检阅。又有几群狐狸从远方跑来汇聚在了这里，火势更旺，如峰如峦地布成了一片险恶的火阵。这些在整整一个冬天酣畅痛快地嗜足了人肉人血的畜生们，于夏天的清静明朗中很快又有了饥饿感。它们望着女人就像望着一堆堆鲜嫩过瘾的肉，贪婪的眼光和充满奢欲的鸣叫，让那些冲动地寻觅过金子如今已经瞑目的淘金汉们黯然失色。不能再等了，它们动荡着，一波一波的绚丽的浪纹卖弄风情似的徐徐涌进，又形成一个个状如花圈的图案贴着地面滑行而来——有多少女人就有多少花圈。直面畜生对人的红红火火的祭吊，她们惊骇地双腿打颤，毛骨悚然的尖叫阵阵响起，一声比一声凛冽怪异。狐狸们听懂了她们的惧怕和乞哀，你争我抢地加快了速度。女人们散了，向四处奔跑。而狐狸们却更加团结地凝聚起了兽性的力量，一群狐狸只对准一个亡命的女人。只要她被扑倒在地，喉咙以上的头颅和喉咙以下的身体就会马上变得鲜血淋淋，女人的尸体横陈荒原，在红狐狸的覆盖下须臾变成了剔肉的骨架。更多的女人还在奔跑，更多的狐狸还在猎逐。古金场盈溢着稠乎乎的血浆。太阳正在泯灭，它把所有的火色都倾倒在了地上。于是荒原有了万丈火焰，有了照耀着整个宇宙的能量。

这一年，似乎全世界的狐狸都云集到了这里。它们是由数万淘金汉的血肉之躯从四面八方引诱来的，引诱来吞噬他们的女人，因为他们孤独的鬼魂需要亲人的陪伴。为了阴间的破镜重圆，狐狸根据老天爷的意志天使般慈悲地履行着它们的义务。

一个女人跑不动了，颓然倒地。几十只狐狸围着她翩翩起舞。她的漂亮感动了它们，让她多活几分钟，多在极度惊恐中颤栗几下，便是它们对她的由衷赞美。咚咚咚咚，脚步声如同石碾滚过，一个满脸络腮胡子的大汉从那边跑来，那边是他藏身的密林。狐狸们重新编织着队形，舞蹈着闪开，转瞬散去。一会，这些狡狯阴险又美丽动人的畜生开始集体放屁，臊臭弥漫着，浓烈无比，呛得络腮胡子顿时感到脑袋上像顶了十万两金子，一个跟头栽了下去，正好栽到女人身上。她是闭着眼的，牙齿疾骤地咯咯敲打，两腿双臂乱蹬乱挥，脑海中狐狸正呲出利牙在她抖颤的双乳上来回切割。她的脚蹬住了他的下身，她的拳头好几次捶在他的脑门上。他倏然轻松了许多。

"起来！"他推推她，自己先站起。

她睁开眼。

他望望放完臭屁后得意洋洋远去的狐狸，又道："起来，跟我走。"

女人直起腰，余悸未消地四下看看，腿一蜷，先是双膝撑地，之后就立到了他面前。他色迷迷地端详她。她低下了头。他朝密林走去。她猛抬头，脚步下意识地跟上了他。在狐狸和男人之间她选择了后者。

远方有了爆炸声，袭击着沉思在溽暑中的荒原。烟尘恣情地漫上半空，涂脏了澄澈的瓦蓝，半边天的灰黄，半边天的空濛，制造着一个荒凉的谜。络腮胡子停下，眺望了一会，吐出一句让女人震惊的话："日女人日出响声来了。"他回身攥住女人的胳膊，朝烟尘腾起的地方走去。

张不三看到杨急儿身边有个女人，才没有将炸弹扔过去。炸弹是自制的，在酒瓶里灌满炸药，插进雷管和导火索，用火柴点燃后扔出去让满荒原逞凶的狐狸血肉横飞。他身后不远处是受到他保护的几百个女人。在那一片黑色的川流不息的眼光前，他英雄般地显示着一个男人的威力。

"你来了？"

"炸狐狸！"

"还想捧大金子？"

"炸狐狸！"张不三把每个字都咬得清脆悦耳，想让对方明白在他眼里那一圈浓密曲卷的络腮胡子如同半截最动人的狐狸尾巴。而他来金场的目的就是为了让那些预示着灾难和吞食了驴妹子的畜生去做亡骨的陪葬。

"炸不得。"

"你是狐狸下的娃娃？管毯的事情多。"

杨急儿丢开那女人，摆出一副挑衅的架势："你要是再炸，我剥你的皮。"

"那就剥吧，反正我已经炸了。"

杨急儿袖筒一张，一把尖刀就握在了手中。张不三朝后一跳，就势滚倒在地，尖刀嗖地从他头顶掠过。杨急儿见没刺着，便扑过去用身子压住他，一拳打在他的太阳穴上。张不三恍然记起去年他和杨急儿相约在古金场重逢的事情来，又恍然觉得杨急儿的出现意味着一切恩恩怨怨的了结。他头一歪，说："老哥，我听你的。"

杨急儿又给了他一拳，这才站起，蛮横地拉着那女人朝回走。前面是密林，穿过密林就是积灵河，沿河行走不远就是积灵川。

　　这夜，所有稽留荒原的人再次住进了积灵川，清晨薄雾时分，一个丰满端秀的女人从原是金场管理所的那间房子出来，钻进杉木林解手。一个黑影从房背后鬼头鬼脑地绕到门口，侧身溜了进去。杨急儿还在睡觉，朦朦胧胧觉得有人在掀被子，以为是女人解手回来了，翻了一下身，将粗壮的胳膊搭过来，一下没搭着，就糊里糊涂说："尕肉儿，过来。"张不三赶紧缩到炕沿下，静等片刻，听杨急儿又打出了轻微的鼾息，手便探进被窝，将一个拳头大的用麻绳扎紧的布包放在了他的大腿下面。布包上连着一根导火索，长长地拖向门外。张不三蹑手蹑脚出来，在门口划着火柴点燃了导火索。噗噗噗的声音按照张不三的愿望欢快地朝前窜去。张不三关好门，直奔杉木林。那女人白生生的屁股还撅着，一见他，慌里慌张提着裤子站起，裤带还没系好，就被他拉转了身子。

　　"走，别回房去。"

　　女人不听他的，想回去。他攥紧她的胳膊使劲朝前拉。

　　"你不想出金场？跟我走。"

　　女人还是不愿意，脚在地上粘得更牢。这时轰然一声巨响，整个荒原醒了。

　　"他要不是个畜生，我也没有这最后一次。最后一次，你知道么？我这是最后一次害人！"他冲女人吼起来。女人莫名其妙，但身子却随着他的拽拉移动了。

　　女人在张不三的百般照顾下走出了唐古特大峡。张不三没有动她一指头。"一个好人，就是脸面丑了些。"女人这样想着就跟他来到了围子村。

　　她结婚两个月后丈夫就去了金场，肚里没小的，膝下没大的。娘家婆家虽然都有老人，但也不会让她牵肠挂肚。在婆家她是殿后的老三媳妇，在娘家她是六姊妹中的一个。娘家父母养育了她却不疼她，婆家父母怪她俊秀，去井台上挑水婆婆也要跟着。现在好了，跟了张不三一切就摆脱了。女人一到嫁人的年龄就等于在重新寻找亲人。过去的亲人不亲了，找到的亲人又死了。死了再寻找，没有别的选择。她安下心来打算跟张不三过。而对张不三来说，这女人虽不似驴妹子苗条白嫩，但也丰满端秀得让人心痛。他可心可意，往日的奇情异想、凶狠残忍一概抹去，温存宽厚地待她，安分守己地过日子。他想，自己后半辈子大概就要这样平平稳稳地度过了。他用全部精力务劳自己的承包地和家里家外的一切琐事。女人的笑脸如同金子成了他最好的安慰。晚上，女人袒露着全部天性报答他带给她的幸福。他彻夜满怀抱着她，有时动作，有时平静，有时想着驴妹子，有时不想。第二年，女人给他生下一个小鸡鸡格外招人爱的娃娃。长势喜人，不到一岁，就可以不甚清晰地叫阿大阿妈了。闲时，张不三最喜欢让儿子骑在自己的脖子上，感受儿子肉乎乎、软绵绵的鸡鸡所造成的那种特殊的温热和满足。他希望儿子撒尿，觉得一脬尿就是一股暖流，会顺着他的脖颈流下去滋润满身沃土一样的皮肤。一旦撒尿，女人就会将儿子抱过去，拿一条手巾擦他的脖子，擦他的脊背，手在衣服下面柔情地滑动，那又是一种沁人心脾的舒适。

儿子幸福地大了。在甜甜蜜蜜的五岁的年龄里，他学会了观察，学会了说顺口溜，学会了判明最基本的善恶美丑。他顽皮得像一头野鹿，整天在村道上山洼里摸爬滚打，回到家一脸脏土一身泥巴，惹得女人本能地骂几句，在儿子身上又拍又打。尘土没拍净，儿子那脏兮兮的手就往灶火里伸，那儿总有吃的，烤得焦黄的洋芋或香喷喷的馄锅（一种煨熟的馍馍）。张不三在一边嘿嘿笑。儿子得势了，把学来的顺口溜尖声尖气喊一遍：

> 嚓巴溜毯嚓，
>
> 我的脖子比你大，
>
> 三间房子圈不下。

张不三不喜欢听最后一句，就打断他："进城城，买糖糖，吃棒棒，喝水水。"

"一老一少，没大没小，进城做啥？"女人嗔怪地说。儿子扑到张不三怀里，嚷道："啥时去？"进城是儿子的节日。

"你阿妈叫啥时去，我们就啥时去。"他笑望着女人说。

女人逗儿子："明年去。"

"不！"

"明天去。"

"不！"

"后晌去。"

"不！"

"现在就去。"张不三道。

儿子跳起来，激动得用小拳头在父亲身上乱捶。女人进厨房用手巾包一块干粮塞给他。

"来去三四个钟头，哪里就饿着了。"

"不饿你就带回来，又不是千斤重万斤沉的金子。"女人将干粮塞到他怀里。

张不三牵着儿子的手上路了，没走出村口他就将儿子扛了起来。女人目送着他们，甜甜地一笑。

这是荒山泛出鹅黄嫩绿的春天。耐不住贫穷和寂寞的男人们又开始张罗着闯金场了。但他们已不是为了黄金，而是为了狐狸。据说唐古特狐狸皮在大城市里走了俏。因为它毛色鲜亮，被称为罕见的太阳自然色。无与伦比的轻暖柔滑令人叫绝醉倒，一种神秘的猎狐人所无法感受和理解的性感的光辉以极其隐晦的方式散发出来，魔幻般地增添着男士淑女的魅力。远在省城的贸易公司在各县设立了收购点，用三元一张皮子的低廉价格诱惑得人们心旌摇荡。县城街道上到处都是三五一堆的乡民。他们从各乡各村云集到这里，做着奔赴古金场的最后准备。张不三漠视着他们，心平气和地穿越在人群之间，儿子岔开双腿一直骑在他脖子上，手里已经多了一根长长的麦芽糖，仔细嚼着，舍不得嘎嘣嘎嘣地嚼出粘乎乎的胶液。

"我尿。"一滴糖分极浓的口水滴到他头发上。

"尿吧！"

儿子就尿了。好大一脬尿，淋湿了他的整个脊背。他不在乎。

"喝水喝水，甜甜酸酸的水。"他放下儿子，走到摊子前买汽水。儿子嚼着麦芽糖已经不怎么馋了，分心地四下顾望，眼光最后落到一个老人身上。老人矮小得几乎跟他一般高，但身坯很壮，头也大，加上乱草一样篷起的头发就显得更大；他的脸像油锅里滚过一般黝黑发亮，深刻的褶子在开阔的脸上倔强地四处游动；一件污垢斑驳的棉袄裹在光溜溜的身子上，腰际勒了一圈麻绳，没有一个扣子，敞开的衣胸露出灰蒙蒙的肌肤，一绺垢痂像积淀在沟底的胶泥从脖子朝肚腹延伸而下。老人没有腿，要不是他煞有介事地穿着裤子，人们会发现他的下身也没有，那儿黑乎乎的有一个深洞，屎尿便从洞中的两条孔道里流出，随时都在流，恶臭氤氲在四周，如同有一圈无形的堑壕拒绝着人们的靠近。他面前放着一顶皮帽，两扇耳朵软沓沓地耷拉在地上。富有同情心的人们将锃亮的分币远远地抛过去，大都落在皮帽外面。老人俯下身子，吃力地够着，将分币捡起来放进皮帽。一首浑浊的歌带着呼呼噜噜地嗓音从他嘴里颤动而出，代替了渴望路人施舍的哀求。

儿子好奇地望了一会，回头寻找父亲，父亲不见了，当他再次将眼光投向老人时，发现父亲就立在老人面前，立得比谁都近。儿子过去碰碰父亲的腿，将他手中的那一瓶苹果绿的汽水使劲朝自己怀里拉。父亲突然一松手，儿子一个狗坐蹲坐到地上。他要哭，发现父亲并没有望自己，便起来再次贴近父亲的腿。老人不理他们，还在浑浊不清地唱：

> 山里的水萝卜川里的田，
>
> 杀了财主是好汉；
>
> 蓝茵茵的绸子红红的绢，
>
> 当了吃粮人扯你的卵。

"杨急儿！"

老人抬头阴阴地望他一眼，毫无反应。

"杨急儿，你咋在这里？"

老人停止了歌唱，两手撑地，划船一样朝前蹭蹭，将帽子里的分币一把一把装进胸兜。

张不三蹲下，直视他那张被刀斧重新砍削了一遍的脸。仅仅过了几年，他脸上已经没有了那种证明他健康强壮的红光紫气，脸膛也不再向外扩张，皮肉使劲朝一起撮着，眼窝又深又暗，似乎人世间的所有黑暗都凝聚着陷在里面。

"杨急儿，你不认得我了？"张不三不希望老人失去记忆。

老人脸上有几条皱纹突然改变了走向，嘴角有了一丝冷酷的笑，唱歌一样浑浊不清地问道："你为啥不炸死我？是不想便宜了我么？"

张不三诚实地点点头。

"报应！啥都会有报应的。我第一次见你的时候就认出你是谁了。你和你父亲长得一模一样。张老虎没有白养你。啊，张老虎有孙子了？"

这话让张不三不寒而栗，神经质地将儿子搂紧在怀里，似乎老人会倏然站起，用一双干柴一样的手将儿子顷刻撕碎。老人笑了："叫个啥名？"

"拴锁。"

"又要拴又要锁，不像张老虎的孙子。"

老人说罢，双手捺住地面，吃力地将身体撑起，朝前一弓再朝后一仰，便扭转了方向，然后用胳膊推动着身子，摩擦着地面朝一边划去。每前进一步，鼻子就撮一次，牙齿就咬扁一次，额头上的肉塄就隆起一次。这种无法自禁的痛苦使他变得丑陋不堪，连张不三都有了疑问：他真的就是那个在古金场叱咤风云的汉子？然而让杨急儿从高大变得矮小的奇迹就是他创造的，在他应该万分得意的时候，却不期然而然地有了一阵悲哀，好像杨急儿是一面镜子，从那上面他看到了自己和自己的儿子。一股恶臭拖在老人身后，就像狐狸被人追逐时释放的臊气。张不三感到阵阵眩晕，整个世界都让臭气熏得旋转起来。他赶紧扶住儿子的头。儿子正在有滋有味地哑汽水。

天麻麻黑时，张不三才扛着儿子回到家中。女人早把饭做好了，他坐在炕上闷闷不乐地吃，突然问儿子："棒棒糖哩？"

"完了。"

"汽水哩？"

"光了。"

他一巴掌扇过去，扇得儿子滚到了炕角，吼道："你就不知道给你阿妈留一点。"

儿子哇哇大哭。女人爬上炕去抱住儿子，抚摸被他扇红的腮帮，困惑地问："你今儿是咋啦？"

"没咋。"他把筷子撂到桌上，不吃了。报应，啥都会有报应的。他久久咂摸杨急儿的话。从门外刮来的一股阴风吹凉了他的身体。

秋天是男人们从古金场归来的季节。今年的运气不好，他们带回来的狐狸皮件件不合标准，毛色不亮不纯不红，也不软不轻不暖。用人肉人血催生出魅力的狐狸正在迅速退化，或者叫复归自然。收购的人压低了价格，农民们说是城里人欺骗了他们。

收购工作断断续续的进行。在今年刚刚建起准备长期使用的仓库里，劣等的狐狸皮一层一层的摞起。就在这种令人扫兴的收购工作即将结束时，收购人员发现那种具有罕见的太阳自然色和具有令人叫绝醉倒的轻暖柔滑的狐狸皮又出现了，并且打听到，还有许多人都猎到了这种皮子，但他们等待涨价或私人贩子的到来。收购人员急了，分赴各乡各村一边搜寻一边收购，看货付钱，从二十元到六十元不等。然而不幸的是，他们扑向了狐狸的灿烂毛色，身后却有了更加灿烂的火色。仓库着火了。狐狸皮燃起了兽性的烈焰，耀红了半边天空。一眨眼功夫，和仓库并肩而立的百货大楼和仓库后面的汽车站也让火舌舔得通体红亮，整桶的汽油和煤油带着巨响赞助着火势，黑烟从每一个窗口里张牙舞爪地翻滚而出。红色的海洋上漂浮着黑白相间的浓雾。县城没有消防队，全靠民众从四面八方跑来，拿着水桶脸盆救火。他们齐心协力遏制住了大火，那些参差错落的居民的宅院幸免于难。至于狐狸皮和琳琅满目的商品以及汽车站的汽车在他们开始泼水洒土时，就已经成了枯焦一片的废物。后来附近的农民把狐狸皮灰烬用架子车拉去施进田里，据说第二年的庄稼长得出奇的好，人老几辈没见过。

收购人员来到围子村后，惊喜地发现，这里的农户只要是去了古金场的，都收藏着至少三张上等的狐狸皮，每张都以六十元开价，两天工夫，在场院那间孤零零的场房里就摆起了几百张火红艳丽的皮子。张不三对此依旧淡漠，整天窝在家里，吃女人做的饭，睡女人铺的炕，见到儿子调皮，有心无心地教训两句。

"这是哪来的？偷的？"

儿子望着被父亲没收的毛蛋（用线网包裹着的木球），犟道："拾的。"

"哪儿拾的？说老实话。"

"场院里。"

"日你妈，人家耍过后放在那里了，你就往家里抱。去！哪儿拾的就放到哪儿，别给老子丢脸。"

儿子去了。女人埋怨他："才几岁的娃娃，他懂啥？哪里就成贼了？"

他不吭声，烦闷地离开了女人。他觉得女人是对的，自己也是对的，都是为了娃娃好。

一天下午，场房里冒起了浓烟，几百张上等的狐狸皮创造出了上等的炽焰。张不三这才走出家门，多少有点幸灾乐祸地参加到救火的人群里。火是灭了，但狐狸皮却没救出半张来，场房的顶棚也坍塌得干干净净，焦棚焦梁横踏在地或斜搭在残墙断壁上。张不三不愿意和别人一起站在那里发呆，回身要走，眼窝里却有了杨急儿丑陋不堪的身影。

杨急儿怡然自得地坐在不远处的一棵老榆树下，舒展着满脸褶子，抬起松弛肿胀的眼皮，一边观望他们，一边含含混混地哼着他的乞食歌。这个被炸掉了双腿的老人，是怎样忍受着痛苦一点点地磨擦着地面来到围子村的，张不三闭眼一想，就觉得心里有一种骇人的惊悸。杨急儿是来讨饭的，除了张不三谁都这样认为。老榆树抖动浑身苍绿如墨的叶子和老人一起浑浊地歌唱，树叶摇下来，被风吹向他身后，就像砭人肌骨的雪片须臾消融在了暖地上。它身后是崖头，是一道不深也不浅的沟壑。被烧毁的场房前，有人开始大声诅咒老天爷。张不三当然不认为火是老天爷放的，但如果不埋怨老天爷又要埋怨谁呢？这是习惯。突然有人冒出一句很不得体的话来："关老天爷的啥事，不是人放的才怪哩。"

"谁？你不知道就别胡说。"张不三道。

"我知道，我知道。"一个嫩声嫩气的声音响起来。多么英雄的举动，有人放火时竟然被他瞅见了。他很得意，明白自己的话会引来什么样的效果。所有人的眼光都对准了他。他俨然成了一个了不起的中心人物，而且是在大人堆里。

"拴锁，不准胡说。"张不三厉声呵斥。

孩子神气活现地摇摇头："我没胡说。我就是看见了。"

"谁？"一个收购人员跳到他跟前问。

他黑亮的眼仁滴溜溜一转，飞快地跑向老榆树。人们紧跟着围过去。

"就是这个阿爷。"

"拴锁，你看见的不是他。"

孩子有些发愣，吃惊父亲为什么不让自己说实话。

"你看见他走进了场房？"收购人员蹲下，扳着他的肩膀问。

孩子摇头，望望父亲。张不三也在摇头，示意儿子赶快闭嘴。

"他没走进场房，咋放火？"收购人员又道。

孩子以为人们不相信自己，着急地说："他把一个瓶子扔进了窗户，就响了……"

张不三瞪起血红的眼，往昔的残忍冷酷，丢失在古金场的野性精神霎时回来，灌满了他的每一条血管。他握紧了拳头，血管在手背上鼓胀着就要爆炸。他面前的儿子一直困惑着。

有人扑向杨急儿，撕开他的沉甸甸的棉袄，发现他腰际裹了一圈酒瓶，瓶子里是白色的炸药。杨急儿神态坦然，漠视着面前的人，含混不清地唱着歌：

> 蓝茵茵的绸子红红的绢，
>
> 当了吃粮人扯你的卵。

怒不可遏的收购人员一把拉歪了老人的身子，抬脚就踢："你为啥要放火？说！"

"打！往死里打！"

同仇敌忾的人群里有个闯过金场的农民大声助威。

许多人按捺不住地动手了。拳打脚踢的声音和杨急儿的惨叫让张不三浑身战栗。他还从来没有为观看打人而战栗过。他禁不住喊一声："别打了。"但这声音却被收购人员狂暴的质问冲撞得失去了作用。

"县城里的火一定也是你放的，说，是不是？狗日的你知道不知道，你一把火烧了多少？几百万呐！"

这话无疑是火上浇油。踢打老人的拳脚更多更有力。

张不三紧紧地咬住了牙关。他恨自己，恨儿子，恨面前这些满脸都是嗜血欲望的人，也恨此刻处于弱者地位却无法叫人同情的杨急儿。总之，一瞬间他发现世界上的事情没有他不恨的。他曾经就带着这种恨做了半辈子坏人，他残害过无辜，也有过以牙还牙的举动。如今一切都了结了，包括他家和杨急儿的世仇。他远远地抛开了古金场，抛开了欲望，他想变一变：像个最普通的庄稼汉，安安分分地居家过日子。可眼前的事实却让他大失所望：他变了，儿子却没变。儿子好的没学会，首先学会的是告密。是的，即使杨急儿该杀该砍，那也不应该由自己的儿子来引发。儿子的坏就是自己的坏。他发现他无力改变自己，那迟来的慈悲和温情又很快远去，像黄金台上骨殖堆里那蓝幽幽的磷斑，稍纵即逝了。

人们把杨急儿抬了起来，齐声喊叫"一二三"。忽一下杨急儿升空了，又忽一下朝老榆树后面落去。他那像一座土丘一样的身体在崖头上弹了一下，便歪歪地滚下了沟壑。一会，从沟底传来一声肉体粉碎的轰响。张不三跳过去，站到崖头上朝下看。惨白的烟尘飘浮在虚空之中，他什么也看不见，越是看不见就越想看，身体前倾，脖子伸得老长，像要带动双腿扑向沟底。儿子害怕了。他想不到自己的话会引来这样一个惊心动魄的场面。他似乎担心人们也会将自己抬起来，响亮舒畅地喊着"一二三"，甩几下然后抛进那个莫名的恐怖世界。他过去抱住了父亲的腿。父亲高声叫骂："畜生！我要你这没长进的畜生干啥？日你妈的杀人犯，要报应的！"

张不三揪住儿子的头发，将他撕离了自己的身子。儿子从腹腔中震颤出一阵惊恐的哭叫。张不三狠踹一脚。

"你死去吧！死去！"

在父亲的诅咒声中，儿子倒在地上，翻了一下身，就被一股从沟底卷上来的地狱阴风裹挟而去。沟底又是一声肉体粉碎的轰响。

"算了，不要了，养儿子养错了。"他开始喃喃自语，之后便死僵僵地立住了。那些刚刚从惩除邪恶的梦幻中清醒过来的人也和他一样愣在那里。

　　两颗豆大的泪珠闪闪烁烁地从张不三黯郁幽深的眼窝里滚下来。那泪是黑色的，带着凝固在黑眼仁上的仇恨和最后的欲望滴落在高高的灰黄的崖头上。大地稳然不动，若无其事地承受着如此沉闷、如此无望的眼泪的敲打。

　　三天后，几个警察来到围子村，说要对包庇坏人并害死亲生儿子的张不三绳之以法。但张不三已经飘然而去。他抛弃了悲恸欲绝的女人，朝古金场疾走，因为只有在那儿他才能摆脱人间的法律。但他也明白，那儿的生活规范比人间法律的制裁不知要严酷多少倍。

　　一年过去了，在唐古特古金场，在漫长寒冷的冬夜里，在鬼气森森的寂静中，在孤然兀立的高冈上，在荒原黑暗隐密的深处，在那些秀丽的谷地和散发着死亡气息的坡坎上，一只狐狸悲怨而恐怖的哀嗥长长地划过天空。凄寒清冷的月亮受不了这极度伤感的刺激，挥洒出满天晶莹的泪斑，那便是遥远的星群。

　　荒原再也没有真正死去过。哀嗥代替了死寂，代替了一切天籁的奏鸣。继续闯金场的人说，那是张不三的声音。还有人看见张不三依然居住在黄金台西坡的石窟里。他身上火红一片——披着层层叠叠的狐狸皮或者浑身长出了厚实美丽的狐狸毛。

　　生活还在无限延续，古金场依然奉献着诱惑，每年都有大金子被某个幸运儿获得。于是厮杀不绝，人欲照样纵横流淌。

　　张不三的女人想死没死成，又嫁给了一个庄稼汉，重复着生儿育女的事情。她天生是个繁殖能手，一胎生下两个儿子，五脏六腑七官八能一应俱全，健康活泼得如同两头野马驹。轻柔的山乡绿风催促他们茁壮成长。

　　夏天，明媚的阳光让荒原变得一览无遗。一支有美国人参加的资源考察队进入唐古特古金场，结果便有了一起国际性血案。凶手在哪里？凶手是谁？全世界都茫然。写小说的人说：人类茫然的事情太多，最重要的是对自身的茫然。

　　阿哥终于没有等来送他去医院治病的那一天。他在谷仓哥哥从古金场回来的当年就死了。嫂嫂待小叔子仍然很好。

　　"结婚，想办法结婚。"

　　"嫂嫂，我要娶谁？"

　　"谁想嫁你就娶谁。"

“娶我的脖子·蛋蛋哩。”他在心里说。

家里，他是唯一的男人，她是唯一的女人。男人该做的他全做，女人该做的她全做。她身体强壮，不知疲倦，夜里做针线活一直做到添了三次油的灯噗噗欲灭。而他却整日蔫耷耷的，从田里一回来就窝在自己房里睡觉。听到嫂嫂喊他吃饭，他就一骨碌爬起来，趿着鞋过去。他的房是东房，嫂嫂住西房，西房是祖业，是他家传宗接代的地方，如今眼看接不上了。嫂嫂晚饭后塞给他一双新鞋。鞋是走路的，往哪里走？他苦苦地想。

“嫂嫂，我要走了。”其实他想说：“你该走了。”

“闯金场？”

他点头，心里却说：“下一辈子也不去。”

过了一个月，他终于没有走。嫂嫂待他越来越好，说话的调儿也变了。

“谷仓家，夜里盖好被儿，别叫风漏进去。”

“嗯啊。”

不知咋的，那日吃完黑饭他没走，斜靠到嫂嫂的被儿上就闭上了眼。嫂嫂不叫醒他。一直到半夜，他睁开眼听听很静，摸黑下炕，回到自己房里，脱掉衣服往被窝里钻。被窝里有人，他一下摸到她腰上。两个人都吃惊，都红了脸，都不知下一步咋处置。半晌嫂嫂捂住被儿说：“你还是去西房歇着。”他就去了，心里怪难受的。

他们就这样换了房。又过了一个月。这一个月比什么时候都难熬。西房是垒锅盘灶的地方，黑饭后刷锅洗碗，嫂嫂总要忙乎一阵，忙乎着星星就出来了。油灯点着后房里溢荡出些温馨神秘的气息。他躺在炕上望着她摇摇晃晃的身影，凄恻地叹口气。她回头瞭他一眼，手里的抹布正抹着碗：“咋了？”

“不咋。”

“乏了就睡。”

“就睡，嫂嫂。”

声音有点异样。她拧干抹布，将锅台抹得干干净净，过去，坐到炕沿上，就着油灯想做活儿。这时，他有了轻微的鼾息。她起身替他脱了鞋，又要给他盖被儿。他忽地坐起。

“嫂嫂。”

“咋？”

他把被儿夺过来扔了，睁圆了眼，握住她的手。她愣怔着，轻叹一声，便叹软了身子，叹出了绵绵情意。

这一夜，谷仓哥哥和嫂嫂睡在了一条炕上。

可是，无论她怎样纠正他对她的称呼，她在他心目中永远是嫂嫂。阿哥的阴影时时刻刻横挡在他们面前。外人咋说哩？嫂嫂，好嫂嫂，娶你就等于娶来了难过和羞耻，一辈子叫人笑话。只一个甜甜蜜蜜、忘乎所以的夜晚，他就后悔得恨不得马上走脱。往哪里走？古金场？他看看自己少了两根指头的那只手，浑身一阵悸动。死也不得好死的地方，去得？又一阵寒战，他连想也不敢想。那天黑饭后，他抢先来到了东房，从里面闩死了门。从此以后，东房的门夜夜闩着。嫂嫂兀自一人在西房炕沿上流泪，流了整整一夏。秋天来了，嫂嫂走了，说是回娘家，但一去不归。打光棍的谷仓哥哥如释重负，轻松自在了许多。光景由着自己过，不想去田里劳忙，就到村道上晒太阳，和别的一些闲汉们说笑话，说油了嘴，便不知不觉滑稽起来。

解手时，他拔了根阴毛捏在手指尖上，回到阳光下，耐心地等着一个小媳妇路过。

"你看我手里有啥？"

小媳妇在离他十步远的地方停下，眯缝着眼瞅瞅："线。"

"线？再瞅。"

"黑线。"

"哈！黑线能是绕弯弯的？头发。有本事你把这根头发穿到针眼里。"

小媳妇的身上总是别着针。她抽下来，上前接过他说的那根头发，借着阳光往里穿。那东西弯弯扭扭不好穿，她便放到嘴里抿一下，然后再穿

他单等这一抿，噗哧笑了。近旁的闲汉们比他笑得更浪。小媳妇茫然望他们。

"毬毛，你抿的是毬毛。"

小媳妇是见识过的，一想，也对，气红了脸，将针和毛一起朝谷仓哥哥打去。谷仓哥哥问她还想抿不？抿出了啥滋味？

"叫你阿妈抿去。"小媳妇骂着走了。

谷仓哥哥不笑了，嘎着嗓子，女声女气地叫："小妈妈，跟我一搭晒阳娃。"

闲汉们挖苦讪笑他。他不理不睬，大度得俨然宰相。

有时他也凄然，想自己当年在古金场也是一条响响亮亮的好汉。如今咋了？

懒了，软了，干啥都没劲气了。他黯然神伤，不由得叹嘘，不由得要轻唤驴妹子。但这是夜间的事。到了白天，依旧是晒太阳，依旧是当丑角。冬天的太阳无比温暖，全让谷仓哥哥霸占了。滑稽的事儿越来越多，全都有谷仓哥哥掺和，有时是主角，有时是配角。他永远地滑稽着，渐渐忘了自己还没有女人的事。他显得老相了，在阳光下无所事事，转来荡去，从举止到神态都像一个安度晚年的老汉。他觉得这样很舒坦，没病没灾没牵挂也没有任何企盼。他想，要是自己能活八十岁，那就还有五十年的舒坦日子过。他心里美滋滋的，就像在古金场捧到了大金子。

可是，突然有一天，嫂嫂回来了，怀里兜着一个吃奶的娃娃，是有鸡鸡的。他惶怵不安。

"嫂嫂……你，嫁人了？"

"嫁谁？"

"那……"他瞅着娃娃。

"你看，方脸盘，大眼睛，阔嘴巴，像谁？"

"像……"

"再瞅啊，像谁？"

"不知道。"

"天哪，你咋就不明白，这是你的骨肉。"

"我的？"谷仓哥哥吓得浑身冷战。

"不是你的是谁的。"娃娃睡了，她放到炕上，拉开被儿盖住，就要打火做饭。

"嫂嫂……"

"别叫我嫂嫂。"

但她的名字他实在叫不出口，那是阿哥的专利，攫取它就是犯罪。他目光呆痴地望她。

吃过黑饭，他要去东房睡。嫂嫂一把将他拉住。

"都有娃娃了，还怕羞？睡一搭。"

谷仓哥哥就跟她睡在了一搭。半夜，他被嫂嫂撩拨得又做了一次他注定要后悔的事。

"你还怕旁人说三道四？"

他喘息着摇头。

"嫂嫂，我养活不了你。"

"一个大男人，有脸说这种话。"

他再也不说了。过了一段日子，他说他要走，要去闯金场，如果淘不来金子，打几只狐狸也能给她和娃娃置两件衣裳。嫂嫂没有阻拦他，觉得男人就应该这样精精神神地去为生活奔忙。

他去了。但他已经失去了往日的英武和强悍，而古金场偏偏又是个弱者的葬场。

嫂嫂并不以为他是死了。这没有胆气成家立业的男人，为了躲开她和娃娃，不知到哪里寻口（要饭）去了。她等着他，一直等着。

冬去春来，一年又一年。

海昨天退去

悬浮在头顶的是青色的云棉吗?

绵里藏针,那是阳光金色的粗大锥针。

不可设想,要是天空没有了云,

在这块离太阳最近的地壳上,

该有多少生命会被这冲撞而来的金针金锥刺穿肚腹呢?

第一章　高大陆

　　青藏高原上的最初一场雪宣告了寒流的来临，全中国都是冬天的伤感气息了。军人们中间突然有了一个变动，但变动太小，并没有影响这种伤感情绪的东西流淌。十二月初，总部紧急组建格拉(格尔木至拉萨)输油管线工程团，分别从成都部队、兰州部队、南京部队抽调一千五百名官兵，迅速到青海深部荒漠中的城市格尔木集中，原先设置在格尔木至拉萨的十几个兵站也全部归属工程团使用。他们的任务是以最快速度穿越昆仑山、可可西里山、唐古拉山、藏北高原、念青唐古拉山和拉萨谷地，建成一条直通天国的成品油输油管线。

　　而我就要走了，背包已经打好，一切真诚的和虚伪的告别都已经结束了。因为我如果继续留队，就一定会被调进正在组建的输油管线工程团。我不愿在没有人烟的地方浪掷青春，我要转业了。如同我的入伍，我的转业是走了后门的。我问自己，繁星闪烁下的拉萨就要退出我的生活了吗？绵延纵横的十万黑色的大山，影影绰绰的五彩经幡——与其说是忘怀一切的信仰，不如说是自然幽邃处的神秘意象，天国——人类童年的显影，新生的高大陆上死去的海贝们在阳光下发出的熠然之光，那具有"绝世特色"的苦生灵的涅槃界，和人类一起亲密无间地漫游街市的群集的狗和孤独的狗，哲蚌寺曲折的石阶上那条丢进了我的一枚五分币后再也无意取出来的人形的裂隙，以及那些焯神，那些暗魂，那种痛苦的升华，那种生命的境，从此便不会出现在我眼前了吗？

　　最后一个挽留出自副连长华老岳之口。他已经接到前往青海格尔木任工程团一营四连连长的通知。他恳求我，不要回地方了，我们两个还能配合，我们一起去。我摇头，主意已定，任谁也无法说转我。他又说，工程团干部严重缺乏，很少有配齐四个连干部的连队，营团两级干部也是有正无副，你会很快得到提拔的。我的反应仍然是摇头。他急了，骂骂咧咧的。我这才明白，他那个四连还没有物色到指导员和副指导员。但他为什么会欣赏我呢？我当副指导员已经两年了，无论是修建川藏公路，还是半年前进入拉萨驻防，工作中和他并没有什么真正的默契啊。他说我能写会说，还说他要去创造奇迹了。这就是理由？他要让我为他树碑立传？那我就更不能答应了，尽管我必须承认，他的确是个可以创造奇迹的人。

不再跟他罗嗦，我要走了。

可谁能想到，六年后，当奇迹已经出现，为了天国繁荣的划时代的朝拜刚刚结束，从青海格尔木到西藏拉萨的顺序输送五种成品油的输油管线正式建成并投入使用的时候，命运又让我来追寻华老岳的足迹了。作为记者，作为朋友，作为人，作为生命，我寻觅到了什么？我在昆仑山、可可西里山、唐古拉山、藏北高原、念青唐古拉山和拉萨谷地间行走，我在已经埋入地下的管道边踯躅彷徨，我栖息在泵站冰凉的石头房屋里，我突然明白，在这个被远古的神话描绘成万灵国的地方，最让我迷恋的就是这种寻寻觅觅的西去——西去啊西去，直到有一天一头撞死在镶嵌着三叶虫化石的海相沉积岩下面；最让我惬意的，便是在迅速地理解死亡之后，为所有的母亲而欢欣，为人生的每一个瞬间而激动，为每一种肤浅的爱付出我应该付出的一切。我要说，我们活着，我们毕竟活着。我要跪俯在高大陆的古祭坛上祈求：爱我们吧！因为我们已经被地球抛弃。

我活着，我在爱，我在西去，我在接近天空和大地的秘密，所以我要写。

部队到达唐古拉山顶时，黄昏正在走向尾声。血红的霞色依旧凝滞着，在万灵国的蛮荒大地上盲目炫耀着最后一抹灿烂。高山顶上的原野旷远而辽阔，荒风冷漠地掠过天空，用阵阵呜咽声排遣着自己的孤独。到了？这就到了？沉寂的荒原只将几顶哗哗动荡的帐篷托到了人们面前。中间那顶帐篷门前站着几个人，紧裹大衣，似笑非笑地望着这支早已没有了队形的部队。

"连长！这就是兵站？"一排长房宽大声道。话刚说完，一股冷风扑来，呛得他连连咳嗽。他弯下腰去，手紧紧捂到眼睛上。血顿时顺着手指流了出来。

"全体闭眼！"连长华老岳大喊一声，他自己却绷大眼，挨个检查过去。头晕，胸闷，气喘，四肢无力，这些一般性的高山反应他都预料到了，可发生的事情偏偏是他没有想到的，眼睛迎风出血，浑身肿胀，所有人的帽子都被魔力驱使，紧箍在头上，像压着一个磨盘那样沉重结实，人的思维突然受到了巨大天力的限制，懵懵懂懂的，连记忆也有些模糊了。华老岳检查到副连长徐如达跟前，看他不仅和士兵们一起闭了眼，而且还用毛巾将嘴和鼻子捂了起来，便一把撕下那毛巾："氧气本来就少，你会把自己憋死的！"

徐如达喘出一口粗气，睁开眼，不满地撮撮鼻子，小声道："你也快把眼睛闭上，这里不是出风头的地方。"

"我连长不出风头谁出？还有你，也该逞逞能了。快去看看吧，兵站今晚用什么伙食欢迎我们，住宿怎么安排。"

副连长蹒蹒跚跚朝帐篷走去。华老岳面朝大家："风小了，都睁开眼吧！看着我，对！没什么了不起的，我的眼睛比你们任何人的都明亮，而且大，而且……神采奕奕。"他故意掀动眼皮，晃晃头，"大家看到了吧！可当初我第一次翻越唐古拉山时，我眼睛出的血比你们谁的都多。这眼睛嘛，越洗越亮；血嘛，只要是出来的，就是多余的。要想不流血，算什么当兵的？回家抱孩子去！"

这番话说得人人都板紧了面孔，不知是在惊愕连长的出言不逊，还是由于加重了他们作为军人的使命感。唯独一排士兵马大群在那里小声说："抱孩子？可我还没种上。"

"马大群！要讲大声讲，你要是能用怪话逗得大家天天笑，我给你报三等功。"

马大群缩了一下脖子："我没讲怪话，我是说，我还没有孩子。所以嘛，我不想抱孩子，我只想好好流血，流他个稀里哗啦。为了工程建设，啥舍不得？命都能搭上，死了再托生，再来接着干。"他说着，用手掌抹了一下眼睛，将几滴血抛向空中。

城市兵朱冬夏笑了，招来华老岳更为严厉的斥责："笑什么？当兵没个正形，还不如……"他又想说："抱孩子去"，忽觉已经落套，忙改口道，"还不如回家压马路去。"

"又不是压路机，再说，我们家乡没马路，全是山，好大好深……"马大群又嘀咕道。可这次声音小得连他自己也没听见。

朱冬夏夸张地运动着脸上的笑纹："连长，马路我没少压，那没劲！不如在这儿，这儿死不了就是好汉。"

"想当好汉就老实点，好汉哪有嬉皮笑脸的？"

"我想让马大群早早把立功喜报送回家乡呀!"朱冬夏还要说什么,却被身后的房宽使劲拽了一下。他回过头去说:"你用不着怕他。"

"怕?我谁也不怕。可人家是连长,又不是你那压马路的哥们儿姐们儿,咱得尊重人家。"

"连长就该吹牛皮啊?什么血洗眼睛越洗越亮,全是昏话。"朱冬夏说着摇摇头,他有点头疼。这动作让华老岳看到了,又看到不少人都在那里摇头晃脑,好像一摇就会摇出个清爽头脑来。

"头疼是吧?在这里,头不疼就不是人。"华老岳说,"各排把自己的人聚拢一下,不要稀稀拉拉的,刘升升,谁叫你坐下了?起来!一排长,起个歌,让大家提提精神。怎么?你哑巴啦?"他看房宽只张嘴不出声,骂一声"草包",便准备自己起歌,声音未出,那胳膊就先挥舞了好几下。

"革命军人,预备——起!"

"啊嚏!"刘升升一个喷嚏出鼻,直打得许多人浑身一阵哆嗦。那颤颤悠悠响起的歌声便又稀稀拉拉地消逝了。房宽过去扶住刘升升:"别是感冒了?"

上山前的教育告诉士兵们,在这里,感冒很容易引起肺气肿,而肺气肿的死亡率是很高的。房宽有些紧张。刘升升却扮出一副格外轻松的模样,强笑着推开房宽。

"打个喷嚏有什么大惊小怪的。连长,我来指挥唱歌。"没等华老岳应允,朱冬夏就大步跨到连长面前。

"还是我来!"房宽喊一声,以少有的快捷跳过去,鄙夷地推开朱冬夏,嘟哝一声,"别以为就你能。"

华老岳拍拍房宽的肩膀,算是赞许,又对朱冬夏说:"不错,就应该这样。在这里,活人就活个精神。"但他马上又严肃起来,"同去吧!以后不得擅自走出队列。"

"队列?看你的这些兵,站不直立不稳的,一堆一堆像劳改犯,还队列呢!"朱冬夏明白这话是不能说出口的,在心里嘀咕着,怏怏不快地走了回去。

"革命军人个个要牢记……"

声音软绵绵的,似在打瞌睡,还有些参差不齐。而房宽那欲振乏力的胳膊挥舞起来就像迎风摇摆的树枝,居然连节奏也不管不顾了。

"停下!"华老岳吼一声,将尴尬的房宽撇在一边,自己重新起了头。虽然他是五音不全，走调走到了音域之外，但派头十足，精神亢奋，不由得士兵们不跟他卖力唱出人的最强音。风声悄然了，云翳渐渐升高，茫茫荒原上霞色早已被突起的山梁遮去，但黯夜并不急着笼罩这一伙面对残酷放声歌唱的人，天上地下，一片青色的光亮。同一首歌已经唱了两遍了，可连长还在唱，而且一遍比一遍唱得威武雄壮。在这连呼吸都感到困难的环境里，这样的举动虽然会使他们更加痛苦地迎受缺氧的折磨，但人的精神却被华老岳煽动起来了。刹那间，除了马大群，人人都感到情绪激荡，热血在冷凉的空气中渐渐走向了沸点，似乎只有这样无穷无尽地唱下去，才能证明他们在洪荒中的存在。

马大群也在唱，但他不像别人那样狂放豪迈，细声细气的，眼睛里闪射着两股顽皮古怪的光。

第一说话态度要和好，

没有群众给谁耍骄傲。

第二买卖价钱要公平，

不买不卖都是穷光蛋。

第三东西没人借给我，

怎么归还哪会遗失掉。

第四若把我们损坏了，

谁能赔偿不差半分毫。

……

第六爱护群众的庄稼，

没有庄稼我们爱护啥。

第七不许调戏妇女们，

没有妇女我去调戏谁……

然而，马大群很快觉得自己在这种激扬热烈的场合中简直就是一个哭哭啼啼的可怜虫。待到他要改变唱法时，高亢浑厚的歌声中突然混杂进了一声凄厉的惨叫，接着便是人倒地的声音。好几个人围了过去，大部分人却仍然声嘶力竭地唱着，因为指挥唱歌的华老岳岿然不动，还在那里挺胸昂首地挥舞着胳膊。直到唱完最后一句，华老岳才快步走过来。

倒下去的是刘升升。这会儿，他躺在房宽的怀里，头歪着，眼睛闭着。房宽止不住一阵猛烈的咳嗽，震颤得刘升升倏然睁开了眼睛。

"天还亮着？"他微喘着说，"刚才我当是天黑了，眼前啥也看不见。"

"怎么样？你哪儿不舒服？"

"浑身疼，腔子里像是叫土夯实了……"刘升升说着转过脸去，发现问他的是连长，忙又道，"其实也没啥，别扶我，我能站起来。"

"快去找碗热水来。"

"我去。"朱冬夏朝帐篷跑去。

"初上高原都这样。你们别大惊小怪，哪有唱歌唱死人的。"华老岳望着大家，像是鼓励，又像是命令。但人们对他的话毫无反应，都木呆着面孔，注视着空手跑来的朱冬夏。

"没水，兵站压根儿就没准备水。"

"什么？"华老岳眉毛一抖，"那副连长呢？"

"鬼知道他在跟他们磨蹭什么。"

等华老岳快步来到帐篷门口时，副连长徐如达和一个黑脸膛的干部正好出来。华老岳看都没看一眼徐如达，就向那黑脸干部发出了一连串的质问："你不知道我们今天到吗？兵站是干什么的？难道不是搞接待的？连水都没准备，像什么话？你们自己喝什么？你叫什么名字？是这个兵站的站长吗？"

那黑脸干部沉稳地望着他，回答问题时口气淡淡的："我叫王天奇，是这个站的正连职副站长。你要是这个连的连长，那我就和你一般高低，兴许资格还比你老。至于站长嘛，上个星期心脏病复发死了，死了也好，活着太受罪。这你大概不知道，团里也不知道。我们这里一没有电话，二没有汽车，送信下去得半个月，站长没有亲人，那就不如不送信。反正我们站死了的也不是他一个。你们什么时候到，具体时间我不大清楚，但估计就在这个月或者今年。兵站就是搞接待、伺候人的，这你没搞错。至于水嘛！有倒有，往南十公里就有湖，大大小小十几个，但都是盐湖，你们想喝，我这就去挑。北边八公里处还有一片沼泽，可以找到淡水，但那里到处是死旱獭。旱獭死因不清，如果是吃病老鼠死的，那就说不定是中了鼠疫。这水不知你们喝不喝，要喝，我也可以去挑，并且和你们一起喝。站里的人平时吃窖水，天不下雨，窖水干了。如今我们想喝你们带来的水，不知能不能支援一点。吃的倒有，干炒黄豆，外加午餐肉罐头。"

王天奇听天由命的神态和平淡无奇的话语，让华老岳有火难发。他望着这位被极度缺氧的环境折磨得面孔黑瘦干巴、皮肤一层层爆起的副站长，内心的感慨不期而至——他没有理由去藐视自然的酷虐，更没有理由从内心深处驱逐那种人类天生需要怀疑自身的意念。他所能做到的，只能是尽量让这种意念变作黯夜中独思独想时的忧叹，而不是把它和盘托给士兵们。士兵们本来就已经够缺乏信心的了。他说："总得想想办法，我们又不能撤回去。"

徐如达问道："为什么？"

华老岳瞪他一眼："你说为什么？难道你作为军人，上战场是为了撤退？"

"可这里的情况与我们原来想象的相差太远了。我们刚才商量了一下，现在必须考虑撤回去的问题，请求上级，等有了后勤保障再让我们上来。因为现在唯一的水源在四十公里外的格拉丹冬冰川，我们必须分出一半人来朝这里背水。要是这样，我们只能勉强保证自己生存下去。可我们是来施工的，不是来证明这儿能活人的。"

"这人家早就证明过了。"华老岳转向王天奇，"你有经验，你说呢？"

"当然喽，最好还是撤回去，回去之前别忘了用你的人马给兵站背一趟水。你是带兵的，在唐古拉带兵就等于带人命，人命关天。你考虑吧！"

华老岳神情阴郁地抬起头，注视空旷的原野，要从天上地下觅到一线希望似的。然而，除了浮动在空旷之中的肃杀和枯寂之外，他所觅到的仅仅是大自然漠视生命的威仪和目空一切的尊严。他悲凉极了，却又感到，人也是有尊严的，尽管他们时时面临着被外部世界摧毁的危险。

"那就背！"他粗闷地说，"先活下来，活着就能施工。要紧的是，你，"他眼光扫向王天奇，"必须立马准备好今晚的伙食。我们不吃干炒黄豆，要吃面条。水我们一壶一壶给你凑，不够的话，就添点盐湖水，也省得放盐了。另外，我还得求你件事。你来兵站几年了？五年？可惜少了点，不过，做报告，谈奋斗体会，鼓舞士气是够了。"

"你要我骗人吗？"王天奇道。

"你怎么想都可以。需要骗的时候，老天爷也会说谎。"

"那就让老天爷去骗吧！我的任务是伺候你们吃喝，别的，不会。"王天奇说罢，欠腰进了帐篷。

华老岳涩涩巴巴地笑笑，吩咐副连长："连队怎么住，你安排一下。"

"还是你安排吧！"

华老岳瞪他一眼，没再说什么。徐如达是个在成都军区808研究所工作了五年的大学生，由于专业不对口，执意要脱离部队去北京。领导不仅没同意他的请求，反而作为一种惩罚，命令他来工程团基层连队任职。对这样一个人，华老岳还能期望他有什么大作为呢？

青光明亮的大荒深处，低伏的山浪在无声地奔涌。满天劲风从那边吹来，带着野性的呼啸，将帐篷扑打得一会儿鼓胀一会儿凹陷。士兵们在坑坑窝窝的地铺上打开背包，铺好褥子，盖着大衣歪歪扭扭躺下了。虽然从团部所在地的格尔木出发，他们已经走了九天，但此时并不想睡觉，也不想喝水，更不想吃饭，疲惫不堪的身子支撑着沉甸甸、晕乎乎的大脑，无思无欲。就这么在寂静中默默不语，似乎成了在这高海拔地区度日的最佳方式。只有不断响起的咳嗽声和眼睛里残存的血迹传递着某种令人发怵的信息。可是，他们只躺了一会儿，就觉得气憋难耐了。有几个人天真而糊涂地以为是帐篷隔绝了他们和那本来就很稀薄的空气的联系，步履艰难地来到帐外，大口吞咽着冰冷的荒风，但胸闷气憋的感觉反而更加强烈了，身子也不得不在骤然下降的气温中瑟瑟颤栗。偏偏在这个时候，华老岳吹响了开饭的哨音。士兵们谁也没有动，站在帐外的几个人反而退了回去，好像吃饭是为了接受一种惩罚。但他们明白，真要是惩罚，就一定逃脱不了。在这个远离人间的人群里，华老岳的意志就应该是他们的行动。果然，不一会儿，华老岳就一个帐篷一个帐篷地往外轰人了。士兵们三三两两出去，站在风中，悒郁地望着兵站那扇飘出白色气雾的窗口。华老岳站到窗口边喊道："过来呀！吃饭了。我也不想吃饭，可不吃就对不住父母给咱的这副身板。"

几个排长首先过去，每个人从蹭满污迹的窗口端出一碗面条。房宽看看自己排的士兵，又瞪眼望了片刻面条，费力地张大嘴，用筷子拨着，呼噜呼噜吃起来。他只吃了几口，就觉得一阵恶心，赶紧咬住嘴唇，不让自己吐出来。一会儿，他觉得好受了些，便又过去将碗盛满，端到刘升升面前："吃吧！挺香……"

话没说完，他"哇"地一下吐了出来。刘升升赶快接过碗去，一手扶住排长，惊骇地睃了一眼华老岳。华老岳稳稳立着，自己也端了一碗饭。

"饭是好东西，再恶心也得吃。明天，施工就要开始了，我们不能没干活就瘫倒。我带个头，我吃一碗，大家吃半碗，我吃两碗，大家吃一碗，我吃六碗，大家吃三碗。每人都得给我吃够三碗，和在格尔木时一样。"他说罢，便扬起脖子将面条朝嘴里灌去。汤须臾进肚子，碗中只剩下一些面条，他也不用筷子，将食指和中指插进碗里，忽啦忽啦扒进口中，好一阵大嚼。

"再来一碗！"他喊道，看二排长端着碗傻愣在那里，便上前夺过来，连扒带吸地送进了嘴里。

已经吃到第五碗了，他那挺直的腰身突然弯了一下，一股又酸又辣的汤水强烈地冲了上来。他用嘴使劲一憋，又咽了回去，然后再吃。

"吃了几碗了？五碗？还有一碗，端过来！"他恶狠狠地叫着，浑身僵硬地四下看看，见无人再给他端饭，便摇摇晃晃朝打饭的窗口走去。

"我来端！"和大家一起惊愕着的朱冬夏跳了起来，径奔窗口，却被一直在一边冷漠地观望着的副站长王天奇拦住了。

"你想把他撑死？"

"他要吃就得让他吃，死了也是个饱鬼。"朱冬夏不知轻重地推开王天奇，胳膊伸进窗口，将一碗已经盛好的饭端出来，双手捧到连长面前。

华老岳眼光发直地接过碗，就要吃，却被奔过来的王天奇一把打落到地上。碗碎了，汤水流淌，面条凌凌乱乱撒了一地。

"不要命的人就不是好带兵的。在这里，胀肚子比饿肚子更危险。"

华老岳想发火，可又不敢张嘴，胃中的面汤水浪般翻腾着，稍一放松克制，就会汹涌而出。他充血的眼睛瞪着王天奇，却发现王天奇身后，朱冬夏已给自己盛了一碗，大口吃开了。朱冬夏不停地咂着嘴，朝大家卖弄似的大幅度运动着牙齿。

"真香，天下再没有这么好吃的饭了。连长欠了一碗，我替他吃了。我要吃四碗，今晚不死，明天再接着吃，你们也吃啊！"

华老岳突然转向几个排长："战士走在了干部前面，你们不害羞吗？"

排长们看到，不等他们去带头，士兵们已经涌向打饭的窗口了，和士兵们混同在一起的，还有副连长徐如达。可是，有些人打了饭还没吃进一碗，就大口呕吐起来。华老岳望着，没再耍他的威风，他知道呕吐是不以人的意志为转移的。人为什么要吃饭呢？为了活。可如果不吃饭比吃饭活得更舒服的话，为什么还要强迫自己大口吞咽呢？他是人，他体验过吃饭的痛快和舒畅。在两天没有进食的饥饿中，他潜水爬进了一条从深海打鱼归来的渔船。船是因为私自打鱼而被没收的。船上没有人，他用一根铁丝穿了整整五条肥大的鲅鱼，又潜回海滩，架起火，和心惊胆战的父亲一起像原始人那样大口咀嚼烤熟的鱼。他觉得世界上再也没有比他那会儿更幸福的人了。那是1959年，家乡一个寒风料峭的夜晚。他并不真正明白他们为什么无法通过正常渠道填饱肚子，更不知道世界上还有一个可以使人不想吃饭的唐古拉山。如果知道，也许他会来的，哪怕在这里变成一只野兽呢！饥饿的痛苦比任何病痛都更容易使人丧失理智。可现在呢？这种不想吃而非要吃的痛苦，难道不是另一种使人丧失理智的折磨吗？谁也不知道他是怎样咽下那五碗面条的。他感到有一条快速游动的青蛇在胃囊里肆意咬噬。他的五脏六腑都被牵扯得抽动起来，一根粗壮的木头撑开了他的食道，忽又顺势而下，直捣肚腹，那食道便迅速弥合，似乎再也漏不进半点食物了。而他还在吃，用尽吃奶的力气使劲咽着。他感觉到那食物并没有下去，而是壅塞进了脑壳。他的五官顿时淤实了，似乎马上就会喷溅出来，而大脑却停止了活动，沉甸甸地装满了面条。他发现一股巨大的力量瞬间支配了他，他必须吃，吃，直到脑壳爆炸、食道迸裂、胃肠破碎。如果不是王天奇和有眼色的朱冬夏站出来，这种结果也许已经发生了。然而，即使这样，他也得迫使自己吃，也迫使别人吃。因为他们不属于自己，他们没有权力让自己的身体缺乏热量，如同他们没有权力放弃这项工程一样。他想着，忽觉那条青蛇又开始在胃囊里游动，生怕自己也止不住呕吐起来，忙走进连部和二排同用的那顶帐篷。他在床铺上躺了好一会儿，那种五脏抽动的感觉才渐渐消逝。这时房宽进来，告诉他，刘升升吐血了。

华老岳欠起身子，茫然望着他："吃饭吃的？"房宽只点头不吭声。

"那就别吃了！"他沉闷地吼了一声。

"连长，你何苦要发火呢！吃饭这种事不能强迫。我就没吃够三碗。"

"我这是担心你们会倒下。倒下一个就等于是瓦解军心，就等于我自己打了自己一个耳光。再说，明天就要开工，哪怕做做样子，也得动起来。目的不是为了工程本身，而是为了向大家证明，在这里同样也能干重体力活，不像有些人说的，干一天就得躺十天。行了，你去通知干部，马上到我这儿来，开会。"

根据华老岳说一不二的意见，工程四连干部会议决定：一排二排做好准备，明天投入施工。三排由华老岳带领去格拉丹冬冰川连夜背冰，当然，这要和那位副站长商量，让他给派个向导。徐如达坚决反对，但他的话别人压根儿就听不进去，只好按惯例沮丧地说了声："我保留意见。"

走进兵站帐篷的华老岳惊愕地发现，里面竟是空空荡荡的。人呢？从帐篷外突然闪进一个看上去只有十七八岁的士兵，一边系裤带一边憨憨地笑着。

"你找副站长？他带人背冰去了。"

华老岳发出一声长长的"哦？"又道："你怎么没去？"

"我留下来照看你们。"

"我们要你一个小孩子照看？"华老岳笑道。

"老高原啦！比你们有经验！"他将一件脏腻的大衣裹裹紧，一副少年老成的模样，"你可别大意，刚上来的人在这里说死就死，我见过的多了。"

"你别胡说！扰乱了军心，我饶不了你。"华老岳面孔陡然变色，"该死的娃娃毯朝天，放在温室里也会咽气的。"

"军心不扰自乱。哪有像你这样糊弄战士的？"

这批评使华老岳大为不快，但又无可反驳。正要离去，就听那士兵又道："别走啊！咱们聊聊。"

华老岳粗声粗气地说："聊什么？睡你的觉吧！你要是一个人待着害怕，就去我们那儿。"

"害怕？嘻嘻，死都死过几回了，还害怕啥？除非死去的站长今晚突然活着进来。"

华老岳眯缝着眼，突然对他产生了好感："你叫什么？"

"冯高川。"

"冯高川，高高的川，川就是水喽。不错，蛮吉利的。"

冯高川学着他的腔调："华老岳，又老又大的岳，岳就是山喽。不错，蛮气派的。"

华老岳不禁笑了，拍拍他的肩膀："多来串门，唠叨唠叨，给我们的战士驱驱闷气。"

"我又不是说故事的，谁爱听我唠叨？"

"你要会说故事，我就收你做我的儿子。"

"那我爹妈不允许。再说，你要做我的父亲，不是太嫩了吗？"

"嫩了好，嫩了说明有朝气。"

"看着吧，用不了多久，你的朝气就会变成潮气，被大风吹干的。"冯高川说着，贼亮贼亮的眼睛朝帐外一闪，"听，好像有人在吵架。"

华老岳侧过耳朵去，屏息静听，可他什么异响也没听到，除了风声还是风声。

夜终于来了。被霞火烧焦了的茫茫大野，用远方起伏的山脉支撑着一个星火点点的顶棚。顶棚下，大自然无情地冰凉着，仿佛那冰凉变作了浓稠的浆汁，从黑暗中流出，汇成一个无边的恐怖的汤池，淘洗着大地，淘洗着一百多个中国西部的寂寞军人的情绪。就在这种情绪中，人们开始向睡眠寻求安谧了。马大群有个习惯，就是每天晚上睡前必须翻阅他那本粉红色的日记本。日记本上没日记，全贴着他老婆的来信。睡前看信，往事旧情绵绵延延，怀想一阵子，甜蜜一阵子，再企盼一阵子。他的企盼是最明确最实际不过的，那就是复员回家，美美满满过日子，顺顺当当生孩子，诚心诚意孝敬老子，尽其所能地抚养两个妹子。他当兵已经七年了，要不是组建输油管线工程团，把他作为老兵骨干调离原部队，说不定他已经复员了，老婆也已经怀上孩子了。前年探亲时，他让老婆怀过一个，可生下来后就死了。咋死的？他不愿意张扬出去，只让那无法排遣的烦恼滞留在自己心底，去发酵更多更乱的情绪。睡前翻本子看信，大概就是为了让这漫无边际的情绪有所依托吧，看累了，就抱着本子睡去，也不管那些还没尝过女人情味的战友们的讥诮。在这初上唐古拉的令人迷惑的暗夜，他当然也不例外。不同的是，今夜他在日记本中写上了自己的去信，信是写给老婆的，但主要目的却是为了问候年迈多病的父亲。这行动感染了许多人，他们钻在被窝里，借着昏花迷乱的烛光，也开始锁眉瞪眼地写起家信来。反正睡不着，反正安谧带给他们的只能是思念家人。可是，突然变得迟钝了的思维却使他们很难顺畅地写下去。朱冬夏在冥想了半晌后只字未落，气恼得他将纸笔扔了，转头盯着马大群："你脑子怎么这样好使？信是咋写的？干脆让我抄一段。"

马大群喷出一口香烟，啪地合上本子："把我写给我老婆的信抄给你娘，你娘会以为她给自己生了个情人。"

这玩笑开得毫无幽默感，弄得朱冬夏愣了一会儿才明白自己该怎样反击了："现身说法，原来你娘是你的情人。"

马大群一时想不出更为尖酸的词儿，直勾勾望着朱冬夏。朱冬夏得意地笑笑。

"妈了个×！"

"骂人算什么本事。"

"我还想揍你呢！"他将半截香烟扔到了地上。

"你神经是不是出毛病了？"

"你才是个大神经。你今天的举动全他妈是在和我们作对。谁让你起歌了？谁让你带头吃饭了？新兵蛋子，你眼里可以没有连长，但不能没有我们这些老革命。你要是不想挨揍，就给老子病倒，随你啥病，最好是半死不活。送你下山治病，我们也跟着沾光。"

朱冬夏一阵轻笑："要我装病，爹娘没教会。"

"那你就等着挨揍吧！"

"无所谓。但你要记住，打不死我我就要报复，今天不行明天，今年不行明年。我不能白白挨揍，因为我是男子汉。"

"这里没有女人，充啥男子汉？你小子发情了。"

"我一见你就发情。"

旁边几个人笑起来。

马大群一把掀掉被子："你这是逼着我揍你了。"他看对方毫不惊慌，便腾地站起。等别人意识到应该劝解时，他已经扑过去，一拳打歪了朱冬夏，又朝脊背踢去。

朱冬夏没有反抗，斜斜地躺着，看众人将马大群拉住了，便道："一拳加一脚，我会偿还的。"他坐起，挥动了几下胳膊，"妈的，现在是没你壮实，但你不会永远壮实的。"

"还犟！"马大群一脚踢翻了自己的枕头，露出一把户撒猎刀来，正要去拿，却被摇摇晃晃走过来的刘升升拉住了："老马，要打就打我，我替他挨几下。咋？不敢动手？那你就听我的话，钻到被窝里好好躺着。"

刘升升说罢，使劲推了一下马大群。可马大群没动，他自己却倒了下去。人们连忙扶起他。排长房宽进来了，觉得气氛异常，惊问怎么了。没人回答，大家都盯着朱冬夏。

"睡不着觉，闹着玩儿。"朱冬夏道。

"睡不着也得睡，明天还要干活。注意，枕头要高，盖得要少，铺得要多，睡得要正。"

马大群不屑一听地扭转头，穿上鞋，急步朝外走去，一到门口，就撞到连长身上。他立稳，刚说了句"连长，我正要去找你"，朱冬夏就半跪到铺上，打开窗口的帆布盖，望着远方的星群，神经质地"啊"了一声，又道："风啊，你快快地吹，告诉母亲，儿已经来到唐古拉。儿无法写信给你，但我的心愿你是知道的。你老人家保重……"

"别情调了！"华老岳喊起来，"多肉麻，好像你来唐古拉就是为了死。死不了！兵站的人长年累月待在这里，不是活得好好的吗？谁像你这样扯娘扯爸的。"

朱冬夏有意给自己制造的悲壮气氛被华老岳破坏得一干二净。他一屁股坐到铺上，埋怨道："连长，你这个人……怎么说呢，缺乏诗意。"

"诗意就是装腔作势？别小看我，我上中学时就写过诗，登在学校的黑板报上。我还记得其中的两句：'我掬走一捧水，海就浅了；我撒上一泡尿，海就满了'。"

朱冬夏笑起来："有点像诗，就是……"

"行了，不准说话了，都给我老老实实睡觉。明天一早，谁不起来，我就打谁的屁股。"

人们开始脱衣服。华老岳这才发现马大群一直守候在门口，便问他怎么不睡。

"连长……"

朱冬夏干咳一声，接着又唱道："我夜夜对着营火沉思默想，像来到英格兰的山冈，无数往事涌到心头上……"

"唱什么！"

"美国民歌。"

"我是说你别唱了。"华老岳又对马大群道，"什么事？"

"连长，我刚才打人了。随你怎么处置，我都愿意。反正我左看右看就是对朱冬夏看不顺眼。"

烛光映照得华老岳的脸一半青一半白，眉间的肉棱高高隆起，厚实的嘴唇抖动着。他过去，问朱冬夏到底怎么回事。

"没啥，闹着玩儿。"朱冬夏佯装瞌睡地揉揉眼，打了一个长长的哈欠。

"不对，我是真打。我想我打了人，连队总该有理由撵我下山了吧！老实说，我是个祸患，害群之马，还是早点离开部队为好。"

华老岳克制着自己，攥起的拳头缓缓松开了："好人都在山上，你一个害群之马还想下去？"

"不想下山我就不打人了。"

华老岳黑着脸，伫立片刻，道："一排长，送他去禁闭室。"说罢他就出去了。

房宽愣在那里。马大群困惑地道："禁闭室？"

房宽沉吟着，拉拉他。两个人一前一后来到帐外。

禁闭室就在帐外坎坷不平的荒野里，四周是黯夜垒起的厚重的围墙。那星光闪烁的地方似乎就是狭小的天窗所在。华老岳画地为牢，又在用铁锨铲出的界线四角堆起四个碎石堆来，石堆与石堆之间约有四米长，中间凸着一座坚硬的砂砾包，正好可以靠着睡觉。他让房宽把一声不吭的马大群押进圈地内，然后又吩咐房宽去叫朱冬夏，顺便再把马大群的大衣拿来。

"怎么样？"华老岳嘲讽地望着站在里面的马大群，"我看你火气太盛，好好让风吹吹凉。"

"我说过了，随你怎样处置，完了我还要闹着走。"

"你有闹的权利，我有治你的办法。你掂量掂量，怎样才合算。"

夜晚的黑色气流漫荡开去，在神秘莫测的万灵国的远方又被山脉撞回来，痛苦地颤栗着。华老岳从房宽手中接过大衣，扔给马大群，又过去对朱冬夏说：

"你是个机灵人，你知道你应该怎样做，一个巴掌拍不响，你得和他在一起。我陪着你们。"

"这有什么！反正里外都睡不着。不过，我是看在你的面子上。我本来不想让你知道我挨了打。我想自己惩罚他。总有一天，我会比他有力气的。"

"你倒很有志气。"华老岳转身，又对房宽说，"你回去吧！"

这一夜，华老岳和两个受罚的人紧紧靠在一起，望着星空，听着风声，瞩望幽深的流动的黑色。除了华老岳，他们谁也不说话，偶尔发出一阵声响，那是由于毕竟有着寒冷的侵袭，他们必须互相掖一下裹身的大衣，改变着姿势互相依靠着取暖。

天亮了。随地势的走向，叠起又伏卧的和平安静的低矮的山梁，像许多数万年前就死于沧海桑田的沉睡的恐龙，荒野显得更加浑朴寂寥了。远方，万灵国白色的大太阳在灰黄的空气中，像一个通向天国的门户那样洞开着。

　　士兵们没等起床哨吹响，就三三两两来到帐篷外面。他们看到了昨夜两个人被关禁闭的情形，顿时变得沉默了。但沉默并不意味着颓唐。经过一夜头疼失眠的折磨之后，他们不仅活着，而且活得很有精神。更叫人宽慰的是，几乎所有人的眼睛都不再流血了。

　　冷。晨风凛冽，空气像无数带着利茬的冰块，刺痛了他们的肌肤。房宽带头，把所有装备的冬装夏衣都穿上了。长衬裤、两条旧单裤，再套上棉裤，棉裤外面还有一条罩裤，衣服也一样，裹冬装，套夏装，再穿一件皮大衣。房宽说："一股麻线一股风，十股麻线遮一冬。"许多人如是照搬，但感觉还是冷。冰冷的空气像液体那样流进脖子里，浸透着全身。挣扎着起来的刘升升实在受不了，便将枕巾围到脖子上，掺和在人群中，硬撑着立在户外。只有朱冬夏比别人有能耐，他没有像马大群那样一解除禁闭就去床铺上躺着，而是脱了大衣，按《队列条令》上规定的早操速度朝荒野深处跑去，边跑还边给自己喊口令："一二一！"跑到别人看不见他了时，他又喊了声"向后转"，毫不减速地跑了回来。

　　"真来劲！"他吐着热气，自豪地大声喊着，突然听到一声连长的断喝："快穿上大衣，玩命也应该玩在施工上！"

　　"这你就放心好了，只要我能跑，就不在乎工地上玩命。"

　　在一旁羡慕地看着的刘升升一声哀叹，恼怒地敞开自己的大衣，又紧紧裹上了。他体格瘦小，三号大衣挂在身上还晃晃悠悠的。

　　"人比人，活不成，每个人的条件不一样。你只要不倒下，就是好汉。"比士兵们晚起了几分钟的副连长徐如达用手帕擦着眼睛，同情地安慰他。

　　"老爷们，开饭喽！冰山就是神山，副站长带人给你们背来了圣水，喝了消灾保平安，长命百岁喽！"冯高川从窗口野声浪气地喊道。

　　华老岳这才想起他得去谢谢这位副站长。他朝兵站那顶帐篷走去。

　　"今天你们不能开工。"没等他开口，王天奇就说。

　　　"这个嘛，你就别操心了。"

　　"我当然不会替你操心。我是说，你今天必须派人去背冰，人越多越好。再要指望我们，那你们就干脆绝食。"

　　"去一个排怎么样？背一次足够吃三天。"

　　"不够。你这个当官的，怎么总想自己的兵是些猪狗。他们除了吃喝，难道不洗脸不刷牙？"王天奇端起一盆稠乎乎的大米黄豆稀饭蹾到窗口的桌子上，拿起勺子，咣咣咣地在盆沿上敲了几下。

"没办法，我只能派出一个排去。"

一夜的禁闭使马大群变得沉默起来，也似乎成熟了许多。吃饭时，他跟大家一起端起了碗，蹲在一边，快快喝完了满满三大碗稀饭，比连长喝得还要多。之后他将大衣脱去，在棉衣上拦腰扎了一根绳子，虎虎势势立在飘逸而来的晨雾里。

集合了，开工前的动员是必不可少的。但连长华老岳并没有按照他的习惯来一番激昂鼓励的讲演，只是用平静沉稳的口气说："今天开工。但我不给你们规定任务，大家先适应一下。有人说，一上唐古拉，就得时时小心，什么走路要慢，动作要缓，吃饭要少，用力要轻。这当然是经验之谈喽！但现在，工程建设需要我们取得自己的经验，那就应该是走路急，动作快，吃饭多，用力猛。这是我们自己对自己的要求，做到做不到，那就得看我们是不是真正的军人了。"勘察时留下的标志管线走向的木桩就在眼前，他一脚踩住，"从这里开始，往南挖进，不要太分散了，集中一点。"

这时，副连长徐如达用他那双习惯于描绘图纸的手，紧握铁锹，在木桩与木桩之间磕磕碰碰地画出了两道直线。

"另外，"华老岳继续说，"我们要组织一个十人样板队。它的任务就是在工程进度和质量上给各班排做出样子。样板队每天每小时都有自己的进尺目标。也就是说，他们是下死力气苦干活的模范。谁想参加，我不打算点名，自告奋勇吧！"

第一个举手站出来的是一排长房宽，接着，另外两个排长也举起了手。第四个是朱冬夏，他没举手，一蹦子跳到了房宽身边。第五个是默默走出队列的，华老岳没想到，竟是马大群。他有点得意了，不打不成才，他华老岳毕竟是个带兵的老手。十个人很快齐了，华老岳挨个注视着他们，道："三排长回去，你们排今天的任务是背冰。"

三排长退回到自己排中。这时刘升升走出队列，悄悄地生怕别人觉察似的站到了三排长刚才的位置上。华老岳瞪起眼上下打量着他。他赶紧低下头去。也好，刘升升也许比体质强的人更具有说服力。华老岳寻思着，见房宽正在用眼色示意刘升升回去，便道："二排长也回去，带好你们排的人。一排长房宽抽出来，任样板队的副队长，一排的施工暂时由副连长代管。你看怎么样，老徐？"华老岳转过头去。

徐如达不置可否地嗯了一声。在这个显然并不需要技术的施工连队里，他干什么不一样呢！

"还缺一个！"朱冬夏喊道。

"我，我是队长。"华老岳说。

人群分散开了。样板队中，由身强力壮的马大群第一个挥起了十字镐。镐头砰一声弹开去了，留在地上的只是一个白色的斑点。

"使劲！"华老岳道。

马大群又来了第二下，情况和上次差不多。可华老岳仍然不相信地有这般坚硬，夺过十字镐，憋足力气，"嗨"一声朝下砍去。冻土安然无恙，受到损害的却是他自己。他的虎口被震得又麻又痛，好像马上就会裂开，不由得他不丢下十字镐，吸着凉气使劲搓揉。别的人也都试了一下，之后便立着不动了。

"也许中午会好些，太阳一照，地皮就会解冻的。"朱冬夏道。

华老岳脱下大衣扔在地上："我们不能跟着太阳转，要不还叫什么样板队。"他又要举起十字镐，却见一排在徐如达的带领下，趁着迷蒙的雾岚，全部撤离了工地。"搞什么名堂？房宽，去把他们叫回来，挖不动也不能撤呀！"

房宽犹豫着去了，一会儿，又从雾气中钻出来："副连长说，一排现在归他指挥。他请你别管，反正他们不会去睡觉。"

华老岳扔下镐头就要过去。朱冬夏道："人家是副连长，有权这样做。你不能总是对他发火。等我们干出个样子来，他们不干也得干。"

华老岳没再坚持，重又举起十字镐，将尖尖的镐头蹾到地上，半蹲着稳稳地扶住："来，镐头砸镐头，我看地硬还是铁硬。"

刘升升和房宽将自己的镐头摆平，像抡捶那样轮换着砸去。这办法倒还奏效，戳在地上的铁尖一弹一跳地朝土层深入着。

"有点火的柴草就好了。"朱冬夏望望四周苍凉的秃野说。

马大群瞪他一眼："要是有柴草，办法就轮不到你想。"他将手中的十字镐像连长那样竖起，"砸吧，我让你身强力壮。"

样板队就这样开始了他们的样板行动。临到中午时，一层两寸厚的地皮已经在一块方圆十来米的面积上揭了起来。华老岳像个管家的婆婆，忽喜忽骂地唠叨着，让大家加油，再加油，因为按照常理，再揭去一层冰硬的地皮后，下面肯定是疏松的土壤或者沙石。但这时，刘升升已经有些吃不消了，吼喘着用衣袖揩去脸上的汗水，摇摆了一下，差一点倒下。

华老岳道："你不用砸了，只管扶牢镐头就行。"

刘升升蹲下去，从连长手中接过镐柄，用力扶稳，可等到连长重重一砸，那镐头便跳了起来，差点打到连长头上。刘升升自己也被弹了出去，一屁股瘫坐到地上。

"你休息吧。"房宽道。

刘升升摇摇头，两手撑地站了起来。

"叫你休息你就休息，谁也不会说你没干。只要能参加样板队，就是好汉，坐在这里也就等于干了。"华老岳道。

"那不行，谁干了多少就是多少。"刘升升执拗地又要去扶住镐柄。华老岳将他拉住，对大家说："那就都休息一会儿吧！"

人们纷纷坐下了，这才发现头顶不知什么时候飘起了一层狂狷不羁的浓烟，混合在低伏的云雾中。

烟是从一排工地飘过来的，无声无息，就像徐如达带人去沼泽地捡来牛粪，不喊不叫不张扬地烘烤着冻土一样。为了节约牛粪，他们每人在牛粪上撒了一泡尿，只让它产生热力，不让它燃起火苗。烟雾中，除了牛的粪便味，还有人的尿臊味。徐如达就在这种浓烟的笼罩下指挥着他的人马。君子动口不动手，他向来就没有身先士卒的习惯。他让士兵们把牛粪分三堆点燃，一个班照看一堆，一块一块地消融地皮，这一块湿润了，再将牛粪卷向那一块，然后分阶段一层一层地揭下来。他们不用十字镐，只用铁锨就足够了。徐如达蹲在一旁，从不催别人快干，而士兵们也慢慢腾腾的，铲几锨，等一会儿，再不就干脆围着牛粪烤火。但是，堆在沟两边的土却不断增多着。等华老岳匆匆过来，惊异地望着徐如达时，下挖的土层已经将近半尺了，把样板队的超了两倍还要多。

"老徐，想不到你还有这么大的神通。"

徐如达蹲着没起身，慢声慢气地说："这要什么神通，满地的牛粪捡来就是了。"

"哪儿有牛粪？"

"只要你肯调查，哪儿都有。"

"我调查过了，这儿寸草不生。"

"可沼泽地里有水，牛不光要吃草啊！"

华老岳一拍大腿，叫了声好，又道："你干好事怎么不和我商量一下。"

"是你没跟我商量。"

"也是。妈的，样板转移啦，还是你行，到底是科技人才。"

徐如达苦苦一笑："这里是多年冰土带，永冻层有几十米甚至几十丈厚。我们需要大量的牛粪。这对一个基层指挥员来说，应该是常识。"

华老岳哈哈大笑："就算我不懂常识。不过，这世界上的常识也太多了，我知道的常识你肯定也有不懂的。"

"我们现在谈的是工程。"

"对，工程。要是你们在牛粪烤化土层后，不围在一起烤火，这工程下挖的速度就会更快些。"

徐如达扭头不理他了。反正他华老岳总要批评人，总是有道理的。

"悠着点儿，悠着点儿。"兵站那个叫冯高川的小士兵挑着担子来送水，每碰到一个拿茶缸舀水喝的，就要唠叨几句，"这才是第一天，第一天累瘫了，以后就别想再起来。"

"你是来送水的，还是来送话的？"

冯高川佯装没听见华老岳的训斥，依旧叮嘱着："悠着点儿，悠着点儿……"

华老岳回到样板队时，大家还在休息。昨夜缺氧使所有人都没睡着，加上一上午的劳累，样板队员们靠着隆起的土包，都闭合了眼睛。马大群和朱冬夏真的睡着了，打出轻微的鼾声；房宽似睡非睡，迷迷糊糊的，知道华老岳坐在了自己身边，又无法打起精神来和他搭话。华老岳坐了一会儿，突然觉得这儿太静了，静得有些瘆人，让人有一种忘怀自己也忘怀世界的感觉。他腾地跳起，拉拉房宽："起来，咱们参观一排工地去。"

房宽身子摇晃了一下，猛地睁开眼，恍然觉得自己正躺在床铺上，习惯地掀了一下被子，掀起来的却是自己的大衣前襟。他使劲摇摇头，吃力地站起，算是又回到了面前这个严酷的环境中。

华老岳又去拽醒马大群。马大群刚一睁眼，他身边的朱冬夏就跳了起来。

"我睡着了？"朱冬夏拍打着身上的尘土，问连长。华老岳不答，又去拽刘升升。

刘升升闭着眼睛欠起了腰，等华老岳一松手，便又咚地倒了下去，头歪向一边，嘴里吐出一些白沫来。

"怎么啦？"朱冬夏困惑地问。

"大概是病了。"华老岳说。

一股紫血喷涌而出，刘升升嘴边的白沫须臾被染红了。一直紧张地观察着的房宽扑了过去："他病了？他早就病了。"他双手撕住刘升升的大衣，剧烈地晃动着，"刘升升，你怎么啦……"

华老岳过去，推开房宽，自己将刘升升抱在怀里："快！抬到帐篷里。"

房宽突然变得一脸呆气，伫立着不动。马大群跳过去，让华老岳将刘升升放到自己背上，腾腾腾地走去，好像帐篷就是医院，就是起死回生的地方。随着颠簸，又一股血水从刘升升嘴里冒出来。

"轻点儿！"华老岳吼道。但他马上意识到，自己的声音里充满了绝望。他焦灼地抓住自己的头发，狠狠一揪，满把头发便不觉疼痛地脱离了头皮，随着他手指的放松，纷纷扬扬被风吹上了天空。

时间过得太慢了，下午的沉寂滞留不去。刚刚开工又转瞬停工，工程四连的全体官兵都被一种恐惧攫制着，忐忑不安而又无所措手足。恐惧是各式各样的。房宽发现，当人们用一块白床单将刘升升的面孔罩住后，他竟怎么也想不起这位部下平时的音容笑貌了。他急得摇头晃脑，好半天才从脑海中浮现出一张似曾相识的面孔：阴森森的粗眉大眼，硕大饱满的鼻子，多少有些祖宗遗风的高耸的颧骨，可以发出雄壮叫声的阔嘴。不对，这不是刘升升，是他所熟悉的华老岳的形象。他忘了这里不通邮路的现实，想着自己有责任将刘升升的不幸写信或发电报通知他的家人。可他再也记不得刘升升家的村庄名字了，只隐约记得自己所在的镇郊莫家坑离刘升升家仅隔一条河，那河叫榆溪河，不，叫南阴河，不，大概就叫楚玛尔河或者沱沱河。他的记忆莫名其妙地模糊了，思维在不知不觉中乱成了一团麻。他意识到了自己的危险，可又忘了自己的连队正在走向崩溃，忘了已经撒手人寰的刘升升正需要他去寻找一个永久的安息地。他坐立不安，帐外帐里地转着，忽听连长轻轻叫了他一声。他过去了，两个人默默无言地对视着。连长等待着他说句什么，来启动自己的已经十分疲累了的口舌，而房宽却感到一片迷惘，不知自己该说什么。良久，华老岳只好开口："咱们得商量一下，尽快安葬。"

"安葬？"房宽呆痴地眨巴着眼睛，似乎对这个问题有些奇怪。

华老岳以为房宽为一个老乡的死亡悲伤过度了，便道："我们是干部，在这种时候可要硬气一点。说不定明天后天，我们也会死在山上的，所以我们对先死的人不欠任何东西。走，我们去找王天奇。"

房宽摇摇头，站着没动。华老岳自己去了，一扭身让房宽瞧见了他的后脑勺。房宽依稀觉得连长的后脑勺上原本是有头发的，可又不敢肯定，愣在那里又去抓耳挠腮地苦思冥想起来。

王天奇将一粒黄豆扔进一个贴有"四川腐乳"商标的瓦罐里，拿起瓦罐轻轻摇晃着，仔细将那沙沙声响了半晌，又将里面的黄豆全部倒进手掌，一粒一粒数着再搁进去。一共五十三粒，也就是说，自从他到这个兵站后，已经亲眼看到路过的、常住的和本站的五十三个人死去了。见过五十三个死人并为他们挖掘过坟墓的人，自然不会对死人产生心惊肉跳的感觉。他甚至怀着某种希望，希望第五十四粒黄豆是由于自己的长睡不起。但他又明白自己是不会轻易死去的，他洞悉到了自己生命深处的顽强和坚毅。唐古拉荒原并不拒绝人类，只拒绝那些天生不能适应冷冻和缺氧的人。五年了，许多战友和他匆匆诀别，他和现在依旧居守兵站的人都是幸存者，也是优胜者，而死去的人统统都是被大自然的原始风貌淘汰了的。他什么病没得过？重感冒、肺气肿、急性痢疾、肝炎、神经紊乱、风湿性腰疼以及机能退化等，可就是不死。唐古拉一再挽留着他，也给了他和野牦牛和瞎熊和黄羊一样坚韧的生命力，似乎他王天奇的生存条件本来就应该是缺氧50％、气温寒冷、荒凉阒寂的环境。他将瓦罐放回枕头边，拿起铁锹，叫上冯高川，刚出帐篷，就见华老岳从那边走来。他等华老岳走近了，闷闷地说："他不该死。"

"该死不该死，反正已经死了。他要是能活来，别说你怨我，就是一锹拍死我，我也愿意。"

"大话好说，因为你知道我的铁锹只为死去的人民服务。"王天奇转身和背了一包牛粪的冯高川走了。华老岳回去，叫了两名士兵，带着挖坟工具来到墓地。

墓地相距兵站只有三百多米。低矮的坟堆上仰躺着几个用铁丝箍成的花圈，年经日久的豪风将那五彩纸花吹得早已褪色了，荒冢浑然于无数原始古丘的沉默中，那诉说命运的，发现人生真理的，传递自然蕴涵的，只有遍地铁青色的海洋石。人类的寂寞，旷野中的浩叹，人对荒原、荒原对人的那种发呆的凝视已被时间定格，永远地停留着。这种感觉弄得华老岳格外不舒服，他回头看看连队那几顶孤零零的帐篷，对王天奇道："不能埋远点吗？"

"不能！"王天奇不容反驳地说，"不能让他们离我们太远，他们是有灵魂的。"

"可我们是来执行任务的，让这坟堆天天望着战士们，会影响情绪。"

"这样多好，你连长不就有事干了吗！"

华老岳冷笑一声。

经过牛粪的烤化，一个浅浅的土坑是用不着五个人去挖的。王天奇将自己节省下来，蹲在一旁看了一会儿，便将冒烟的牛粪铲向一边，烘烤了一会儿后，又自个儿挖起另一个坟坑来。华老岳惊异地望着，没等他开口询问，就听王天奇道："再挖一个预备着，说不定明天还会有人被你整治得睡过去。"

华老岳恶狠狠地瞪了他一眼，什么话也没说，挖好刘升升的坟坑，便带上自己的两个士兵快快离去了。坟地上，只留下王天奇和冯高川，呼哧呼哧地闷头干着，直到另一个坟坑挖好，才直起腰长喘一口气。

两个掘墓人朝回走的时候，华老岳正和几个人将刘升升的尸体迎面抬过来。尸体后面紧跟着工程四连的全体官兵。有人在哭．却听不到声音，哭泣被凌乱的脚步声和风的呜咽淹没了。王天奇和华老岳擦身而过，彼此互相看了一眼，便各走各的路了。

但是，富有经验的王天奇没有放过这个观察死亡征兆的机会。他的眼光从每个士兵身上扫过，那面孔就变得更加阴冷黯郁了。他感觉到，至少有一半人的脸上已经有了死神抓挠的印痕。

埋葬了刘升升之后，回帐篷的路上，徐如达拉住了华老岳。

"我打算走了。"他爽爽快快地说出了自己的心愿。

"走？"

"对，下山去，闹转业，或者要求他们把我留在团部。这儿，根本没有我的用武之地。"

华老岳竖起眼眉，但马上又克制住了，斜睨着自己的副手，好一会儿才咬牙切齿地吐了两个字："好吧！"

"当然，我不会影响别人，我会偷偷走的。我走后，你可以把我作为反面典型在全连批判，怎么批我都不在乎。但我要凭我的良心告诉你，你们这样根本不是搞工程的样子，迟早要下马，最终你会明白，死的白死了，干的白干了。"

"白干也比不干强，你是个逃兵，你没有资格说三道四。"

"这我知道。我不过是想让你清醒过来。"

"我从来没糊涂过。倒是你应该清醒地知道，一个指挥官面对一个逃兵时，他最强烈的愿望是什么。"

徐如达不禁打了个寒颤。

华老岳又道："要走就快走，别在我眼前像条狗一样窜来窜去的。"

这侮辱使徐如达感到一阵胸口刺痛。在盛气凌人的华老岳面前，无论他要走的理由怎样充足，也不得不产生自惭形秽的感觉。他承认自己是个逃兵，是个已经预见到失败的明智的逃兵。逃兵是可怜的，而不管他是为什么逃跑的。

华老岳撇下他兀自前去，忽又转过身来怔怔地望他："你现在就走？"

徐如达茫然点头。

"不行！"他突然变卦了，"你得给大家当面告别啊！不然的话，战士们会朝我要他们的副连长的。"

集合的哨音被华老岳吹得过于急骤了。在荒原的残酷面前，神经变得格外紧张的士兵们挤挤蹭蹭涌出了帐篷。

"各排整队！"华老岳命令道。

但服从这命令的却只有二排。三排去背冰还没有回来。一排的人都在等待，因为脑子稍稍清晰了一些的房宽恍惚记得今天一排的指挥权是属于副连长的。他望着不远处的徐如达，徐如达却低头望着地面。

"房宽，你怎么啦？"

听到华老岳问自己，房宽赶紧跑过去混到一排的士兵中间，和大家一起顾盼着，忽又意识到连长的话里似乎有交回指挥权的意思，忙又出去，想了片刻，才说出一句"一排集合"的话。

队列空前肃静。人们看到了浮动在连长脸上的黑沉沉的郁气，也就掂量出了事情的严重程度。

"有人要走，就是说要当逃兵。"华老岳开口了，声音是洪亮的，"你们先别问他是谁，先说说这个要当逃兵的人可耻不可耻？"

没有人回答。

"怎么，你们不相信连队会有这种人？"

"咋不相信？不过不能叫逃兵，这儿又不是战场，搞工程嘛，根本就不能和打仗比。"朱冬夏说。

"不对！这儿比战场还战场，有流血牺牲，有思想考验，想私自离开就是怕死。战士怕死情有可原，可我们有的干部怕死怕到了节骨眼上，工程刚开始，就要偷偷溜掉。"

"连长，你也太大惊小怪了。谁不想走？要是现在有仗打，我早就飞了。"又是朱冬夏的话。这使马大群突然恢复了刚上山时的心境。

"我也是早就想走了。我不想待在这儿，也不想打仗，就想回家。我怕死，是人都怕死。"

"我就不怕死！"华老岳吼道。

"天下有几个你这样的英雄好汉？我不行，只要你点头，我马上打背包。"

"又一个逃兵！"华老岳气得满脸肉跳，"你看着，我点头了。"他将下巴朝下一蹙，"出列啊！去站到副连长那边。"

人们顿时明白谁是第一个逃兵了，但都没有露出惊怪的神色。马大群朝副连长走去，晃着肩膀，带着自豪，像是去参加敢死队。

"还有谁想当逃兵，我都可以点头，还有没有？"

有两个士兵并不回答，慢腾腾走了出来。

"好！"华老岳愤愤地叫一声，"想当逃兵的都给我出来，别错过了这个由副连长带头逃跑的机会。"

一排中有个叫田家航的士兵说话了："连长，其实我们并不想走，可我们病了，浑身上下肿得跟吹胀了气一般。你没办法治好我们的病，我们只好下到格尔木，治好了病再上来。"

"谁没病？想当逃兵的借口很多，你们，都给我滚！"

田家航受不了连长的这种粗暴，犟道："我们不过是提个合理要求。"

"当逃兵的合理，留下来干的反而不合理了？你走吧！"

"走就走，反正我是被你撵走的。"田家航低着头迈动了脚步，紧接着，一排就有十多个人跟了过去。

华老岳懵了。眨眼间，徐如达一个逃兵竟然轻而易举地组成了一支逃兵队伍。荒野迷蒙，唐古拉山上骤然出现了两股互相排斥又互相吸引的力量。华老岳恼怒得浑身发抖，却再也不敢吐半个"滚"字了。偏偏这时房宽看到一排的人有一半过去了，意识到自己好歹肩负着带兵的责任，傻乎乎地问道："连长，我也过去吗？"

华老岳将脸上的皮肉拼命朝一起撮着，想发火，又无精打采地挥挥手："那就走吧！"

房宽迟滞地前走两步，又觉得自己不能丢下排里的任何一个人，慢腾腾转过身来，凝视一排剩下的人："注意了，同志们，向右转！齐步走！"他看有几个人僵立着不动，又喊了一遍口令。士兵们服从了，有的出于习惯，有的出于一种不敢表露的期望。房宽带着他们，朝那支乱糟糟的逃兵队伍会合而去。华老岳气急败坏地望着他们，快步走进帐篷，咚一声仰躺到自己铺上。

此时，徐如达的吃惊和困惑并不亚于华老岳。他原来是准备迎受一番同仇敌忾的洗礼的，可万万没想到，他的举动竟成了许多人意志的体现。他茫然无措，扫视着他们就像扫视着一群被人遗弃的无知羔羊，而他，却是这群羔羊的更为愚蠢的头目。刹那间，他那思考成熟了的前进目标变得模糊起来，下一步自己该怎么办的问题搅扰得他烦闷不安。

沉默。

唐古拉荒原又一次被晚霞烧红了。红风吹来，细尘如纱，如飘飘然的女人的轻纱，如拂扬着艳丽华彩的天神地鬼的面纱。渐渐地，焦灼的原野土跃上了半空，在天地相夹的无底深渊中奔涌——风大了，一瞬间便吹昏了旷原，吹昏了人们的眼睛。王天奇突然出现在了风中。他走到一排那些有病的士兵们面前，看看这个的手，摸摸那个的身子。

"肿得不轻啊！谁让你们去拾牛粪？"他瞥一眼徐如达，"都想逞能，都忘了请教别人。那牛粪能随便拾吗？牛粪屙下来多少年了，每一摊下面都有毒气，越是干的毒气越大。下次再拾，就要注意了，先踢一脚，让它打几个滚，风一吹、太阳一照，毒气就散了，然后再拾。记住了吧？你们这些能人们。拾牛粪前每人还得喝一碗蓬碱草根汤，解毒防毒。当然了，现在也可以喝，而且要多喝，蓬碱草根我来给你们找。你们暂时死不了，放心。兵站的人都肿过，肿得肥头大耳、浑身滚圆，一个个像卧槽的猪，现在不是好好的吗！对了，看样子你们要走，那不行，连队不走你们一个也不能动，没道理可讲，因为你们不是老百姓。穿了这身黄皮，你们就别想自由，要自由的话，兵站的人早就没影了，哪儿不比唐古拉好。听明白了吧，我是该兵站正连职副站长，我有权制止你们现在的行动，包括这位副连长同志。"他将"副"字咬得特别重，"当然了，我也希望你们走，但必须由你们连长带你们下去。想要各行其是，我就有能耐惩戒你们中间的任何一个。你们连长说对了，这里比战场还战场。告诉你们，我有枪，还有铁锹。枪子不饶人，铁锹也可以拍出你们的脑浆来。不相信的话，你们就试试。我要是拍死一条人命眨一下眼，我的王字就倒着写。上级怪罪下来，那我就偿命。我不怕死，光荣的死也罢，可耻的死也好，反正总是一死嘛！"

王天奇说得沉稳缓慢，每一个字都显得很有分量，而且具有一种诱惑。人们哑口无言，都看着副连长徐如达。徐如达走过去了。房宽像突然惊悟了似的跳到人群前面。

"一排注意了，过去！过去！"忙乱中他忘了口令。

两支队伍重新汇聚在一起了。只有马大群没有动，面迎凛冽的荒风，挑衅地望着王天奇："我还是要走。"

王天奇面无表情地注视着乌云翻滚的天空，没有吭声。

"那我这就走了。"马大群迈动了步子。

"先别走。"王天奇低沉地道，"等我拿把铁锹来，你跑我追。"

"不用追，你可以用枪打。"

"打你就太浪费子弹了，我子弹不多，万一碰上饥荒，还要打野兽。"他过去从帐篷门口操起一把明晃晃的铁锹，在离马大群十步远的地方站定了，沉静地道："开始吧！"

马大群怔忡不安地望望大家，慢慢后退了几步，突然扭身就跑。王天奇低低地冷笑一声，等到对方的身影被大风遮去后，才飞步撵过去，那神态自信得如同要去追撵一头乏力的驴子，不，一只惨淡经营着生活的苍老的兔子。老兔是灰色的，和荒原的色调趋于一致。它蹿出了地穴，打算在温暖的阳光里梳理一下开始脱落的绒毛。蓦然之间，它在生存中获得的对死亡的灵感，给了它一种忧伤的启示，在一双探出土崌的奇特的人类眼睛面前，它悲哀地发出一声嘶鸣，难过得浑身战栗了。它的第一种本能是觅食，第二种本能是逃生，而现在，这两种本能都已经在它年经日久的躯体中昏昏欲睡了。它用对死亡的极度恐惧唤醒了它们，它开始没命地奔逃。

旷野里到处都是路。王天奇顺着马大群的路线跑了一会儿，便斜斜地朝南插过去。他有十足的把握在前面三百米处拦住对方，因为在马大群跑去的地方有一道深壑将会迫使他转向。果然不错，当马大群拐了个大弯，气喘吁吁地跑到沟壑边缘，又不得不朝一边拐去时，从一个土包后面突然窜出王天奇来，他端着铁锹，阴冷地撇撇嘴，说："我劝你还是回去吧！"

马大群没吭声，弯腰拾起一块石头朝王天奇扔去。在王天奇躲闪的空当，他几乎擦着铁锹越过了对方。跑，马大群良好的身体素质给了他比刚才更快的速度。可是，早已在荒野深处汲取了生命的原始活力的王天奇像一只狼一样紧追不舍，他是敏锐而快捷的，更是富有韧性的。他适应着高海拔地区的一切，包括这种弹性很好的灵活的奔跑。他在荒原上追逐过多少兔子啊，人到兔死，他从没落空过。老兔奔跑的姿势和它年轻时一样，但速度远远不及以前了。在这永远不变、永远是一种面孔的荒原面前，它的苍老显得那么微不足道。它觉得它活着并不是为了生命世界的繁荣，更不是为了驱散荒原的寂寞。它的死也不会给外部世界带去任何影响。它恍惚记得在它一生下来时就想到了死，而后来这种死的意念却给了它一种尽情生活的力量：反正总是要死的，它干吗不去大胆地觅食，大胆地在荒原上漫步呢？可如今，死到临头了，它才觉得那是一种异常可怕的告别，告别着太阳，告别着食物和忧伤，而最根本的是告别着时间。它的灵魂已经做好了拥抱死亡的准备，可那枯瘦的肉躯却仍然疲惫地奔跑着。它不希望自己被那只人类凶残的大手一把掐住脖子。它的奔跑也许并不是为了躲开死亡的魔影，而是在用生命的最后的光束，探寻一种理想的死亡方式。

已经跑出去数千米了，马大群的步子变得沉重起来，渐渐地和身后这只可怕的恶狼缩短着距离。他意识到自己笃定是跑不脱了，他听到王天奇险恶的狞笑出现在了他脑后，他突然停住，忽地朝下一蹲。王天奇躲闪不及，绊着他的身子朝前栽去。等王天奇爬起来时，对方已经离开自己五十米了。奇怪的是，马大群又一次拐向了那道沟壑。管他呢，追！这是他现在唯一的职能。他是个由生活赋予了冷酷和自傲的人，尽管如此，他并不打算一锹拍死马大群，但如果对方不告饶的话，他至少会在他身上留下一道伤痕的，这是纪律的需要，也是尊严的需要。眼看又要追上了，马大群来了个急转弯。这次，王天奇早有预备，他转他也转，而且转的弯度要小得多。可等他横插过铁锹去，想要拦截对方时，马大群突然将身子一倾，用身体的惯性朝他撞来。他连忙躲开，这就等于又一次给马大群让路了。王天奇停下，看看四周，发现对方奔逃的路线恰好是个套起来的双环，也就是说，马大群在跟他兜圈子，在试探他是否具有真正的坚韧，在轻蔑地冒犯着他的被自然强化了的野性。他脸上突然渗出一丝阴毒的凶光，吸口冷气，比刚才更加自负地追了过去。他忘了自己的初衷，一步比一步险恶地迫近着对方，手也有些颤抖了。他明白，这是一种非常可怕的征兆。老兔已经无法舒展四肢了，在极度绝望中一步比一步艰难地跳着。突然一个趔趄，它摔倒在地上，瞥了一眼那个追撵而来的狂怒的人。它的没有灰毛的至死也要保持光滑的肚腹剧烈地伸缩着，它费力地翘起头，向已经偏西的太阳深深鞠了一个躬。这时，它看到，一块突起的岩石在阳光下泛着美丽的青辉，就像母亲的胎盘那样对它充满了诱惑。它动作僵硬地支撑起身子，朝那块青石悲怆地挺进了。

马大群也许就要死在王天奇手里了，而他却以为自己正在摆脱追撵，他就要胜利了。他急不可耐地跑向部队上山时走过的那条路。他对这条似乎已经开始向他欢呼的逃跑之路太专注了，竟没有发现脚步轻盈的王天奇已经举起了铁锹，只要朝他狠狠一插，他就会全身仆地。但王天奇并没有那样做，只是大喊一声："停下！"

马大群一惊，在回头的同时，脚步乱了，右脚踩在左脚上，一个跟头栽倒在地。他看到王天奇将铁锹飞了过来，下意识地闭上了眼睛，但接触到自己身体的却是王天奇的脚。

"听着，要死你就摇头，说明你当逃兵当定了；不想死，你就点头，那就等于你向我鞠躬求饶了。"

马大群僵僵地躺着，什么动作也没有。

灰色的和大地同一色泽的灰兔用最后一丝力气，朝闪烁着熠然之光的青石撞去，迷乱的世界顿时变得一片漆黑，一阵痛苦伴随着一股空前愉悦的感觉袭遍了全身。当那个只配猎捕弱小生物的人跑过来时，它安详地贴紧了大地，死了，用优雅的睡姿宣告了一段生命里程的结束。那个人立住了，俯首望着它。好一会儿，他蹲下身去，用双手在青石旁刨出一个小土坑来。他没有按最初的愿望将它带回去煮熟吃掉，而是用人类送终的办法埋葬了它。一个小士兵，那么矮小，但也是生命最终走向理想王国的象征。

王天奇挪动了一下踩住马大群身子的脚："我再说一遍，我今天想杀人，杀的就是你。"

一阵大风刮来，呛得王天奇连连咳嗽。就在这时，华老岳带着朱冬夏和另外几个士兵回来了。他二话没说，就朝王天奇扑去。两个都倒在地上，同时又都爬起来，恶狠狠地对峙着。

"我的战士，你有什么权力处置？"

王天奇不回答，弯腰拾起脱手的铁锹。

"他要当逃兵就让他当，与你没关系。"华老岳又道，"我要让他活着，我的兵不能再死！"

这话让王天奇清醒了许多。他露出一丝轻蔑的笑容："为了你，我想杀死他，现在，又要看在你的面子上手下留情了。"他说罢就走。荒风很快吞没了他的身影。

朱冬夏跳过去，要将马大群扶起，却被他一把推开了。他现在已是一个心室贮藏了耻辱的人，任何来自别人的帮助只能加剧这种耻辱。他站起来，用一种复杂的神情望了一眼华老岳。

"路就在脚下，朝回走还是朝前走，你最后再考虑一下。"

这话引出马大群眼中的一丝期待来。朱冬夏隐隐感觉到了。

"连长，不能让他走，你必须命令他回去。"

可华老岳并没有意识到他的命令就是对马大群的自尊心的照顾，固执地摇摇头："不！我不向一个逃兵发布继续作战的命令。对怕死的人还是让他活着逃跑吧！"

马大群听着，转身走去。朱冬夏喊了一声对方的名字，跳过去拦住："我们是战友，而且是一个班的。我不允许你走，我也有权抓回一个逃兵。"

朱冬夏将他的胳膊反扭住了，像押送犯人那样，不客气地朝回推搡着。马大群晃了几下胳膊，但没做更剧烈地反抗。华老岳这才明白，这时的马大群是期待着他的强迫命令的。他懊悔地抓了一下自己的头，又一撮头发随风飘走了。

夜即将来临，天色青一块紫一块的，像是受到了重力的撞击。工程四连的全体官兵就要淹没在第二个唐古拉黠夜之中了，情绪和荒原一样惆怅倦怠。吃过晚饭，又喝了些王天奇熬的蓬碱草根汤后，人们早早地躺在了铺上，乞求着睡梦的到来。失眠太可怕了，它会让人把白天发生的奇险万状的事情强化到极端惊惧的地步。

华老岳已经发现，严酷的环境把他头顶的头发像鬼剃头那样剃尽了。他神奇地变成了一个秃子，瞬间苍老，顷刻衰败。而全连像他这样的秃子已有好几个，更多的人的头发则正在缓慢地脱落，头皮东一块西一块地裸露着，花斑点点，尤其是晚饭前从格拉丹冬冰川背冰回来的三排，其中有的人竟连眉毛和睫毛也开始往下掉了。是由于气候水土？还是由于天神地鬼？谁知道是什么原因。华老岳第一次去向老高原王天奇讨教，问他这毛发是不是还可以再生出来。王天奇不语，将自己的帽子脱了让他看。他也是个秃子，和华老岳一样，鬓毛犹在而头顶全谢了。他说他谢顶已经四年了。

"也有例外，我们站长过去比我脱得还厉害，可他临死前长出了一头好发，又明又亮，又厚又长。"

"非得等到死前吗？"

"要是你们马上撤离唐古拉，到内地休养一阵子，也许很快就会恢复的。战士们都年轻，脱的是头发，失去的比这更多，对象，家庭，还有孩子。这种病会遗传的。"

王天奇不露声色地散布着恐怖的信息，依旧固执地期望他们全体下山。他像荒原的代言人，在一群爬虫一般盲目蠕动着的众生面前，冰冷而超然地关注着命运和他们的拥抱，似乎只有他懂得，万象横生的荒原到处都是对生命的诓骗。

"谢谢你的关心。"华老岳恶声恶气地说罢，离开了他所憎恶的王天奇，但对方的话却牢牢嵌进了他的脑海。他走进一排的帐篷，鬼使神差般地停在朱冬夏挂在门旁的一面圆镜前，久久痴想。明亮的镜子里有一颗更加明亮的头颅，像一朵背时的奇葩招摇在万头攒动的黑色的海洋里。他看到了四十年前那个由一滴过剩的精液衍变而成的生命的雏形，在母腹中渐渐膨胀，膨胀的结果便是这种雏形的愈加完善，而最彻底的完善似乎并没有出现。一个生命长眠的水清气轻的季节，不就是这种完善所极力寻求的岁月的尽头吗？镜中的形象变得朦胧迷离了，他不禁发出一声思虑重重的惊问：那就是我？不错，是我。我就像一块被大海用巨浪甩向高岸的光滑莹润的石头，阳光把我烤得滚烫滚烫，那绿色的灵光秀气正在一首无声的挽歌中悄悄退去。而先前，曾在我身上长期居住的毛茸茸的海藓已不知去同何方了。

那是夏天，海滩的湿漉漉的金色染透了我健壮的裸躯。我朝大海扑去，想扑向它的深处那红鳗鱼界防的地方。可大海拒绝了我，用一排力大无比的水浪将我推向了岸边。我翻身爬起，正想再来一次更加勇猛的俯冲，却看到那双讥诮的眼睛在不远处频频向我扫来。那是一双常在海边拾海鲜的女人的眼睛，大胆而放荡。我把它牢牢记在心里，就像从一本书上记住了没有太阳就没有月亮的古老话题：我又一次下海了。我的执著感动了海，海水卷我而去，等我意识到我并不想给大海奉献生命，而只想从它的怀抱里捞取一些可以糊口、可以换钱的食物时，我已经无法游回海岸了。浪头砸昏了我。我的头发在水面上沉浮，欢快地飘晃着向陆地告别。后来，它就被人揪住了，牵动我的整个肉躯，滑向柔软的浅滩。温馨的气息撩开了我的沉重的眼帘，我沐浴在阳光下像接受着一支巨大画笔的轻轻涂抹。就在那一片金黄的底色上，她用涓涓细流般的眼光最初描绘了她的赞美。我望了她好久才吞吞吐吐地说："怎么谢你呢？"

"谢你的头发吧！"她笑着，被水浸透的衣服紧贴着肉，乳房波荡而起，在我眼前展示着一片海的英姿。她又道："要不是你的头发长，我怎么能拉动你这个大男人呢！"

但在那一刻，我只被女人的风韵所感动，根本没去想，我的头发是救我于非命的头发。而在以后的岁月里，那头发却成了她所爱抚的对象。那次，在黄昏，在海边，在我的怀里，她说："让我数数你的头发有多少根。"她数起来，其实她是想延长被我搂抱的时间。她不愿离开我，她在等待黑夜。黑夜是男欢女悦的天堂。

华老岳听到好几个士兵在他身后窃窃私语，急转身，用锐利的眼光询问这私语的含义。

"连长，你怎么向老婆交代？"朱冬夏道。

他佯装不知："交代什么？"

"头发。"

"嗨！生米做成了熟饭，她能咋样？有本事去向老天爷抗议啊，老天爷给的头发，老天爷又收回去了。你们别担心，到时候，老天爷还会还给我的。"他洒脱地挥了一下手，似乎就将自己的和别人的苦恼挥出了脑壳。

风大了，即将和黑暗拥抱的荒原还残留着一片豁亮。风从豁亮的边缘俯冲而来，带着许多沉甸甸的噩梦，横冲直撞，掀起阵阵如水如浪的哗哗声。天空倾斜，高大陆的地貌上，所有的隆起物都在经受刀砍斧削的考验。远处，无数古丘似无数胖大和尚，一个跟头栽起，瞬间便形销骨立了。山影跌宕连绵，忽地伏卧了，又蹭地跳起，与天比高，终究因为比不过扫兴地奄逝了它的声威。而在帐篷四周的平地上，飞旋的沙尘恣意涂抹着，幻画出无数奇形怪状的图案：九头人，六身马，犄角仙女，无头猛虎，万象地狱，百态人间。帐篷激越地抖动着。王天奇大步走出帐篷，声嘶力竭地喊起来："别再睡觉了，快出来，拽住帐篷！"

大风吞没了他的声音，就连从一排出来的华老岳也没听清他在喊什么。王天奇只好跑过来，推搡着华老岳："快吹哨子，快！"

然而，已经来不及了。帐篷大幅度地鼓荡着，转眼就一顶接一顶地拔地而起，像被神祇的大手抓起来甩向了天空。人们这才惊恐地跳起来，乱糟糟挤成一团。

"把被子裹上，趴下！"王天奇挤进人堆，在人们耳畔拼命轰炸着。

人们开始照他说的做了，跳过去将正在让风裹挟着满地翻滚的被子撕住，缠在身上原地趴下。而挎包、脸盆等别的东西都在地上飞速奔跑，忽东忽西。

腾空而起的帐篷已经升高了，变成一片云絮，在无阻无拦的空间飘荡着远去。仍然站立着的华老岳瞩望着它，悲哀地为它送行。

华老岳已经成为一个灰黄的尘封之人，脸上的所有坑洼都被粉尘塞满了，突起的部位恰似荒原的土梁土丘。只有眼睛虽让尘土覆盖着，却透出一丝黑亮的光。睫毛上时有白粉簌簌落下，而落下的远没有新爬上去的多，尘土飞扬，像永不枯竭的大雪。华老岳用手去擦眼，想让它更明亮一点，结果是抹灰匠的把戏，越擦越脏。他只好翻出稍稍干净点的衣袖里子，横竖撇捺地大抹一通，眼睛亮了，而面前的世界却变得更加晦暗阴沉。人们趴在地上，覆盖了一层厚厚的沙土，像崛起的一些坟包，一种幻灭感顿时袭遍了华老岳的全身，他觉得他们已经死了，只剩下他一个人，孤独地面对着一个无法索解的旷原、一种不可理喻的悲凉。他不禁一阵战栗，一股强烈的不愿孤独的冲动使他逆风扑了过去。他急匆匆扒开沙土，抓起被子，将房宽撕了起来：活着，他还活着。华老岳又去撕扯别的人，等他疯狂地撕扯到第七个人时，风渐渐小了，可这人却怎么也站不起来了。

华老岳让他仰躺在地上，大声呼唤他的名字。

那士兵蠕动了一下眼皮，但马上又闭上了。漏进眼缝里的沙土使他难受得用牙在嘴唇上咬出了血印，却无法抬起手来擦一下。这时，徐如达听到喊声从地上跳起，扑到那士兵身上，好像有了他就能解除痛苦似的。华老岳一把将他拉开，喊道："去找王天奇！"

王天奇也是从地下冒出来的。他不慌不忙抖落满身沙土，跟着徐如达稳稳当当走过来，一看那士兵的脸色便呆然不动了。

"你看怎么办？"

"坑已经挖好，埋就是了。"

"我是说，他病了。"

"要入土的人了，还治病干什么？"

华老岳愣怔着。徐如达俯下身去，听了听那士兵的心脏，害怕地后退了一步。

"怎么样？"华老岳逼视着他，好像要从他脸上逼出希望来。

徐如达哭了。

"别哭丧了！他还没死！"华老岳疯了似的大叫着，招来所有人将死者团团围住，而他自己却喟叹一声，离开了人群，颓然歪坐到一个小土包上。

风中，对死亡早已无动于衷的王天奇在那里奔忙着，指挥人把尸体朝坟地抬去。那断断续续传来的哭声，让华老岳又一次将手举到了头顶，可他已经没有头发可揪了。

　

天黑了，狂风之后的月亮出奇得大，也出奇得亮。，埋葬了死者的士兵们沉默着簇拥在扎过帐篷的遗址上，听华老岳异常沉重地告诉他们："你们可以走了。"

"你呢？你也走吗？"徐如达问。

"我也走，但不跟你们一起走。我等待上级让我撤离的命令。"

朱冬夏挤过来："那我跟你一起等。"

华老岳摇头："你们都走，回去告诉上级，是华老岳把你们赶下山的。"

"那我们……也不走。"

"老徐，你不能带这个头，要死人的。"

"人已经死了。"

他悲哀地望着徐如达："你这是在谴责我。"

"没有……"

"副连长是说，别人能死，我们也能死。"

"不能死！"华老岳冲朱冬夏吼道。

"可死是免不了的。"朱冬夏道。

华老岳摇头："人死了，我失职了，心里难过，十指连心哪！你们每一个人都让我牵肠挂肚，你们不能再死，我也不让你们死。死一个就是剜我一刀。可是，已经死了两个了，而我这个连长却好好的。"他说着，眼光急闪，忽又喊道："马大群，把你那把刀子给我拿来！"

马大群狐疑不决地立着，听连长又喊了一声，才从背着的挎包里掏出那把户撒猎刀，递过去。

谁也没有猜测到连长会干什么。

华老岳将袖子挽了起来。眨眼间，他将刀尖刺向了自己的右小臂，飞快地横竖划了两下，血像泉水般涌出来，须臾染红了胳膊，无声地朝下滴着。马大群这才跳上前，将刀夺了过来。房宽过去，心痛地捧住那滴血的胳膊，就要用自己的衣袖擦。华老岳用另一只手将他推开了，目光黯郁地望着大家说："你们死一个，我就剜我一刀。你们万一死光了，我也会将我剜死的。我不能一个人活着，也不能活得比你们更好。"

没有人再说什么。他们都明白，到了这种意气用事、肝胆相照的时刻，自己是决不会第一个离开连长的，尽管他们憎恶过他的粗暴，并且现在仍然像害怕这充满残杀之气的荒原一样害怕着他。但粗暴和野蛮有时也会产生魅力，成为凝聚集体的力量。

"现在，愿意走的就走吧，愿意留的就留下。"

"连长，别说了。"朱冬夏眼里噙满了泪水。

马大群悒悒地盯了朱冬夏一眼，朝地上啐口唾沫。眼下，他只能这样表示内心的不安了。他听到一声沉重的长叹，搭眼望去，见一直在不远处观望着的王天奇，用那张黑得发亮的脸无所顾忌地承受着残风的吹打。他身边的冯高川瞪起一对惊异的杏仁眼，嘟哝道："傻了，傻了，哪有这样全体都去死的。悠着点儿，就是想死也要慢慢来，一个一个的，死得快了，连哭也来不及了。"

"人说话，狗打岔。"马大群凶狠地攥起了拳头。他并不知道为什么要把火气撒向一个和自己的想法差不多的人。

朱冬夏拉住马大群："他说得对，我们还是不要去想死了。"

"又是你能。"马大群甩开他。

华老岳赞许地望望朱冬夏。

荒原彻底消逝了，也消逝了风声人语。漆黑的夜色里，王天奇点燃了一堆牛粪，于是红色的火苗便成了整个无边世界的中心。人们朝那里簇拥过去。

第二章　万灵国

那年初冬，在格尔木到拉萨的漫长的输油管道铺设线上，输油管线工程团四个工程营的营部和他们所属的十六个连队全部开进了各自的施工点。然而，不到半个月，就已经有八个连队撤了下来。这八个连队分布在风火山、昆仑山、唐古拉山和藏北无人区一线，也就是说，除了工程一连、四连、五连和七连外，地处海拔五千米以上的别的连队都没能经受住严酷自然的无情筛选。他们失败了，甚至有些连队在没有到达目的地之前，就已经注定了失败的命运。工程六连在开往藏北高原的进程中，边走边送葬，沿途为这片鸿蒙大地增添了五座簇新的坟包。五个人都死得莫名其妙，但探究死亡的原因是徒劳无益的，它只能加剧活人的恐怖和加快失败的步伐。人员损失最为惨重的是念青唐古拉山工地的八连，整整十具尸体齐崭崭地摆在了人们面前，其中有一名是副连长。他们是喝水喝死的，万灵国中的死亡之湖向他们不加掩饰地奉献了真诚，那就是毒素对生命无情的否定。而在险恶的不冻泉地段，一种令人毛骨悚然的疾病猝不及防地蔓延开了，三连的几乎一半人都有了必须砍断双腿才可免除痛苦的感觉。腿骨扭曲着，肌肉迅速萎缩，筋脉改变着走向，人心也就在疼挛中呼唤苍天保佑了。自然对生命的神秘而无穷的制约更为鲜明地体现在昆仑山腹地。二连的三个士兵去离住所一公里外的野马泉挑水，竟然全部倒毙在星罗棋布的湖泊中间。当地的牧人说，他们是被昆仑山怪摄去了灵魂，因为他们并没有敬畏圣湖的意识，却要去破坏湖中的涟漪，舀走清澈的圣水。还有一个连队根本就没走到施工点。他们在昆仑山和唐古拉山衔接的茫茫大野中迷路了，无所适从地瞎闯了五天，看到天外有一片蓝色的灯光朝他们眨眼，便走过去，才发现那里什么也没有，只有一些人畜的骨殖平铺在一个方圆一公里的洼地里，而这片洼地是他们四天前经过的。这时，已经有三人死于迷途了。久远年代的骨殖播散出的迷人的光辉和那些哑默的幽灵一起向他们指出了活命的道路。他们是最先撤回格尔木的。失败的道路更加艰难，由于心境颓唐，情绪在无底的深渊里滞留，由于体力已经消耗过半，还由于天寒地冻的昼夜使他们本能地亲近着死神洁白温暖的大手，所有撤回格尔木的连队在失败的路上都留下了士兵的尸骨。

然而他们的失败并不意味着工程可以就此下马，呼唤依旧在前方，死亡是可以被忘记的，新的进军便是对生命的重新估价。在经过一个月的休整和干部的调配之后，他们又一次向倏忽百态的万灵国出发了。接着便是团部对自始至终坚持在高海拔工地的几个连队的通报嘉奖。半年过去了，格拉丹冬冰川在暖气流的抚爱下融化出股股泉水，长江正源的沱沱河已经涨满，高寒带的曼陀罗花选择湿润的地方，迅速完成了它们一枯一荣的年度使命。就在这个生命旺盛的季节里，一营营长因心脏病溘然长逝，早在一个月前就由于能够坚守阵地而被任命为副营长的华老岳，顺理成章地接替了这个职务。这对当初带领连队撤回格尔木的那些连长，自然就意味着一种惩罚。

华老岳终于收到妻子的来信了。在这点上，他作为营长，和每个普通士兵一样，也处在一种"信饥渴"的状态中。团部每两个月才能派出一辆吉普车，在漫长的输油管道工程线上分送信件和报纸。官兵们生活在一种远离人间的地方，他们那期待中的焦躁是可想而知的。信被通讯员放到桌上了，等通讯员走出他的宿舍后，他才过去撕开，由于着急，连那张红脸猴的生肖邮票也给撕烂了。他喜欢一个人无拘无束地品尝读信的滋味，而且总相信自己品尝到的滋味比别人的要甜美一些。甜美来自远方的海边。那座广厦如海的城市里，她在灯下哀婉凄恻地说着悄悄话。可他听到了吗？他听到的是另一种声音，而一个女人伶俜的心境和真实的存在，却被世俗生活的怒浪淹没了。

我的思念的眼泪滴落在冰凉白皙的双颊上，这双颊是印满了你的吻花的。它并没有随着岁月的流逝凋落在明亮的秋风里。因为我常常在向天边那片忽隐忽现的红云祈祷，让它永驻吧！在这悲恸的祈祷声中，我看到了你那雄壮的身影镶嵌在蔚蓝的天空中，我闻到了你的真正男人的没有脂粉没有花露水的质朴的气息。可你的身影你的气息总给人一种虚无的感觉，并不比我的眼泪具有更多的真实。

当我的真实的眼泪落在这张洁白的纸上，经过一个漫长的旅途和旅途中的多次周折，飞到你面前时，你还能看到我的眼泪干涸后的遗泽吗？不会的，你甚至根本想不到我的信的背后隐藏着深深的悲哀。我说："全世界、全中国两口子分居的多了，为什么偏偏我就要感到苦恼呢？我不苦恼，也不在乎，因为我时时提醒自己，我是一个军人的妻子。"我似乎在向全世界宣告，我已经不是一个女人了，寡情淡欲对我不是一种灾难而是一种荣耀。可你知道，我并不是一个能够在枯燥乏味的生活中得意忘形的人，我的青春的欲念长驻不去，我不仅是个女人，而且是一个属于男人的甘愿忍受一切虐待的博大的母性。我说："我白天上班，晚上做家务，料理两个孩子的事，节假日就去街道一个病卧在床的老妈妈家料理一下她的吃穿洗漱。虽然忙，但习惯了，也就不算什么了。"就在忙乱的日子里，我发现了生活的另一种意义，那就是对痛苦的践踏，而痛苦永远是崇高的产物；那就是对充满了自我陶醉、自我欣赏、自我戏剧化的虚荣的追求；那就是我要在信中告诉你的：我很激动，因为过两天我就要去出席全省拥军优属先进代表大会了。一个女人更注重夜晚的美丽。白天无论怎样丑恶怎样虚伪，怎样让她感到一种囚犯挣扎在牢狱中的苦恼，夜晚的淡蓝色的壁灯和宽大柔软的粉红色沙发床，会使她在袒露一切中变得光辉灿烂的。我是属于夜晚的，夜晚有梦，有梦中的你，有身边的他。老岳，他来了，他的双臂伸开了，他的滚热的多毛的胸脯已经贴向我的脸颊了，而他短粗的手指却在我的身上按响了欲望的琴键，柔曼甜腻的音乐顿时在我心间响起，感动得我恨不得一头将他撞死，然后自己也在一个永恒的舒畅中长眠不起。老岳，我就要迫不及待地扑向我的神奇而美妙的海洋了，但我不得不用一种非凡的毅力克制我的大浪般汹涌的冲动，写上最后一句必须写的话："家里一切都好，孩子们也好。安心工作吧！吻你，我的营长。"

华老岳把这封信细细看了三遍，不满足地摇摇头。到底不是新婚夫妇，她的信越来越空洞了，就像八月晴空下兽迹隐去的唐古拉荒原。但来信本身就能带给他甜丝丝的回甘味长的感觉。因为只有在这时，他才能将恼人的工程毅然撇向脑后。他愣愣地将信装起，一转眼，发现桌上还有一封信。写信人不知道他的大名，只写了"营长收"几个字。他拿起信看看写信人的地址，便匆匆打开。信是四连战士马大群的妻子写给他的。她说家中老人常年有病，大群的两个妹子都还小，家中就她一个人操劳，责任田荒了，老人和妹子也没法子照顾好。她恳求营长放大群复员，如果办不到，哪怕准一个月假让他回家看看也成。他没有全部看完，就把信放回桌上，又觉得不妥，便从自己上衣口袋拿出这个月的工资，数出一半，喊通讯员进来，将信和钱交给他，说，下次去团部送信，别忘了把钱按信上的地址寄走。要注明是他寄的，别让人家以为他华老岳是个不懂七情六欲的坏蛋。

这件事就算解决了。他披上大衣，来到营部院里。营部一个月前才从沱沱河迁到这个唐古拉以南靠近藏北无人区的地方，和四连的工地相隔两公里，五间土坯房，上面盖着铁皮，又用就近挖来的草皮垒起一圈一米高的围墙，已经算是工程沿线的豪华型住宅了。教导员周凤枝正准备下连队，见华老岳过来，便将两手一摊："大概是要吹灯了，莫名其妙。也好，吹了灯，一片黑，啥也看不见，我也就不看她了，下半辈子清静清静。"

在和老婆闹别扭这件事上，周凤枝显得异乎寻常的开朗和雍容大度，似乎想让别人透过他少言寡语的外表，看到他骨子里的男子汉的率直和旷达。两个月前，周凤枝接到过老婆的信，看完了，气呼呼甩给华老岳："你看看，哪像个军人老婆说的话，动不动就我要我要的，要个屁！我是你要的吗！连队要我，营里要我，现在她又要我了。哈！我成啥了，宝贝疙瘩？满世界都难找的珍奇动物？"

华老岳看过那封信，至今还记得里面的一些话。她说："你来信给我报喜，我就不喜。别说你提拔为教导员，你就是当了军长，当了司令，当了炸弹、军旗，我也不稀罕，我要的是你快快回来，我要的是丈夫，不是军长、团长、教导员，那对我有什么用！"

"是啊，对她有什么用呢？一个女人只有在下军棋时需要军长营长。可你们两口子不是在下军棋，而是要生孩子、过日子。"华老岳记得他说这话时带着一种开导人的意味，可他有什么资格在这方面开导别人呢？当时周凤枝就问他：

"要是你遇上这种事，你会怎么办？"

华老岳想想："寄点钱，安慰安慰。女人的事，不管就没有，要管就永世管不完。"

"钱！她不需要，她一个月的工资比我还高呢！安慰？那不可笑吗？我们自己还要她们来安慰呢！"周凤枝说着，一挥手："算了吧，管毬她！"

华老岳想到这儿，便道："上次你给她回信没有？"

"回啦！我说，我顾不上你，因为我是个当兵的。"

"那人家当然就不会再给你写信了。我看你这是活该，自讨苦吃。"

"唉！活该就活该。我们生下来就是自讨苦吃的，不然，我就不来高原，我他妈当初干脆就不出娘肚子。"周凤枝愤怒地攥了一下拳头，接着又哈哈大笑起来，笑完了，又道，"走喽，想什么老婆，还是找战士们去。"他今天要去四十公里外的一连工地，那是他的娘家，阔别五个月了，想得慌。而华老岳今天的安排是去四连工地。自从当了营长后，他只去过一次四连。那已经是两个月前的事了，团部任命原组织股干事李向国来四连任指导员，同时任命的还有连长王天奇。他那次去四连，主要是想找王天奇谈谈。王天奇是他极力推荐的，其理由便是这人狠，浑身散发着一种说不上的威严，而且有在高海拔地区生活的经验。在唐古拉带兵，没有冷酷和狠劲是不行的。当时施工部队已经能够自己解决吃住了，兵站即将撤销，王天奇面临着留用还是转业的问题。华老岳找到王天奇，向他透露了准备留他当连长的消息。王天奇说："我留下可以，但我要当团长。"

华老岳快活地笑了："老弟，为我争口气吧！干好了，我推荐你当总参谋长。"

可是，王天奇并没有来得及干出一番成绩，他那难以揣测的身体就使他离开了连队。那次下山去团部开会，王天奇当众晕倒在会场上，送到格尔木地区的野战医院后，医生至今不让他出院。

也是由于华老岳的赏识，兵站撤销后，冯高川被提拔为四连一排排长。但整个团队连职干部严重缺乏，不久，他又被任命为三营一连副连长而恋恋不舍地离开了四连。

如果只用眼睛去观察，唐古拉山的夏天和冬天似乎并没有什么区别。荒原的开阔依旧是荒凉寂寞的延伸，邈远的天际线是云的世界，那云依旧像断裂的山体一样伟壮狰狞。冬眠后的野兽依旧不肯放弃它们神秘的行踪，来到人们的视域之内。夏季的萧瑟已经是冬季悲凉的翻版了，自由的独立于地球之巅的荒原蔑视着斗转星移的变化，似乎不愿意随同季节一起走过时间的历程。然而，一个在种种原因的驱使下，不知不觉地贴近着这片荒寒高土的人，不管有意无意，都会在他的感觉世界里留下自然变迁的痕迹和音响。云山背后，莫不是惊雷在悄悄地蓄积力量吗？不然那白色为什么显得如此明亮呢？暖风从高空飘过，已经透露出夏雨降临的消息。而地层深处嘶嘶哼唱的冰融之歌，给这里的荒原人生带来了多大的快慰！还有那纯净的沁人心脾的气息，不是正在华老岳的周身引起了一种女人抚爱般的舒适吗？他健步走去，大约十点钟的时候，来到了四连住地。连队还没有开工，士兵们队不成队，行不成行地站在帐篷外的平地上，爱理不理地听着指导员李向国的大声训话。

这是一个应该受罚的人群，这是一伙贪睡的生命。而李向国的训斥，便是由于一部分人对清梦的留恋破坏了按时吃饭、按时开工的既定秩序。他点到马大群和田家航的名字了，还要说下去，就见营长朝他走来。他将话打住，朝士兵们喊了一声："立正！"然后前跑几步给华老岳行礼："报告营长……"

"免了免了！"华老岳也不还礼，望望李向国那张被紫外线破坏了毛孔细胞后往外渗血的面孔，又望望那些神情冷漠的士兵，挥手道："你继续讲吧。"

"正好，营长来了，就请营长讲几句，给连队鼓鼓劲。"李向国看华老岳怫然不悦，便又提高嗓门道，"请营长讲话，大家鼓掌！"

好一会儿，才有掌声响起，稀稀落落的。华老岳只好向前，习惯性地清清嗓子，朝地下啐了一口痰。

"好吧！那就讲几句。对四连，我不应该讲更多的，我的老连队嘛，当然是经过考验的了。"几句开场白之后，他就明白自己该讲什么："一种考验会产生一种精神，现在你们应该具有什么精神呢？我考虑，那就是一种四不怕的唐古拉精神。有人说，在高原当兵，垮了身子，误了孩子，苦了妻子，亏了老子。不错，事实就是这样，谁不承认谁就是瞎子。可是，承认了也好，不承认也罢，你都得给我好好干。干好了，那就是四不怕干部，四不怕战士，不怕垮了身子，不怕误了孩子，不怕苦了妻子，不怕亏了老子！有这种精神的人才称得上英雄好汉，这样的英雄好汉在我们部队大有人在嘛！我华老岳敢拍着胸脯说，我就是一个，你们连长也是一个，别说四不怕，就是十不怕，我们的肩膀也扛得起。当兵就要当个像样的兵，有出息的兵。有的战士想探亲连里不批，就发动家里人给我写信，做我的工作。我的心肠就那么软？别把我看得太好了，我不是一个慈祥的老妈妈，我是营长，一个承担着输油管线最艰苦地段工程的指挥员。我首先要求每个连队必须做到的是，不惜代价，拿下工程。"他抬手将泛出嘴角的白沫揩去，突发灵感，"我现在给你们提个问题，一个很简单的问题，那就是一加一等于几？"他看人们呆愣着，又道，"是不是等于一？"

"是！"士兵们中间有了一阵零零星星的回答。

"不对！"他一声大喊，"一加一等于五，也可以等于零。"

人们无声地瞪着他，一会儿，又营营嗡嗡地议论起来。华老岳略感扫兴。他隐隐感到，在自己的老连队，一种对他不理解，甚至敌意的情绪正在蔓延，他想象中的士兵们应该给予他的亲切和温暖，一点点也没有了，对和谐、理解和支持的企盼，所酿成的只是失落后的悲哀。他默默扫视大家，发现副连长徐如达也和士兵们站在一起，不时地瞟他一眼，那神情冰凉冰凉的，带着一股冬日寒潮的刺骨的锋芒。他想不清是为什么，糊里糊涂地回避了这股锋芒，对李向国说："时间不早了，赶快上工吧。"

解散了，副连长徐如达理都不理他的老上级华老岳，逆着人流朝一边走去。马大群紧紧跟上。

"副连长，这个催命判官放的是什么屁？"

"要你一个人顶五个人干。"他停下道。

"受得了吗？他营长一天打的炮眼能超过我五倍，我就给他不但鞠躬，而且尽瘁，还要死而后已哩！"

"少说风凉话，你那嘴就是说风凉话说烂了的。"

马大群上火了，嘴唇起了一层红泡，有的已经迸裂，结出一片片血痂。但他并不觉得对说话有什么妨碍，又道："副连长，你也不火热呀！你的风凉话其实比我还多。"

"别说了！"徐如达烦躁地皱皱眉。

"要是你当了营长，我保准不说，一天到晚闷头给你捧场。"马大群说完就扬长而去，他看到营长走了过来。

华老岳主动和徐如达打招呼，并拍了一下对方的肩膀，可徐如达偏偏不愿意接受这种多少有点假惺惺的亲近，躲开他，木着脸问道："我的转业报告批了没有？"说着又想，骗子，当初我上你的当了。

"先不谈个人问题，你带我去工地看看。"

徐如达已经打了十四次请求转业的报告，尤其是近一个月，他三天去一趟营部，交一份报告。而华老岳的办法不是拖，就是不予理睬。

"还有必要去工地吗？进度缓慢，质量不合格，这我们早就汇报了。工程是人干的，人的问题不解决，检查工程有什么用。"

华老岳注视对方那张忧郁到会使人想起墓穴的面孔："你说该怎样解决？"

"先把我这个副连长撤了。"

"撤你？没那么容易。你这又不是金銮宝座，谁愿意来呢？要不，你给我推荐一个副连长。"

"就让指导员兼上算了。"

"很好，你这个建议不错。等我当了军委主席，在全军推行一长制，把所有你这样的连长和副连长统统撤了。但现在你还得干，而且得干好。至于转业嘛，等工程一完，我就第一个签批你的报告。"

"那时候你还活着吗？"徐如达挖苦道，突然掏出一封信来，扔给营长："你就看着办吧！"

这是一封启封不久的"解脱信"，开头第一句话就是"我终于解脱了"。但徐如达的妻子不仅指的是他同意他们离婚，更主要的是，离了婚她就可以随父母调回北京。因为北京拒绝有夫或有妻的人调入，以免造成新的两地分居。华老岳黑乎乎的脸上有了一层彤红的雾气，如同他必须去憎恶那场曾经摧毁了他们的营地的大风一样，此时他又有了一种憎恶女人的义务感。徐如达死死盯住他的脸。

"要是你马上放我走的话，还有救。"

"你这是要挟！"发怒大概是无能的表现吧，华老岳冷不丁吼起来，"还是那句话，现在不是转业的时候。"

"可以走走后门嘛！营长，我这是最后一次求你了，放了我吧，需要点什么？烟酒，还是土特产？我有一个麝香，用十发子弹从牧民那里换来的，要不要？"徐如达用一副玩世不恭的模样斜睨着营长。

"要！"华老岳恶狠狠地道。

徐如达从上衣口袋拿出一份早已写好的转业报告："那就请你先签字。"

报告被华老岳一巴掌打落了。徐如达忿忿地望着他匆匆走开的宽大的背影，用一只脚将报告狠狠地踩进了浮土中。迷人的天色呈现一片幽怆的瓦蓝，悬照四宇的太阳卖弄着自己的瞬间辉煌，旷野里的各种光亮汇合成一片调匀之美，伪饰着它的本能的丑陋和凶悍。一切都是假装的，而假装的一切又都是短暂的。营长，明白吗？我已经洞悉到你灵魂深处的悲哀了，你的血，你的刚毅的表现，你那面对残酷而大气磅礴的精神，不过是一种蒙骗生灵的冲动而已。我们终于发现，当初在那一场灭杀肉躯的荒风之后，我们跟你留在这没有希望的地方，也就等于停留在时间苍白的一点上了。而离开了这苍白的一点，时间终究会走向有声有色的人生的那边，那边是什么？是湖？是海？是鸟韵如缕的森林？是我的事业的乌篷船？我们活着，谛听生命的旋律在高空中、在岩石下飞翔，但当这旋律隐逸而去的那一刻，我们所能看到的就只有一个个孤独的音符了。音符不是留在纸上，而是留在生命尽头的墓碑上，我愿我的墓碑不是一张空白的面孔，不是一块死去的石头，在悲凉地承受天风地气的侵袭，而是在鲜花翠柏之中接受后人的悼念，让我们说，我没白活。而我的生命就在这种惋惜的悼念中无尽无止地延伸而去了。从生到死，生命进程中的每一刻都应该是青春和活力的故乡，都应该有事业的火花在那里爆响，都应该让我说，我喜欢这一刻，哪怕为它拜倒在地。可是，营长，你却哄骗了我们，你让我们付出的不是血、不是汗、不是肉躯的某一部分，而是生命的整个未来，而失去了未来，生命还有什么意义呢？尽管前面都是死，但死亡的含义是不尽相同的。人，你打直双腿托起胸脯昂起头颅，朝光辉的太阳走去，可你并不知道你面迎的是太阳的诅咒，是自然的恫吓，是同类的憎恶。而在这种憎恶之中，更能震颤人心的是女人的哭泣，那么多妻子，那么多母亲。营长，你的妻子就不为远去的投身死亡的丈夫，在清晨太阳初升的时候发出一声怅然若失的叹息吗？除非她不是人。可我宁肯相信，你的妻子比我的、比所有人的妻子都更有女人味。徐如达想着，突然觉得自己内心的这种喋喋不休是乏味的，是自己折磨自己的笨蛋的所为。他吐了一声"操"，便朝二排工地走去。

华老岳没走多远，就被一伙衣冠不整、脏腻不堪的士兵拦住了。

"营长，跟我们一起去工地吧！"马大群道。

他没有意识到这话里含有恶意的挑衅，便道："我会去的。"

"现在就走吧。你的讲话鼓舞人心哪！四连的战士们要来个一加一等于十让你看看。"

田家航马上附和："对，营长，你得去给我们喊几声加油啊！"

满肚子的不愉快一下子消化了，华老岳爽气地挥挥手："走！"

工地到了。马大群抢先一步，拎起一把大锤，悠了两下甩过来，"当"的一声落到华老岳脚前的石头上，金光飞溅，石头跳向一边，铁锤却直立着，银白色的光脉一轮一轮地溢向四周。华老岳诧异地望着马大群，听他不阴不阳地说："营长，你说一加一可以等于五，这不是要逼死人吗？死人越多，你的官做的就越大，我们全连被你整死了，你也就该当军长了！为了你的继续荣升，咱们今天得来个社会主义劳动大竞赛，你要是一个人能干出五个人的活来，我就服啦！我们这几个人也就死心塌地跟你干到底啦！四连的事你就别操心，有我们在，工程进度保证又快又好。"

华老岳吃惊地"哦"了一声，责问道："你们在愚弄我？"

"到底谁在愚弄谁啊！"马大群又道。

"二毬货！"

"营长骂人了！"马大群喊起来。

"我还要让你死呢！"

"只要你比赛比赢了，死了也心甘。你让我们今天死，我们绝不会拖到明天。"

华老岳冷冷一笑，拿起铁锤，稳步过去，站到画有炮眼记号的地方，口气平和地问道："谁来掌钎？"

"要我指派吗？到时候比不过，可别说我派了个孬种做你的搭档。"

华老岳不理他，抬眼四下看看。这时，从工地另一头走来几个看热闹的人，里面竟有早已因呆痴免去了排长职务的房宽。华老岳冲他喊了一声。房宽不知道要他干什么，犹犹豫豫过去，又翻起眼皮看看营长。

"给我掌钎！"

房宽"嗯"了一声，赶紧蹲下，将笨重的钢钎立到炮眼上，戴手套的双手不松不紧地攥住。

随着工程进展，四连的工地上再也没有一经融化便可挖掘铲除的土层了。厚重的沉积岩严严实实扣在地表之上，他们必须揭去石层，才可以挖出铺设管道的壕沟。这样一来，抢锤打炮眼这项既讲技术又需要体力的工作便成了施工的关键。看得出，以马大群为首的这伙人，虽然都是些刺儿头，却承担了工程中最繁重的任务。而且从炸碎翻起的岩石碎块看，这些日子他们干得很不赖，至少比华老岳想象的要好得多。这使他情绪好起来，对马大群这伙人的厌恶乃至愤怒顿时有了消解。他看到马大群已在离他十步远的地方将第一锤轻松而有力地砸了下去，便道："别着急，还没有裁判呢。"

"观什么西洋景，有种的你们自己也去比赛嘛！"那边人群里传来一排代理排长朱冬夏的喊声。

马大群稳住大锤，喊道："朱代理，营长让你当裁判呢！"

朱冬夏过来了。看样子他是跑步来到工地的，头上冒着热汗，呼哧呼哧喘着气。他没有理会马大群，却对房宽道："电话！连部有你的电话。"

房宽毫无反应。朱冬夏只好过去，夺过他手中的钎杆："呆子！听见了没有？你的电话。"

房宽不回答，呆愣着站到华老岳面前，见营长挥了一下手，才慢腾腾走去。朱冬夏代替房宽蹲下，将钢钎扶直，对马大群说："开始吧！我既当裁判又拿钎，这叫一加一等于几？"

回答他的是马大群的一声响亮的锤音。华老岳兀自笑笑，朝掌心唾了几口唾沫，便将大锤提了起来。叮当叮当的敲打声在工地上空回荡，由于人们保持着肃静，这声音就显得格外清脆悦耳。他们有时双锤齐下，有时又是你一下我一下的，就像一阕古拙而单纯的原始打击乐，面对荒原冥冥之中的那座万灵殿，有舒缓也有急骤地奉献着诚笃和敬畏。这时，在很远的地方，一座驼形的土包后面，窜出几只漂亮的旱獭，惊惧地朝这边张望着，继而翘起前肢，像给人类作揖似的双爪合十，身子一躬一躬的。生命只对生命发生好奇和关注。它们不明白这些直立着的物体何苦要去如此费力地给自己打洞呢！第一个炮眼是由马大群先打好的，纵深一米，笔直笔直的，完全符合标准。他斜眼瞅瞅华老岳，掏出一盒烟，给周围几个人每人散了一支，然后点着自己的，深深吸了两口，多半截香烟就变成白色的灰烬了。接着他单手提锤，潇洒地晃了几下。而这时，华老岳才敲响了他的第一个炮眼的最后一锤。

"你看怎么样？可以了吧？"华老岳问道。

朱冬夏没吭声，就将钢钎拔了出来，快快挪动身子来到第二个炮点跟前。大概是由于他作为掌钎人无形中成了马大群他们的竞争对手吧，此刻，他在心理上已经开始偏向营长了。他发现，虽然马大群比营长速度快，但这第一个炮眼他敲了七十八下，而营长只用七十下就将炮眼打成了。就是说，营长的每一锤都要比马大群扎实有力些。

第二个炮眼转瞬又被他们打好了，这一次，他们几乎是同时收锤的。朱冬夏细心数过了锤点，营长是六十五下，而马大群却用了七十二下。

马大群没再抽烟，脱掉棉衣，急急忙忙开始打第三个炮眼。等他敲了五下后，华老岳才甩动大锤。营长的神情依旧是坦然的，富有弹性的肌肉使他抢锤的节奏和先前一样，不急不乱。仅仅打了六十三下，炮眼就成了。这时的马大群已经打了六十九下，而炮眼却还差将近半尺。不过，马大群也用不着焦急，因为他们的比赛规则是，营长一个人干出五个人的活也就是超过他五倍才算是赢家。他绝对相信，只要他打出五个炮眼，营长就超不过了。一口气能打出二十五个炮眼的，他还没听说过，华老岳要取胜，除非他有狗熊的力气。第三个炮眼终于完成了，马大群躺倒在地上，舒畅地抽着烟，等待着体力恢复后再打出最后两个炮眼。而这时，华老岳一边抢锤，一边回答着朱冬夏的问题："你给我掌钎就是为了让我答应你？"

朱冬夏将钢钎提起，转了一下，说："我知道，不给你掌钎你也会答应的。"

华老岳一锤砸下："我不答应。"

"营长，你在创造奇迹，人家也在创造奇迹。"他又将钢钎转一下。

"从长江头坐船漂到长江尾，他那个奇迹有什么意义？"

"意义嘛……"

华老岳咚的一锤打断了他的话。

"我已经写信答应给人家带路了，带出沱沱河我就回来，来回三天，多一天你处分我。"

"三个小时也不行。"华老岳说着，使劲砸下最后一锤，问道："怎么样？"

"可以"

华老岳将大锤一扔，擦擦额上的汗水，过去坐到马大群身边："你看，第四个炮眼打出来了，我还行吧？"

"那当然。"马大群直起腰，"要不，咋会当营长哩。"

"你承认就好。比赛到此结束。我给我自己发奖啦！"

"不行！"马大群发狠地扔掉烟蒂，"你说了，你要超过我五倍。"

"我说了？"华老岳笑问道。

"营长，你要耍赖？裁判！裁判！"

朱冬夏已经离开了工地，快步朝住地走去。华老岳若有所思地望着他的背影，道："这也不难，因为你没给我规定时间，我打到天黑，再打到天亮……"

"那就来吧！"马大群跳起来，却被华老岳一把拽倒在地上。

"你想干什么？累死在我面前？我不可怜你。"华老岳站起，"听着，今天不准你再干了，回营房给我好好休息。"

"恐怕是你想休息了吧！"

"我没那个福气，我的事情比老天爷允许我干的要多得多。"

"那好吧，我也不多打搅你了。我们再干半小时。半小时中，咱也不说一加一等于五，只要你打的炮眼能超过我一倍，就算你赢了。"

华老岳看看表，笑道："你今天非要比个输赢不可呀？我告诉你，你赢不了。"

"这我相信，但就是输也要输在事实面前。"他说着想站起，可腰肢突然一软，又坐了下去。华老岳把手伸给他，拉他起来。

"好吧，那就让我再过过打锤的瘾。你说半小时你能打几个炮眼？"

"一个。"田家航抢先道。

"两个。"马大群马上纠正。

"那就是说你要让我打四个炮眼喽！你别动，看着我打出四个，就算你我是平手。"

"不行，你这是小看我。溜瓜皮，过来，撑钎。"马大群说着拎起了大锤。

"溜瓜皮？"

田家航冲华老岳笑笑："我的外号。"

可这次，无论马大群如何使劲，那钢钎一弹一弹的就是不好好往里进。他烦躁地埋怨田家航没把钎扶正。田家航嘟哝一声："是你的锤压不住钎，你没劲了。"

"胡扯！"马大群道，但他发现自己的胳膊的确不怎么听使唤了，半年前就坐了病的腰也格外疼起来。这边，华老岳却已经打出了第一个炮眼，正在指挥给他扶钎的士兵转移炮点。马大群朝他望望，对自己恼怒地摇摇头，举起大锤"嗨"的一声砸下去。但他用劲太不均匀了，身体马上失去了平衡，铁锤蹭着钢钎的边沿往一边滑去，拽着他一头栽倒在地上。

等大家惊呼着围过去时，马大群自己站了起来。他推开扶着他的华老岳，双腿弯曲着想过去将大锤拿到手。华老岳拉住他。

"营长，我们还没完。"

"完了，你赢了。"华老岳说着，突然感到一阵尿憋。

马大群摇头，用手捂住后腰，嘴张得像野兽一样，露出白生生的牙齿，瞪着华老岳："你害得我得了腰疼病，要不然，就是输也会输个痛快的。"

华老岳不再理他，催促别人快将他弄回帐篷。

"别动我！"马大群吼起来。几个士兵看着他红里透青的脸色，迟疑着不肯过去。

"听我的还是听他的？"华老岳狠狠拍了溜瓜皮田家航一巴掌，"来，我们两个架回去。"

华老岳的手被马大群紧紧攥住了："你没权力打他，要打就打我。"

"等你缓过劲来再打，放心，我不会对你留情的。"

"你早就对我不留情了。我老婆给你写了封信，难道写错了？"他看华老岳不回答，又道："错了，错了，为啥要给你写信呢！浪费了邮票钱。可父亲……行了！给你说这些干啥，你不懂人情，我也不会求你！"

华老岳冷酷地撇撇嘴角："我也不希望你有任何请求。"

"滚你妈的希望！"马大群骂着，一拳捶在营长胸脯上。华老岳后退了半步。

"你胆子不小，打人打到营长头上了。也好，这样你的目的就达到了，该回去休息了。"

"没有！"马大群喘息不迭地吼着，突然从腰际抽出当初华老岳自残过的那把猎刀，在手中晃晃，"你当营长后四连死了几个人？五个！我今天要剜你五刀。"

田家航早已将他拦腰抱住了，又祈求地说："营长，你走吧，你不在了，他就会安静的。"

华老岳沉思着点点着，想走又停下，嗓音有点沙哑地说："你们要明白，在这项浩大的工程中，我也是一个战斗员，只不过承担的责任要比你们重大罢了。你们有怨气，可以随时随地朝我撒，我容纳得了，我等着。只要工程不完，我就不准备轻轻松松活着。咱们把话说在前，完成了施工任务，你们所有人每天都给我一拳，我也会笑脸相迎的。但要是完不成任务，那就不是你们打我，而是我打你们了，打死了我偿命。"

华老岳走了。士兵们注视着他那虎势势的不驯不服的身影，都有了一种沉重和压抑的感觉。一股大风平地而起，飞快地旋上半空，又迅疾膨胀。尘烟浩荡，一堵厚实高大的灰色的墙隔绝了他们的视线，马大群收回刀子，一把揪住溜瓜皮田家航的领口，吼道："谁叫你放他走了？"

田家航瘦骨嶙峋的身体打了个寒颤，还没说什么，就让马大群扇了一个耳光。

"你别再胡来了。"有人道。

马大群瞥那人一眼，歪歪扭扭朝前走去，刚走了几步，就颓然倒地了。他没再挣扎着站起，任凭别人你撕我扯地将他朝住地帐篷抬去。而这时，在一块高大的玄武岩后面，华老岳也差点摔倒。他小解，发现尿中带着血丝，惊讶之余，一阵乏困突袭而来，身子便朝下坠去。他连忙扶住岩壁，立了好一会，才提起精神离开了那里。

一只曾经诧异过人类用铁锤和钢钎给自己打洞的旱獭，像一团用灰黄的皮毛裹缠起来的滚圆的肉球，忽隐忽现地奔驰在凸凹不平的荒原上。当它看到房宽缓缓移动的身影时，奔驰的速度便放慢了，那双精灵的眼睛狡黠地四下闪射着。一会儿，它突然跃起，旁若无人地蹲踞到一块隆起的岩石上，痴迷地望着房宽。它看到房宽隐入了一顶帐篷，便又一蹦一跳地朝前凑去。凭它的灵性，它觉得这个人是不会残害它的，而不会残害动物的人大概和动物具有同样的悲哀吧！但它并不是看中了房宽那自己根本没有觉察到的悲哀，如果不是期望从人那里得到点儿什么的话，它是不会如此大胆地追随人并向人表示亲近的。

房宽拿起电话，战战兢兢的。妻子带着孩子来部队探亲，在格尔木的团部已经住了一个多月了。一个月前，房宽下过一次山，来回九天，也就是说，他和他的妻儿只在格尔木共同度过了一天一夜，便匆匆赶上山来。现在，妻子说，她们就要走了，要他下山来送一送。房宽只摇头不吭声，好像妻子能看到他似的。

"你说话呀！"

他结结巴巴的："我说，我说不行……"

他听到了她的哭声，更加慌怵不安了。

"爸爸，下来吧！你不下来，妈妈就哭。"电话被孩子接过去了。

房宽愣愣的。咚的一声，电话脱手掉在桌子上。他重又拿起，却没有放到耳朵上。门外，胖乎乎的旱獭沉思着人类的语言。它似乎觉得自己听懂了，因为它居然对他有了恻隐之心。它兴奋地抖动腹毛，用后爪搔搔那里突然出现的一阵奇痒。

"爸爸……"这稚嫩而急切的声音震得电话沙沙响。而房宽却什么也没听见，笨拙地将电话扣了下去。他来到帐外，淡漠地扫了一眼正在胆大妄为地向他搔首弄姿的旱獭，朝一边走去。那旱獭却在地上打了个滚，挡住了他的去路。他停下，低头望着它，想对它说点什么，可话到嘴边又不知怎么说了。突然，他俯下身去，将它抱起来，细细端详着它那张鼵鼠一样可爱的面孔，用自己满是胡茬的嘴狠狠亲了一下。旱獭眨巴着眼睛，抖动了几下嘴边的须毛，好像在甜蜜地笑。他将它放到地上，朝前推推。可它却留恋着不去，懒洋洋地卧倒了。房宽愣了一下，不知怎的，心里一阵悸动，那种他从未有过的绝望和恐惧混杂的情绪抓住了他的各路神经，又使劲一拽。他猛地跳了起来，仇恨地咬着牙，朝旱獭一脚踹去。旱獭细细地尖叫了一声，连打了几个滚，才又站起来。他还要踹，旱獭敏捷地躲闪着，跑远了。它又回到它刚才蹲踞过的那块岩石上，龇牙咧嘴地望着他，好一会儿，才低声哭泣着踽踽而去。它发现，它从人类这里什么也没得到。但它却给了人类许多，那就是对灾难的预言。因为它知道，在唐古拉荒原的传说中，它是神的使者，在它出现之后，那些无可防备的天灾人祸就会从天边黑暗的一隅悄悄走来。

房宽坐到帐篷门口一块被众多屁股蹭得光滑明净的大青石上，想着什么，又好像什么也没想。直到看见朱冬夏从那边走来，他才恍然起身，觉得自己该去干活了。

朱冬夏是来连部打电话的。他挂通了沱沱河唐古拉山乡乡政府，要接电话的人找一个驻扎在那儿的中国长江漂流队的负责人。一会儿，人找到了。朱冬夏自报家门后，正想把自己不能去的原因说一遍，但人家却抢先告诉他："我们准备后天起漂，现在就等你了。"

他情不自禁地叫了声"好。"

"你什么时候到？"

"我……"

"怎么，你又变卦了？"

"没有！"他想都没想就否认了，"我说，我明天下午六点准时赶到。"

"好！我们热烈欢迎你。"

电话扣了。朱冬夏长舒一口气，事情决定得这样快，连他自己也有点出乎意料。但他毕竟是兴奋的。他从小生活在武汉，钻长江水钻出一身好水性。一想到水，他就会激动起来。四个月前，一个同乡来信，说他参加了中国长江漂流队，正在武汉进行漂前训练。同乡希望他能够就近考察一下长江正源沱沱河，尽量详细地提供一些水文、地形、气候等方面的资料。他冲动起来，去信告诉人家，只要让他带路，闭着眼睛也能闯过沱沱河。现在好了，如愿以偿了，他唯一需要做的，就是装病，然后借口去沱沱河唐古拉山乡医疗站看病，于明天上午搭顺车前往。他正要出连部，电话铃响了。他回身抓起来，就听一个女人愣头愣脑地说，她要找连队领导。

"你是谁？"

"房宽家的。"

他明白了："你是不是想让房宽下山？好吧，我去给你找指导员。记住，你不要求他，我们这里的人对哀求早已麻木了。你就说，要是不让房宽下去，你就不走，就要在团部等他一年，半辈子，或者干脆说，你要上山来看他。记住了吗？要威胁，而不要去哭求！好！别扣电话，耐心等着。"

等朱冬夏在离住地最远的三排工地找到指导员时，日头已经滚过中天了。听朱冬夏说有人从团部打来电话，李向国便急急忙忙吹响了收工的哨音，一路小跑着来到连部。因为在这个变幻不定、凶险阴毒的环境里，只要是电话，很可能就意味着上级的紧急命令或者是什么紧急情况。可当他抓起电话，喘息不迭地说了句"我是李向国"时，听到的却是一个女人的声音："我不走了，我要住一年……"

等他搞清对方是"房宽家的"后，恼怒地大声道："你不走，与我有什么相干？那就住着吧！住十年我也没意见。"

"指导员，"女人的乞求总是不由自主的，"你就让房宽下来一次吧！孩子要见他。"

"他已经下过一次山了。我们这是部队。"

"部队部队，又不是劳改队，我丈夫又没犯罪。"

"我们这支部队就等于劳改队。你丈夫这辈子没犯罪，上一辈子大概是造了孽，要不然就不会到这里来。"他看到营长进来了，便缓和了语气，又道，"行了，你就安心住着吧，别再打电话了。"

"指导员……他不下来，我就死在这里。"女人的口气变得强硬起来。

"关于死的问题嘛，我做不了主。营长来了，你给营长讲吧！他专管人的生死。"李向国觉得自己这话说得很幽默，笑着将电话递给华老岳。但电话里的声音突然变得奶声奶气了："爸爸下来吗？你们放了他吧！"

华老岳疲倦地握住电话瞪视李向国。李向国赶紧解释："房宽的孩子。"

华老岳笑起来："孩子打什么电话？"

"爸爸下来吗？"孩子又问。

"孩子，你不懂。等你长大了，接了你爸爸的班，你就明白了。"

"我不接班,你们是劳改犯。"

华老岳笑笑:"真要是劳改犯就好了,工程进度保证比现在要快。"他这话是说给李向国听的。

"营长,我是房宽家的。我们就要走了,我们等了一个月,我们也是人哪!"电话里的声音又变了。

华老岳顿时严肃起来:"正因为是人,所以才应该克制自己的感情嘛!"

"营长,你的屋里人来看你,你也不和她见面么?"

"我妻子可不像你,军人家属嘛,就得有点牺牲精神。"

那女人不理他的"牺牲精神",继续哀求道:"营长,你就批他一次假吧!下次,我再也不来探亲了。"

"那不行,等工程完了,我请你来。但现在你就不要再难为我们了。他下去了,别人怎么办?所有的战士都会寻找各种借口下山的。"

"他不下来,我怎么向孩子交代?"

"你就说山上有个营长,是条狼,很凶很恶,他不允许你们见面。"

"那我就去见见这只狼。"女人把电话挂了。

华老岳觉得可笑,根本没把一个女人的威胁放在心上。他从暖瓶里给自己倒了一杯开水,坐下去呷了一口,又用湿润的舌头舔舔嘴唇,觉得那种浑身困乏的感觉似乎已经消逝了。才对李向国道:"不行啊,四连这样下去要拖全营的后腿的。战士们情绪不对头,你做指导员的可要想点办法。"

"都是被连长惯坏的。现在他倒好,躲在格尔木不上来,副连长又不安心,丢下这样一件破布衫让我补缀,我是想补也补不起来了。"

华老岳厌恶地看着李向国皱眉锁眼故作愁态的模样,起身踱着步审视起帐篷内的摆设来。连长不在,副连长徐如达因和李向国互相有意见,长期和一排住在一起,这连部实际上成了指导员一个人的宿舍。用施工的木板加宽加厚了的单人床,床上除了铺着两床棉絮外,还有一床毛烘烘的熊皮褥子;一张连队自制的简易桌子和两条方凳,两口李向国自己的棕箱,棕箱摆在王天奇留下的空床上。华老岳过去,摸摸那熊皮褥子,不由得称赞了一句。

"是不错,隔湿防寒,我的关节炎好多了。另外,这褥子还有个好处,就是能催眠……"

"别给我启蒙了,我是说你的福气不错。"

"福气人人都会有，就看你用心不用心了。怎么样？需要不需要我给你用点心？"

华老岳点点头："不过，没必要再带领一个排来围猎了。我只想借你的用用，就一个月，用坏了保证赔偿。"

李向国一愣，很不情愿地小声说："行。"继而又爽快地挥了一下手："那有什么不行的，拿去用就是了。"

华老岳早就听别人反映过这张熊皮的来历。李向国在四连走马上任不到一个星期，就带着一个排荷枪实弹地去考察周围的水源、燃料、生态等生存条件。他们整整转悠了五天，直到猎获一头瞎熊后才归来。李向国把这解释为额外的胜利品，但谁都明白，这是他带部队考察的唯一目的。为此，徐如达曾和他大吵一场。对猎获动物这种事情，华老岳其实并不反感。遗憾的是，据他所知，全营官兵已有45％不同程度地得了关节炎和风湿性腰疼一类的病，可只有四连指导员能做到有效地保护自己。

华老岳把熊皮褥子卷起来，交给李向国，吩咐道："你叫个战士来，把褥子给我送到马大群那里。"

李向国愣住了："你这是干什么？"

"让马大群代替我享享福啊！他的腰疼病比你要严重得多。"

李向国尴尬地笑笑："既然是营长对战士的关怀，那我就亲自送去。"

李向国走了。华老岳从门口望望坐在露天地上吃午饭的士兵和混在其间的徐如达、朱冬夏，想躺下休息一会儿，又想出去吃饭，正在犹豫，就听电话铃急骤地响起来。他接完了电话，便神情紧张地大声吆喝徐如达进来。

马大群从自己那贴地铺着草垫子的铺位上愤怒地坐了起来。在这之前，他一直是很沮丧的。经过一阵猛烈的劳动后，他发现自己的身体并没有提供让他在高海拔地区玩命的条件。他感觉到了大地的旋转、天空的倾斜和眼光的昏花，四肢酸麻，浑身的每个骨关节都像生出了一张大嘴，发出嗡嗡的叫喊，腰际一阵阵胀疼着，似有一股力大无穷的气浪在那里游来窜去。而他的脑海却被一张白色的信纸覆盖得严严实实。信纸须臾变作无数浑身白嫩的肉虫，缠绕拥挤着，翻腾起一些莫名其妙的意念来，而这些意念又会强挤出脑壳，在他眼前呈现出一堆一堆的尸骨。他仿佛看见自己的骨殖已在那里安详地发出白光了，血肉被天风剥尽，腐朽的前兆正从骨髓里面飘逸而出，变作一股恶臭呛得他直想咳嗽。生命的丑陋暴露在光天之下，即使太阳仍然具有让一切变得美好神奇的巨大威力，也无法在这白骨中镀上一层华丽的金粉。他发现了生命最终的无能和缺憾，也就明白自己活着似乎不过是一堆臭肉，心脏虽然还在跳动，但功能无非是迅速发酵着却孳生蛆虫。而蛆虫便是人类生命的另一种形式，或许是最能够超越一切痛苦的形式。然而，当那床黑色的泛着亮光的熊皮褥子被指导员送到面前时，他就丢开了一切痛苦的臆想。

"拿回去！"他说。

李向国板着面孔："铺上，身体要紧，你垮了，我可担待不起。"

"我和你有啥关系？"

"不要给我犟嘴，听话。"

马大群脑子里轰然一声，那些白色的肉虫突然集体爆炸了。面糊一样滚动的脑浆里长出一棵参天大树来，丫叉着如刀如锋的枝柯，铮铮发响。而他眼前曲卷着的熊皮褥子却张开椭圆的大嘴，发怒地嚎叫着。它说，它没有死，人类只将它的皮毛扒去了，而它的血肉和浸透在血肉之中的灵魂，却依旧在荒原苍茫处，在高高的山岗上，在格拉丹冬冰川里。复仇的欲念和生命同在，它就要行使万灵国赋予它的生死予夺的权力了。马大群恐怖得眼光发直，但手却无所畏惧地伸过去，将熊皮褥子抖开，抽出自己那把尖利的猎刀，疯狂地在那黑亮的依旧残留着生命光泽的动物皮毛上划起来。李向国想上前阻拦，又怕那没长眼的刀子戳到自己身子，气急败坏地嚷着："住手！你给我住手！"

但熊皮褥子已经烂了，顷刻成了碎片，消逝了它在马大群眼里的声威。帐篷内，一排的另外一些士兵稳稳当当坐着，既不想过去劝阻，也没有幸灾乐祸的表示。他们没有感觉到熊皮褥子散发出的幽深阴郁的黑光，也就不想去浪费更多的心智和表情。马大群觉得已经发泄得足以自慰了，站起来，噗一声将刀插在篷布上，双手叉腰，轻蔑地望着指导员。

李向国余惊犹在，鼻翼抖动着说："这是营长让我送来的。走吧！你去给营长解释一下你的行为。"

"累得慌。"他坐到铺位上大口喘气。

"就凭你这态度，也得给你个处分。"

"我背得起！"他朝地上啐了一口痰。李向国后退一步，却撞到急匆匆进来的徐如达身上。徐如达绕过李向国，来到士兵们面前，问道："怎么回事？"

没人吭声，徐如达又转过身来，慢悠悠说："战士有了问题，你应该找班排长啊！直接和战士发生矛盾，恐怕不合常理吧！"

李向国哼了一声："都是你教坏的。"

"我倒要看看你能教出多好的战士来。"他话没说完，李向国就走了。他回身望着士兵们，最后目光停在马大群身上："你们到底想干什么？想造反？想整死人？"

"是他姓李的自找的。"马大群申辩道。

"我不管你们和他的事。我是说，你们要和营长动刀子？"

"他说了，死一个人就剜他一刀。可现在怎么不剜了呢？"

"混蛋！因为你没死。"

"咱全连都是混蛋，包括你们连干部。就说连长吧，他有病可以住院，我们呢？还不得在这里等死！"

马大群没想到，他话音刚落，徐如达就浑身一阵悸动，凶恶地瞪着他。田家航赶紧道："副连长，老马没错，主意全是我出的。"

徐如达喟叹一声，一屁股坐到马大群的铺上。马大群长长地吐口气，道："副连长，就算我错了。可我们是人，不是牲口。营长回咱们连队，总得先关心关心大家吧？那种不负责任的豪言壮语我们听够了，就像听够了山上天天都有的风。你不觉得厌烦吗？"

"以后，咱们谁也别烦谁了。"徐如达说着，滚下几颗泪珠来，又猛然揩去，扬起头，"刚才医院来电话，说连长就要死了。连长让医生转告大家，保重身体……"

人们不说话了，呼吸也变得轻微了些，只有流动的眼波交错传递着各自的心态。

"我去看看连长。"马大群跳起来。

徐如达捺住他，喃喃地说："营长让我代表大家去，你们有什么要告诉连长的？"

好久，马大群才道："就说我们，还活着。"

悬浮在头顶的是青色的云棉吗？棉里藏针，那是阳光金色的粗大锥针。不可设想，要是天空没有了云，在这块离太阳最近的地壳上，该有多少生命会被这冲撞而来的金针金锥刺穿肚腹呢！华老岳想，从云棉里落下来的雨雪冰霜大概就是这过滤了的阳光。他顿时觉得，遮住太阳的云雾堆积层比太阳更伟大、更神奇、更能和人建立一种心照不宣的友好关系。至少在眼前，当一大片荫凉蹭着地面从远方浮游而来，稽留在空阔的土地上时，人们多少应该感谢那些高高在上的云棉。这是八月下午枯燥憋闷的旷野之原，华老岳第一次觉得天上的云是有意识、有思想、有灵性、有情致的。如果要否认这灵性，人在荒原上的生活就寂寞得不可思议。所有人都去工地了，包括准备吃过午饭后马上开始装病的朱冬夏，包括很长一段时间以来每天下午都不去工地的指导员，包括本应该卧铺将息的马大群。然而，施工进展并不快。人们来工地，似乎仅仅是为了表示一下对连长王天奇的哀恸。华老岳虽然忧心如焚，但也只能自个去苦干实干了。后来，觉得自己就要走的朱冬夏开始卖力地干活，接着是马大群和田家航突然焕发了精神，以异常迅疾的节奏打起炮眼来。别的人也就跟着发愤了。工地上，蓦然之间有了一种比竞赛还要繁忙的气氛，人人都在拼命，大家都在争先。但除了工具和土石的活蹦乱跳的声响外，人们的情绪依旧沉溺在静默肃穆中。直到头顶的云棉随着太阳西去，黄昏以永恒的规律就要君临时，这静穆才被马大群打破。他实在抢不动大锤了，仰躺在地上，眼瞪着空空如也的高天，用粗闷的嗓音唱起来：

> 过了五道梁，两眼泪汪汪
>
> 泪啊，你是泉水，你是河流，
>
> 洗不净我。
>
> 来到唐古拉，难见爹和娘，
>
> 娘啊，你是太阳，你是月亮，
>
> 照不见我。
>
> 天上无飞鸟，地上不长草，
>
> 草啊，你是雨露，你是干粮，
>
> 我就是绵羊。
>
> 四季穿棉袄，风吹石头跑，
>
> 石头啊，你是朋友，你是伙伴，
>
> 你就是我。
>
> 白天兵看兵，晚上看星星，

星啊，你是亲人，你是眼睛，

你看不见我。

昆仑山得病，沱沱河送命，

命啊，你就是风，你就是雾，

飘啊飘不尽。

飘向蓝天，飘向黑夜，

飘向月亮，飘向云朵，

飘向充满爱的世界，

飘向都是情的人间。

人们啊，可知道我，

我的生活，我的睡梦，

我的爱情。

这是士兵们自己的歌，沉郁的曲调里饱含了忧伤，而忧伤又是浑朴和不加雕饰的，带着原始的悲凉，和雄阔孤独的山脉旷野产生着和谐与共鸣。唱的人越来越多了，手中的活也停下来。不由自主地受到感染的华老岳也在唱，但只是在心里。唱着唱着他恍然惊悟，情绪的灾难来临了，而他的存在似乎就是为了强迫自己去扭转这种情绪。他抬眼望望孤魂一样就要悄悄沉降的太阳，感到四肢乏力，头重脚轻，便走过去告诉李向国，该是收工的时候了。

人们低头勾首，三五一群地走向帐篷，走向黑夜，走向噩梦，也要走向凶吉未卜的明天。为了明天，华老岳混在士兵堆里吃晚饭。他用筷子把自己碗里的午餐肉夹到几个还是娃娃脸的士兵嘴边，强迫他们吃下去。

"吃得饱，睡得好，不想家。吃啊！明天还要干活呢！"他尽量装得乐观一些，不时说出一句笑话来。但很少有人笑，即使笑了，那也仅仅是为了不至于让营长太难堪。华老岳不是个幽默的人，搜肠刮肚得来的笑话很快说完了，他又打听今晚的岗哨轮到哪个排了。之后，他端着碗加到一排吃饭的围圈里，对朱冬夏说，今晚后半夜的岗他全包了。朱冬夏说："你也别全包。十一点到一点的岗正好是马大群的，你就替他站了吧。"

华老岳四下看看："马大群呢？"

"吃了几口饭就去睡了。"

"也好，早睡早起。明天……"他咽下后面的话，又对田家航说，"你有二十好几了吧？工程一完，你就可以娶媳妇了。到时我给你找个对象，又漂亮又贤惠。"

田家航微红了脸，显得有点不自在。

"等工程完了，你们谁没有对象谁就给我打招呼。我认识的大姑娘成千上万，要多少有多少，要多俊有多俊。"

"那我就第一个报名了。"只有朱冬夏一个人响应，"你得给我留个最最最漂亮的。"

"我介绍的全是最最最漂亮的，你闭着眼睛随便摸一个，就是最最最的。"华老岳一个最字点一头，用这笨拙而滑稽的动作惹得几个人笑了，尽管有些苦涩，但华老岳还是满意的。在唐古拉生活，笑声比金子还贵重，况且眼下又处在一个情绪灾难的关口。

士兵们睡了。华老岳站完岗后，去连部叫上李向国，挨班查铺。他看有的士兵瞪着眼没睡，便俯下身去，像对待孩子那样，用胡茬在人家脸上乱扎一通，然后使劲拍一下："睡！"走时，再掖一下被子。李向国从未查过铺，很不习惯华老岳的这种亲昵举动，而他自己又不知怎样做才会不别扭，便像个警卫，跟在华老岳身后，走走停停，受难似的盼望着查铺的结束。

这夜，华老岳就睡在了徐如达的铺上。他睡不着，平躺着静静谛听沉寂中各种各样的神秘的声响。直到后半夜，他才听到了士兵们如雷似吼的鼾息，于是，荒原深处的别的声响也就不再神秘了。

天照常放亮了，并没有因为人们心理上的阴沉而推迟几分钟。天空依旧广阔，大地依旧狞厉，怒浪般忽高忽低的一波一波的荒风，依旧在预言着萧瑟苦难的未来。华老岳经过半宿的迷糊之后，黑色的夜岚淘洗净了他身上的所有困顿和所有多少有些伪装的温情。他恢复了他的风格，依旧是那种被马大群称为"催命判官"的做派。他第一个起身，第一个扒完早饭，第一个来到工地，然后手握大锤，立等着连队被李向国带了过来。他让李向国清点人数。李向国打眼一扫，便道："都到了。"

"没一个缺的？"华老岳走到队列前，吼道，"朱冬夏，出列！"

队列中没有动静。华老岳侧头瞪视李向国："我不是瞎子！还有马大群，他怎么也没来？去，派人把他们叫来。"

"我去叫。"田家航说着，也不等允许，一溜烟朝帐篷跑去。一会儿，他又跑回来，说，朱冬夏病了。马大群还蒙在被窝里，他说他瞌睡，不想上工。

"是军人就得冲锋，没有什么想不想的。怪事！指导员，你亲自去一趟，就说我华老岳请他们快来。要真的有病，来了还可以回去。"

李向国很不情愿地去了，又气鼓鼓地返回："朱冬夏拉肚子，他想请假。"

"真的拉肚子？昨晚我睡在一排，咋没见他起夜？马大群呢？"

"瞌睡。"

华老岳指着田家航："你去，再叫一次，告诉他们，事不过三，我华老岳也是够意思的。朱冬夏要请假，就让他向我请假。他要是当着我的面拉出稀来，我就准。"

田家航又去了，回来说："朱排长不在，可能躲到哪个背旮旯里拉稀去了。老马还在睡，他也是累得实在不行了。"他不满地睃一眼营长，回到队列里。

华老岳气得嘴唇直抖："瞌睡也能成为消极怠工的理由？你要睡觉，工程可不能睡觉，在这个节骨眼上，贪睡就是犯罪。"他又面朝大家，"你们说怎么办吧？由他们去？那么明天后天，就会有十个二十个人学他们的样子。工程还搞不搞了？我是个指挥员，你们也得替我想一想。我华老岳对得起大家，你们也得对得起我。"他喘口气，"对不起怎么办？那我就只好对不起他们了。现在，我代表营党委宣布，给朱冬夏和马大群行政记过处分一次。这也是不得已的决定。"说罢，他沉默了一会儿，看看蛋青色的豁亮的天幕，代替李向国喊了声"解散"。

李向国已经料到营长会忽视自己的存在，快快离开队列，恼怒地将手中的铁锨朝一块大石剁去。"当"的一声，石花飞溅，那明晃晃的锨刃便卷了起来。

整整一上午，这些挥镐弄锨打炮眼的人谁也不再说什么了，情绪仿佛十分低沉，但施工进度还是让华老岳满意的。昨晚放炮炸碎的石头已经全部清理干净，管沟下挖至少有半米。而新炮眼在工地的另一端也已经打好。这一上午的进展比昨天一天的还要快。华老岳看大家都疲倦了，便让李向国提前十分钟吹响了收工的哨音，但又告诉李向国，这十分钟要补到今天夜里，晚饭后必须加班。李向国不表赞同地摇摇头，吹完哨子后懒洋洋地朝回走去。

一排帐篷里，马大群还在蒙头大睡。房宽摇摇晃晃进来，坐到他身边，有气无力地推推他："醒了，醒了……"

马大群一动不动，田家航进来，看房宽就要揭去被子，便道："就让他睡吧，反正处分已经背上了，睡半天和睡半年一样。"

华老岳一手攥着两个馒头，一手端着一碗稀饭，闯进来喊道："起来起来，再不起来你的处分就升级了。"

"留着吧，醒了再吃，睡梦比什么都香。"田家航看马大群蜷腿缩身的样子，想着他冷，便拿起自己的大衣要给他盖上。

华老岳放下手中的食物，一把将大衣夺过去，扔到一边："这样捂着头睡他会睡死的。"又撕住马大群的被头，忽地掀起。

从被子里滚出一个日记本，而马大群还是不动。

"起来呀！"华老岳使劲一推，马大群便朝一边滚去，之后又不动了。"怪事！睡得这么死。"他拎住马大群的衣服，要将他拉起来，而首先跳起来的却是田家航。他吼道："别动！"

他们互相瞪了一眼。

"他死了。"房宽傻乎乎道。

"不会吧！"华老岳道。

"是啊，怎么会呢？他是睡着了……"田家航细声说着，战战兢兢退向帐外，忽地转身，朝那些簇拥在一起吃饭的士兵们悲喊一声："死了！马大群死了！"

马大群的尸体被白色的床单盖住了。尸体旁边是他的油光发亮的被褥和大衣，还有一把短刀、一个日记本、一条垂吊着绿色棉线的破烂的武装带。遗物中，最引人注目的当然是那个粉红色塑料皮的日记本了。李向国将它拿起来，未及翻开，就被田家航一把抢过去。

"你没有资格看老马的家信。"他的红肿的眼皮滞重地眨巴着，睫毛奋力叉起。

"我看看吧。"华老岳伸出手。

田家航抑制不住地又哭了。他知道里面的内容，用糊满泪渍的眼睛看看，交给了华老岳。华老岳坐到马大群尸体的对面，将那些贴好的家信一页页看下去。他感到一股冰冷彻骨的泉水朝自己干涸的心田灌溉而来，又带着嗞嗞渗漏的响声朝到处都是裂隙的周身漫渍着。霎时，一片汪洋出现了，白色的樯帆悠悠远去，却怎么也漂不到海平线的那边，漂不出他的视阈，而伤逝之情就像这帆影，在辽远的海面上划出了一道悠长弯曲的犁浪。他再也无法使自己像个见惯了海上景观的渔翁，漠视这白帆的迷惑了。他抬眼望着马大群，他看到燃烧的晚霞里，勇猛的雪豹从雪线上俯冲而来，一头撞死在坚硬的银光闪闪的石英岩上。而一只被大海遗弃了的三叶虫却仍然在艰难爬行，试图寻找到故园的水域，再次繁衍出一代崭新的海洋虫类。他似乎被感动了，似乎觉得自己就是那头雪豹，而面前的马大群却成了重归故乡的三叶虫。

营长，为什么这样看着我，为什么？

在深深的疚愧之中，华老岳给自己从遥远的思虑中找来了慰藉，那就是生命对死亡的淡漠和死亡本身的灿烂光辉。他说，我对不起你，但我也会死的。

营长，你能说出这样的话，我也就死而无憾了。

华老岳听到了马大群的声音，但并没有露出欣慰的笑容，一个女人悲戚的声音久久在耳畔萦绕，一叶失去光泽的贝壳在那里无望地祈求着大海的归来，一头失落在荒原的恐怖的蜥蝎企盼着早已消逝了的茂密的蕨树林，一个落入水中后才能受精的古苏铁树的孢子，正在干燥气温的困扰下，发出绝望的喊叫。华老岳茫然地凝视着马大群隐匿在白布后面的肉躯，只想把这种氤氲人间的巨创深痛远远地抛开。可是，悲痛的大手既然已经将他的喉咙扼住，他就无法抗拒，因为悲痛是超自然力赐给人类的终身伴侣。她在诉说。他分明听到她的哀哀的啜泣了。

别说了，丢人！白布后面的马大群对自己的女人说。

那女人就在荒原的土丘上，就在八月劲风嘹亮的唿哨中，就在霜露难摧的时间里，就在人类时时都要悔恨的艰难跋涉的半途中。她用女人的固执嘶哑地说，大群，还是让我吐出来吧！

这么长时间没接到你的信了，家里人都很惦记你。咱爹常对我说，去给大群打个电话，问他有啥难处，啥时候回来。我说，电话打不通。他不信，说我在骗他。上个星期接到你汇的一百二十六块钱后他又问我，是不是电话打通了？问我你说没说回来的事。我只好哄他，我说，说了，腊月里就回来。大群，腊月里你能回来吗？要是你回不来，千万写封信，信上一定要说你有时间就回来看咱爹的话。要不然，他就没盼头了，他会急死的。你汇的钱，咱爹一张一张数过后让我交给了乡政府。这样，咱娘丧事上拉的账就还清一半了。大群，说句实话，你也该回来了。咱家穷，光景过得艰难，我不怕，我也不怨谁，命里的事，谁也怨不上。但家里没一个主事的人，里里外外叫人家瞧不起，买个油盐酱醋也要看人家的脸色。你离家多年了，你不知道家乡的变化，如今是谁发了谁光彩。我们没发，人人都可以扬着脖子不看我们。前个时期，咱爹病了，得的是拉死病，两个月下不了炕，吃喝要我喂，屎尿要我端，我不怕麻烦不怕脏，但我一个媳妇家，见天给公公擦洗身子，就是自己心里头不做病，别人也会说三道四的。那些日子，咱爹瘦成了一把干柴，一会儿哭一会儿笑，向我托付后事。逼得我实在没办法了，就带着两个妹子，像一群叫花子，跪到乡政府门口。我哭着给乡长说："救活一个，造福一群哪！"乡长说："你这是举哀兵了。"就批了张条子要我去乡卫生所拿药，人家给了十五片黄连素。吃了两次，咱爹的病就好了。对有钱的人家，这几片药算啥，可咱家穷，人穷志短，有啥法子。大群，你回来吧，回来了，我就不给人家下跪了。你出门在外，自己要照管好自己。一时回不来，你也别太牵挂我们。咱爹现在好多了，你的两个妹子也好，我也好……

华老岳看着信，想到自己的妻子了：海边，直立的峭壁。他和她在峭壁之上吹凉，海风柔媚得就像她的脸庞。他突然激动起来，说："今生今世，你要是变了心，我就从这里跳下去。"她顽皮地笑了："我现在就变心。""那我现在就跳。""太好了。""你可别拉我。""我不拉。"他做出要跳的样子。她仍然在笑。为了报复她这种高傲的缺少同情心的笑，他真的跳了。她伸长脖子朝下看，见他从水中冒了出来，愤怒地游向岸边。他和她又到一起了。他板着面孔不说话。她说："我知道你不会死的。""可我要是不会游泳呢？""那我就不会考验你了。"她说着，看看四下无人，飞快地扑过来亲了他一下。那一个响亮而短暂的吻，使他幡然醒悟：一个人不到真死的时候，是不会有别人为他伤感的，甚至都不会有人多看一眼你。这大概就是死亡比诞生比活着更伟大的所在了。如果一个人想得到同类的理解和拥抱，最好的办法就是去死。是的，马大群活着的时候，他从来没有拥抱过，有的只是嫌恶甚至憎恨。那么，这个在信中苦苦诉说的女人呢？华老岳又听到她的声音了——

大群，这三个月你全无音信，家里人都很挂念你。上个星期，咱爹急坏了，他腿脚不灵便，但还是跑了十多里路，去县城邮电局，哭着喊着要给你打电话。邮电局的人骗他说，我们给你打，就拿着电话说了几句，对他说，你儿子好着呢！他就高兴了，急急忙忙回来要把音信告诉我，半路上，不小心掉到水坑里，把腿给扭折了。那时，我带着两个妹子在咱家的责任田里，麦子黄了，再不收穗头就掉完了。后晌，我回家做饭，见爹没回来，就去找。这年头不知咋了，爹掉到水坑里后叫人拉了出来，就没人管了，过路的人那么多，没有一个给我送个信。我见到咱爹时，他已经死过去了，脸上还有吹干了的眼泪道道。我把爹背回来，灌了几口热汤，他才醒来，一声高一声低地叫你的名字。大群，回来一趟吧，看看爹，看看我们，咱爹恐怕不成了。给爹治腿，我又在村东王家借了两百块钱，你能不能再寄一点回来。你没有，就在部队里借，在部队总比在村里好张口吧。家里就我一个人里外张罗，两个妹子年纪小，不济事，我顾了这头顾不了那头，过的不是人日子啊！现在，我在县城邮电局门口求人给你写信，心里却装着咱爹。咱爹，命苦啊！有人劝我给你们领导去封信，求他们放你回来，你说好不好？

……

华老岳双手抖动着：大群，你有一个好老婆。

你的呢？不也是很好吗？马大群似乎掀了一下蒙住他的白床单。门外，起风了，昏天黑地的荒原把太古时期地球正在发育的那种景致推移而出，什么也看不见了，除了这即将腐朽的尸体和他自己。一种深挚的孤独的情感使华老岳几乎要跳起来，冷不防听到了一个来自天外的声音："抓住他！"他凝然不动，紧张地体味着这种似曾相识的孤独感，觉得自己已经是一个该抓该揍的罪犯了。而孤独的原因便在于他不清楚自己为什么成了罪犯。在那座到处都是色彩的海滨城市，在秋日凉爽的空气里散步，他和她不肯离远又不敢靠得太近。身前是人，身后是人，大概也都是在散步吧，突然有个声音传来："抓住他！"有人惊慌四顾，有人开始奔跑，杂乱急促的脚步声响成一片。她有了一种莫名的害怕，浑身微颤着抓住他，抓得那样紧。女人的天性使她企求着保护，而危险仅仅是那些突然响起来的脚步声。后来，当这杂乱的奔跑声消逝的时候，他和她被那么多人围住了。有人不由分说要将他扭送去公安局。

"姑娘，他偷了你的东西，还是调戏了你？"一个苍老的现代义士大声问。

"他什么也没有，没有……"

"那你为什么要抓他？"

他和她开始费力地解释，解释到最后他发现，越解释就越会引起别人的猜疑，就越像是真的了。他索性说："走吧，我跟你们去公安局。"那一刻，他有了一种被人顽固地误解着的愤怒。而当这愤怒无处发泄时，他便觉得，一种身在人群却要时时提防被人群迫害的孤独折磨得他几乎要哭起来。他使劲想,人家为什么要冲自己喊一声"抓住他"呢?直到两个月后,在电影院里,他和她一起看日本影片《追捕》时才恍然大悟。影片中的第一句台词就是"抓住他"。当时在马路上,那喊声一定是从某个人随身携带的半导体中发出来的,或者,有人沉浸在电影的情节中,随便喊了一声。事情虽然早已经过去了,但那种深刻的情感体验却牢牢盘踞在记忆中,像一只受惊的鸟,随时都有可能飞起来。可是,面前这具尸体所拥有的那个女人,是不会朝他喊一声"抓住他"的。她没有这种本事,她的本事仅仅是在信中哀哀地哭泣——

大群,寄来的衣服收到了,可你自己穿啥呢?你一个人在外,没人照顾,千万别冷着。你说衣服是多余的,我不信。我向村里一个复员兵打听过,他说部队发的衣服刚够四季轮换着穿,旧了还要交回去。大群,下次再别寄了。我们有穿的,缝缝补补过日子,还不是照样过来了?你寄的衣服咱参穿了一件,你小妹穿了一件,裤子我给了你大妹了,她已经十六岁了,进进出出叫人家看着也光鲜一些。还有一条裤子,我想留下来,等咱参作古的时候穿……

她还在说,好像她要永远这样说下去——

大群,咱参昨晚去世了。白天里,他躺在炕上,不停地喊你的名字,临到去的时候,又把我叫过去,说:"我死了,不要告诉大群。他忙,他是干公事的人。"但我还是要告诉你。你回来一趟吧!部队上纪律再严,参死了领导也会通情达理的。……明天就要下葬了,我们不等你了。参穿的是你寄来的衣服,一身黄。这样也好,叫别人见了,也会说你是尽了孝心的。大群,参走了,我会照顾好两个妹子的。参的坟头上会有你献的馒头,就是哭,我也会替你多哭几声的。你给他在信上写几句话吧,我好拿到坟上去烧。老人家活着没见到你,死了就让他听听你的话,听听你的音信吧。参死时,花了些钱,我知道你没有,可我咋办,我只能给你说。大群,现在一家人就靠你了,你快回来吧!

……

尸体由华老岳做主,在黄昏灰蒙蒙的天色中埋进了大地的腹腔。似乎一切都很自然,人是从地腹中脱颖而出的,最终就应该回到泥土中去,除了华老岳、李向国和几个挖坑掘土的士兵,再也没有别人为马大群送葬了。因为华老岳不忍看到那种集体送葬的悲恸场面,他抑制着感情阻止了士兵们要去坟头痛哭一场的行动,还因为中午副连长徐如达在去格尔木的半途中给连队打了个电话,说他在五道梁碰见了王天奇。根据病人的要求和某种特殊的治疗试验，野战医院决定用专车将奄奄一息的王天奇火速送回四连。徐如达要求连队做好准备，最好能让连长看上一眼大家后，再离开人世。

"这是连长本人的意愿，我们必须满足他。救护车加过油后就要赶路，争取天黑前到达。"

连长还活着，这毕竟是一种欣慰。四连的人们焦躁而又忧愁地等待着。

没有月华，没有星光，阴郁的天色黑沉沉的，唐古拉暗夜又一次来临了。直到送葬的人回来后一个时辰，人们才听到了一阵仿佛来自地狱的汽车喇叭声。所有人都拥向帐篷外面，在华老岳的带头下朝前迎去。前方，深邃的夜色里，是两抹金黄的光柱，小心翼翼地探过来。一会儿，车停了，人们奔跑着簇拥过去。但是谁也没想到，王天奇会从灯光熠亮的车门口走下来，稳稳地立在那里。接着徐如达也蹦了出来。

人们愣了，愕然望着王天奇。王天奇的眼窝深深陷了进去，两股微淡的白光像是从骷髅黑洞里探出来的，给人一种幽幽可怖的感觉。华老岳过去，不知所措地握住王天奇的手。王天奇突然费力地运动脸上的肌肉，笑了一下。

"怎么样？"徐如达挤过来，"我这次任务完成得不错吧！你让我去送他上西天，我却把他活活地带回来了。哈！一过五道梁就好了，眼睛也睁开了，身子也能活动了。到了不冻泉，你猜他说了句什么话？他说，给我点吃的吧！医生们都惊呆了，他们说，连长已有半个月没吃东西，全靠打葡萄糖维持生命。"

这时，一个四十多岁的医生走出了车门。华老岳过去，问道："到底怎么回事？"

医生喘了两下，道："据我们初步分析，他患的是严重醉氧症。就是说，他在山上待久了，各种生理机能已经适应了这里的缺氧条件，一到海拔低一点的地方就受不了，就会出现各种各样的低山反应。他当初病倒就是由于醉氧，可到了医院，我们还要天天给他输氧，越输越危险，越危险就越要输，你说要命不要命？这是个教训，以后恐怕要在唐古拉山上建一座醉氧诊所了。你们这个部队长年在山上，这种病人肯定少不了，采取自然疗法，比吃什么药都强。"

"妈的！"华老岳骂了一句，是欣喜，还是对这种病的恼怒，连他自己也说不清楚。他转过身去说："老王，老天爷已经把你的后路断了。你的命看来就在山上，你不安心也得安心。以后就把老婆接来，在这里安家落户。"

王天奇想说什么，却被士兵们抬了起来，闹闹嚷嚷地朝回走去。神秘的自然让生命顷刻复活的惊喜，已经使他们把由马大群的死引起的悲伤暂时抛开了。

只有指导员李向国一个人没有去迎接王天奇。他给自己找的理由是必须有人守电话，因为团部往往会在夜里和各连联系，了解施工情况。但当连部再也没有别人进进出出时，他所做的第一件事却是将交来连部的马大群的遗物翻了个遍。尤其对那个日记本，他从头到尾一页页翻过去，竟没有找到关于那六十元钱的任何记载。他有点高兴，仔细将遗物摆置成原来的样子。六十元钱是马大群交给他的。他刚来四连那会儿，马大群天天去找他，闹着要复员。他相信自己是真心实意为马大群着想才说出那番话的。

"别来找我了，你以为我有的是时间和你蘑菇？"

"你让我回家不就清闲了。"

"你回家干什么？种地，养活不了你们全家，做买卖，你又没本钱，再说你也不会。还是留在部队吧，我给你想想办法，调到团直属运输连，学点修车技术，转成志愿兵，你这一辈子的饭碗就解决，在高原工资又高，还可以养家糊口。"

马大群愣了。因为他从来就是把事情往最坏处想，而没有迎接好事突然降临的准备，半晌他才道："指导员，真要能这样，我给你磕头也行，就算是我们全家感谢你了。"

"你可别这样，我不过是想帮你个忙。"

"有恩不报就不是人，我马大群这辈子就把你当恩人看待了。"

"回去吧，有消息我就告诉你。"

从此马大群再也不去纠缠李向国了，耐心等待着那足以使全家欣喜若狂的消息。

"有点眉目了。"一个月后，李向国告诉他，"但这年头，社会风气不好，影响到部队，办事就不那么容易了。我虽然有熟人，但也不是个个都熟，有些关口还得打点打点。"

马大群不是糊涂人，明白打点的意思，第二天便拿出六十元钱交给了他。他的推辞和客气实在是让马大群感动。

可就在半个月前的一个夜晚，马大群突然闯进连部，对李向国说："指导员，我听别人讲，你把那六十元钱寄给你老婆了。"

"谁说的？"

"反正有人说。"

"看来你不相信我，那你就把钱拿回去好了。"他说着就将手伸进了口袋，可并没有掏出钱来。

马大群觉得自己受了骗，忍不住恼了："指导员，你说话要算数，这事你办也得办，不办也得办，我也不是好骗的。"

"那又何必呢！我给你办事不就是为了交情嘛！交情断了还办什么事？你那钱，我下月发了工资就给你。"

"臭狗屎！你以为就你有工资？姓李的，你畜生不如……"马大群骂骂咧咧出了连部。

现在，李向国只能为他惋惜了。人总得相信命运，老天不保佑，我李向国即使真有本事给你找个铁饭碗，你也没福气享受。电话铃响了，惊得李向国浑身一抖。但电话里的声音却使他油然产生了一种快感。

"你们连的战士田家航，在格尔木认识了一位姑娘，靠欺骗手段确定了恋爱关系，现在人家告到团政治部了。"

李向国依稀想起两个月前连里曾派几个人代表连队去医院看望王天奇，其中也有田家航。回来后，不知为什么，田家航就被别人称作"溜瓜皮"了。

"你们调查一下，主要是搞清他和那姑娘是不是真的发生了关系。"

这时，田家航一掀帐篷门帘走了进来，接着，王天奇就在士兵们的前呼后拥下出现了。李向国吃了一惊，啪地扣下了电话。

送王天奇回来的医护人员连夜朝沱沱河赶去。因为他们中间有两个女兵，连队无法解决她们的住宿。

"再说，也有危险。这里长年累月不见女人，你们又这么年轻……"华老岳欣赏地看着她们。

"能把我们吃了？"一个女兵道。

"差不多。走吧！辛苦了，出了事我可没那份精力去解决。"华老岳几乎是强迫着将两个女兵推上了车，又派人去炊事班拿了几个冷馒头和几筒午餐肉，塞到车内。"对不起了，本来至少应该留你们吃饭，但实在没条件。眼下，女人就是施工的大敌。"他握着那位男医生的手，使劲摇晃了几下。

救护车走了，呜呜咽咽的马达声像是对这个荒凉的男人世界的抗议，又像是一种女人悲哀的永久性的告别。一直守候在一旁的徐如达紧随华老岳朝回走去，一会儿，又将营长拽进了一排的帐篷。

"信，朱冬夏的，我们在沱沱河加油时碰见了他。"

信没有封口。华老岳掏出信瓤，就到烛光下面去看，第一句话就使他有了一种骂人的欲望，但他克制住了——

营长，你一定在为我的擅自离队而暴跳如雷了。原谅我的这种行为吧！因为每个人都应该有自己的想法，你总不能不让我去思想，更不能用你的思想代替我的思想。本来我只想和长漂队一起漂出沱沱河后就归队，但现在，我想一直漂下去，漂到长江尽头。要是我漂不到，那就是我死了，死在征服长江的壮举中，值得。可我不能死在唐古拉山上，在那里，死了等于白死。我们死了那么多人，死了就死了，谁也不会记得他们的，甚至连烈士都算不了。我从小就渴望真正的献身，但我发现，管线工程根本不是我憧憬的那种值得献身的事业。工程的上马本来就很仓促，可以说是在毫无准备的情况下把人马拉上山的。施工中，我们犯的错误就更大，一个劲地强调速度，而工程的速度就是死亡的速度。营长，我们再不能死人了，尽管包括你营长，人人都有一种不怕死的精神。但不怕死并不等于非要去死。珍惜生命，追求成功，而不是去追求死亡，不然，我们何必要生出来呢？所以，我要走，我要去选择另一种牺牲。假如我能够活着漂完长江，我还是想回部队的。营长，那时你能收留我吗？

营长，我非常钦佩你，也可以做到无条件地尊敬你。但有时我又在骂你，把你叫做"催命判官"叫做"魔鬼"，你知道这是为什么？营长，爱护一下你自己，也爱护一下战士们吧！他们的忠诚不应该成为你让他们去死的条件，尽管你自己已经抱定了为忠诚而死的决心。营长，我走了，我留下的所有东西，请你务必交给马大群。他家穷，穷得令人难以想象。我枕头下面还有二百四十元钱，是父母寄来让我贴补身体的，一并交给马大群。另外，告诉马大群，他过去借我的六十元钱就不用还了，但愿指导员能真心实意为他办一件好事，马大群的战友们都会感激他的。可我又怀疑，指导员骗了他的钱，因为指导员一个月的工资是一百四十多元，而上个月寄给他老婆的却是二百元，这事问问团部常来送信的小谷就知道，钱是他替指导员寄走的。我留心此事是因为我对指导员的人品表示怀疑。营长，你最好过问一下。

我们明天清晨就要起漂了，营长，为我们祝福平安吧，你也多保重。别了，部队，再见，战友。

华老岳盯着最后的签名："热爱生命的战士朱冬夏"，不知该说什么好。良久，他大掌一阵战栗，把信揉成一团，扔在了地上。而徐如达却泣不成声了，他已经知道了马大群的死讯。

这时，在连部，刚刚听说马大群离世的王天奇迅速将浑身的委顿和疲惫丢开了。他起身找出那个瓦罐，郑重地投进了一粒黄豆，然后，步履迟滞地朝外走去。一种默契使士兵们都跟了过去。

无边的黯夜里，是唐古拉呼啸的寒风，是一股朝苍凉的墓地悄悄移动的人流。前方，一只贪婪着人尸的蓝眼豹正在掘墓，深深的黑洞里它探出幽蓝的眼睛，流萤般飞闪。一会儿，它窜出黑洞想迅速跑开，可又从人的脚步声中谛听到了某种孤寂无援的悲哀和生命正在走向衰弱的信息。它断定人类不是来残害它的，便又溜回洞里，低伏在洞口，想着要是万一有人来骚扰，它就飞快地跳出去逃跑。它不怕逃不掉，因为它知道黑暗会使人类变成瞎子，而它是属于黑暗的。

然而，人们并没发现新起的坟包上已经有了一个黑洞，带着哭声庄严地呆了一会儿就走了。蓝眼豹又开始打洞。它得意地想，一夜之后，尸体就不存在了。而他们也许还会来吊唁。那时，它会躲在某个隐蔽物后面，看他们面对一座空空荡荡的坟包，如何去搞人类悲天悯人的那一套。它会吃吃发笑的，还会把那由人尸蜕变而成的粪便提前摆置在坟尖上，好让他们明白，他们虔诚地膜拜和悲悼着的不过是生命的粪便，而对一个活物来说，最最重要的就是让自己多吃些食物多拉些屎，不能像苦行僧那样，唱什么见素抱朴的歌，哼什么少私寡欲的调，搞什么宏大事业、壮丽奇迹，人活一世，草木一秋，事业是最最不重要的。它飞快地刨着土，已经可以嗅到尸体的气息了。杞人忧天，杞人忧天，想这些干什么。它富有节奏地刨着，一股浓烈的肉味扑鼻而来。不可救药，不可救药，这些不知死活、多愁善感的人类。它终于抓到死人的脸颊了。

伟大神秘的黑夜改变着一切，第二天，这里就是冬天了。风火山、昆仑山、唐古拉山和藏北高原普降一场大雪。雪色无边无际，天和地在瞬间贴近，浑成一体了。那白色中沉寂的远峰近岭，莫不就是高地和远天碰撞时所产生的力的象征？洒落在苍茫大地上的人群变成了渺小的黑蚁，挣扎着蠕动。粗犷的地平线拉近了，荒凉在蜿蜒伸展。无数雪花，无数闪闪烁烁的光华亮色，天好像哭了。这天泪，这白色，同化了生命，同化了人类智慧的呆傻和迷人的盲目乐观。

施工照常进行，这是自然力和超自然力以及任何人为的力量都无法阻挡的事情，就如同无法阻挡的时间的流动。疲倦的营长华老岳和四连的所有干部，包括身体仍然十分虚弱的王天奇都上了工地，分散在各排，铲除积雪，举起铁锤和十字镐，一下比一下扎实地向大地磕头顶礼。中午收工后，雪停了，干部们又端着饭碗聚集在连部，边吃饭边开会。会议由华老岳主持，他要李向国先说说田家航的事。

李向国咀嚼着饭菜，含混不清地说："我找田家航谈过了，但他吞吞吐吐的，还没把事情说明白。"他咽下那口饭菜，"而且态度很不好。依我看，田家航不可能马上讲出实话来。"

"你就讲他是怎么说的。"华老岳急躁地说。

据他说，那姑娘是医院门口商店里的售货员。他去逛商店，看到一筐人家吃剩下的瓜皮，瓜皮上还有一层厚厚的红瓤。他向那姑娘讨要瓜皮，人家问他干啥，他说喂猪。后来，他就和姑娘搭上话了……"

"你先把瓜皮讲清楚。"王天奇放下只吃了几口的饭，闷闷地道。

"瓜皮人家给了他。他到医院的花园里把剩下的瓜瓤全啃了，还对同去看望连长的马大群和另一位战士说：你们也来吃，丢掉就太可惜了。山上囚犯，山下神仙，到底不一样。这瓜皮要是在山上，那就金不换啦！马大群看不过，就去买了两个瓜，一个留给了连长，一个他们三个人砸开吃了……"

"还是说那姑娘吧！"华老岳皱着眉峰道。

"他去还筐子，就和那姑娘搭上话了。"

"怎么搭的话，是谁先主动？"华老岳又道。

"这个还用问嘛，姑娘家总是被动的。"

"不能猜测。"

李向国望着营长停了片刻，说："反正，下午他又去了，给人家说，他是总部保卫营的，来高原执行任务，再过两个月就要回北京。第二天归队前，他去商店和姑娘告别，姑娘带他到她家里，杀了一个西瓜，吃完了，就上路了。田家航说的就这些。"

"那就这样给团里汇报。"王天奇对这件事已经厌倦，用手掌擦着嘴，斜斜地靠到被子上。

华老岳沉吟着，对快快不语的徐如达道："你去把田家航叫来。"

田家航来了，他知道是为什么叫他来的，没等别人问及便道："营长，要说的我都给指导员说了。我没犯什么大错。我想，要是我能给自己找个媳妇，家里人会高兴死的。"

"大错也许没有，但小错肯定有。你为什么要编出个总部保卫营来，还说你要回北京？"

"营长，我不是诚心骗她，我要是说我是唐古拉山上的兵，人家能跟我恋爱吗？"

"你们真的恋爱了？"

"我回来后，和她通了两次信，信上恋爱的。"

"信呢？"

"烧了，因为她后来又说她父母不同意。"

"烧了？"华老岳思谋了一会儿，"你想搪塞我们？"他看田家航急红了脸，便瞪起眼睛说，"烧了就烧了，我们也没办法让你拿出证据来。以后别再给我出这种乱子，去吧！"

田家航走后，华老岳撇撇嘴，似笑非笑地说："他倒很精。行了，这事就这样汇报吧！"

"那……我们的处理意见呢？"李向国道。

"没证据处理什么？再说找媳妇也不犯法。"王天奇道。

华老岳点点头。接下来便是沉默，因为华老岳直来直去惯了，要他委婉而得体地提出下面这个问题，感到非常困难。徐如达则担心，沉默是由于营长想改变追究问题的打算，便道："营长，还有什么问题，快提出来，马上就到上工时间了。"

华老岳干干地咳一声，冷峻地瞄一眼李向国，仍然不说话。

"我有一个问题。"徐如达忍不住道，"我听说，马大群有六十元钱在指导员那里。现在，人死了……"

李向国倏然抬头，愣了片刻，又一迭声说了好几声"有"，接着笑了："他托我找门路，想留在运输连当志愿兵。找门路就得送礼，我说我出，他不肯，非要把钱塞给我。我这是正大光明地替战士办事。"

"谁也没说你不正大光明。"徐如达又道，"可有人说，你把钱寄回家了。"

李向国半晌不吭声，突然道："我当然要寄回去。我身为指导员，不能离开连队去为他跑私事。"

徐如达没想到对方会承认得这样痛快，噎得他不知再说什么了。

"行了！这事不值得研究。"王天奇道。

李向国瞪着徐如达："反正钱已经用了，我不能给人家说，马大群死了，你把礼退回来。"

华老岳恼怒地搓着大手："用了也罢，没用也好，指导员自己掏出六十元钱，就算是一个干部对战士家属的关心吧！"

"那不行，好像我骗了他的钱，现在必须交出来。我作为一个指导员，难道会骗一个战士的钱？要关心也得大家关心。"

这话又勾起徐如达的怨怒来："职务不能保证一个人的人品。欺骗战士的是小官，欺骗小官的是大官，事情往往这样。"

"你这是说谁呢？"李向国望了一眼华老岳，就见营长掏出一沓钱来，拍到桌子上："那就让我来关心吧！有良心的再添点。"

徐如达冲李向国哼了一声，把自己这个月的工资全部拿出来，痛快地喊一声："没良心的靠边站！"

李向国气鼓鼓的，一动不动。王天奇直起腰，拎过来自己的挎包，拿出两个装得鼓鼓囊囊的牛皮纸信封，咣当两声扔到桌上。

"好几年的积攒，本来有个大用场，现在用不上了，放在我这里也不能生出儿孙来。两千五百元，给马大群家五百元，剩下的，分给连里别的几个家庭困难的战士。"

人们愣怔着。半晌徐如达道："你自己总得留点吧？"

"我说了，留着没用。"说罢，他便漠然躺了下去。

"你老婆也没用？我不信。"徐如达又道。

"我老婆用不着你来关心嘛！"

华老岳笑起来，拍着王天奇说："这才叫大将风度。"说着，盯了一眼李向国。李向国并没有丝毫尴尬的表示，恨恨地说："各尽所能嘛！要是我宽绰，我也会买个大将风度的桂冠戴戴，多气派！"

"行了！钱的事以后不准再提，要把全部心思用在施工上，现在你们连干部都齐了，怎样才能加快施工进度，你们得想想办法。三个臭皮匠，顶个诸葛亮。

我呢，不可能天天盯在你们连里。"

又是一阵沉默。但沉默并没有持续多久，会议就被帐外一阵异样的声响给搅散了。

她是被团部给各连分送给养的卡车拉来的。她跳下来，又让车上的士兵把孩子抱着送到她怀里。孩子脸色红扑扑的，微喘着站在母亲身边，两眼睁得溜圆，既好奇又胆怯。

"到了？"他问母亲。

母亲点点头，眼光和孩子一样在个个面孔黝黑的士兵堆里寻觅。她觉得自己看见房宽了，而房宽也似乎在望她。可他怎么一点反应也没有呢？她牵着孩子的手朝前走了几步，看到有人朝自己过来，马上又立住了。

"你找谁？"

"孩子他爸。"

田家航笑了："我们这里有很多孩子他爸。"

"孩子他爸叫房宽。"女人又道。

田家航转身回到人群里，拉拉房宽的胳膊，轻声道："呆子，你老婆来看你了。"

房宽这才过去，望着老婆"嘿嘿"一笑，淡淡地问一句："来啦？"好像他们昨天才分手，又好像他们刚刚才认识几天。女人痴痴地打量他，又赶紧拍拍孩子的后脑勺："看，你爸，快叫！"

"爸！"

这嫩声嫩气的声音吓了房宽一跳。他惊愕地低头看他。这就是他的孩子，一个月前还见过，可现在自己怎么不认识了呢？他又抬起头，小心谨慎地探问道："他就是我的那个？"

女人点点头，突然哭了："不是你的是谁的？你不认识他，他可认识你。他见天看你的相片，你呢？你前年探亲时，你们两个人从早耍到黑，睡觉时还要钻一个被窝哩！当兵把你当成傻瓜了。你咋就不问问，面前这个女人是你的吗？"

房宽茫然无措地回头看看连队的人，又对女人说："你现在哭啥？昨天我们刚哭过，你没赶上时候。"

女人以为丈夫在逗她，揩一把眼泪，嗔道："傻瓜，哭还要规定时候吗？你们部队的规矩也真多。"说着，她抱起孩子，塞到丈夫怀里，等待着他把她引到一个可以坐下歇歇的地方去。

房宽笨拙地抱着孩子，就像抱着一口袋面粉，下意识地朝伙房走了几步，又折回来，望着自己的女人又是一阵"嘿嘿嘿"的笑。笑完了，他想逗逗孩子，却忘了怎样逗，一个劲地用一只粗糙的大手摸孩子的脸，蓦地，又慌慌张张将孩子放到了地上。他看到华老岳朝自己走来，神经质地分辨道："不是我……叫她来的。"

华老岳根本就没拿眼看他，笑望着女人说："既然来了嘛，我们就欢迎。你认识我吧？"

女人摇头。

"哈！我就是那只不通人性的狼。"华老岳说着，抱过那孩子，一连亲了好几下。

"几岁了？"

"五岁出头。"女人道。

"比我那老小小两岁。"他说着，把孩子交给身后的徐如达，"先去连部坐坐，让他们吃饭。"

饭后，房宽一家被徐如达引进了一排的帐篷。好像是华老岳变的戏法，帐篷里打扫得干干净净，士兵们的被褥已经不见了，几床草垫子摞了起来，在帐篷的一角摆成了一张双人铺，四床被子铺在上面，软乎乎像席梦思。华老岳将孩子抱起，扔到铺上，对那女人说："你只要求见一面，可我给你们安排了一个晚上。怎么样，我这个营长还可以吧？"

女人含蓄地笑笑。而房宽却连声道："可以，可以，营长，费心啦。明天早晨天一亮我就叫她走。"

"再说吧！到时候还得看有没有顺车。"他诡谲地眯起眼，"可要注意，你们说话得小声点。这里一年半载见不到女人，听窗户的少不了。"

女人脸红了，低眉瞅瞅丈夫。房宽规规矩矩站着，就像他平时在队列里聆听训话那样神情肃穆。华老岳拍了一下他的肩膀，又道："别呆头呆脑的了，老婆来了就应该高兴，在我们这儿能有这种好事的，数你头一个。"

"对，我高兴。"房宽强迫自己笑了笑。而真正高兴起来的却是那孩子。华老岳将他拉起，大手在胳肢窝一挠，逗得孩子"咯咯"笑个不住。

"你是要出去玩，还是要待在这里？"

"出去！出去！"

"好。"华老岳把孩子放到地上，牵着他的小手朝外走，又在门口回过头来，"我给你们提供方便了。你们忙吧！"

"嘿嘿！"

女人低下头去。

孩子看见许多士兵在向他招手。他挣脱华老岳的牵拽，朝前跑去。他不认生，因为这里全是和他爸一样的解放军。

"冲啊！"他喊起来。

有人把自己的帽子扣在了他头上。他神气了，举手朝乐呵呵的华老岳瞄准："啪！"

华老岳"啊"一声，用手捂住自己的胸口。

"冲啊！"他跑向华老岳，见对方举起了双手表示投降，便又回身冲向士兵们。"冲啊……"孩子跑着，突然有了一种头重脚轻的感觉，一个马趴摔倒在地。他挣扎着爬起来，"冲啊！"刚喊了一声就又栽倒了。

士兵们哈哈大笑。华老岳也在笑，但本能的警觉使他跳了过去，扶起孩子，拍拍他身上的土。可一松手，孩子便又倒在地上了。几乎在同时，华老岳脸上的笑意飘散得干干净净，他大喊一声："孩子！"

见到丈夫后又悲又喜的女人出现在帐篷门口，大声叮嘱她的孩子："别乱跑，回来！"忽又闪了进去。

孩子回来了，但他是被华老岳抱回来的。女人正在为丈夫拂去沾在头发上的土屑，一见华老岳，满脸通红地朝一边躲去。华老岳用牙咬着嘴唇，鼻腔里酸酸的。但他早已不会用眼泪表示悲恸了，叹口气，过去把孩子放到铺上，拉开一床被子盖住。

孩子的母亲和父亲看着华老岳的举动，谁也没有觉察到什么。甚至当华老岳感叹着说了句"他又睡了"时，两口子还在冲他微笑。

"营长，你忙去吧，孩子让他自己待着。"女人感激地说。

华老岳深吸一口气："他只有自己待着了。在我们这里，心脏突然停止跳动，或者因缺氧窒息而死的人太多了。现在，需要你们自己保重，哭吧！我什么时候下命令不准你们哭，你们就不能哭。我们的战士都这样，不然就会哭死的。"

　　房宽毕竟是经常见识死亡的人，首先醒悟过来，望望床铺上的孩子，又望望自己的女人，淡淡地说："孩子死了。"那口气就像告诉她，这地方没水洗脸一样平常。

　　女人误解了他们的意思，爽快地说："你们放心，我明天就带孩子走。我也知道这地方住长了不好。"

　　面对这位毫无死亡意识的女人，华老岳实在不忍心说穿，默默出去了。他没有走远，立在帐外，等了半个时辰后，才听到了女人的一声惊叫。

　　好像是场梦——这种梦一个人一生只能做一次。而且只有闯入这片亘古荒凉的生命禁区的人，才能深刻体验那种生之如梦的真理。

　　夜，好亮的群星。月亮远远遁去了，就像女人的希望渐渐暗淡了一样。阴险的大风，没有温情的空气，飘来荡去的永恒的残酷。一排的人照华老岳的安排挤在了二排和三排的铺位上。空荡荡的帐篷里，女人终于抑制住了自己的哭声。这并不是由于华老岳的命令，也不是由于那么多士兵的安慰，更不是由于丈夫那似乎不记得自己有过孩子的冷静，而是由于更为深沉的绝望。

　　天亮了。她是无法实现自己的应诺的。她坐在床沿上忘记了走。房宽木然立到她身边，像个沉默的保镖，随时准备迈动脚步送她上车。此时，他脑海里唯独这个意念是异常清晰的。

　　炊事班的人进来了，将早饭放到他们面前。除了脱水菜和馒头，炊事班给他们又做了两道菜：炒蛋粉和午餐肉片拌海带丝。他们没吃。过了一会儿，房宽突然意识到，她不动身是由于她不吃饭，便拿起一个馒头递给她。她不接。他说："吃了饭你才能走。"

　　"走？"她眼光浑浊地望他，摇摇头。

　　"你不吃？"

　　"我不走。"

　　"营长说了，你得走。"

　　"要走我和孩子一起走。"

　　"对，你们一起走。"

　　女人猛地站起，悲凉地喊一声："房宽！"

　　他轻轻答应了一声。

　　"我不走！不走！你把我的孩子给我。"

他放下馒头，从床铺上抱起裹着白床单的僵硬的孩子，递到她面前。

她眼睛睁得那么大，瞳仁凸起，似乎马上就要扑哧一下滚出来："你咋啦？你就呆成这个样子了吗？"

他怔怔的，不言不语。女人发怒了，一记耳光扇过去，想扇出丈夫的清醒来。可他反而更加糊涂了，放下孩子嚷道："部队不兴打人！你想坐禁闭啊？"他看门帘掀动了一下，便神经质地撕住自己的女人，"你走！走！营长，她不吃，也不走。"他浑身哆嗦着。

华老岳长叹一声。

房宽松开她，哀哀地说："你走吧！你不能再给营长添麻烦了。"

女人站起来，激愤地说："营长，我不走，不走，要走就和孩子一起走。"

房宽狠狠推了她一把，跺着脚，忧急地道："给营长，你不能这样说话，我们，是部队。"

她歪着身子倒在了床铺上，又很快翻起来，冲自己的丈夫发出了一声惊心动魄的野兽般的嘶叫，接着便跳起来扑打房宽。和华老岳一起进来的王天奇和李向国赶紧过去拉住她。她马上平静了，坐下来头勾到胸前，浑身一阵阵抽搐着。华老岳过去，将孩子抱在怀里，征询地望望她，又望望房宽，朝帐外走去。

孩子被埋在了山上，和那些死去的军人永远地待在一起了。华老岳像个职业送葬人，又一次亲手为一个幻灭了的生灵掘出了墓坑。只是，他比以往显得悒郁沉闷多了。他久久望着那个没有墓碑的新生的坟堆，拜托冰凉刺骨的荒风，在这个军人孩子长眠的地方，吹出一抹暖意的绿色。

四连全体官兵为孩子送葬。一百多个仍然活着的人有着一百多颗为死亡而跳动的心脏。华老岳破例允许了士兵们的行为，也空前慷慨地让全连停止施工半天。因为他也是个有孩子的人。

女人终于明白了过来。在孩子冻土垒成的冰凉的坟头，她一声轻一声重地哭喊了一阵后，就觉得自己再也没有必要待在这里了。丈夫那不可救药的呆傻已经向她暗示了她失去的不仅仅是孩子，而是整个生活。她被那么多官兵，被多少有了点伤感的房宽，送上了一辆被华老岳从公路上拦截过来的军车。她要走了，来时两人，去时一人，谁也无法透视她内心的晦黯和掂量她的沉重。车一摇一晃的，她扶着车厢板，瞩望渐渐远去的墓地，迷蒙了，苍茫了，消逝了。她将最后一抹眼光停留在顷刻也要消逝的丈夫身上，倏然觉得她已经把一切留在这座荒山、这片荒土上了。她唤了一声孩子的名字，便跨上车厢板，从车上扑了下来。

官兵们跑向汽车。

男人们的群集的哭声，嘹亮得如同号角，在白茫茫的唐古拉积雪之上，回荡……

第三章 白世界

　　一年多过去了，全团一千多公里长的管沟全部挖成，管道铺设已经开始。输油管线工程团的团领导联名上书总部，提出了无法按预定时间全面完成铺设任务的五条理由。而总部采取的措施却是调整领导班子。一营营长华老岳被任命为该团副团长，两个月后，老团长由于固执己见被上级调离岗位，重新安排，华老岳代理团长职务，不久便得到正式任命。与此同时，在华老岳的努力下，一营教导员周凤枝被任命为该团副政委，四连连长王天奇被任命为一营副营长，行使营长职权。周凤枝高高兴兴走马上任了，而王天奇却坚辞不受，理由是他的身体已经决定了他的无能，他不想离开能够理解他的四连，即使死也要和士兵们死在一起。并且他还说，他不想做出头的椽子。他已经预感到某种更大的不幸了。而这种预感似乎更为明显地表现在该团老政委林一柱身上。他是个坦率的人，一遍遍地在信中重复着"我吃不了那份苦"、"我不想死在高原"之类的话，请求他的老上级将他调进了总部所属的某军事学院总务科。虽然是降级调动，但他却高兴得要死，以为在有充足氧气的内地当个平头百姓，也比在高原山顶做皇帝强。偏偏就在这个有人因为对不幸的预感而调离，团队领导干部没有配齐的时候，华老岳迎来了本年度极为头疼的复员转业工作。

　　在退伍官兵的名单上，团长华老岳将徐如达的名字用红笔圈去了。之后，他又通知组织股和军务股，对退伍人员名单重新研究一次，首先要考虑他们能干不能干。还能适应高海拔地区强体力劳动的，坚决留，不行的，坚决退。至于思想表现、家庭困难和他们自己的要求，只能作为参考条件，甚至可以不予考虑。这样一来，退伍名单就成了病残人员花名册。但在复员转业人员来格尔木团部集结的前一个月，名单上的人员又屡次更换，原因是各种情况下的伤亡事故几乎天天都在发生。

九月，唐古拉山南部和念青唐古拉山中部降下一场冰雹，二营二连三连四连工地上出现雹灾，鸡蛋鹅蛋大的雹石倾泻而来，铺了厚厚一层，二连有三人被雹石当场打死。至于受伤的，三个连队加起来不下一百名，其中四人已是无法预测前景的严重脑震荡。而在风火山地区，由于地势高、云层低，一营的两个士兵被雷电殛死，奇怪的是，风火山上每年都要被雷电殛死人，而且不多不少，总是两个。几乎在同一时刻，难得风和日丽的唐古拉荒原上突然冒出了一道金黄色的地光，正在第一线督战的副政委周凤枝恰好和四连的十一名士兵处在地光弧线内，他们觉得耳朵里出现了一阵如同狼嗥的声音，几分钟后，就什么也听不见了。当华老岳得知消息，打电话给周凤枝时，周凤枝竟在电话里大声责备："你哑巴了？说话呀！"他是听不见了，自然界和人世间的一切恶音与福音，对他和那十一名士兵来说，都变得遥远而不可知了。但华老岳并没有要那十一名士兵复员的意思，尽管他们本人联名向团部提出了申请。因为耳聋不影响干活，只要眼睛能看，钢管就不会安装错位。部队面临新旧交替的局面，人心浮动，恰好给死神提供了畅怀大笑的机会。三营一连副连长冯高川患有严重的高山性肝功能衰退症。他估摸自己今年非走不可了，便想逮几只水獭，剥了皮好带到地方上联系工作。可他一去不归，不归就是迷路了。三天后，等士兵们在离那曲河一公里的地方找到他时，他已经饿得无法动弹，周围簇拥着几只活蹦乱跳的水獭，似乎准备一俟他咽气，马上就扑上去啖肉噬血。水獭一见活人，便杳然不见了踪影。就在寻找冯高川的过程中，两名士兵失踪，连队派人找了一个星期也没找到。汇报到团部后，华老岳当机立断，没有发现尸体就有可能还活着，按复员处理，于是名单上有了他们的名字。一营二连的两个班，在没有干部带队的情况下，去格拉丹冬冰川背冰，遇到雪崩，砸死士兵九名，伤残六名。但是，所有病残人员合在一起也还是无法完成退伍指标，而要是把还能干活的人补上，部队就会损失一批施工骨干。华老岳没和任何人商量，就让军务股把新近死亡的人全部填进了退伍人员名单。这样，名额虽然满员，但实际退伍的人却只有名单上的三分之二。烦恼的退伍人员名单终于定下来了，新的烦恼又来搅扰他，那便是身体的麻烦。华老岳觉得在对死亡的应接不暇中，自己也正在无可奈何地面临着一种走向死亡的衰变。

自从那次和马大群比赛打炮眼尿血之后，他的身体一直没有彻底恢复，倒不是那病有多严重，而是他根本就没捞到安心治病的机会。他隐隐感到自己好像再也不可能像过去那样肆意挥耗旺盛的精力了，愤怒地警惕着身体的每一个部位出现的异常。甚至在这天夜里，他梦见了自己的灵魂，那是一个多么苍老疲惫的东西！晃动在他面前，像一团古老的云絮，又像一堆到处是窟窿的残骸，须臾又变了：一只正在向着落日哭泣的说不清是什么的弱小动物，一片纤尘不染的正在消融的积雪。早晨醒来，他惊恐地摸摸自己已经消瘦下去的皮肉，一连喝了三大杯麦乳精，似乎那白色的浆汁就是化肥，会顷刻催壮自己植物一般的身体。但他很快就平静了下来。妻子突如其来的一封信使他感到了一种额外的满足。过去他三个月接到她的一封信，当了团长后信的周期缩短为两个月，在习惯上，他还没有适应这种变化。信的内容几乎和往常的一样，她说她很好，正在努力工作，两个孩子也好，很健康。使他纳闷的是，老二已到上学年龄了，可她只字未提，没提就是忘了，忘了就忘了，他不打算计较，要计较的话，那她忘记告诉他的就不可胜数了。比如，他已经五年没有探亲了，她应该告诉他她想他，她希望他回来一次，就像他们刚结婚那几年她在信中说的那样："想让你亲，让你抱，想让你的胡茬扎我的脸，想让你的头枕在我的身子上。想……想……想……"可这些她已经多年不说了，忘了，忘了也好，免得让他躁起来，夜里躺在铺上不安分。他把那简单而又简单的信看了三遍，正要折起来装好，忽听有人敲门。他喊了声"进来"，话音未落，门就被推开了。来人是王天奇。

"你怎么下来了？"华老岳吃惊道。

王天奇坐到他对面的椅子上，半晌不说话。

"出什么事了？"华老岳跳了起来。

王天奇这才道："指导员被田家航用枪打伤了，我来送他进医院。"他看团长愣怔着，又道，"昨天田家航喝了点酒，他说他要考验一下指导员，便拿着五十元钱去对指导员说，希望他能解决他的党籍问题，将来回地方好安排工作。指导员竟然答应了，也收了钱，后来就出了事，好在子弹是打在大腿上的，也没伤着骨头，住几天医院就没事了。"

华老岳紧绷着脸，咬牙切齿地骂了一句："我枪毙了他！"

"谁？"

"除了李向国，谁还有资格挨枪子？"

"光发火没用，我是来向你讨教处理办法的。"

"你说该怎么办？这种事是要上军事法庭的。"

王天奇沉默一会儿，道："枪是指导员的，要是田家航狡猾一点，他就可以说，为了某种事情，指导员用枪威胁他。他为了自卫，跳上去夺枪。在争夺扭打中，指导员不小心扣响了扳机，打伤了自己。"

"你想包庇他？"

"你难道就不想包庇？"

华老岳沉吟着："你在将我的军。"

"他家里就他一个儿子，父母老了，日后全靠他。再说，他可能就要结婚了。"

"和谁？告他的那个？"

"告状有什么用？她已经有孩子了，是田家航的。"

"尽给我扯淡！当初我就觉得田家航满口假话嘛！"

"谁不说假话？你有时……"

"行了！"华老岳果断地挥了一下手，"那就照你说的办吧！不过，这是军事机密，不可告人哪！"

"不告人就是想骗人嘛。"

"另外，对田家航也要惩罚一下，要对他约法三章：一不准他闹复员，二不准他在两年内请探亲假，三要踏踏实实干活，立功赎罪。多一些这样的人，对工程进展也许有好处。"华老岳说到这里，几乎没有停顿，便将话题转到了施工上："钢管铺得怎么样了？你总不能老给我报忧吧？"

"无从报喜，只好报忧。"

一营四连是全团唯一一个还没有开始铺设输油钢管的连队。他们的管沟开通任务比别的连队重，竣工晚，加上这年工地东部的那一片沼泽地突然冒出几股冲力极强的地下水，漫漶四野，拉运钢管的拖板车无法穿越，只好卸在八公里外的公路边。四连现在的任务是抬运钢管。

"我再给你四天，全部抬完。"

"先不谈这个，我问你，今年转业的有没有我？"

"你这是什么意思？想要挟？"

"打听一下，免得到时候宣布没有我，再提意见就来不及了。"

"你想走？没那么容易。四连的状况你知道，除了我和你，谁也玩不转。"

"你不让我走？"

"你应该有这个准备。"

王天奇不由自主地骂了一句娘，道："我走了。"

华老岳懂了，他其实并不想退伍，高兴地说："记住，四天。"

"不要再催命了。要是你到现场去看看，你就会明白，十四天抬完也是最快的速度。"王天奇说罢就要出门。

"老天爷，十四天？那我就该辞职了。"他怪声怪气地叫着，端起桌上的茶杯，咕了一口刚才没喝完的麦乳精，"走，我现在就跟你去看看。"

电话铃响了，他抓起来，一听就知道是军需股股长的声音。从内地运来的军需物资没按时间全部运到，运到的又出现严重短缺，尤其是唯一可以作为部队副食的各类罐头一箱也没有运来。为这事，华老岳曾三次打长途电话，和远在千里之外的积压了物资的铁路运输单位交涉，最后才明白对方的意图，那些短缺的物资本来就应该由部队进贡给他们，而另外一些东西之所以迟迟不到，是由于他们等待着接货单位的觉醒，爽爽快快主动送点甜头来。他生气，但又无可奈何，只好让步。这会，军需股长又告诉他，物资至今没有运到，可能是人家嫌答应给他们的东西太少了。华老岳憋不住吼起来："等我当了国家总理，撤他们的职，抓他们进监狱。狗日的，枪毙了不用贴布告的畜生！"

"团长，这是以后的事，关键是现在怎么办。"

"怎么办，再等等吧，给他们那么多东西，我舍不得。"

华老岳余怒未消地和王天奇来到门外，朝停在不远处的吉普车走去。

"司机！司机哪去了？我说过，我随时都要出发，让他在车里等我。"

司机不知从哪里慌慌张张冒了出来，钻进驾驶室的同时就踩响了油门。

车开了。华老岳道："老徐也不能转业。今天晚上你和我都得给他好好谈谈。"

"我看还是放他走。人家是人才，有大用场，窝在我们这儿，当个小连副，文又不能，武又不会。怎么，你没见他？他早就来团部打听消息了。"

华老岳一愣："你们连干部都下来了，连队由谁带工？"

"连队今天就没上工。星期天嘛，该让战士们睡个懒觉了。大家都知道老徐干什么去了，就是强迫战士去抬钢管，也是走一步摇三摇的。"

"停下！"华老岳吼一声。

司机大概已经习惯了团长的这种做派，不慌不忙地将车停下。华老岳跳下车，转身在车门口指着王天奇的鼻子说："你现在回去，给我马上开工。我拉上徐如达连夜上去。"他说罢转身就走。司机从窗户里看着，想把车拐回去。

"走吧！团长让你把我送到四连工地。"王天奇用脊背使劲靠了一下座椅，斜斜地躺了下去。他很少有坐小车的福气，这次坐上了，他非得美美睡一觉不可。

徐如达已经来团部两天了。他之所以没去见团长，是因为他还没考虑好达到目的的办法。他是了解团长的，软硬不吃是团长的特点，可眼下，除了软硬兼施外，是没有别的路可走的。他花了一天时间，将五个从牧民那里用子弹换来的麝香和自己猎获的三十二张旱獭皮以及攒钱高价买到的五床青海纯羊毛毛毯打成了两个大包，从汽车站托运回北京了。这是他给那个离了婚的爱人提供的打通各方关系的礼品。为了自己能有一个理想的单位，他必须这样，生活已经教会他许多了。她是半年前调进北京的。根据他们原先的设想，进京两个月后他们就应该复婚。可直到现在，她连封要求复婚的信都没有。一旦复了婚，他就有了进北京的理由，再加上他所信赖的她的活动能力和那些麝香、毛毯、旱獭皮的作用，他相信事情不难办到。他已经瞄准了他应该去发挥作用的那个科研单位，而这种单位在全国也只有北京、沈阳两地才有。他在邮局给她拍了封电报："情况紧急，速来电要求复婚。"华老岳来找他时，他正在团部招待站的一间摆着大通铺的会议室里，琢磨着她的回电："速来复婚，过时不候，工作正在联系。"他纳闷，她干吗要用"过时不候"这句话呢？叫别人看了，难免起疑心。结婚复婚都是个感情问题，难道时间一过感情就断了？要是团长说："就让她过时不候吧！你堂堂男子汉，不会找个新的！"他该怎么回答？

华老岳进来了，沉重的脚步声吓了他一跳，他连忙站起，神经过敏地将电报塞进了衣袋。

"我看见了，是电报，谁的？拿过来让我看看，什么事情能让我们的一个副连长擅自脱离连队。"

华老岳的单刀直入使得徐如达也不想再去顾虑别的了，他将电报掏出来递过去，紧张地研究着对方的表情，准备随时来一个强硬的反驳。但华老岳看了电报后，却温和地叹息一声，心平气和地替他惋惜道："当初你们不离就好了。幸亏她觉悟得早，不然，她就会彻底失去你这样一个真正的军人。这样吧，等钢管抬完管道铺设开始后，我准你一个月的假，回去把婚复了，再联系一下工作。明年这个时候，我一定放你走。"

徐如达懵了，半晌吐不出话来。

"走吧，现在我们一起回四连，我要在那里陪你干两天。"

徐如达跟他走到门口，突然又停住："明年放我走？太远了，要是我死了，什么也就完了。"

"要是你不想死，你就死不了。我华老岳保证你活着，你死了，我从团部倒着走到拉萨。"

"空头支票，什么也不值。"徐如达一屁股坐到床铺上，"团长，就让我今年走吧！实话说，我在这里是浪费生命，我不如一个战士有用。但在我熟悉的那个领域中，我知道我有多大的能耐。不信，过两年你听我的消息。"

华老岳阴沉的脸上大块大块的黑色肌肉剧烈地跳动着，但他的话却仍然异常温和："你这是在求我了，那我也求求你吧！走，跟我回连队。"

"团长……"徐如达哀哀地望着他。

"别说了！你必须听我的！"华老岳压抑着自己的火气，固执地说。

徐如达忽地站起来，咚的一声跪下了："团长，让我走吧！我会感激你一辈子的。"

华老岳倏地扭转了身去，似乎眼睛看不到他，就等于他没给自己下跪。

"团长……"

"起来！"

"你一定得答应我。"

华老岳不理，傲慢冷漠地伫立着，忽觉有一根敏锐的神经抽搐了一下，一股温热的气息流遍了全身，双膝上的皮肉轻轻跳动起来。他想起自己也是下过跪的，准确地说，他是跪在了她的两腿之间。他轻轻摩挲那两条搭在床沿上的双腿，就像一头即将冬眠的野兽激动地抚摸着心爱的食物。他吐出湿漉漉的舌头，在那丰腴的腿上贪婪地舔舐着，似乎嗅到了肥大有节的莲藕的清香。终于，他张大了嘴，用牙齿轻轻蹭着。"老岳，咬我一口吧！"她说。她的头好像和她的身子分开了，在一个遥远的地方恳求着他。他服从了，慢慢地将牙齿陷进那弹性十足的肌肉里，准备着一等她"哎哟"一声，就马上松口。可是，他觉得他已经十分用力，甚至可以将一条干鱼咬碎了，而她却一声不吭。他猛地将牙齿拔出凹陷的皮肉，眼光发直地看着两排搓板一样的牙印，牙印迅速变化着，一会儿又成了扒去了鱼鳞的嫩红的鱼肉。他问她："疼吗？"从远方传来一声痛苦的笑声："咬啊！再咬啊！"他不敢了，将整个脸贴在她的腿上，像浸在柔滑温热的夏季海水里那样痛快地摇头晃脑。这时他已经明白，爱是咬出来的。如果没有被咬的痛苦，也就没有被爱的幸福。之后，他站起来，请求她来咬他，她咬了，那样果敢，那样认真，那样充满了热情，可是他却叫了一声："轻点！""不让咬疼那我就不咬了。"她说着赌气似的离开他。他吼一声："过来！"她浑身一颤："轻点！"他这才意识到他们不是海中的鱼，不是原野上美丽的公狼和母狼。他在她的宿舍里，他们还没有结婚。他那时想，要是人谁也不管谁，那就好了，她就可以在任何地方对他裸露她那生命发育史上最完美无缺的肉躯，以便让他称心如意地进入一个灵和肉纵情歌唱自由的境域。

五分钟过去了，徐如达看到的仍然是团长阔大的背影，沉默就像激素那样强化着他们之间紧张对峙的气氛。又过了五分钟，徐如达道："团长，我这双膝一生只给我死去的父亲跪过一次，连毛主席死的时候我也没跪过。现在，我给你跪下了。你知道我心里装的是什么？什么也没有，只有耻辱。难道我这种背负耻辱的痛苦仍然换不来你的同情吗？"

华老岳说话了："我从来不同情你这种人，因为你本来就应该感到耻辱。那么多战士死了，而你却给人家下跪，说，让我活吧！可耻！"

徐如达真想把牙齿咬得崩落在地上，因为他发现对方是永远不准备体察自己的苦衷的。"魔鬼！你是魔鬼！"他绝望地喊着，突然抢过去端起窗台上的一盆倒挂金钟，双手举着狠狠地砸了过去。

花盆被正要转过身来的华老岳用肩膀碰落在了水泥地上，破碎了，绿叶和雪青色的花朵纷纷抖落，根须从裂开的泥土中露了出来。

"魔鬼！魔鬼……"

华老岳像山体一样巍赫赫地不动不摇。徐如达声嘶力竭的喊声蓦然跌入了寂静的深渊。他双唇和鼻翼像要掉下来似的跳动着，绷大一双愤怒而恐怖的血红的眼睛瞪着窗外。一会儿，那愤怒便不知不觉散去了，剩下的只是失意落拓和浑身瘫软的感觉。他前走几步，颓唐地倒在了床铺上。华老岳嘘口气，高声问他："怎么样，发泄得够意思了吧？"他看徐如达垂下了头，便过去拽住他的手，拉他起来，"走吧，只要你砸不死我，就得乖乖跟我走。"

魔鬼！他真是个魔鬼！徐如达想着，像一条恋家而背时的狗，被华老岳牵出了门。

华老岳那部车将王天奇送到四连后，回来的途中抛锚了。团部的另外两辆车，一辆归刚从西藏部队调来常驻拉萨分管三营施工的副团长使用，一辆必须留给留守团部的副政委周凤枝，应付随时都可能发生的紧急情况。华老岳和徐如达只好搭乘运输连的顺车前往。等他们来到四连时，已是第二天早晨了。从公路边到工地的八公里长的沼泽地里，四连的士兵们全部散开，八人一组，抬着钢管，缓慢地移动着。每根钢管十三米长，七百多公斤重。在这轻装行走都要喘息不迭、失重跌跤的海拔五千三百米的地方，超负荷的重量使人就像一根正在接近沸水的挂面，随时都会稀软下去。脚下毫无温情可言的地上，尽是些长着扎脚硬草的小土丘，如同带刺的木桩。土丘周围是水网和泥沼，荧荧烨烨地漫溢开去，清澈得好像一面面形状各异的玻璃。间或有一摊牛粪花朵一样绽放在那里，让荒凉变得可亲了一些。人们小心翼翼地挪动着脚步，从一个草桩趑行到另一个草桩。尽管胶鞋的底子厚实而柔韧，但他们没走多久就感到脚板一阵阵胀疼。突然，有人脚一滑，朝水沼倒了下去。钢管沉重地夯到地上，斜斜地插入泥中。华老岳喊了一声"小心"，便踩着草桩，袋鼠似的跳了过去，拉起倒地的人，一看，竟是房宽。房宽像是有意化妆过的，满脸污迹，黑乎乎的，只在眼睛四周揉出了两圈苍白的皮肉，两颊上还有几道血印，通过腮帮延伸到脖子底下，看得出他是经常摔跤的。华老岳打量着，房宽连忙调动脸上的肌肉，冲他笑笑，将两只糊满泥水的手在衣服上蹭来蹭去。华老岳充满怜悯地叹口气，说："过几天你就要离开连队了，能这样站好最后一班岗，他们这些留下来的人会记住你的。"房宽发出一串似笑非笑的"嘿嘿"声，用脏手抓抓脖子。华老岳不再理他，抱起钢管搁到自己肩上，向前面的田家航打声招呼，弯腰曲腿地走了。房宽立着，像突然明白了什么，急转身又朝堆放钢管的公路边走去。

这天上午，华老岳不停息地抬了三趟。他虽然和别人一样感到胸闷憋气、吼喘不已，腰腿又硬又酸，但那种身先士卒的精神却有增无减，只苦了那几个和他一组的士兵，尤其是田家航，不停地咳嗽着，眼巴巴望着自己吐出来的痰血，却不敢去休息一会儿。往常，他们一上午是只抬两趟的。

眼看就要收工了，华老岳咬咬牙，对他们说："再来一趟！"

士兵们用急促的咳嗽和摇摇欲倒的姿势表示着不想再抬的愿望，而脚步却跟着他走了过去。这情形被正要往回走的王天奇看见了，过去对田家航说，休息去吧，我来替你。田家航踌躇不定地立在那里，意识到自己是个犯了错误的人，必须在团长面前有所表现，忙又上前，拉拉另一个人的胳膊，示意他回去。那士兵犹豫着，但这种犹豫不过是做做样子罢了，等别的人不再拿眼看他时，他像摆脱了噩梦，长长地舒口气，回身走了。

但这次，当华老岳把第四根钢管放到肩上后，就明显地感到自己欲振乏力了。首先是肩膀怎么也耸不起来，不用手牢牢扶着，钢管就会朝下滑去，他强打精神走了一会儿，又觉得腰像错了位似的往下坠，胸脯无法挺直，郁积的气体变成了几疙瘩棉花，壅堵着呼吸，弯曲的双腿老是摆来摆去的，使他无法将脚准确地踩上草桩，整个身子也就轻悠悠地飘晃起来。而这时，他发现前面的三个人比自己摆动得更加厉害，一跛一跛的，残存的力气只能使他们勉强支撑起钢管，一寸寸朝前挪动，而无法迈开步了。华老岳想，不行了，应该马上让他们把钢管卸下来，但他说出来的话却是："坚持住！走一点是一点。"钢管中间的田家航觉得这声音是专门冲他来的，便鼓着两腮，将沉重的腿抬起，刚一迈步，就被草桩绊了一下，他身子一歪，猛地朝下扑去。紧接着，最前面的王天奇哇地吐了一大口血，像被什么狠推了一把，踉踉跄跄前跑几步，便一头栽向草桩。失去了平衡的钢管将一多半重力朝华老岳压过来。他沉闷地叫了一声，在另一个人被钢管压得趴下的同时，他浑身一抖，将钢管奋力推开。钢管和他一起落在了水沼里。水面上顿时冒出一些气泡，后来就殷红一片了。

徐如达一个电话火速招来了那部抛锚后又修好的吉普车。受伤的团长和尚存气息的王天奇被连夜送往格尔木。至于一个当场倒毙的士兵就只有在旷野中的荒冢里兀自孤独了。田家航还算幸运，虽然身体有损伤，但生命依旧旺盛。休息了一夜后，就能够自己走出帐篷，去迎接又一个新生的太阳，呼吸纯净无染的空气了。就在太阳以无比红火的颜色染透了整个唐古拉荒原后，彻夜未眠地守候在电话机旁的徐如达，接到了顽强的王天奇终于告别人世的消息。他的死因，除了伤势外，还有那和缺氧一样可怕的醉氧。不可征服的缺氧，不可征服的醉氧。上山是死，下山也是死。谁知道这些官兵比别处的人提前多少年迎来了死亡。荒原深处没有哭声，对死亡的淡漠似乎使他们个个都成了超然于生命之上的没有悲痛的物种。

太阳没走完它在荒原白昼中的历程，就倏然泯灭了。云雾竞赛似的从天边的起跑线上飞奔而来，轰然压向人们头顶。第二天，被酷虐和悲惨拥抱着的四连就迎来了大雪中的万籁俱寂。肆无忌惮地摧残着生命的寒流太有些出乎意料了，因为这是老天爷的意志，而在这世界屋脊的顶端，老天爷从来就是想干什么就干什么，人类对它不过是一种逗起兴致的存在罢了，就像进入它鼻腔里的几粒沙子，它随时都可以用一个喷嚏将这沙子喷向死亡的深渊。人们比照着别人的死亡，比照着连长王天奇，猜测着自己，猜测着未来。所有人都在沉默。一片沉默。

就在唐古拉大雪出现后的第二天夜半，华老岳被聋子副政委周凤枝派车接出了医院，半个小时后，他们又驱车朝四连工地赶去。

已经无济于事了。华老岳的到来只能给那种惨烈的压抑的气氛增添一些更为深刻的内容，只能让蒙着一层浓雾的事件明朗一点罢了。

十一具尸体像平时列队那样按顺序横陈在露天地上。寒风凄厉，裹尸的白色床单哗哗抖动，不安的灵魂早已升天了，在空中哀鸣着久久不肯远去。副连长徐如达抑制着悲痛，告诉华老岳，他们是在去沼泽地捡拾取暖用的牛粪时全体冻死的。但当华老岳心惊肉跳地揭开尸布，一个个看过尸体后，便禁不住失声大叫："他们是自杀！"

十一具尸体有十一张血红的半张着的嘴巴，临死前喷涌而出的血将他们的下巴和脖子全部染红了，甚至有人的眼中和鼻腔里也都结满了凝冻的血痂。痛苦歪曲了他们的脸形，眼睛凸突着，肌肉移动了位置，青筋暴露，像铁丝那样网罩在头上。

华老岳抖抖索索将手伸向一具尸体的口袋，摸了一摸，什么也没有摸到，便来到排在第一名的那个人跟前，仔细将他的所有口袋翻遍了，还是没有摸到他所猜测的那种东西。他站起来，眼光盯住徐如达手中的一个血污的挎包，问他挎包是谁的。徐如达不语，还将挎包朝身后挪挪。华老岳上前一把夺过来，伸手就摸。他从里面摸出了一个纸包，打开一看，全是玻璃渣。接着，他又摸出一盒剃须用的剑鱼牌刀片，一盒二十片，现在只有九片。此外，挎包里还有几枚铁钉和两支不知从哪里搞来的体温表。显然，这些都是吞服后剩下的东西。他们是蓄意自杀的，而且做了充分准备。华老岳就要吼起来："为什么要自杀？"可这时，徐如达用突然爆发的号啕大哭一下子让他明白过来，真相是不可泄露的，至少在整个施工期间。他赶紧将那些东西装回去，两手紧紧攥住挎包。

华老岳伫立在十一具惨不忍睹的尸体面前，他连自己也拿不准要伫立多久。

徐如达抹着眼泪过去，递给他两封信，低声告诉他，信是从死者身上找到的，华老岳脑子里迅速闪过遗嘱这个词，可等他急急打开后，不禁吃惊地问："怎么会到他们手里呢？"徐如达摇摇头。信是王天奇的，一封是他妻子的来信，一封是他没有发出去的回信，两封信，两个人，就像风与雾，就像山与水，就像天与地，就像一切和谐一切断裂与一切抗衡。

雾说，水说，地说："天奇，很久不给你写信了。自从你那次来探亲后，我就一直在考虑那个问题。到现在也没想清楚，要是我们已经有了孩子，也许我也就死心了。但现在我不能死心。说句不好听的话，你已经是个废人了。我总怀疑是你犯了错误后部队给你上了刑。因为你以前是好好的。我们刚结婚那些日子，你天天要，有时一天要我好几次，我都被你要怕了，但作为一个女人，这样的害怕是幸福的害怕。可是现在，我只能想一想那种幸福罢了，越想就越痛苦，女人的那种痛苦你是不了解的。你说是由于缺氧、由于气候和水土，你才成了那样，我不相信，难道你们那儿的人都不要女人，都要断子绝孙？天奇，你给我个确切的消息吧，现在怎么样了？如果还是那样，以后能不能恢复呢？上个月，我没羞没臊地去医院问大夫，他们有的说能，有的说不能。到底能不能，我相信你说的……"

华老岳抬头看看什么也看不见的白色荒原，突然有了一种恐怖和幻灭相混杂的感觉，而当他意识到这种感觉就是这十一个人死前充斥心灵的那种东西时，一股厌恶人间、仇视自身的情绪便油然而生了。在大自然仰天叉开的两腿之间，男人阳痿了，而真正感到痛苦的却是女人，真正遭到灭杀的却是连精子和卵子都无法碰面的后代。老天爷，难道你就要这样蛮横地阻止生命的延续吗？为什么？我们并没有得罪你。他想着，多少有点提心吊胆地将手插进了裤兜。

男人是迷失了方向的风，是抽去了基础的就要坍塌的山，是没有红日高照的天。男人说："我理解你们女人，所以我必须老老实实告诉你，我不行了，恐怕永远不行了。别再给我写信，也别再想我！因为我没有资格管你们女人的事。离婚，改嫁，你赶快拿主意，从今往后，我就是你哥哥。我还有些钱，等你嫁人的时候，给你置办嫁妆。什么时候离，给我个信，我好给法院出证明，我是不能回去和你办离婚手续的。我再说一遍，我已经没本事了，不和你离婚，那就是一种犯罪。我不想犯罪！"

……

开饭了，士兵们没去吃饭。华老岳也不去说服，一副听其自然的态度。他知道，他已经没有办法让活着的人和完好的人面对生命的毁灭而继续保持想吃、想睡、想干事的乐观情绪，死亡再也不能起到凝聚人心的作用了，只会让人们精神萎缩，意志消沉。是的，只要是人，心理上就无法承受那么多的残酷和悲哀。即使那些已经迫使自己适应了环境的人，也明显地感觉到人生的瞬间正在过去。偶然的诞生和必然的死亡之间似乎没有距离，要有的话，那不过是一层一戳就破的白纸，一片一望而穿的薄雾，一个看不见摸不着的梦，一种无法用尺寸衡量的无色无味的情绪。

又是掩埋尸体，又是荒风荒雪的哀鸣。但华老岳这次没有按照自己的愿望亲自将他们送进坟坑，培上冻硬的新土。在送葬的半途中，他就晕倒了。他脑海里贮满了十一个活生生的肉躯，眼前却飘逸着十一个沉默的灵魂，他似乎已经悟到，这十一个人和过去那些倏忽消散了的容颜，是为什么走向这条唯一通往自由的路的，因为这里早已失去了海，而不朽的生命只能在海洋中孕育。我的家乡在海边。昏迷中，他在心里一遍遍重复着这句话。

输油管线工程团的退伍人员在团部集结的这一天，许多人把山上和自然对立时产生的坏情绪带了下来。在他们看来，山下人住房子、坐椅子、走马路、吃新鲜食物、穿干净衣服的生活，简直就等于是在天堂，而他们却过的是地狱生活。带着对地狱的仇恨和恐惧，他们走出了地狱。他们来了，在格尔木市区的街道上，一群一群耀武扬威地走着，眼睛惊怪地朝四下闪烁。许多人是一入伍就被拉到山上的，直到今天要离队了，才第一次下山，回到具有人间气息的地方。多年没进商店了，他们得进一进，用刚刚领到的退伍费给家人买双袜子、买斤糖果，给自己买支牙刷。牙刷早秃了，或者由于没有条件刷牙而把牙刷扔了。现在，他们要重新拣起牙刷，回到能够刷牙的地方去。多年没吃糖果了，那给家人买的礼品，转瞬间就进了自己的嘴。在荒原上生活，多年没进厕所了，有尿没尿，他们都得进去晃一晃。怪事，世事变迁，物换星移，城市的厕所竟变得跟殿堂一样华丽。多年没见绿色了，他们簇拥在行道树下，你蹦我跳地揪那杨树枝叶，有人干脆将树叶放在嘴里嚼起来，似乎想用那苦涩味刺激唤起自己对家乡绿色的回忆来。多年没见过冰棒之类的冷饮了，他们每人手中都攥了一根，不停地吮着，冰水流下来，流了一手一身。他们大多是青年，多年没看到《中国青年报》了（两个月一次送上山的报纸只有《解放军报》和《人民军队报》），他们得围在邮电局阅报栏前浏览一下，有人喊起来："看，朱冬夏！我们连的。"

"这畜生被长江淹死啦！逃兵成了英雄，还登了报。妈的，咱们团死了那么多人，怎么没见一个登报？"

"当兵的嘛，死了就是多余的，就是你妈不需要的，还登报？"

"滚你妈的，谁说是多余的？"

"快到这边来看，足球，我们赢了！"

人们又朝另一个挂了一把大锈锁的阅报栏围去。有人倡议道："赶上不容易，我们欢呼吧！"他说罢，便按照语录歌《下定决心》的旋律带头唱起来："足球赢了！足球赢了……"

于是，大家齐声合唱，弄得过路的人围了一圈，像围观马戏一样。

"走，游行去！"唱烦了，有人又想出新花样。

"哈哈！"有人突然大笑，"都过去半年了！"

他们这才发现，这个阅报栏里的报纸是半年前的。半年前的报纸为什么还贴在这里呢？他妈的。他们对自己的孤陋寡闻并不感到害羞，只是觉得世界到处都是欺骗，人人都在蒙蔽他们。有人动手了，一拳砸碎了阅报栏的玻璃。更多的人动手了，扑过去，将阅报栏推倒，好一阵猛踢猛砸。

"一伙复员兵，傻乎乎的，世界上发生了什么事都不知道。"围观的人群里有人看出了眉目，劝大家赶快离远点，不然会着祸的。

而在街道的另一端，另一伙复员兵导演了另一种哄闹。多年没见到女人了，他们的眼光总在她们身上打转。有人看女人入了神，无意中"喂"了一声。一个姑娘转头望望，发现他正冲着自己眯眯笑呢，笑着又突然扮了个鬼脸。她不知深浅地骂了一句："流氓。"另外一个复员兵听到了，马上回嘴："流氓流到你身上了？"那姑娘厉害，凭着城里人的优越感，破口大骂："没见过女人回家看你妈去，你奶奶我没工夫让你们这些黄师傅欣赏。"复员兵们急了，由于长期缺乏骂架训练，不知该回敬些什么更有分量的语言，张口结舌了一会儿，只好全体起哄，"呜啊"声响成一片，半条街道都被震荡了，吓得那姑娘飞红了白脸盘儿，快快离去，隐入了一家人进人出的百货商店。

直到下午四点钟，这批复员转业人员才陆续从城市的各个角落回到了团部。离送他们上火车的时候还有三个钟头，趁这个机会，副政委周凤枝把大家集合起来，想最后一次尽尽自己的责任。他首先自豪地向大家宣布："我们团出了个大英雄，他叫朱冬夏。你们现在就要离开部队了，要把英雄的事迹记在心里，在我们伟大祖国的各条战线上发扬光大。"然后他从口袋掏出一张报纸，语气沉重、感情充沛地读起来："《壮士一去惊浪愕——记在老君滩牺牲的长漂队员朱冬夏》（人群中有人将一只茶缸扔到地上，又狠踢一脚，茶缸咣当咣当滚了几下，但周凤枝没听见。）长江从世界屋脊下来，奔腾万里到海，五千四百米的落差，险滩挡道，乱石穿空……（有人将茶缸捡起来："冯副连长，这还能用。"冯高川接住，又像刚才那样朝下一扔，抬脚猛踢。茶缸碰到别人腿上，那人故意尖叫一声，然后冲冯高川笑笑。）从云南中江街到宜宾新市镇，九百公里长的河道中，就有险滩四百多个。其中一个老君滩，落差达四十米。三十年代，有一位欧洲人想乘船漂流探险，结果从老君滩坠下，当场殒命。尔来四万八千岁，谁敢骑龙到东海？中国人敢！我们的英雄朱冬夏敢！"

冯高川忍不住了，大声道："他看不起部队，看不起自己的工作，走了，去干惊天动地的事业去了。可我们这些留下来的人呢？默默无闻地干到今天，我们得到了什么？得到过一句好评吗？我们所有在山上施工的人，都在慢性自杀。死了的就死了，不如一条狗，谁也不会再提起他们，更不会在他们已经塌陷的坟堆上添一把新土、放一个花圈。我们这些活着的人，寿命已经缩短了，身上的零件有的坏了，有的干脆就没了，谁给我们修理过？我们不是有病就是有伤，有的还是终身残废。我们就这样被打发回去了，回去咋办？谁要我们？有人会说，找不到工作就在家种地嘛！可种地也需要好身体啊！看看吧，我们这些人不人鬼不鬼的东西，年轻轻的成了秃子，成了聋子，成了瞎子，成了瘸子，成了五官不正的人，成了缺胳膊短腿的人。我们不能没有工作，也不能没有家，可谁愿意嫁给我们呢？在这里当了几年兵，难道要我们全都成光棍，全都断子绝孙？"

冯高川的这番话像一根棒槌，在一片死海中搅起一阵动荡来。人们三五一堆地议论着。而根本听不见别人说什么的周凤枝却还在那里大声朗读。好几个人朝冯高川围过去，愤愤地说着。一会儿，冯高川来到副政委身边，将遮住副政委面孔的那张报纸用手指弹弹，示意他停止朗读，然后面朝大家，激动地说，他有三条要求，看大家同意不同意。要是同意，就向上级提出来。在他们即将离开部队的时候，他们不能再当哑巴了。人群顿时安静下来。冯高川又道："这三条要求是，第一，把我们团所有死去的人都追认为烈士，并给他们建造烈士陵园，同意不同意？"

"同意！"

"第二，部队必须出面帮助我们联系工作，对身体伤残不能工作的人，必须妥善安排，对他们后半辈子的生活要给予物质上的保证。"

"这一条最重要。"有人喊道。

"同意不同意？"

"同意！同——意！"

"第三，对我们，对死去的人，上级领导是有责任的，今天，我们要求领导尤其是团长，亲自给我们赔礼道歉。"

"同意！"有人道。

"这个嘛，我看就算了，反正人已经死了，就是老天爷道歉也活不了。"又有人道。

"要求不能太多，我们要集中目标。"

"好！"冯高川爽快地说，"那就剩下前两个要求了，同意不同意？"

"同——意！"几乎所有人都张了嘴，包括房宽。但房宽并不是真的希望解决问题，而是觉得大家干啥他就得干啥，部队嘛，不论什么事，都要步调一致。

周凤枝虽然听不明白他们喊什么，却已经意识到这是一场骚乱的前兆了。他有点紧张地望着大家，想说话又不知说什么妥当。直到冯高川把要求写在纸上，举到他面前，征询他的意见时，他才模棱两可地说，任何问题都要研究，都需要时间去检验，都需要考虑部队的实际情况。他答应将大家的要求如实地很快地向上级反映。冯高川已经估摸到这种情况了，将那张纸迅速翻转，把另一句话举到副政委面前："我们要你马上回答。"

周凤枝有气无力地摇摇头："我回答不了啊，同志们，好了好了，别再闹了。这样闹下去对部队对你们都不利。"他看看表，"准备吃饭吧，吃了饭我送你们上火车。"

冯高川将那纸扔了，回到人群里。他们原谅了副政委的无能，却又更加恼怒起来，好像他们成了没娘的孩子，谁也不想再管了。人群更加混乱起来。冯高川来回窜动着，告诉大家，各连来一个代表，碰碰头。片刻，有几个人走进了团部招待站。碰头的结果是碰出了一副纸糊的棺材。一个小时后，这棺材就被他们搬到了众人面前。

棺材被人们抬起来了。谁也没再下命令，人群就被几个人带动着朝团部门外走去。脚步杂沓，喧嚣声搅扰得空气不安地动荡起来。有人唱起了《国际歌》，唱到第二句时，所有人便跟着张开了嘴。声音由低到高，越来越高。

这是最后的斗争，

团结起来到明天……

起来，饥寒交迫的奴隶，

起来，全世界受苦的人。

满腔的热血已经沸腾，要为真理

而斗争……

抬着纸糊棺材的队伍浩浩荡荡来到大街上。雄浑的《国际歌》声增添了他们的悲壮气氛，谁也不明确他们要到哪里去，更不明确他们的斗争对象到底是什么。副政委周凤枝带着十来个机关干部从队尾一直跑到队前，堵住抬棺材的人。

"你们现在还没有离队，还是军人！我命令你们，向后——转！"

回答周凤枝的是一阵更加洪亮的歌声。但他以为人们都在冲他乱叫乱喊，憋足劲吼起来："别叫了，把棺材放下！"

人们不理睬。他身后的几个机关干部动手了。冯高川站在棺材后面，指挥人群簇拥过去，用人墙将棺材护住，好像这棺材霎时成了他们的旗帜，他们的一切情绪的象征。有人一拳打倒了一个试图撕碎棺材的机关干部，接着周凤枝便被几个复员兵推向了一边，倒地的那个机关干部爬起来，跳到周凤枝跟前，掏出手枪，恐惧地瞪着这群伤残的人众，朝天放了一枪。人群的涌动戛然停止，但很快又有了一阵新的冲击。他们已不再依靠冯高川的组织了，自觉地唤醒了那种被摧残者特有的复仇意识。几个动作敏捷的人呼啸着过去，再次推倒了那个机关干部，也推倒了一个拄着拐杖的人。冯高川一愣，跳过去，连撕带喊地让复员兵们停下，扶起那个拄拐杖的人，又对大家说："团长来了！让团长说说，我们的要求合理不合理。"

华老岳是从医院赶来的。这会儿，他用拐杖支撑着身子，黑脸上到处耸起着险山陡壁，眼里冒出两股炽烈的蓝烟，凶狠地扫视着大家。人群渐趋平静了。

"什么要求？"他沉沉地问。

　　冯高川将叉在腰际的手放下来，像给自己壮胆似的望了一眼人群，将那要求复述了一遍。华老岳提起拐杖，又朝下一蹾，脸上顿时平展了一些。

　　"你们的要求倒是很合理嘛！好吧，我来告诉你们，第一个要求我答应，因为我能办到。我就是给总部首长下跪也得让他们批准建造一座烈士陵园。一到烈士陵园里，死去的人不就成烈士了？"人群中突然有人鼓了一下掌。华老岳马上道："别高兴得太早，第二个要求我无法答应你们，因为我办不到。"

　　"为什么？"有人喊一声。

　　"我没权哪！"

　　"团长，我们不难为你。你既然办不到，就请你给我们让开一条路，我们要抬着棺材到能办到的地方去。"冯高川说，声音里充满了哀求。

　　华老岳苦苦一笑："我既然来了，你们就别想叫我让开。"

　　沉默。

　　冯高川突然提高了嗓音："团长，我很敬重你，可现在顾不得了。你可以下令开枪，但我们一定要抬着棺材走到底。"

　　人群又开始鼓噪了。华老岳身后传来装子弹的声音。他猛地转身，从那个机关干部手中要过枪，扔给冯高川。冯高川接住了。

　　"你们可以抬着棺材继续走，但必须首先打死我。"华老岳说着，感到一阵眩晕，他用拐杖硬撑着没让自己倒下去。他喘口气，恍惚看见一阵回旋往复的大风正朝自己卷来，马上就要将他笼罩了，却又听到有个女人在喊："我就死！我就死！"这声音和他自己现在的话何其相似。他猛然记起，就在女人说完"我就死"之后，真的出现死亡了，但不是女人，而是父亲。

　　年老多病的父亲终于卧床不起了。连续三天三夜，他守护在父亲身边。父亲似乎有很多话要对他说，可总是断断续续、含混不清的。每隔一会儿，总有一颗晶亮的眼泪从那枯涩的朦胧的眼睛里掉出来，像消逝了腥味的白血。而他却只能默默坐着，将这白血一次次揩去。"还是去医院吧！"他说。父亲没听见他说什么，但从他的神情中读懂了他的意思，费力地摇摇头。父亲已经看到了黑暗，意识到自己正在一个深邃的通道里爬行，任何医疗都是徒劳无益的。有人在门口喊："华家的电话。"他知道是她打来的，飞快地出门，连蹦带跳地到楼下。

　　"你今天晚上要是不来我就死。"她说。"可是，父亲……""我知道，你可以少待一会儿，二十分钟，不，十分钟就可以了。""好吧！"就在这天晚上，他将自己生命的最辉煌、最能体现本质意义的那一点，准确无误地留在了她的体内，但她并不知道，还像过去那样，完事后马上起来，又冲又洗，还一再说："要是你没有这鼻涕就好了。"她不想怀孕，倒不是因为他们还没有结婚，而是她还没有意识到，自己除了是一个激情无限的女人外，还应该是一个哺育生命的母性的摇篮。但一个月后，她就明白了。他说："打了吧！""打了你就不和我结婚了。"她说。他只好和她匆匆举办了婚礼。但他是不乐意的，甚至有一种深沉的罪孽感。因为就在那天晚上，在他离开父亲的不到一个小时中，也许就在他将那生命之河、青春之浪拍击下的中流砥柱，插入她黑暗的隧道中的那一刻，父亲咽下了最后一口人间的空气。一边是创造，一边是死亡，而且同时发生着，而且那样明白如话地告诉他：有创造就有毁灭。他甚至觉得，要不是自己和一个性机能亢进的女人在一起，父亲是断然不会那样快就闭眼的。如同现在，漫长的管道工程线上，那么多人死了，而死去的唯一原因，似乎就是他们已经创造过了，创造了工程，也创造了自身。如果不去创造，他们就一定会长命百岁……华老岳不再眩晕了，几乎是欣赏地看着冯高川。冯高川笨拙地拿着枪，手微微颤动。

"来吧！"华老岳朝前挪动了一下。

"团长，你知道我们不会打死你，因为你跟我们一样，也是个从山上滚下来的人，可你不能这样瞧不起我们。"

"我怎么能瞧得起你们呢？你们眼前一片黑暗，你们把回地方看做是进坟墓，你们已经没有了再去踢打出一片新天地的信心，你们不是男人！"

"现在的问题是，我们不想进坟墓，但坟墓却朝我们走来了。因为我们已经走错了路，已经被你拉进了泥坑。"

"一切过错都是由于我，我能承担过错，就不怕被你们打死。"

他刚说完，冯高川就举起胳膊朝天放了一枪，然后将枪朝地下一摔，回身沮丧地望着大家，喟叹一声："完了！"

人群一片寂静。

"同志们，"华老岳挺起腰板，高声道，"你们就要走了。走之前，你们提醒我，别忘了死去的战友，我感激你们，也忘不了你们。你们走了，留下我们继续去完成这项艰巨的工程。我们的日子并不好过。我华老岳也是一个随时都有可能死在工地上的人。等我死了，我也希望你们不要忘记我，更不要恨我，我恨谁呢……"他的声音越来越低沉，就跟眼前这些退伍人员的情绪一样了。他大口喘息着停了一会儿，又道，"你们走了，但你们不能把棺材继续抬下去，棺材应该由我来接着抬，抬到它应该去的地方，那就是团部。因为工程一完，我们团的烈士陵园就应该建在团部旁边。你们说，行不行？"

无言就是应诺。华老岳一瘸一拐地过去，穿越人们给他让开的通道，站到棺材边，用肩膀顶住了棺材的一角，几个机关干部也过去了，替换下那几个抬棺材的复员兵。周凤枝惊诧地望着，恼怒地揉揉自己的耳朵，因为他实在搞不清华老岳是用什么高明的语言去说服大家的。

棺材很快扭转了方向。人群又开始走动了，排成一长溜儿的流动的肉躯，步履滞重地朝团部走去。华老岳对一直跟在自己身边，生怕他倒下去的冯高川说，唱起来吧。冯高川唱起来了，人们全都唱起来了，浑厚，悲怆，像沉思中的历史的回音，像正在退逝的海潮，像山体漂移的闷响，像飓风在青藏高原的一端——城市的上空掠过。

> 起来，饥寒交迫的奴隶起来，
> 起来，全世界受苦的人……

眼泪出现了，在干燥的大地上停留了片刻后，随着歌声袅袅地散向天空。天空是碧净的，那么蓝，那么远，远得让人难受，让人失望。他们的声音，毕竟只是属于人间的微弱的声音。但对周凤枝来说，它却是晴空霹雳，天音降临，就像瞎子觅到了一线光亮，他的耳朵里突然渗进了一丝仿佛非常遥远的声音。那声音毫不迟疑地向他推近着，越来越响，越来越亮，最后竟至于变得惊心动魄了。

> 这是最后的斗争……

他惊喜而慌乱地跳起来，冲天空大喊一声："我听见了！听见了……"

华老岳不得不出医院了，尽管医生的忠告就像他揣在口袋里的药片一样多，一样苦，但一走出医院，他就觉得浑身轻爽了许多。清新的空气中有一股甜丝丝的味儿，悄没声地浸润着他的肺腑。他丢掉了拐杖，大幅度摆动双臂，多少有些兴奋。又要干起来了。而兴奋的原因多半是由于他更加明确地意识到，输油管线工程离了他华老岳不行。副政委周凤枝一个星期内三次去医院，那种既希望他安心治病又切盼他出院主持工作的复杂心情，无疑是让他兴奋的一个原因。离预定的管道铺设完工的日期只剩下三个月了，而各连近期汇报上来的工程进展数字却表明，要圆满完工，至少还得半年时间。伤亡事故还在不断发生，天气的变化也使人揪心，食物和一些防寒物资出现严重短缺。为这事，周凤枝几乎天天要给铁路运输部门打长途电话，像个乞丐一样，求情，疏通，在电话机旁赔着人家看不见的笑脸。有时，他也想发火，但人家总是软言细语的，一再保证"这事马上办"，可眼看各连的食物库存就要枯竭了，人家还在那里"马上"。更为严峻的是，总部已经通知管线圈，在管道铺设完工之前，将有一个调查组前去对工程进行全面调查，并在那里审查批准格拉输油管线第二期工程即沿线十二个泵站的建设规划和设计方案。可方案迄今没有着落，甚至连一张可供参考的图纸也没有。而全团唯一能够摆弄这玩意儿的徐如达，却在真正需要他的时候请假去北京了。这是华老岳的许诺，谁也阻挡不了。

在团部办公室，周凤枝将情况一一摆给华老岳，接着便如释重负地长出一口气。华老岳也有些紧张，但脸上却显得异常镇静。他让总机把电话接到积压了物资的那个铁路分局，以赠送二百箱各类罐头的条件要求他们务必在三天之内将包括大米和面粉在内的所有物资全部运到。对方尽管不那么痛快，但还是答应了。对他们来说，这有什么难处呢？将那些车皮随便挂在任何一辆西来的货车上就行了。可这二百箱罐头按计划是一个营半年的副食供应啊！周凤枝在一旁听着，心疼地直吸冷气。华老岳想，先把这一阵熬过去再说，等管线铺设一完，老子就腾出时间来和他们打官司。

华老岳上线了。他打算在全团每个工地都待上几天，一直到拉萨。然后返回，在格尔木等待调查组的到来。可是，一到风火山工地，他就明白自己原来的打算简直就是异想天开。山下是晴日，山上却是黑云盖顶，寒风凌空掠过，鬼哭狼嚎的声音从四野传来，令人想见在这了无兽迹的伟大的荒凉中，潜藏着一种真诚的阴毒和喧哗。而一到昆仑山口，他们就又碰到了雪雾的缠绕。雪花无休止地漫下来，似乎不把他们掩埋不甘心似的。新生的和旧有的雪山拔地而立，原野从它脚下延伸开来，波荡起伏，银白的海洋无畏地涌动着，老辣而深沉的雪灾又一次迫临了。在昆仑山口工地，华老岳给留守团部的周凤枝打了个电话。知道物资已到，运输连正在装货，明天即可出发。他说，不行，今天连夜出发。大雪就要封山了，而昆仑山口工地的粮食只剩下了三麻袋。三麻袋，够一个连吃几顿？他在电话里又喊又叫，弄得周凤枝也冲他喊起来："连夜出发，翻了车咋办？"他说："告诉运输连，一不准翻车，二要把物资用最快速度运到。"华老岳也连夜出发了。他不敢呆久，想在公路被大雪堵塞之前多跑几个工地。可是，连续开了几天车的司机受不了，在离唐古拉山工地还有五十五公里的时候，突然将车开出了公路。华老岳惊吼一声。司机使劲打着方向盘，将车又开上公路，对他解释说，自己睡着了。又说，其实他一直是睡着的，要是公路不滑，他会做着甜梦开到拉萨的。

"不准再睡了，你想把我交代在这里？"

司机不语，停下车，提着桶下去，拎上来一桶积雪，拿出毛巾沾了一层雪粉，然后蒙在自己额头上。车又开了。华老岳警惕地看着司机，不断将那毛巾取下来，在已经开始融化的雪桶里浸湿，再给他蒙上。这样反复了几次后，司机突然给他扔过来一把扳手，说他还是困，刚才就是睡着的。睡觉不闭眼，他就有这本事。华老岳拿起扳手，在他腿上敲了一下，他说不行，得使劲，最好敲他的头。车还在行进。一会儿，华老岳突然觉得车身似乎飘了起来，左一摆右一晃的。他赶紧用扳手敲过去，正好敲在司机的腮帮上。司机"哎哟"了一声。华老岳歉疚地笑笑，问他是否很疼。他说，疼一点他就不敢睡。可刚过了五分钟，车身又飘晃起来。华老岳这次不敢敲了，举着扳手捣了他一下，他毫无反应。

"醒来！"华老岳大吼一声。司机惊得浑身一震，突然觉得被车灯打亮的雪野正在急速旋转，他叫了声"不好"，身子便朝一边倒去，紧攥方向盘的手也不由自主地松开了。汽车一头栽向路基下面。这里的路基填得很高，五米深的地方正好是一段靠近公路的管沟。吉普车打了一个滚，歪斜着身子直撞而下，轰然一声，便死死地卡在了管沟里面。刹那间，车灯熄灭了。原野破碎了，寂静压迫而来，扬起的雪粉无声地落下，黑夜像沉重的山影不断倾倒着，将吉普车严严实实地捂罩起来。好一会，车内才有了人体蠕动的声响。华老岳先醒了过来，推推靠在自己身上的司机，惊悸地问他怎么样？司机动了一下，接着便吐了一口郁积在胸腔里的血气。

"起来！快起来！"他喊着，使劲拉拉司机。司机惨烈地叫了一声，便又不吱声了。华老岳从铁皮夹缝中吃力地拔出腿，侧过身子，借着雪光，在敞开的车门口瞄了半天，才看清下面有一道隆起的雪塄。他扳住车门，把身子吊下来，用脚尖踩着沟壁，溜到雪塄上，站稳后马上来了一阵甩胳膊跺脚的运动。还好，虽然浑身到处都有伤痛，但骨头还是结实的。他扬头喊了几声司机的名字，见听不到回音，便又攀进汽车，将失去知觉的司机拖到车门旁，自己先吊下身子去，用力一拉，拉得司机掉了下来。华老岳满怀抱着，放到沟底，听他轻微呻吟了几声，便蹲下，将他背到自己身上，顺着雪塄朝前走去。雪塄是已经铺设好的输油钢管。

然而，等他沿着钢管走到四连工地，用吓人的喊声招来几个士兵时，他背着的那个人已经不在人世了。四连的人都没有睡，因为饿，还因为有人已经饿昏过去了。在徐如达去北京的同时出院回连队的李向国，见到华老岳后的第一句话就是，什么时候来吃的？华老岳看看周围几个脸色蜡黄、瑟瑟发抖的士兵，发现他们的眼睛里都闪烁着一股摄人魂魄幽暗的光亮，便什么话也没说，强撑着身子跨进连部，一下扑倒在李向国的床上。他实在撑不下去了，他需要躺一躺。但仅仅过了二十分钟，他就让一阵嘈杂声惊起了。他神经质地朝外走去，却被端了一茶缸热水的李向国拦在了门口。

"又出什么事了？"

"没事，他们睡不着，热闹热闹。"

他回身坐到床沿上，接过那热水，先让热气腾湿了自己的嘴唇，再一口一口喝下去。突然，他的眼光滞留在电话机上了。他想了想便将茶缸蹾到桌子上，一把抓起电话。

在这里，他听取了各连的汇报。处在念青唐古拉山一线的连队三天前就断粮了，但没有死人。他们把部队撒出去，在旷野里扒开积雪，采挖野菜籽、枸杞子、兔儿奶、水麦冬、锁阳、蕨麻等植物。有些虽然不能食用，但人到了以食物为唯一目标的份上，便和动物没什么区别了，只要能嚼得动，就可以拿来果腹。糟糕的是，人吃了这些东西，浑身浮肿，弯不下腰屙不下屎，不如死了爽快。有人在电话里大声诅咒起来，直截了当地责问华老岳，是不是上级领导把他们当做一群可以食草的牛羊了？因为按照供应计划，早在半个月前就应该补充粮食和副食。华老岳无言以对，只在心里表白：妈的！过去是前方打仗，后方支援，现在是人家坑了你你还得磕头作揖呢！在他和三营九连通话时，对方哭了。他终于憋不住地大声吼叫起来："再没有别的办法了吗？你们有枪有子弹，可以去打猎自救嘛！旱獭、兔子、野羊、瞎熊，你们那里多得是。"

"老天爷，人都走不动路了。"

"挑选能走的，组织一个打猎队。"

情况更为严重的是唐古拉山以北的几个连队。山上挖不到锁阳之类的植物根块，而大雪降临后，动物也杳然不见了踪影，他们已把所有能咀嚼的东西都吃了，包括牙膏，包括蜡烛和纸张。地处沱沱河的一营二连连长在电话里用沙哑的嗓音说，现在只有一个办法，就看华老岳允许不允许了。华老岳表示，只要能活，什么办法他都允许。

"团长，这话可是你说的，那我们就抢了。"说罢，对方就把电话压了。沱沱河是唐古拉山乡乡政府所在地，有一个商店，唯一值得抢的就是商店里的食品。但华老岳没有去考虑是不是阻止他们，就把电话挂到了六连。连长不在，副指导员激情地告诉他，他们今天吃到羊肉了，是牧民的。

"送的？"

"抢的。"

"你们都成土匪啦？"

"能吃饱肚子，当土匪也不错啊！"

"吃到羊肉的部队，可不能消极怠工喽！"

"团长，你还记着施工，我们早忘了。"

"忘了施工，你们还活着干什么？"他将电话重重地放下，紧抿着嘴唇揉揉胸脯，那儿有了一阵胀疼。

"团长，我们怎么办？"李向国撇撇嘴，像是在询问，又像是在挑衅。

华老岳翘起头，忽又无力地垂了下去，说："现在，四连只有一条出路了，那就是打猎。"李向国嘟哝道："大雪封山，连根兽毛也找不到。"华老岳恼怒起来："那就等死吧！"

又一阵嘈杂声传来，华老岳忍不住好奇地朝外走去。

一排的帐篷里，田家航的婚礼已经接近尾声了。这是只能发生在兵营，只能发生在青藏高原的奇特婚礼，叫两地婚礼。新娘在西部城市格尔木，新郎在通往天国的唐古拉山上，同时在约定好的那个时间里，接受亲友们的祝福，祝福完了便是闹洞房。田家航旁边的那个位置空着，人们煞有介事地喊着"亲嘴"、"再亲一个"之类的话。姑娘不在，这就给这群已经习惯于幻想女人的当兵的，带来了一种神秘感，想象的余地简直太广阔了。可事先谁也没想到，无法延期的婚礼会在饥饿的追胁下举行，包括新郎，人人都饿着肚子，而他们之所以要嚷要喊，似乎不仅仅是为了戏闹，更主要的是希望自己通过叫嚷，暂时忘却饥饿的痛苦。饥饿后面紧跟着就是死亡，对死亡的恐惧使他们的戏闹变得疯张癫狂了。人人脸上都挂着没有理智的笑容，欣喜已不再带给人们舒畅的感觉，而是五脏六腑的痉挛和灵魂的萎缩。笑着喊着，那笑声就和哭腔差不多了，喊声也像饿兽的嘶鸣，令人惊悸不安。田家航也在笑，还要时不时地在人们的喊声中，对着空气伸一下头，噘一下嘴，表示自己已经亲过她了。她呢？在格尔木她的家里，恐怕也会有和他同样的举动吧？他想着，眼瞪着桌子。桌子上什么也没有，只有水，而且凉了，不见丝毫热气了。这时，他又听到了别人要他表演节目的喊声。他眼光滞涩地征询大家：表演什么呢？

"唱个歌吧！"

"我不会。"

"我们自己的歌。"

田家航犹豫着。可已经有人唱起来了：

> 过了五道梁，两眼泪汪汪，
>
> 泪啊，你是泉水，你是河流，
>
> 洗不净我。

人们好像已经忘记了这是婚礼，都将自己的嗓音贡献了出来，共同创造着这个唐古拉不眠之夜的哀伤。饥饿的世界，饥饿的情绪，饥饿的歌喉，饥饿的心声，田家航的眼泪情不自禁地流了下来，感染得许多人边唱边哽咽着：

> 来到唐古拉，难见爹和娘，
>
> 娘啊，你是太阳，你是月亮，
>
> 照不见我。
>
> 天上无飞鸟，地上不长草，
>
> 草啊，你是雨露，你是干粮，
>
> 我就是绵羊。
>
> 四季穿棉袄，风吹石头跑，
>
> 石头啊，你是朋友，你是伙伴，
>
> 你就是我。
>
> 白天兵看兵，晚上看星星，

星啊，你是亲人，你是眼睛，
你看不见我。
昆仑山得病，沱沱河送命，
命啊，你就是风，你就是雾。
飘啊飘不尽。

飘向蓝天，飘向黑夜，
飘向月亮，飘向云朵，
飘向充满爱的世界，
飘向都是情的人间，
人们啊，可知道我，我的生活，我的睡梦，
我的爱情。

有几个人抱着新郎田家航痛声大哭。而有些人还在唱，似乎一直要唱到精疲力竭告别人世的那一刻；或者，他们准备即使剩下最后一口气，也要用歌声发出。

突然，田家航不哭了。他看到了团长的身影。他痴望着，不知是为了恨，还是为了寻求爱，悲喊了一声："团长。"华老岳快步过来。田家航推开战友，朝前扑去。

华老岳和一个士兵紧紧抱在一起了。他想，这是一个悲怆的夜晚，唐古拉荒原以外的人群，以外的世界，谁看见了他们？谁能知道他们拥抱的含义？谁又能体味到这种死亡前的歌声所传达出的无限深挚的感情呢？死亡前的爱不就是人类最质朴、最实在的爱的原型吗？华老岳想着，多少有些后悔，为什么不能让这位战士和正常人一样，去山下和姑娘一起度过一个新婚之夜呢？远方的姑娘，原谅我吧！他在心里默默祈求。

脚印！在发现脚印的这天早晨，放荡不羁的天际线上，呈现出一绺绛紫色的光带，光带之上又是金黄色的耀斑，转瞬泯灭了。一会儿，光带飘起来，袅袅娜娜地舞动着，似乎就要飘近了，又倏然远去，随着朦胧雪雾的奔涌，渐渐汇入苍白的天色，再也不露面了。只有似乎和那光带、那耀斑有着某种神秘联系的脚印，依旧在雪花中静卧。

　　脚印从风雪弥漫的东方曲曲弯弯地过来，经过离四连帐篷不到一百米的地方，又穿越工地，朝格拉丹冬冰川的方向悄悄逸去。从脚印的形状分辨，像是熊的，却比一般唐古拉瞎熊的脚印大好几倍。脚印很深，间距拉得很开，看得出，它的体魄是庞大而沉重的。就在士兵们围着脚印心惊肉跳地瞩望远方的时候，一支打猎队已经由华老岳组织好了。一共十八个人，全是还没有被饥馑摧垮身体的较为强健的人。李向国当然是免不了要去的。他是全连唯一一个脸上依旧闪烁红光的人，尽管他眼窝深陷，里面堆满了疲倦和哀怨。

　　打猎队上路了。等他们顺着脚印走到格拉丹冬冰川脚下时，就已经累得双腿发软、发木，脑子里嗡嗡直响，好像里面正在刮过一场飓风，比眼前裹挟着雪粉的大风还要猛烈。那脚印还在朝前延伸，一直伸进了冰川北部巨大的裂隙里。风在裂隙里肆虐，银色的粉末卷起来又落下，一团一团的白烟滚动着，一种灭绝了生命的天外景观溢然而出。疲累加上恐怖，人们停下了。华老岳吼喘着，忍受着胸口的疼痛，朝前方吞没了脚印的裂隙望了半天，对李向国说："先让大家休息一会吧。"

　　李向国一屁股坐下了，然后才将命令传达给士兵们。华老岳揣起挎在胸前的冲锋枪，将保险打到可以连射的地方，回头说："我先去看看，五分钟后你们过来。"

　　"团长，我看就算了。"李向国道。

　　"算了，说得轻松，部队吃什么？现在就只有它能够救我们了。你们说呢？"他转向士兵们。

　　没有人回答，却有五个人站了起来。田家航说："我们跟你一起去。"

　　他们走了。李向国望着华老岳的背影，愤恨地道："他妈的，走，我们也得走，谁也别说我们是贪生怕死。"他跳起来就走。被他抛下的几个人只好互相撕拽着跟了过去。

　　巨大的裂隙将前后两拨人紧紧吸引住了，冰峰在头顶遥遥升起，狰狞华丽的冰的世界散播出一股股瘆人的气流。远古冰川时代的各种造型展示在人们眼前，风声变得悠远了，雪雾逐渐稀薄，野兽的脚印更加坚定地朝裂隙深处走去。很静，他们听到的只有人的喘息声，还有忽隐忽现的笑声。

　　"谁在笑？鬼笑！"华老岳压低嗓门责备道。可是谁也没笑，可是仍然在笑，而且笑声越来越大了。

华老岳恼怒地回头看看他的部下，却听到了李向国的一阵尖叫："看！快看！"

人们马上看清了，一个黑乎乎毛烘烘的庞然大物就在离他们不远的一座冰峰上。它站立着，在一片白色的光芒里，撩起足有一拃长的睫毛，用一对殷红殷红的吊眼瞪视着他们，嘴是咧开了的，又宽又厚又长的舌头吐出来又伸进去，而一伸进去，那令人毛骨悚然的笑声就会冲撞而来。华老岳不禁打了个冷战，下意识地举起枪，没等瞄准，一梭子子弹就出去了。

但那瞎熊一样的怪物仍然立着，仍然在笑，高大的身躯上黝黑的皮毛仍然抖动着，不管不顾，俨然是一个白色世界中的黑色主宰。李向国浑身发抖，端起枪，却又不敢扣动扳机。这时，田家航也打了一梭子，接着七八个士兵举起了枪，在极度恐惧中射出了他们的子弹。

枪声在冰川裂隙中鼓荡，久久不肯消散。而怪物却笑得更加响亮了。华老岳又换上了一个新弹盒，冲部下喊道："瞄准！瞄准！别害怕，听我的枪一响，你们一起开火。"

他瞄准了。所有人都瞄准了。枪声又起，急骤而猛烈。但等他们将子弹打完，四周的回音渐渐平静时，那笑声便像躲在帷幕后面的利剑，又一次露头了。怪物直立的身影似乎又高了些，压得它脚下的冰峰溃塌下一阵冰石。它还在笑，还在笑，还在笑！它用笑声证明着它的力量，它是打不死的，它的存在就是为了嗤笑人类的无能。

李向国呆了。有人喊一声："快跑！"

除了华老岳，所有人都朝裂隙的出口奔逃而去。

笑声，脚步声，还有雪崩的轰鸣声，都响起来了。华老岳也开始跑，他跑得太快了，不一会就追上了两腿发软的李向国。李向国看着面前惊慌失措的士兵，以为所有人都跑到自己前面去了，而身后传来的便是那怪物追撵他的脚步声。他发出一声撕裂肺腑、撕裂云层的锐叫，一个马趴摔倒在地，就再也起不来了。华老岳停下，拽着他的衣服使劲拖着。李向国紧闭了双眼，一声比一声高地叫起来。奇怪的是，那笑声也骤然拔高了，而且是他叫一声怪物就笑一声。好不容易他被华老岳拖出了裂隙，他不叫了，笑声也溘然逸去了。别的人还在跑，直到实在跑不动了的时候，才瘫卧在地上，大口喷吐着白雾，脸色和雪色一样苍白。

李向国昏过去了。华老岳警惕地望着雪粉翻卷的裂隙，守护在他身边。

　　雪还在下着。那一串引诱了他们的脚印眨眼便被覆盖了。冰川高立着不动，原野干净、平阔、茫茫无际，好像什么也没存在过，包括那怪物，那些人，那些生命，那些往事，时间凝固着，历史荡然无存了。

　　打猎队空手而归，带给大家的不是猎物，而是一种明白如话的幻灭。战士们想到了死，想到了假如大家都饿死了、只剩下我一个人的时候我该怎么办？霎时，旷野里早已死去的战友那些游荡不去的顽灵和布满天地的形形色色的鬼怪神祇，钻进了他们虚弱的躯壳，干着那些摄制魂魄、改造灵肉、错乱神经、扭弯脊梁骨的勾当。有人大口大口地吞食着雪粉，边吞边嗷嗷叫着，像头人形野兽，四肢着地了，走来走去。有人窝在帐篷内的床铺上，呻吟着瑟瑟发抖，就像一只绑起来等待屠宰的羊。有人悲惨地唱起来，唱着饥饿给了他们灵感后喷涌而出的无名歌曲：

> 让迷雾遮断的生活，
>
> 追不回的时光，
>
> 在我走过的路上，
>
> 在我梦见今天的地方……
>
> 再也不能回头看了，
>
> 可是眼睛却依然明亮如水；
>
> 再也无法拥抱你了，
>
> 可是情怀却依然温暖如春。

　　他们身不由己了，意志已经失去了支配能力，只有冥冥中的一种神秘的力量左右着他们的行动。相比之下，被打猎队的人轮换着背回来后，一直昏迷不醒的李向国倒是幸福的。但他自己似乎并不希望长久地沉浸在这种幸福中，在那一阵哀恸的无名歌曲的驱动之下他醒了，而醒来后的第一个意念便是想吃东西。他忘了怪物，忘了饥饿对部队的胁迫，忘了自己偷偷保存食物是多么的不道德。在华老岳和几个士兵的瞩望中，他歪过身子去，从床铺和帐篷之间的那道缝隙里，拎出自己的挎包，打开，一把抓出一包饼干，兀自吃起来。

　　人们惊呆了。华老岳紧绷的脸上出现了几道愤懑的纹脉：妈的，怪不得你又活过来了。

　　李向国还在大嚼，扭过头来看看华老岳，满足地笑了笑。蓦地，他的眼光僵直了，嘴也停止了嚼动，手中的饼干滑落到了他的胸脯上。

"吃吧！别管我们。等你吃饱了我们再吃你。"华老岳恶狠狠地道。

李向国说："吃我？"接着就一声惊叫，就跟他在格拉丹冬冰川裂隙里的叫声一样。等第二声嘶叫响过之后，他从床铺上跳了起来，将沉甸甸的挎包猛地摔向华老岳："吃吧，吃吧，我有的是东西。我还留着干什么，死了算了，啊哈！死了好，死了就什么也不知道了。"

他又俯下身去，抱起枕头，用牙齿撕开了枕套上的线，叮叮咣咣地在地上倒出十听午餐肉罐头："全是我储备的，拿去！都拿去！我不吃了，就让我先饿死吧！"他疯喊着，很快疲倦了，坐到床铺上，喘着粗气，呆痴地扬头望着篷顶。华老岳过去，拍拍他的肩膀，想说什么，却没有说出来。

李向国的十听罐头和一挎包饼干，挽救了整个四连。人们在没有死亡的情况下度过了又一个寒冷漫长的白夜。第二天上午，雪停了，他们看到了一轮大得出奇的白色的太阳，看到了在白太阳苍老的光晕里盘旋的飞机，看到了几件黑色发亮的东西从空中掉了下来，砰然落地了。人们朝那里跑去。而这时，华老岳正在连部接电话。周凤枝告诉他，总部调查组已经到了，他们是乘坐来救援的飞机到达格尔木的。周凤枝还告诉他，他可以不赶回来，因为调查组希望在没有团领导尤其是华老岳的陪同下，对工程进行一番真实详细的调查。华老岳听了，吼起来："为什么要提前到？工程还没完，还在收尾！"

"也许人家不光是为了工程来的。"

"还要干什么？"

"很难说。看那架势，好像我们……犯了什么错误。"

"错误？早犯了，但不是我们。"他放下电话，正要出门，电话铃又响了，是副团长从羊八井工地打来的，汇报念青唐古拉山和拉萨谷地的死亡人数。他记住了，马上又忘记了，因为他关心的是部队现在的情绪怎样，能不能马上投入施工，而不是死了多少人。死了的已经死了，既然不能起死回生，就用不着再去关心了。

"什么情绪也没有了，能不能马上投入施工还不知道。你最好自己来看看吧。"副团长丧气地说。

华老岳说："好吧，那我就去看看。"完了又把电话打给副政委周凤枝，要他把团部那辆应急的吉普车赶快派来。

车来了。随车上来的还有团部的军医，是周凤枝专门派来给华老岳检查身体的。检查的结果是军医在他的前胸和后背贴满了伤湿止疼膏，又给他留下了足有两斤重的活血止痛药。军医的本事就只能这样发挥了，因为据军医说，只有老天爷才能在这种条件下，对死不肯承认自己有伤有病的华老岳进行妥善治疗。

华老岳带着一身伤痛，朝拉萨方向的三营工地颠簸而去。

天晴了，公路在经过一番艰难的排雪之后勉强通了，在大雪中被困阻了近半个月的运输连颠颠簸簸将物资送向各个施工点，饥饿的威胁消逝了。但遍地积雪却不见融化。缟素一样的雪色送给徐如达这个刚刚从京都回到连队的知识分子的，不是诗情，不是画意，而是一种无法再次适应高山环境的病变，突发性的雪盲症在三天内使他的眼睛变坏了，干涩、疼痛、流泪、瞳孔萎缩，视力锐减。他没有眼镜，只得在一块手帕上用刀子扎了一些小孔，拴在头发上垂吊在眼前，试图减少雪光的刺激。但这样一来，他的行动就格外不方便了，而且要受到那些同样患有雪盲症却并不感到痛苦的士兵们的讥笑。

"连副开了洋荤，一趟北京就学会新花样啦！把女人的花手帕顶在头上，常闻常看。"

"笑什么？穷开心！再笑，我就要给你们加任务啦！"他说话时，手帕一跳一跳的。

"连副，那我们哭呢？哭是不是要减任务？"

他厌烦士兵们这种不懂伤感、不想痛苦的麻木了的精神状态，又不知如何开导，只得离开。可他又不能远离。李向国因为恐惧谵妄症又一次被送进了山下医院，连干部就他一个人，他必须和士兵们一起施工、吃饭、睡觉，一起去迎接谁也不知道是死是活的明天。他常常问自己，在这个世界上，谁能真正理解他呢？没有人了，和士兵们的距离，就是他和整个世界的距离。世界这么大，而他却无法寻找到一个适合自己存在的角落，哪怕这角落是阴暗潮湿的，哪怕角落里只有密布的蜘蛛网和蟋蟀的吵嚷，而没有人声，包括情意缱绻的爱人的柔声软语。角落啊，让他能够去做自己愿意做也应该做的事情的角落在哪里呢？

就在他把布满孔洞的手帕吊在眼前的第三天，华老岳从三营赶来了。他一见到徐如达，就嚷嚷道："听说你回来了，也不向我报告一声。"

徐如达阴沉着脸，将手插进大衣兜里，使劲用手指将兜撑起，好像不撑破不甘心似的。

"说话呀! 一趟北京把你给弄成哑巴了? "华老岳边说边脱掉帽子, 抠着他的明晃晃的秃顶。那儿总是痒酥酥的, 像有许多虫子爬来爬去。他看徐如达叹了口气, 又道: "晦气! 你怎么就没丁点高兴劲儿? "

"还高兴什么? "

"复了婚就应该高兴。"

"假离婚成了真离婚, 复他娘的婚! 女人他妈的全是水性杨花, 祸害! 罪恶! 卑鄙! 狼心狗肺! "他咯咯吱吱地咬着牙, "接收单位倒是联系好了, 但不是看中了我的本事, 而是为了狗日的忏悔, 为了给我一点补偿。"

华老岳听不明白了, 瞪圆了眼睛琢磨着他是不是得了病。

"答应要我的人是个没见过女人的色狼。而她还说什么, 为了成全我的事业, 她必须跟他。狗屁! 那么多东西搭上了, 我还要搭上老婆吗? "徐如达的声音越来越响了, 愤怒得他几乎想对着高远的天空大喊几声。"我他妈要去报仇! 等我杀了他们两个, 再作为罪犯名正言顺地进北京。"

"好! 有志气。到时候我给你发一条枪。"

徐如达浑身一抖, 马上又变得有气无力了: "团长, 别再给我火上浇油了。我能杀人吗? 要是能杀, 我早就把你杀了。嗨! 工作倒是对口, 可没了老婆, 就没有理由进北京哪! 那些人事干部, 见的多啦, 根本就不稀罕毛毯、皮子的。"

"你不是还有麝香吗? "

"进了他妈色狼的口袋。"

"起诉! 向法院起诉, 我给你写状子。"

"那不是自讨苦吃嘛! "

"唉, 也是。不过, 你还是要想开些。等工程一完, 我华老岳专门给你在格尔木建个研究所, 什么东西研究不出来? 卫星上天, 原子弹爆炸, 宇宙飞船, 造他个电子时代。"

"你还知道电子时代? "

"我还知道你是个大大的设计人才呢! "

徐如达明白团长在说昏话, 但他还是有了一丝感激的神色, 似乎这就等于得到了一点他所奢望的那种理解。

"你回来的正是时候, 我想把你暂时抽调到团机关去。"

徐如达一把将手帕撕掉了，因为他发现从手帕孔洞里射进来的雪光，虽然纤细，却更有刺激性。他将手帕揉成团，揩着自己似乎再也不会枯竭的眼泪，半晌才道："怎么这个时候才想起我？"

"需要啊！"华老岳对他的问题感到吃惊，"过去有你没你工程照样进行嘛！现在不行了，总部要我们尽快拿出沿线泵站的设计方案和图纸来，那玩意我不行，副政委、副团长更不行。你准备一下，我的车明天就送你下山。"

"连队呢？"

"有我在，怕什么？放心，你的位置我给你留着，以后回来，还可以当你的副连长，说不定我还要提拔你当连长。"

徐如达听着，一阵悲哀，差点要哭。他说："团长，你用不着这样，搞工程我本来就比你在行，即使你把团长的位置让给我，我也不会感激你，团长有什么用？以后我设计出一项工程来，把天下所有的团长都吓死。"

华老岳嘴唇哆嗦了一下，说："我等着！"也不知是说等着他去团部，还是等着自己被吓死。

徐如达拒绝了华老岳派车送他下山的美意，也没有在第二天一早就离开连队。他要用行动表示一下对华老岳的反抗，证明自己不是一个根据需要随便捏的人。假如华老岳再来催他，他就会把准备好的所有牢骚话全部发泄出去，然后带着一种快感一走了之。可是，华老岳并没有再次提起要他下山的事。他想团长已经把自己看透了，自己会走的，即使喊上一万句"我不去"，他体内那股埋藏已久的欲望，也会使他的灵魂焦虑地飘向摆放着绘图纸的那张桌子前。更为悲哀的是，这一天，华老岳似乎已经忘记了他这个副连长的存在，没和他商量，就把连队提前二十分钟带进了工地。中午收工回来，华老岳看到他还没走，便冲他笑了笑，意味深长。徐如达呆愣着，冲华老岳的背影愤怒地吐了一句脏话，就去把背包打起来了。等下午连队收工回来时，人们已看不见了他的踪影。他是搭顺车下山的。三天后，他来到了团部。但他干的第一件事情仍然是为了气气华老岳。在招待站，他意外地碰到了冯高川，刚听对方说了几句，就喊着要冯高川去找领导。冯高川说，他去找过副政委了，副政委劝他回去。

"那你就去找团长！对全团的每个人他都是有责任的。去吧！我给你找车。"

冯高川走了。徐如达可怜的报复心理稍稍有了点平复，这才一头钻进了副政委周凤枝特意给他安排好的那间房子。

晴日里的唐古拉荒原愈加寒冷了。光亮耀眼的积雪在碧空下沉思。阳光碰撞着雪光，亮色粉碎着，搅拌在空气里，空气变得又浓又稠了，雾岚沉重而厚实，像用巨型的岩石一块块垒起来的天国与人界的屏障。冯高川就从这屏障中钻了出来，幽曲的心里盛满了冰冷和惆怅。这是临近中午的时候，人们还没有从工地回来，他只好朝厨房走去。

炊事班中有几个认识他的。战友重逢，惊喜悲怜，什么情绪都搅和到一起了。但表达的方式却异常简单。

"吃！喝！"

冯高川大口嚼着馒头。这种因缺氧怎么也发不起来的军用馒头，带给了他一种亲切感，再说，他也真饿了。等他吃进了两个馒头，有人才试探着问：

"回去……还好吧？"

他不说话。

"还用问吗？能好到哪里？咱们这号人，在部队是龟儿子，一复员是龟孙子。"又有人道。

他又攥起一个馒头，还没来得及朝嘴里塞，眼泪就簌簌落下了。这种眼泪是儿子在外面受了委屈后，回到家面对母亲的询问时流出来的那种眼泪。他揩着眼泪，情不自禁地说起来。

我回到家乡，去乡政府找到乡长。我说，我叫冯高川，在唐古拉山上给国家做贡献，现在回来了，能不能给我安排个工作？人家一听，笑了，问我什么是汤胡辣？我解释了半天人家才明白是个山名。人家说，前年回来的军队干部至今还没安排，你就别存那份心思了，回家待着，老老实实种地吧！我说，我不怕种地，可我现在种不动了。我只要求政府给我个饭碗。人家又说，眼下的饭碗是自己挣的，不是别人给的，你们在部队难道不读报纸不学文件？乡长说罢便再也不理我了。我只好回去。后来我就病倒了，昏迷不醒。我兄弟用架子车把我拉到县医院，守了我整整三天我才醒过来。但医生对我兄弟说，我肝上的毛病已经很严重了，最多能活五年，就是说，我活不到三十岁就得死。我不怕死，死人我见得多了。可我觉得我还没好好活人，怎么就要去死呢！我十五岁当兵，怕人家嫌我年纪小不收，报名时多报了三岁。在部队，我啥苦没吃过？啥好事没做过？可做了好事还要不得好死吗？我在医院住了两个月，医生说，反正已经治不好了，不如回去自己调养，也好腾出床位来给别的病人。我想也对，出医院后还能干些自己想干的事。我把我的转业费一半给了医院，一半自己带着，搭车去了省城。再有五年我就要死了，我为啥不享受享受呢？我吃馆子，还喝酒，要知道，肝上有病的人是不能喝酒的，可我偏要喝，喝死算了。一天一天地等死，等上五年，那是啥滋味？晚上，我有点醉的样子了，就躺在商店的橱窗下面，寻思要是有人来干涉我，我就把我的苦恼喊出去。可我想错了，到了半夜，才有一个女人过来问我是干啥的，要不要她送我回家。我看她不是个干公事的，就没喊，只告诉她我是军人，而且是个立过大功的军人。我家离这儿很远，但我身上有钱，可以住旅馆。她说，只要我肯付钱，我就可以到她那里去过夜，一晚上二十块。你们想想，在那种时候，那种要死不得活的心情下，我为啥不答应呢？她扶着我，曲里拐弯走了好一阵，快到她家时，她又将我的眼睛用她的头巾蒙了起来。等我再次看见她时，发现我已经来到一间收拾得很干净的房子里，暗红色的灯光下，她脱得光溜溜的，坐在床沿上。她对我笑着说，来吧！我过去了。她又说先交钱再睡觉。我一摸身上，发现钱已经被她拿去了一些。我说，你拿了。她不承认。不承认就算了，我也顾不上计较了。我就要死了，死了也是个尝过女人滋味的人哪！我又给了她二十块钱，就和她一起上了床。事情还没办完，就听有人咚咚咚地打门。女人害怕了，缩到被窝里打战。我不怕，我是个五年后就要死的人了，还怕什么？我打开了门，可来人根本不听我的申辩，就把我和那女人送进了公安局。等到天亮人家要审讯我时，我才明白，我已经给我兄弟丢尽了脸。审讯完后我就被放了出来，因为我不过是那女人的几十个嫖客中的一个，而且是初犯。钱没了，城市不能待了，我的死期突然变得遥远了。我还能到哪里去呢？我的父亲早死了，回到兄弟家，我就成了兄弟的负担，嫂子已经因为我，和兄弟吵了好几次嘴。那就回部队吧！我们不是唱过那首歌？部队就是我的家……

冯高川说着他的经历，猛地一抬头，发现围着他的人越来越多了，他站了起来，用手背揩揩眼泪，强笑着和他们握手。又不停地回答着别人那些无用的礼节性的问候。

"团长来了！"有人喊道。

华老岳一下工就从别人那里听到了冯高川来后诉说的一切。他黯然神伤，为冯高川的遭遇眉宇间的肉棱足足隆起了十分钟。但这时，他来找冯高川的目的，绝不是想继续替他忧愁。作为整个输油管线工程中的最高指挥官，他虽然也有悲伤和绝望的时候，但他更加明确的是：在任何事情上都不应该变得感情脆弱，他需要冷酷，一万次地需要冷酷。他应该让别人去说，他是个造物主忘了安装泪囊的人。他和冯高川紧紧握手，之后便道："你心里装着部队，来看看，很好，我们欢迎！"

冯高川感动得红了脸。

"什么时候走，我们再欢送。"

冯高川愣住了，一会儿，突然激动起来："团长，我不走了，我想在部队继续干。"

"那怎么行，你身体受不了。"

"我知道我就要死了，但我还能干，再给你干五年。"

"别说疯话了。留在部队的闹着要走，你倒好，放你回去了，偏偏还要回来。这里有什么好？死也不是个好死的地方。"

"团长，部队就不能给我一碗饭吃吗？我在这个团当过副连长，工程线上有我的汗，我的血，我的死去的战友。"

"对，你是个有过大贡献的人，部队养活你一辈子也没关系。但现在不行，你在这里，只能给部队带来消极影响。"

"团长，你这是非要我离开了？"

华老岳异常肯定地点点头："走吧！等工程完了，我派人去看望你，实在不行，到那时我再接你回部队，养老送终。"

冯高川满眼噙泪："那就不必了。"

当天夜里，冯高川就走了。当别人睡熟之后，他摸索着起来，幽灵一般朝北走去。他不愿向任何人告别，因为告别就意味着眼泪。而现在他已经醒悟，人生在世，眼泪是最没用的东西了。他自己淌过那么多的眼泪，那就证明，他已经是个没用的人了。死和不死的区别，也许就在这有用和没用上吧。

第二天，华老岳也离开了四连。副政委周凤枝突然给他打来电话说，由于高山反应，调查组只调查了几个靠近公路的施工点，已经回到格尔木，并且准备很快返京。周凤枝希望他火速下山，有急事相告。

看不到积雪，望不见云翳，格尔木是干燥的，干燥的格尔木最好没有太阳，因为阳光在这里所能够蒸发的，仅仅是人的水分。所以，当华老岳风尘仆仆赶来时，首先感到不快的就是口干舌燥、脸上发烫，首先引起他憎恶的就是那艳丽无比的太阳。在阳光洒白了地面和墙壁的团部，一见到周凤枝，华老岳就明白他对太阳的憎恶多半是由于他对不幸的预感。周凤枝说，调查组对工程极为不满，工程需要全面返工。据他们预测，要是兵力增加一倍，也得一年。

"胡扯！"

他们认为，部队伤亡惨重，有责任事故，也有高山地区的自然死亡。但就死亡和伤残的数字而言，在全世界的同类工程项目中也是罕见的。即使是战争年代，这样重大的代价也无法原谅。而且，团主要领导还有隐瞒死亡真相的错误做法。

"老天爷不让人活，我有毬的能耐！"

调查组还了解到，施工沿线，军民关系恶化，沱沱河商店被抢，牧民的畜群被抢，团部、地方政府和有关协作单位的关系也没搞好，一个军民共建的项目也没有。

"共建就是要钱！我哪来的钱？我们是人民子弟兵，是靠人民养活的，别把关系搞颠倒了。我们的战士连一顶没有破洞的帐篷都住不起。我们死了那么多人，是兵是官都没有花钱置过棺材，我们花不起啊！山上缺氧，可我们一个连队竟配不起一罐应急用的氧气瓶。再看看我们团部吧！全是土坯垒起的平房。搞关系？我们没有关系开支！我们只能从战士口中把吃的夺下来，双手送给他们，为此，我们付出了代价。"

"人家调查的是结果，不是原因。"

"没有他妈，怎么会有他？这不是笑话吗！"

更为糟糕的是，调查组已经走了。组长和副组长都有了种种不适的感觉，他们担心，不赶快回去，就会报销在这个迎接死亡如同喝凉水的地方。走时，没留下任何布置，只要求尽快把泵站设计方案和图纸报送总部技术处。

"那要我回来干什么？"

"老岳，你还不明白吗？"周凤枝凄惶地喊起来，"有人早就告了我们，我们必须在这里等待，等待处理。"

"再大的处分我背上。工程要返工，总不能把我们处理回家吧？"

"我担心的就是这个。"周凤枝愁眉不展了。

徐如达已经整整五个晚上没睡觉了。他把睡觉安排在白天，因为白天人来人往，他不睡觉也无法静下心来工作。他的眼睛似乎好多了，泪水不再流淌，疼痛也渐渐消失，只是有一种涩巴巴的感觉，弄得他时常要去揉一揉。他工作得非常吃力，思路几乎没有畅通的时候，由于记忆力的衰退，过去搞设计时常有的灵感闪动的现象再也没有了，他怎么也无法体验到那种握笔描画图纸过程中的激动和愉悦。更为糟糕的是，尽管他已经意识到他的能力的迅速退化，但他仍然自负地认为，如果不是在基层部队这种没有知识分子地位的地方，他早就不该再去绘图了，而应该成为一个相当出色的审查定夺方案的总设计师。五个长夜之后，在一种极度焦灼困惑的状态下，他将方案和图纸交给了华老岳，然后回到自己那间房子里，苦恼地将那眼睛揉啊揉，一直到揉出了一颗颗晶莹的泪珠。难道他真的不行了？他一再问着自己，而内心的回答却是：我不相信。半个小时后，团长将方案和图纸送了回来，上面公公正正签着"华老岳"三个大字。

他迷惘地望着他："这就算审查通过了？"

"那有什么含糊的。"

"你应该主持一个会，让咱们团的所有头头脑脑都提提意见。"

"有这个必要？"

"这是程序。"

"谁定的程序？我怎么不知道？你想想，连我都看不懂，他们还能提出什么意见来？"

徐如达苦苦一笑，将图纸扫了一眼，突然一怔，再仔细看看，便大叫起来："错了！错了！这么明显的错误，你竟敢签字？"

"哪儿错了？"

"这个，数据，还有这个，泵位离地面这么近，可下面是永冻层，一经热融，马上沉陷。"

"那就改过来嘛！"

徐如达拿起图纸，逐项看下去，觉得那上面全是错误，计算错的，描绘错的，设计错的。而每一处错误都在他眼前幻化着：一堆堆圮毁的瓦砾，一根根破裂的油管和一台台往外溅油的油泵。他气急败坏地将图纸捺在桌面上，几乎是哭着说："团长，我不行了。"

"咋不行？我说行就行。全团几千号人马，谁能画出这东西来，还不就你徐如达一个嘛！画出来就是成功，至于泵站如何建，到时候我自有办法。行了，给你个美差，把这东西送到总部去。"

徐如达痛苦地闭上眼睛，一言不发。

这天夜里，徐如达又干了一个通宵，逐项逐项地改错，弄得他脑袋发木，眼睛一阵阵胀疼。清晨，当起床号吹响的时候，他睡了，和衣躺在床上，朦朦胧胧觉得有人在拿针刺他的眼睛，刺得好疼。他骂了一句，自己便醒了。他翻身起来，下意识地扑向桌面，再看那图纸时，发现他昨夜一宿竟是一种小儿涂鹅式的努力，计算越改越错，线条越来越乱，甚至那排水泵像一轮太阳悬在空中，而油罐却变成了几座桥墩，从下面支撑着整个泵站的体积。他惊恐地大叫一声，瞪大眼睛看着自己的杰作。渐渐地，他什么也看不清了，看不清了那错乱的泵站，也看不清了折射在上面的自己，全是黑暗，一滴亮色也没有。他揉揉眼，再一次揉揉眼，拔腿就走。咚的一声，他的胯骨碰歪了桌子，再走，再碰，最后一下碰到了门边上。他拉开门，来到阳光辐射的院中，扬起脖子望天，可他没有望到太阳，望到的是一张黑森森的面孔，那面孔急剧扭曲着，一会儿，黑嘴一张，吐出一句阴险刻毒的话来："你瞎了！"瞎了！瞎了！我瞎了？他在心里大叫着，脑子却突然变得格外清晰，那张图纸以全新的面目呈现着，每一个数字、每一条横线都那样准确无误。

"团长！"他喊着，朝前跑去，没跑两步就被坎坷不平的地面绊倒了。他爬起来，还要跑，忽觉有人死死拽住了他。

"老徐，你怎么啦！"

他听出这是团长的声音，便道："我走了，我这就去北京送审图纸。"

"车票是明天的。"

"明天？不行，明天我又会糊涂的。我这就走，这就走。"他推开华老岳，大步前去，一头撞到墙壁上。"操你妈，鬼东西，别挡我的道。总部要是否定了我的设计，我就死在那里，我还有什么脸回来！"他使劲踢着墙，觉得华老岳又将他拽住了，便转过身来，在团长腿上狠踢一脚，抡拳胡乱打起来，嘴里咕噜道："别挡道，要不是你，我早走了，早走了。"

他被华老岳死死抱住了。

"团长……"他悲凉地叫一声，痛声号哭起来，"我瞎了！我瞎了呀！"

而华老岳的结论却是：他不仅瞎了，也疯了。

沉默。将徐如达送进医院后的好几天都是沉默。一切变化都在沉默中发生了。

第四章 黑色海

十一月，又是雪飘高原。大野浩茫，青藏高原以茹古涵今的沉默创造着不朽的死寂，荒寒地区的永恒冰凉再次困扰了那些艰难存在的生灵。但挽救他们的已不是华老岳，也不是那种在大自然的驱赶面前，宁死不屈或赖着不走的精神了。总部命令输油管线工程团全部撤离各个施工点，在格尔木集中，边营建边休整。

在离别唐古拉荒原的最后几天中，华老岳又一次来到工程四连。他是来沿线检查撤离情况的，顺便将王天奇的妻子带到了这里。

这个女人和王天奇并没有办理离婚手续，因为她一直在犹豫。男人死了，她的犹豫也就消逝了。悲痛之后，她希望自己能在一种平静的生活中获得心理上的解脱。她得想一想，生活对女人是不是太苛刻了？如果嫁男人并不意味着幸福，那她干吗要匆匆忙忙再去领略痛苦呢！她开始淡漠生活了，但无论如何她无法淡漠自己的男人。她和王天奇从认识到他死，掐头去尾也有十三年了。往事中总有他，所以，她常常怀想往事，哦，真想回去。但她是回不去的，只能来看看他，在他的坟头烧一沓纸，女人总是女人。可是，一到连队，她就发现自己似乎早就不是王天奇的妻子了，天和地的冰凉，士兵们那种奇怪的眼睛里播放出的冰凉，都使她感到她距离自己的男人已经十分遥远了。在连部，炊事班的人给她端来了饭菜，说："吃吧，最好吃完，连队不养猪，剩菜剩饭不好处理。"要么吃完，要么一口别动，她选择了后者。但过了半个小时，炊事班的人把没吃的饭菜端出去后，却连碗都扔了，嘴里还唠叨着什么。她没听清，但能感觉出那种发自内心的厌恶。后来，又有那么多士兵来看她，却没有一个人主动和她搭话，都那么冷漠地望望就走了，走时还有人怪声怪气地喊了句什么。甚至有人在帐外故意亮着嗓门说话："她并不漂亮嘛！凭啥嫌弃我们连长。"

"看她脸上一点哭的意思都没有。"

"说这种话滚远点！"

团长华老岳进来了，坐在她对面，假装热情地东拉西扯。她是女人，女人最敏感男人的假装。她看他假装得有些累了，才问了句："天奇死了，死了的人都这样？"

华老岳不明白她的意思，盲目地点点头。

"都不是烈士？那你们这是为了啥呀？天奇可是把啥都交给部队了。"

这话锥子一样扎得华老岳一阵心痛，他不安地站起。女人不再问什么了，拿起她带上山的黄表纸。

"天奇的坟在哪里？"她问。

荒原的黑雾中，山影呆痴着，愣愣地朝后退去，随后便消逝在了人们的视阈之外。风急天高，飘来飘去的是铁青色的自然法规。华老岳陪着她，朝那座寂然无声的死者的城堡走去。

她随他站住了，神情板滞地望着那些凌凌乱乱的荒冢。

"那边，第五个。"华老岳轻声道。

她过去了，又不相信似的回头看看。华老岳朝她点头。她蹲下，将黄表纸用一块石头压住，愣了片刻，便一点一点用手抠起地上的土，又一点一点朝坟堆撩着，撩了很久，一直到她面前出现了一个坑，而丈夫的坟堆上盖了一层薄薄的新土后，她才怔怔地跪在那里。一会儿，她又用手掌将那新土抹平，翘出自己的手指颤颤悠悠画起来：

烈士

突然，她哭了，没哭几声，就扑倒在坟堆上，两手使劲往下扒土。

"天奇，我来了，我来看你……"

她哭着，扒着，终于扒出了一个深洞。她将胳膊探进去，侧着身子，拼命朝里够着。

"天奇，我来了……"

她已经意识到再也够不着他了，便将胳膊伸出来嘶喊着用胸脯贴紧洞口，一把一把地拍打着坟堆。华老岳赶紧过去，将她扶起。可她却躺在他的怀里不动了，眼光发直，嘴唇颤抖着，喉咙里发出一阵阵的咕噜声。华老岳以为她不行了，赶紧拖着她朝回走。这时她眼睛活动了一下，便又哭又喊地挣扎着推开他，朝坟堆扑去。她倒在了地上，剧烈地抽动着身子。华老岳再也不敢过去扶她了，他的好心只会引起她更为剧烈的嘶喊哭泣，而对一个初上唐古拉的人来说，任何过分的悲伤都有可能是在接近死亡。

有几个士兵走了过来，将那被她扑散后又被风吹向四周的黄表纸拣到一起。

"嫂子……"

她抽搐着从坟堆上直起腰，回望着士兵们。

"嫂子，别哭了，连长会不安的。连长从来不哭，也不喜欢别人哭。"

她挪动身子，跪到黄表纸前，抖抖索索掏出早已准备好的火柴，将纸点着。火苗升起来，左右耸动着，燃着了她的衣襟。她不动，身后的士兵忙将她拉起，拍灭了她衣襟上的火。她推搡着他们，哭声变得低低的，就像怎么也关不紧的滴着水的水龙头。黄表纸还在燃烧，眼看就要熄灭了，她突然高哭一声，一头朝前栽去，前面是刚才压过黄表纸的那块石头。华老岳惊呼着跳过去，要将她扶起，可她身子软软的怎么也直不起来了。血渗透了她浓密的头发，流淌在华老岳身上。她微闭了眼睛，半张着嘴吞吐着大团的气雾。

"快，抬她回去！"华老岳吼道。

她被抬进了华老岳的吉普车。车走了。华老岳抱定了等待噩耗的念头，因为在这里，死亡是正常的，活着才是奇迹。然而，女人没有死，更让华老岳出乎意料的是，在十一月的大雪天里，陆陆续续撤离昆仑山、可可西里山、唐古拉山以及藏北高原的所有连队，竟没有一个人死去。大概是老天爷欣赏人类这种败逃的行动，突发慈悲了吧！

十二月，格尔木的气温突然转暖，天上虽然时有雪粉落下，但一接触地面就化了，地面散发着股股潮气，似乎是新生的大陆上最后一抹海洋气息的蒸发。总部委派一名技术处长在北京组建了一个五人小组，来格尔木拟定格拉输油管线改建工程方案，方案未出，处长又被任命为工程团新任团长。工程团改为独立团建制，团长享受副师级待遇，原团长华老岳和副政委周凤枝分别被任命为副团长和政治部主任，另一位一直待在西藏负责三营施工的副团长，则被任命为参谋长。几乎在同时，李向国被越级提拔为一营教导员，其理由是，在工程出现严重失误、部队极端混乱的情况下，他能及时将事实真相写信反映给上级，致使上级部门采取了果断措施，避免了更大损失的出现。自从那次猎捕怪物得病之后，李向国一直在住院治疗。接到任命的这天，他突然发出了一阵令医生护士毛骨悚然的笑声，而且笑声不断。人们看到，从此他便在自己这种似人非人的笑声中度日了。

新班子组成后所干的第一件事便是开会，总结教训，检查错误，研究工程改建前的诸项准备工作。但新任团长窦保安却把会议内容总结成了两句含糊其辞的口号："告别过去，面向未来。"会议开了四天，全团连职以上的干部全部参加。华老岳的沉默使会议气氛显得异常压抑。因为直到这时，全团大部分干部心目中，华老岳仍然是他们的唯一中心。鉴于这种情况，窦保安利用休息时间和周凤枝进行了一次谈话，之后会议气氛才算有了转变。周凤枝用了整整一上午时间检查自己的错误，最后竟至于痛哭流涕，连连发问："那么多人死了，残了，落下毛病了，难道我没责任？工程需要全面改建，给国家造成重大损失，难道我能够冷眼旁观？军队和老百v姓，本是一家人，但在我们这里，却是你诈我，我恨你。我作为行使政委职权的副政委，难道能说自己没有错误？"他停了一会又道，"部队给了我很多，不当兵我就吃不上商品粮吧？不当兵我就挣不来工资吧？不当兵我就当不了副政委吧？可是，我却做了一些对不起部队的事，我应该检讨……"

李向国被临时接出医院参加了会议。听周凤枝说到这，他便肆无忌惮地发出一声大笑，喊道："我也要检讨，也要检讨……"

但他的检讨是窦保安不需要也不喜欢的。他说，他反映情况还不够，还要加倍努力，继续反映，还有他说话时不停地发出的笑声，令在场的所有人都处在一种紧张状态中，倍感痛苦。窦保安是想通过周凤枝的悔恨引出华老岳的检讨，可华老岳中途退场了。他再也没有出现，一是他不想听，二是他情绪又受到了另一种冲击。在他办公室里，通讯员交给他一封信。他慢腾腾似乎有点不情愿地拆开，看了一遍，就觉得内心开始翻滚了，也不知翻出来的是什么东西，弄得他胸脯像接受雷电殛击似的感受。信封里装的是一张地方发给部队的死亡通知书。死者是没有了亲人的房宽。他将那张白纸揉在手中，不禁有了一种伴随着伤感的思念。但他需要思念的太多了，死人和活人，男人和女人。他吃惊地发现，由房宽的死讯引出的感情波动，竟会被他轻而易举地转移到自己的妻子身上，好像妻子也已经死了。那种悲怜，那种惆怅，那种孤独，使他情绪饱满地念叨了一声"房宽"，又轻轻叫了一声她的名字："爱菊。"于是，他觉得自己是一艘随风逐浪的三桅船，正在靠向一座绿濛濛的岛屿，而这岛屿那样熟悉，好像是他童年睡眠过的地方。在这种幻觉中，他突然想到了一个从未想过的问题：原来，生命是不能告别爱情的，如同人不能告别人间，星光不能告别灿烂，河水不能告别清澈，大山不能告别耸立，天空不能告别永恒的蔚蓝，太阳和月亮不能告别那一片火红和银光，而他华老岳不能告别的，是自己的士兵和爱人。他之所以能够从意志到行动，支配这个团，也绝不是靠了自己的威严，而是他和他们在共同的经历、共同的命运面前，无形中建立起来的那种共同的情怀。可为什么直到现在他才想到这些呢？很多人死了，房宽也死了，房宽是怎么死的？他问那张揉皱了的死亡通知书。通知书不语，因为它不想告诉华老岳。

房宽回到家乡了。他发呆，而这座骤然变得形形色色了的小镇也在发呆。他背着背包，将大衣敞开着搭在背包上，背包两边还绑着一双大头鞋。没有帽徽的军帽罩着一圈白色的汗碱，只有顶端是黄色的。缺了三个扣子的军衣一边高一边低，从下摆露出里面的失去了白色的衬衣，宽大的裤子在两条枯瘦的腿上晃动着，一双污迹斑斑的黄胶鞋发出哗叽哗叽的声音，汗水已经将它浸透了。他从火车站的出口来到街上，惊奇地顾望那些不久前才陆续出现的店铺和货摊，一直走到镇子尽头，又原路拐回来，把那些店铺和货摊再看了一遍。不知是由于他的记忆衰退，还是由于小镇的莫名其妙的变化，他找不到回家的路了。他立着，呆望一个从自己身边过去的陌生的人和他们的千奇百怪的穿戴。而他们也在打量他，欣赏着他的没有时代特色的惊人的邋遢和狼狈。

"喂！让一让。"有人推着一辆装满食品的铁皮车冲他喊道。而他却以为这是他回到家乡后第一个和他主动说话的人，感激地把腰弯了一下。

"喂！叫你让一让。"

他迟缓地朝一边跨跨，道："同志，我打听个事，这个地方的莫家坑哪里去了？"

那人瞪了他一眼，说了句他没听懂的话，就推着车急急忙忙走了。他傻乎乎地笑笑，却见不知从什么地方闪出一个老头来，对他道："你刚才说啥？莫家坑？你要到那里去？我知道，要是你给我两毛钱，我就带你去。"

"你要钱？你缺钱花？我有啊！"他说着从上衣口袋拿出一沓钞票，抽出一张拾圆的给他。

那老头吓了一跳，伸手不敢接，道："我找不开呀！"

他"嘿嘿"一笑，"找钱？找钱做啥？我有钱。"他将手中的一沓钞票晃晃，又放回到上衣口袋。

老头接了钱，赶紧塞到拴在裤腰上的旱烟袋里，拉拉他："走，没见过你这么爽气的人。"

他们来到公共汽车站的路牌下。车来了，老头推着他，要他先上。人很多，但他还是挤了上去。这时售票员要关门，他看老头没上来，便喊道："别关别关，还有他哩！我们是一搭里的。"

女售票员笑了："还意大利的呢！怪不得是这副样子。"

门"咣"地关上了，那老头朝他挥挥手，转身走了。他惘然，怎么也猜不透老头为什么要走和女售票员为什么要笑。他远离家乡十多年而乡音难改，但居守家乡的人却已经把生硬的普通话当做门面来炫耀自己的洋气了。

"买票！上车的买票！"

"我去莫家坑。"

他掏出拾圆钱来。女售票员收了钱，说："零钱不够，待会给你找。"

"我看不用了。"他"嘿嘿"一笑。

车到站了，门一开，他就要下，女售票员撕住他："还有好几站呢！"

他忙把伸出去的腿收回来。女售票员又喊："上车的同志请买票。"一连喊了好几遍，他突然醒悟过来，忙又掏出拾圆钱递过去，女售票员不接钱，瞪他一眼。他又是一阵大惑不解。

莫家坑到了。女售票员看都不看他一眼，就将该找的钱和车票塞在他手里。他满把攥起，被人流裹挟着下了公共汽车，四下望望，又愣了：这是莫家坑，他怎么就记不起这里还有楼房呢？

"同志！"他将一个路过的人拉住，"我打听一下莫家坑……"

"就是这儿。"

"这？"他使劲跺跺脚，像是要跺出一个坑窝来，使莫家坑名副其实似的。

那人惊奇地看看他，转身走了，又猛地转过身来，仔细端详他："你姓房？"

他点头，半晌才道："我叫房宽。"

那人跳过来，握住他的手："是房宽哪！你不认识我啦？我是明天哪！"

"明天？"

"陆明天，你过去的邻居嘛！听说你老婆孩子都死了，我们都想你不会回来了。"

"嘿嘿！我还是回来了。"他像孩子一样摇晃着那人的手，"铁打的营盘流水的兵，我回来了！"

"回来就好。走，我带你去我家，吃了饭再说。不行就先住在我家，知道吗，你家的房子已经拆了。"

"知道知道。"他连声说道，又问那人："怎么拆了？"

"你还不知道？"

"知道知道。我不住你家，我有钱，我要盖新房子了。"他将一只手伸进上衣口袋，一摸，里面竟然什么也没有。"钱呢？"他问那人。

"是不是你手里攥的这个？"

他一看："对对，这就是钱。"又一想："不对啊！我的转业费，厚厚一沓，全是大票子。"

不用说，房宽的钱被人偷了。但这似乎并没有过分影响他回归故里的情绪。甚至当他在老邻居家住了一宿后，便忘了自己曾经有过钱的事。他乐呵呵地赘在陆明天的屁股后面跟进跟出，再也不提自己盖房子的事了，好像他原本就和陆明天住在一起似的。这样过了一个星期，这位热心的老邻居便发现他的毛病了，也明白，自己已经背上了一个很难甩脱的包袱。他对房宽说，我给你找个工作吧！以后你就可以住在单位上了。房宽"嘿嘿"一笑，没表示什么，又好像什么都表示了。

工作没费多大劲就找好了，因为陆明天是镇上有名的厨师，哪个饭馆都有他认识的人。而房宽已经没有了挑剔工作的能力，叫他端盘子抹桌子他是决不会去洗菜切肉的。他干得很来劲，世界上恐怕再也没有像房宽这样和气礼貌、全心全意为餐厅着想的服务员了。

"同志，再添点。"他用那个从不离手的湿漉漉的抹布，将别人撒在桌上的米粒肉片抹到一起，再用一只空盘子盛着，倒进了新到的顾客刚刚吃了一口的碗中，还要唠叨一句"节约"、"勤俭"什么的。而更多的时候，他会将别人的剩菜剩饭，聚攒到一起，端到人家的酒席筵上。他自己也从来不进厨房吃东西，饿了就将那些剩菜剩饭狼吞虎咽几口，而且还不敢多吃，那种多吃一口别人就会少得一嘴的潜意识时时支配着他，弄得顾客们都说，餐厅雇了一位叫化子做跑堂的。他反应迟钝，行动缓慢，顾客叫一声"服务员"，他会琢磨半天才过去，端菜端饭时十有八九要端错，常听到顾客在喊："那是我的。"顾客们虽然在餐厅的意见簿上写满了意见，但谁也不会当面冲他发火，因为他总是"嘿嘿"笑着，笑得令人心里发怵。

房宽晚上是在餐厅里睡觉的，等顾客们走完之后，他将餐厅里里外外打扫一遍，就已经是夜阑人静了。他用凳子拼出一张床，打开自己的背包，也不脱衣服，盖着被子倒头便睡。第二天，他总是起得很早，立在门口，用笑声迎接这天的第一个顾客。一天早晨，他用笑声迎接来的一位顾客大声惊叫起来，说他发现一只虱子从自己坐的凳子上爬进了他的衣服，甚至他还看到了房宽头上一片一片的虱子蛋。而房宽依旧在笑着给他端饭端菜。

就在这天中午，餐厅经理将他叫进了自己的办公室，递给他一沓钞票，说这是他一个月的工资，一共七十五元，并要他数数。他数着，并不是想知道那是不是七十五元，而是因为经理让他数，他就得数。

经理又道："谢谢你对我们的帮助，你现在可以离开餐厅了。"

"离开餐厅？"他眨巴着眼，"我去哪里？"

"这我不知道。"

"那你让我去干啥？又没有新任务。"

"我们这里不需要你了。你从哪儿来就到哪儿去。"

"我是从部队上来的，我有证明。"

"那就应该回到部队上，部队把你培养成了这个样子，你就应该去为部队服务嘛！"

"部队领导说，让我转业，转业就是党和国家需要我回地方工作……"他认认真真解释起来。

经理不耐烦地打断他的话："你怎么还不明白，你被餐厅解雇了。"

"解雇？"他想了好一会儿，才明白"解雇"是什么意思，道："我是你们雇来的？那你们当初为啥不说清楚？雇我我就不来了。"

房宽离开了餐厅，走时，没忘了背上自己的背包。他神情是严肃的，甚至有些愤怒。回到家乡后他第一次不再笑脸迎人了。他要去哪儿呢？他不明白。但他是决不会再去找陆明天了。因为他觉得姓陆的把他作为雇工出卖给了别人，这是莫大的耻辱，而他从来就是一个听从党指挥的高尚的随时都在尽义务的共产党员。还是餐厅经理说得好：从哪儿来到哪儿去。他想部队了，想着想着，就在大街上哭起来。

后来，他就死了，死在去部队寻找生活、寻找战友、寻找华老岳的路上。

转眼春天了，还是雪花，飘啊飘的总是飘不尽。在原工程团的基础上组建成的独立团开始进行大换血：补充大量兵员和施工机械，调整各级干部，原工程团的六百多人面临着按病退处理回去的结局，其中包括副团长华老岳。总部一位首长亲自打电话给华老岳，问他有没有意见，他只说了两个字："没有。"便把电话扣了。他没什么可说的，他是决计要服从了，尽管对一个特立独行惯了的人来说，任何服从都意味着悲哀，但他没必要为这种必然到来的悲哀去争辩。因为那就意味着他对悲哀的胆怯，而胆怯是永远要避开他的。唯一需要说说的就是为先去的人在格尔木修建陵园的事。他去找窦保安。窦保安说："这件事你早就说过了，我也早就答应了。没什么问题，你放心走吧！"

为了不出乱子，六百多人是分批宣布、分批离开的。一批只走二十名。华老岳被安排在第三批离队的人员中。那天，雪很厚，覆盖了干燥的土地。凌凌乱乱的脚步就像踩在一床偌大的棉絮网套上，等将来这棉絮被暖流卷走后，就什么也不存在了。汽车站在远离市区的地方，雪原从这里延伸向昆仑山，白色的苍凉在遥远的地平线上变得神秘而缥缈。天宇无边无涯，人世间的悲悲喜喜似乎一进入这天宇便顷刻消弭了，消弭了生命的气息，也消弭了人类的所有活动，悲壮和鄙琐、舒展和委顿都已经失去意义了。但人是很难觉察到这一点的。车站广场上哀哀的道别声依然按照它固有的规律回荡在雪地之上。很多永远留下的和暂时留下的人都来送行了，但在华老岳看来，恰恰是这些坐在车窗口的病退的人在给他们送行。

有人在广场上喊道："连长，别忘了我。"

"滚你妈的！"车上有人回了一句，话音刚落眼泪就成串儿滚下来。

华老岳将头探出窗口，和来送他的周凤枝握着手，他们已经无话可说了，但此刻说什么也不如沉默更有内容，更有情义。华老岳觉得，人之所以有眼睛，似乎仅仅是为了代替语言去传递那些不可言传的情绪和心理。

"团长……"

他先看见了一个女人清丽柔弱的身影，又看到田家航已经在那里泣不成声了。他朝女人招招手，女人过去了。他说："好好过日子。你们有孩子了？"他从身上掏出拾圆钱来，"买个玩具，一定要买个玩具。"

女人不接。钱悠悠晃晃地飘落到地上。田家航走过去，揩着眼泪，一声一声地叫着"团长"，却不知再说什么好。

车就要开了。广场上的所有人都朝华老岳这边拥过来。田家航和他的妻子被挤在一边了。他翘首望着，突然哽咽着喊道："团长，下辈子，还跟你干！"

汽车开始缓缓驶动。众人的哭声终于响起来了，和车声一起在荒凉的大野中鼓荡。寒冷的天空下，人群在哭声中分袂、裂变，在哭声中各走东西，各走各的远方，只有两点是相同的，那就是必须诞生也必须死亡。

华老岳突然将半个身子探出了窗口，喊一声："老徐！保重！"

一个戴墨镜的人被一名护士搀扶着从那边走来，听到喊声，他一怔，便叫道："团长，你在哪里？你怎么先走了？团长……"徐如达听到汽车在开动，猛地朝前跑去，没跑两步就摔倒了。他爬在残雪粼粼的水泥地上，还在一个劲地喊："团长……"

汽车渐渐远去了。华老岳将帽子脱下，一下比一下滞重地朝广场上的人挥动着，秃顶像勋章一样闪闪发光。车走了，那光亮也就泯灭了。

用自己那把钥匙打开家门后，他就愣了，想象中的东西一样也没有：两个孩子，孩子们的顽皮留下的凌乱脏腻的痕迹，那种他记忆犹新的家具的摆设和女人的气息。他放下手中的提包和背上的背包，四下打量着。纤尘不染的桌面上，靠墙是一排五颜六色的书，玻璃板下面正中的地方是他的照片，十年前开赴川藏公路前照的，笔直粗硕的双腿把军裤绷得没有一丝皱褶，浑圆的腰际上扎着棕色的宽皮带，开阔的山梁一般结实的肩膀，其上是英气勃勃的面孔，庄重，肃穆，眼里眉间虎气横生。可现在，他变成什么样子了呢？不照镜子也知道，他衰退了，像被炮火一瞬间摧毁了的城堞，用残垣断壁昭知着历史的残酷。在他的照片的右侧，是两个孩子骑在墙头上互相拥抱着的留影，大的搂着小的，小的用胳膊缠着对方的脖子。两个人都穿着深蓝色的制服，衣袖因为天长日久地用来揩鼻涕，泛着微微的荧光。鞋是胶鞋，鞋带断了，露出没穿袜子的黝黑的脚面。这一切和照片上的两张顽皮机灵的面孔显得非常和谐。孩子们在望着他笑，他也笑了，蠕动嘴唇想说什么，却又发现他们并没有望着他。他坐到椅子上，静静等待妻子下班回来。椅子旁边就是脸盆架，一道把屋子分割成两半的铁丝上搭着一条湿润的粉红色毛巾。毛巾的一角擦在他毛发稀疏的鬓边，惹弄出他的一股温醇而缱绻的意绪。他抬手攥住，一把扯下来，又揉成团用手摩挲着。多少年了，他似乎已经没有了想洗脸的欲望。但这时，他却起身，进厨房接来半盆水，用妻子的毛巾，妻子的肥皂，在那张粗糙黧黑的脸上擦了又擦，还不时地用鼻子嗅嗅，好像这样就能嗅出他的女人的馥郁芬芳来。他的女人是香喷喷的，浑身的每一个地方都会对他绽放朵朵夜来香的花蕾，这在以前他就有过深切的体验，并且牢牢地嵌在了记忆深处。如今是需要唤醒它的时候了，他内心多少有些激动。激动让他焦灼，焦灼让他坐立不安，让他有了一种饥饿感。他看看表，发现早过了下班时间，便走进厨房，这儿摸摸，那儿看看，发现碗柜里放着一碟切好并调了香油辣椒面的火腿肠，还有半条清炖鲳鱼和一沓白白嫩嫩的煎饼。他高兴地拿出来，摆到桌上，像得了馋痨病那样狼吞虎咽起来。这时，门外传来一阵掏钥匙的声音。他噌地站起来，痴望着门口。门开了，他也就愕然了。而打开门的那个头发又黑又亮的男人显得比他还要惊诧，失口问道："你找谁？"

"你是……"

"噢，你回来了！"那男人恍然惊悟，"你是……张爱菊她不在？对了，她出差了。她要我给她看家，可能今天就会回来。你等等，我去楼下给她单位挂个电话。"

男人走了，一会儿又回来，对他说："我的任务完成了，该走了。她嘛，最迟明天就回来，说不定今天下午就到。她忙啊，大家都很关心她，都肯帮忙。我家离这里不远，有空了，和你爱人到我家玩去。"他语无伦次地说着，走了。

为了使妻子大吃一惊和怕电报上说不清他回来的原因，他没有给她拍电报，现在想来有些后悔，也后悔自己刚才怎么没留住这个人呢？初来乍到，他需要多和别人聊聊。他又开始吃起来，吃饱了，主意就拿定了。在妻子回来之前，与其这样火烧火燎地等待，不如先出去走走，看看这个自己即将重新开始生活、工作的城市，对他来说，这是个脱胎换骨了的旧环境。当然，他的主要目的是去市安置办公室报到，尽快踏上新岗位。他有不停息地工作的习惯，最好能让他废寝忘食，这是他作为生命的一种本能，一种比拥抱妻子还要强烈的欲求。

宽阔的崭新的柏油马路，在城市的巨大缝隙中飞翔。春天的阳光把温热和亲切洒向人间，那些直立着行走的人群，那些飞速爬动的斑斑斓斓的轿车，给人一种急匆匆要去撞死的感觉——行动快的是义无反顾地迅疾奔赴死亡，行动慢的却似乎是非常不情愿地在缓缓靠近死亡。华老岳顾盼流连，突然有了一种轻松明亮的感觉：一切都在运动，一切都在走向死亡，那么自己呢？自己走向死亡的脚步显然要比别人扎实有力、富有价值，至少，这些蛰居在城市里的流动的人群是无法和他相比的。他来自一个堪称世界之最的高原，来自一个用无数悲剧强化着钢铁意志的生命禁区。他是伟大的，他在这个城市里充满了优越感。

广厦万千，拥挤碰撞着，像崛起在人海之上的伟岸的礁岩。阔楼的倒影比阔楼本身更富有人情味，因为它荫庇着人类，而同时人类又会将它踩在脚下，借以炫耀自己的豪迈。华老岳正是在这种豪迈的境界中，打量欣赏挑剔着城市。他是在这片土地上长大的。他还记得，当第一座高楼在鱼腥味的海风的吹拂下升起来的时候，他被父亲拽着去参观胜绩。他们在楼前五十米的地方足足站了半个小时，他要过去，想和那些装修工一样登上楼层。可父亲却紧紧将他拉住了，瞪起一双威慑的眼睛，告诉他，别过去，楼塌了会砸死人的。楼会塌的，父亲的这种认识，说明他无知呢，还是有先见之明？后来这座楼真的塌了。在疏松的海滩上造高楼的技术远远没有掌握，就想把壮丽捧给人们，结果是死了二十五个人。但接踵而至的是更多更高更加玄乎的楼房，而且再也没有坍塌过。于是，建设者们说，一座新型的工业化城市终于在一片白纸上诞生了。

为了那些雨后春笋般勃勃兴起的彩色高楼，华老岳一家面临着被迫迁居的局面。家园的土地上，机械横行无忌，高楼拔地而起了。一辈子务农的父亲带着母亲和他，走向远离大海的贫瘠的新居地，但那儿后来也成了城市的一角。他们一家先做了菜农后作为居民度过了最初几年艰辛的日子，正当家景稍稍有了好转时，母亲病死了。而这时，谁也不知道，再过两年，父亲也会死的，不同的是，他不是死在亲人的呼唤声中，而是死在城市八月燠热的寂寞中。

从这儿能望见大海的盈盈笑意，那在平静的波面上随着轻风喁喁布道的，那透过清新的气雾向海蓝的天空诉说秘密的，那使人在微醉的幸福中去领悟海的言行的，是这个庞大的水的世界的历史。每一轮缓波，每一圈晕散的涟漪，每一滴跳起在海藻上的净水，都会使人想到，在一个久远的年代，它们以同样的风姿招摇在古特提斯喜马拉雅海的平静的水面上。而他脚下，他眼前的望不清面貌的海底，却是那个洪荒岁月里的古高原。古高原的沉降和古海底的崛起，终于造就了这种天翻地覆的变化。在那次全球性的大海漂移中，最有价值的便是生命的全部毁灭和生命的重新创造。创造生命的历史告诉我们：海是一切的源泉。华老岳不禁有些兴奋了，真想走进大海，洗个澡，或者化为水族的一员，化为一波又鲜又腥的浪纹，自由地来往。他没想到，从格拉输油管线带回来的苦恼，会被风轻水静的大海，用一脉莹润的水光，用一阵淡淡的嘘声，倏然消解。

就在大海边的潮气湿雾里，海狸花和冬青树组成的双色环不知不觉将华老岳套在里面了。市安置办公室的招牌和一座米黄色的三层楼将他吸引了过去。就在这座楼里，他快意地拿出了自己的介绍信和退伍证明书。

"又是一个。"一个面孔生来和善的眯眯眼送过一张表格来让他填写。这种表格他填过多少次了，轻车熟路走笔如飞。那人将表格和介绍信用回形针夹起来，放在身后的柜子里，又将退伍证明书还给他，好像这就完成了自己的工作，再也不说话了，摊着两手，等待着华老岳的离去。可这时华老岳偏偏有些亢奋，偏偏想说话。他笑望着对方说："提个要求吧！我不喜欢坐办公室，只要是能让我累得死去活来的工作，都行。"

眯眯眼滑稽地笑了："你们部队在哪？"

"高原，具体一点就是唐古拉山两翼。"

"大概是个与世隔绝的地方。"

"不错。"

"怪不得。我实话说吧，现在，任何要求哪怕是最低限度的要求都是多余的。设立安置办的主要原因是你们这些人没办法安置。工作全靠自己联系。我们的本事就是在派遣单上盖个章。"

这话说得太残酷了。华老岳收敛了笑容："自己怎么联系？"

"找门路啊！今年，回咱们这个市的退伍人员有将近四千名，光团以上干部就有五百名，你叫我们咋办？退回来的大都是没能耐的，技术不懂，管理外行，又不识几个字，还摆着部队上发号施令的那副臭架子，见了谁都想来个'一二一'，都想喊一声'稍息，立正，向前看'，哪个单位想背这个包袱？地方上的事复杂着呢！别说发号施令，就是溜须拍马也得见缝插针，机会不多啊！时代不同了，累得死去活来的工作可以说没有，是工作就很舒服，尤其是当领导，不聋不哑就能享受待遇，工资啦，住房啦，汽车啦，还有种种不能言传的好处，送好处得好处这就叫关系。像你们这种人，没有送好处得好处的本事，就别想有工作。我说句心里话，你刚才说话就太直，直了不行，直了就是看不起人，就要得罪人，就不是能用能提拔的好人。你要谦虚一点，夹着尾巴做人，越窝囊、越听话、越会点头哈腰就越有用场。你得先适应一下，没事了在家里对着镜子练习练习，为了上台表演嘛，一招一式都不能马虎。就是说，你要闯，但闯的时候又要装出一副不会闯不敢闯的样子来，给人家留个好印象，再加上要舍得花钱，舍得丢炸弹，就像炮击金门那样，不能担心浪费。行了，我这都是些屁话，仅供参考，仅供参考。"

他刚说完，华老岳就走了。

在浓浓的雾幔飘飘欲坠的城市的一隅，在被文静的粉色纱帘掩映着的窗口，飘逸而出的柔软的音浪，是《阿尔刻提斯》序曲。那明亮的忧郁中隐隐显露的狂躁不宁，恰好成了华老岳此时的心理写照。

华老岳回到家里就看到了自己的女人。女人见到他后很吃惊又很高兴。她说她到外地开会去了，一路顺利。车上打盹做了个梦，梦见一湾清水晃晃悠悠的，荡然在眼前身后和她的视力所能触及的所有领域，亲和清同音，她对他的到来早有一种神秘的感应了。她嗔笑着恳求他多住几天，再不要像过去那样来去匆匆，就像梦的到来，就像影的逝去，短暂而空幻。他怜爱地面对他的妻子，不想说话只想看，他看到她黑色的闪着荧光散着芬芳的头发用缓慢的波形掩去了她的脖子，脖子上的东方女人的细腻和粉嫩只从前面的衣领中露出点点诱惑。眼睛是明亮的，闪射着三十多岁的女人那种经过淘洗净化后的真实而不俗气的光泽。湿润的嘴唇吐露出的是心灵和血液的企盼，两撇成熟的红色蠕动着，招惹他去在那上面涂上自己的唾液。而她的衣服也是红色的，红衣黑裤，热烈和激情的荡漾又用神秘和凝重轻轻托起。

呼唤！

安谧的双乳在衣服下面滋生着母性的妩媚，悄然隆起，男人常年不在的那种荒疏和冷落并没有给她带去枯萎和衰败。

呼唤！

寂寞的腰肢越来越细了，没有男人双臂的缠绕，没有闲暇去健美房寻求女人的韵致，丽质天成，娟秀的本色含蓄地显露着肉感的光辉。

呼唤！

而优雅的撩人眼目的臀部简直就是一种肆意挑衅了，她也许正是从那里证明她是女人的。女人的甘饴温馨从那里跑出来，荡涤了城市的污浊气流。那是一片生命极其旺盛的热带雨林，是一块令人心旷神怡的沃土，是一种妙不可言的崇高而忘我的境界。这境界由两条女人丰腴浑圆的腿支撑着，裤腿细细的，柔曼的线条一直延伸到腿上。她干吗要穿一双雪白的袜子呢？干吗要用一双紫红色的绒面坡跟的拖鞋不让自己和冰凉的水泥地贴近呢？漂亮的双腿不停地走来走去，弄得他像领略一种在云雾中飘忽不定的自然美景，常常处在等待的焦急中。

终于她安定下来了，坐在他身边，问他对她端上来的这些饭菜满意不满意。

"在你面前喝凉水也满意。"

她莞尔一笑："那就快吃。"

他不动筷子，若有所失。她刚才说，孩子被送到乡下姥姥家抚养去了，因为她实在忙不过来。这事她以前怎么没写信告诉他呢？但此刻，他什么也不想问，什么也不想说，包括自己是退伍而不是探亲的事实，甚至也不想吃饭，觉得油腻的美餐简直就是一种摧毁，它摧毁了他对女人的纯粹的遐想，就像一个正在涅槃飞升的佛徒突然想到了他必须捧着大钵去行乞一样，境域倏然从天国下坠，一直坠落到弥漫人间的炊烟里。但他还是开始进餐了，并且不住地称赞几句她做的饭菜。她不无得意地伴他咀嚼着，额上和鼻头上沁出了汗珠。他拿过毛巾来给她揩去，冷不丁听她打了一个沉闷而有力的饱嗝。她放下碗，眼里饱含着热望，问他准备待多长时间。

"三五天吧！三五天我就能找到工作了。"

她迷惑不解。他只好说了。他说他这次是来长期陪伴她的。从今往后，他要和她永远在一起，在这个海水陪伴的城市里建造一个比任何人都美满的家庭。她歪着头，惊讶困惑，惶遽不安，眼光迅速在他脸上搜寻着什么。终于他说完了，她喊着问一句："你犯错误了？"

"好像是。"

"可你为什么要犯错误呢？"

"你应该问我犯了什么错误。"

可是她不问。他又道："工程出了事故。"

"由于你？"

"我是团长。"

爱菊，你应该感到高兴。如果不是由于错误，我怎么能够回到你身边呢？沃土需要耕种，田园需要修整，绿树红花需要栽培，爱情需要碰撞才能发出火花。难道你忘了，你首先是个女人，其次才是别的——拥有荣誉的天才，受人尊敬的模范。这一切要是不会让你渐渐丧失感情的话，你就应该欣喜若狂，忘乎所以地欢迎归来的男人。爱菊，别这样用陌生的眼光看我，现在不是严肃思考的时候。脱掉你的衣衫吧，让我看看你青春永驻的肉体，是否正在为我的到来而变得更加柔软、更富有弹性，让我的笨拙而有力的抚摸再一次激起你女性的骄傲。我希望我的吻痕像伤疤一样永留在女人的脸上、身上，而不是那种顷刻消逝的潮气湿雾。

她呆呆的："可是你能干什么呢？"

他笑笑："和你在一起能干什么？"

"你不懂科技，又没有文凭。"

"老祖宗也不懂科技，照样能够传宗接代。文凭？要用文凭证明我是不是个男人？那我已经有了。"

"有了？现在城市最需要的是有文凭的科技人才。"

"我的两个孩子就是我的文凭。"

其实根本用不着用语言表达。男人和女人，心照不宣，那种默契应该说是老天爷的最慷慨的恩赐。她明白他的意思了，低下头去。他感到一股热浪从对面的女人身上，从自己的皮肉深处，冲撞而来，鼓荡而出。他焦躁地脱掉帽子，扇出阵阵凉风。在青藏高原，是用不着人工驱散燥热的，高原的寒风不就是凝冻着人欲的自然之气吗？他不再扇了，生怕凉意会使他失去野兽般的蹦跳着的活力，将帽子扔到桌上，走过去拥抱她。她猛然抬头，尖叫着，朝后退去。她看到他那比60瓦的白炽灯还要耀眼的秃顶了。

"你不一样了。你的头，头发呢？"

"掉了，也好，省得剃。男人嘛，头发越长就越显嫩气。我这叫老练，叫做阅历深广，我们那儿的男人大都老练。"

她吸口凉气。

"别紧张，老天爷的事，谁也管不着。"

她过去拿起帽子。递给他："戴上吧！"

"算了，我不能连睡觉也戴帽子。"

"你不能，我也不能。"

他苦苦一笑，拿过帽子戴上了。不能怪她，一个充满诗意的用幻想和艺术造就的女人，怎么可以夜夜搂着一个衰老的秃头睡觉呢？好吧！我听你的，女人。他伸过手去，抚摸着她那多肉的削肩，又去解她的衣扣。她扭着身子躲闪着。别这样！他将她撕住了，而她却旋踵朝里屋跑去。他撵过去，一把推开她试图关上的门，差一点将她推倒。他吼道："跑什么？我又不是强奸犯！"

她板起面孔，默默地用牙轻轻咬着嘴唇。

"你怎么这个样子？我回来了，你应该高兴。"

她无声地淌出了眼泪。

"哭什么？我没死，把那苦水留着，等我死了再流吧！"

她哽咽起来。他叹口气，声音突然又变得柔和绵软了："别哭……"他用粗糙的手掌给她揩去眼泪。早就想拥抱你了，女人。在那些群山暴跳如雷地威逼着生命的黯夜，当一抹清凉的星辉洒向我的焦头烂额，当一刻可怕的宁静钳制了我的远离人情的灵魂时，那出现在眼前的一湾清水，那涌动在胸臆间的一股潮水，那浸润着心灵的一汪泉水，不就是你吗？女人。他将他的女人抱了起来，扔向铺着腥红床罩的沙发床，又帮她脱去了鞋，脱去了衣裳。"准备战斗！"他在心里对自己说。而她却静静躺着，胸脯随着呼吸一起一伏，像个尊贵的蚁后，残留在眼眶上的泪花像遥远的星光，闪烁在明月的边缘。他俯下身去，用舌头舔着她的眼睛，舔去了她的泪花，舔出了她的轻轻一笑。他高兴了，尽管她的笑在他看来是多么别扭。

来吧，女人，激荡起来，亢奋起来，野兽般嚎叫起来。情欲的呼唤就像大海对生命的呼唤，就像死亡对诞生的呼唤。真正的愉悦只能属于男人和女人融为一体的那个瞬间。

他是洪水，冲决你高垒的堤坎，浇灌你枯干的禾苗；他是寒雪，覆盖你的广袤的原野，你的寂寞的殿堂；他是天火，烤化你的冰镇的欲念，烧毁你的属于文明的一切伪装，燃起你的熊熊大火。在夜色笼罩时，他给了你本来的面目—— 一个燃烧的女人。

她燃烧起来了，而他又变作了阵阵煽动火焰的大风。她浑身酥软，高耸的乳房像两座顷刻消融的冰山，沉降而下，中间那道神秘的沟壑突然消逝了，原野平阔无涯，他听到了大地的律动，母性的心灵跳荡着在弹奏一曲旷世恋歌。贪婪女人也就是贪婪生活、贪婪生命，他贪婪地吻遍了那原野，那海洋，那女人肉体的所有地方。

当我感觉到一个男人的意志和力量在我的两腿之间歌唱舞蹈的时候，当我的体内有了他生命的一部分，并且为之感动得浑身颤栗的时候，我才真正明白，那个虽然属于我但早已陌生了的世界重又归来了。我祈祷我的灵魂为他奉献一片真诚，一片纯洁的云絮，一片让他酣睡、让他快慰的地方。可我又分明意识到，那个他所钟情、他所拥抱的女人已经离他十分遥远了，再也回不来了。在天边的霞霓中，在远海的雾色中，在虚无缥缈的蜃景中，我独自一人去寻找依托。我找到了吗？

为了寻找，我失落了我的孩子，失落了我的诚实，失落了我作为一个母亲的价值。我生活在一个虚构的境界里，用惨重的代价争得了一个演员的角色。可我怎么也摆脱不了真实对我的钳制，那最最真实的便是男人的存在。

老岳，别这样吻我，就像山体中狰狞的岩石敲打着我胆怯的心灵，你的炽情的披露，你对男人本能的淋漓尽致的发挥，只让我感到恐怖。我早已是个陷阱中的女人了，而你还要高兴地大叫着，用自己的肉体撞击我孱弱的胸脯。这胸脯早已不是你的了，尽管它依旧按照你的期望呈现着一种忧伤而美丽的风采。老岳，轻点，轻点。你听，大海在窗外咆哮，白浪大概已经卷向细沙如鳞的滩头了。总会退潮的，而潮音正在掀起，阵阵轰鸣之后便又是永恒的寂寥。波平浪静时，你会发现，大海正在蔓延罪恶。你还会问起孩子吗？你还相信你在这个城市能够顺利找到满意的工作吗？你是一个永远处在崛起状态的人，可城市不需要你，也就是说，它不需要真正的人。老岳，我真想将你推开。因为你现在热吻的那个地方已经陈旧了，已经留下了别人的脚印。糟糕的是，你太粗心了。你应该感觉到一个长年封闭的女人，是不会马上让你的灵肉得到舒展的。你更应该去想，你现在奉为圣母的这个女人为什么会把家中的钥匙交给另一个男人呢？老岳，我真想翻身起来，求你毫不留情地给我一顿孟浪的拳脚。我是一个坏女人。我是一个一意孤行的坏女人吗？不，说实话，如果不是他们需要我成为一个忍辱负重、不要丈夫的军人妻子的模范，如果不是和罪恶同样具有魅力的虚荣，驱使我去争得那些从垃圾堆里拣来的花环，我早就会对你说："老岳，快快转业回来吧，不然我就跳海。"

老岳，吻这儿吧！这儿是你的，因为即使在我和那个人神魂颠倒的时候，也没忘记给你留一片干净圣洁的地方。

她说她累了，他松开她，她翻了个身，让脊背朝向他的面孔，于是，美丽的腰臀在他眼中幻化成了一方更加光艳照人的天地。他扑过去，恣意地吻着，又细细呷摸，发现自己正在海洋中遨游，他看到了大海深处最隐讳的秘密，那就是关于死亡的美妙的童话。他想，如果一个男人活在女人身上，死在女人身上，那该是多么伟大的壮举。女人实际上不是女人，是整个孕育培植生命的母性的海洋和母性的大陆。他看她使劲将眼睛贴紧了松软的枕头，便颤悠悠地问道："你想干什么？"

"想哭。"

"为什么又要哭呢？"

"你太好了。"

"不错，我是个好人，我什么都能干。"

海浪和他喘息的音浪一起袭响了缀满宝石的黑色的天穹。天穹一层一层地加厚着，越来越结实凝固，好像黎明再也不会到来了。

老岳，记得吗，在我们结婚后的最初两年中，我写信给你说过的那些话？我说我着急，我等待你的归来，哪怕日日对我拳打脚踢呢！一个女人在渴望男人的时候，总是孩子气的。我度过了多少孩子气的夜晚。灯光下，我对着墙壁上自己的影子，喃喃说道："抱我。"然后活动身体让影子渐渐靠近我，最后消逝在我赤裸的大腿下面。我说："亲亲我。"于是我感觉到我的身体的某一部分在承受你的抚爱。等我发现这种抚爱并不存在时，便用自己的手在我身上那些最敏感的区域尽情地肆虐。我害羞了，好像另一个我躲在屋内的一角，窥伺着我吃吃发笑。我绯红着脸颊低下头去，继而躲在床上，用被子蒙住我的头。在一种氤氲着热气的更加狭小憋闷的空间，我大胆地将手伸向我的阴户——那是女人身上最柔软、最富有情绪的地方，用手指探寻到了一个滑动的肉蛋，我轻轻揉弄着它，并将双腿并拢，鼓着劲，腰一抬一抬的，将浑身的力气聚攒到两腿之间。一会儿，我汗流浃背了，温热的潮气泛上脸面，我狂喜地在心里大叫："来了！来了！它来了！"它是什么？它是一种莫名其妙的感觉，它是让灵魂战栗不止的幸福，是一种迎受暴雨浇淋时的舒畅，它就是男人应该馈赠给我的那种东西。我像母兽一样在被窝里嗷嗷叫唤，紧紧地用牙齿咬住了被子，就像咬住了我的男人胸脯上的黑毛。它来了，又去了，第一次逗留的时间长一些，第二次，第三次，第四次，越来越短了，最后又走了。我平静下来，掀开被子，让窗外的轻风吹干我湿漉漉的身体。一切归于虚空，我突然有了一种深沉的失落感。我忧伤地睡去了，早晨醒来时，发现不知什么时候，我将枕头紧紧抱在怀里。

我有搂抱枕头的习惯，即使后来有一个男人带着一种怜悯的神色出现在我身边，我们两个都急切地感到需要互相满足时，我也没有改变我对枕头的亲热。枕头，是我的老岳曾经在睡梦里流过涎水的地方。

我有了对着镜子挤眉弄眼的癖好。我穿上老岳的衣服，把自己装扮成了一个男人的形象。于是，我从镜子中看到的已是一个我的异类了。我对他说："来吧！来吧！"可他却和我说着同样的话："来吧！来吧！"我过去了，贴近他，我抱着他，他抱着我。可是接下来发生的事情便是我的发怒："你怎么不动手？军号已吹响，钢枪已擦亮，我的军人，你还需要我苦苦哀求吗？"他还是不动，我大叫："来吧！强奸我。"我脱去了裤子，因为我发现，对付强奸犯的最好的办法就是将裤子主动脱去。可是脱去了又怎么样呢？我还得自救，还得用我的手去呼唤男人的归来。老岳，你不会责备我吧！在那些忧急苦闷的日子里，我常常一个人出去，在夜晚，在繁星冲我眨眼的时刻，沿着海边走去。我在期望什么呢？大海对我的冲刷？星光对我的洗涤？轻风对我的抚摸？不！我从来不是一个诗意化的人，我在寻找犯罪。可我一次次失败了。我诅咒老天的不公，报纸上、布告上，有那么多强奸犯，可我怎么就遇不到一个呢？我渴望着被一个野性未驯的男人强行奸污，因为我体内的那一片花园、那一片乱草急需别人践踏，还因为那样我就可以对你问心无愧了。可怕的骗局，然而我喜欢。

我没有碰到强奸犯，却从大海的身上感受到了一种肆行无忌的力量，一种汹涌澎湃的内心体验。我的情欲再也不是涓涓细流了。

我从海边撷拾到一线希望：拣回了一块光滑的槌形的石头。石头沉睡了千万年，留下了许多鱼类和别种海洋生物的擦痕，当我最初拿起它的时候，那上面还栖息着一只拇指大的海螺。可连造物主也想不到，它最终会成为一个女人的空幻的寄托。

一天，我去西滩烈士陵园凭吊那些为争夺这片开阔的海滩而惨遭不幸的人。我远远地发痴地瞩望墓堆之间插天而立的纪念碑，缓缓地走过去，用我细嫩的手摩挲那粗粝的石料，那样久。还有一次，在邮电局门口，当我去给我的老岳发信时，我失魂落魄地欣赏着承德避暑山庄的明信片，那里面有一张棒槌山的风姿。

我买了一张，放在我床头柜的玻璃板下面……

她呻吟了一声。

"怎么，疼？"

她轻轻摇头。

没有痛苦就不算征服。可男人和女人之间到底是谁征服了谁呢？是她走向那个男人的，还是那个男人走向她的？一切都已经朦胧模糊了。她只记得，她和他原来都在海洋生物研究所工作，她是资料员，他是个在仇视业务中度日的科技干部。有时，他们会聊聊，很快就熟了。就在他调入科委机关的前夕，他们都猜测到了对方的心思，稀里糊涂就抱在一起就躺到一起了。老岳，你知道吗？当我在他面前赤身裸体时，我并没有害怕，我甚至没有想到你，更谈不上有什么愧疚和忏悔了。我发现，我所焦急地企盼着的，并不是你，而仅仅是一个男人。他是男人，这就是一切了，难道上帝会谴责女人对男人的亲切吗？他的骄恣，我的逸乐，并没有给生活增添什么污迹。如果非要把男欢女悦视为社会污迹的话，这污迹是早已有了的。它出现在人类社会之前的那个年代，又在人类社会中得到了江河横溢般的发展。他说他的祖先是一条具有金色鳞甲和银色翅翼的鱼，他是鱼类的最优秀的后代，而我的祖先是海，我是大水的尤物，是本质意义上的水，他和我在一起，就叫如鱼得水。我明白了，女人不养育男人就等于海水不养育鱼类，那就是死海，就是一具干瘪的僵尸。老岳，也许你会在妒忌中感激他的，他没有让我变成死海，你才有了今天这种心旷神怡的冲浪运动。老岳，我的青春激荡的男人，听见了吗？大海的咆哮已经结束，风停了，这是黎明的前奏。你该睡了，让我先去洗洗身子吧！在天亮之前，我还得好好想一想，我该怎样去安排这种突如其来的新生活？

她听到了男人的鼾息，就像滚动的潮汐。她痴望他那刀砍斧凿的粗眉大眼和无意中脱落帽子后露出来的秃头，深深吸了口气。她想起了一首昨天的歌——

> 从遥远的天边，
>
> 从死亡的硝烟里。
>
> 我的丈夫回来了，
>
> 喝我烧的水，
>
> 吃我煮的饭，
>
> 睡我铺的床，

唱起我教给他的歌了。

在没有军人的年代，

在不灭的火塘边，

我的丈夫睡着了，

我给他盖被，

我给他做衣，

我给他纳鞋，

我把他轻轻轻轻摇醒了。

痛苦地扭动着的黑夜正在分娩，黎明像一个助产士，用曙光的尖刀剖开了它的肚腹。于是，太阳在青色的海面上诞生了，和死亡一样悲壮。而海却变成了汤汤羊水，一次次将火红的新生儿托起。回到这个城市已经有一个星期了的华老岳还是第一次起得这么早，领略海上日出的美景。但对他来说，看到了诞生就等于看到了忧伤，而忧伤又是以火红热烈的面目出现的。

早已诞生了的他的孩子，带给他的绝不是欢欣，好几次他对妻子说，把孩子接来吧！她的固执令人吃惊："不！我忙，你也忙。"

"可是，最近我没事，我可以管教。"

"你不是说你很快就会被安排吗？"妻子说这话时的表情是幽怨哀伤的。

"唉！"

很久以来他都没有叹气了。而这声不由自主的喟叹暗示了城市对他的潜移默化的改造，他已经感到有一种和超自然力一样不可抗衡的力量埋藏在城市的每一个角落，随时准备着对他来一番清洗。他没有屈就的习惯，结果是他的精神上的崇高带来了道路的艰辛和前景的暗淡。他已经跑了七八个单位了，即使他说，"我什么也不在乎，职位、工资等等，只要有个地方能发挥我的作用"，也没有哪个单位肯接收他。他感到耻辱，可这种感觉只能证明他的脆弱和无能。几天奔忙下来，唯一的收获就是让他明白了，他有足够的时间在城市的大街小巷里晃悠，但晃悠不是他的本性，他必须干起来，那才算是他活着。更让他不安的是，他已经意识到他不得不去衷心赞美最迫近的生活潮流，而自身却被这潮流推向了一个正在被人遗忘的孤岛。好在他有妻子，在他像一个四处漂泊的流浪汉，怀着淡淡的哀愁，漫无目的地去寻找归宿时，妻子给他的绝不仅仅是肉体和饭食。昨天，妻子下班回来后告诉他，科委基建处需要人，有人已经推荐他了。

"有人？谁？"

"不知道。"

"那你怎么知道这个消息的？"

"我，我打电话问了他们。"

"恐怕是你推荐的吧？"

妻子不吭声了。糟糕的就是这一点：他只能依靠别人包括妻子的同情寻觅到希望，而不是凭借自己的本事去争得自己的位置。可是，他到底有什么本事呢？他连自己也说不清了。他感到憋气，真想对妻子喊一声："你以后别管我的事。我是个顶天立地的男人，我自有办法。"可是他没有。他已经懂得了一点忍耐的含义。

他沿着海滩走去，身后留下一串深浅不一的脚印。脚印是毫无价值的，因为它无论怎样实在，顷刻就会被海潮冲刷得一干二净。这样，也就无从证明他曾经来过这里了。华老岳不禁有些感慨。绵亘不绝的高山，苍茫的原野，凄清的天空，在凛冽的荒风中插向天国的输油管道，可曾留下了他永恒的印痕？只有高山和大海是真实的。因为它们仅依靠自身的力量存在着，而绝不管别人是否认可。所以，海并不希望人类去看清它，它时时拉起一层雾障，在那里自由地变幻着，独往独来，独善其身。华老岳望着迷蒙雄阔的海面，看到太阳粗硕的金色光柱直捣海底，而大海却愈加平静了。这是超世纪、超人类、超生命、超越一切的平静。在这平静之中，海映现着整个宇宙的璀璨。华老岳沮丧地踢着海滩上湿润的细沙，冷不防踢到一只被海遗弃了的海蟹身上。海蟹仰面朝天，无声地哭泣着，为自己的悲惨命运愤愤不平地伸缩着爪子，那么难看的颜色，那么丑陋的形状，那么粗俗的动作。但生命并不是以美丑确定存在的 权利和意义的。自然的法则便是凌驾于美丑善恶之上的生存竞争的法则。

华老岳用一种不可遏止的哀怜，望着痛苦不堪的海蟹，弯腰拾起它，拼命朝海扔去。他的手臂在空中划出一道看得见的弧线，而海水中却没有溅起一浪水花。他被这蔑视人类的平静激怒了，张大嘴，冲大海猛吼一声，嘴未闭上，声音却已经消逝了。海依旧是原来的海。他恐惧地瞪起了眼，又望了一会无边水域中的恢弘的雾气，转身快快离去了。

　　这是八十年代中叶春天的一个和平安谧的早晨。就在这种安谧的气氛中，华老岳走进了妻子告诉他的那间办公室。所有看报、喝茶、抽烟、聊天的人都将眼光投向他，那屏声静息的神情使他想到了自己当团长时，士兵们望他的情形。他习惯性地将他们逡巡了一遍，想说什么，突然发现他们一个个都显得冰冷古怪，面部所呈现的都是那种缺乏诚实、心怀鬼胎的人所具有的表情。他摸不清他们的心思，却从他们的眼光里看到了自己：落拓，可怜，憨傻，带着一股出土文物的锈气和低能生物的无意识的懵懂。他尴尬地僵住了。

　　"你好。"有人伸过手来。他赶紧握住那只白皙修长的雌化了的男人的手，说了句同样的话："你好。"

　　"怎么，你不认识我啦？"

　　华老岳眼睛一亮，高兴地一拳打过去："怎么不认识？你是我的第一个熟人嘛！不过你变了，你那天穿的不是这种灰衣服。"

　　认识归认识，华老岳这种从部队带来的表示亲热的办法，未免太过分了。而且他还犯了一个严重错误，以为男人一年四季都应该穿一件衣服，就像士兵要把一件军装从新穿到烂一样。那人反而比刚才更冷漠了一些，指着一把椅子让华老岳坐下，摆出一副公事公办的姿态说：

　　"你的情况我们粗略了解了一下，觉得你还是能够胜任我们这项工作的。"

　　"什么工作？"

　　"搞基建，盖一座新能源开发利用研究中心的楼房。"

　　他霍地站起来。

　　"你不愿意？"

　　他"哼"一声，继而哈哈大笑，笑出了怨气也笑出了自豪。老子是在世界屋脊搞过天下第一工程的最高指挥官，盖一座楼算什么？他搓着两手问道："什么时候开始？"

　　"已经开始了。"

　　"处长，电话。"有个女人道。

　　那人不理，继续对华老岳说："不用着急。你的事我们还得给上面打报告，批了以后你再上班，最短也得半个月。"他递过一张白纸来，"把你的简历留下。"

　　在众人深不可测的目光扫射下，处长送华老岳走出了那间办公室。他们再次握手，但华老岳已经毫无热情了。

他原路返回，又一次经过海滩。果然，来时的脚印已经不见了，不是由于海水的冲刷，而是水的涌动推移了沙壳，脚印被抹平了。消逝了再留下，只要人能走路，脚印总会有的，就像只要大海不枯，总会增殖生命一样。水雾已经稀薄了，明亮的天光多情地飘洒着，瑰红色的海平线用柔媚净丽的风韵，挑逗着碧空的兴致，云朵悠悠然落下来，落进了海的胸脯，胸脯上耸起着无数个激动的乳峰。华老岳恋恋不舍地离开海滩，直到高楼阻断了他的视线，才放弃了回望的欲念。

他走进家门，第一件事情便是排遣另一种思念。那是比思念孩子更为深沉更为绵长的意绪，如同想起了生活在一个遥远年代里的父亲，想起了父亲为他制作的木马和弹弓。他要给部队写信了，告诉它自己已经找到了工作，也想知道部队如今怎么样了，管线改建是否已经开始。他心急意切地拉开拉屉，胡乱翻腾着寻找信笺。信笺找到了，同时被他翻出来的还有几张报纸。报纸已经陈旧，可那上面格外醒目的"张爱菊"三个字，对他却是新颖鲜亮的。那是一篇介绍她事迹的通讯，他蛮有兴致地看下去，不停地咂嘴，不停地用突发的笑声戏弄着斑斑斓斓的文字。但是读着读着他就笑不出来了，脸色渐渐变黑，鬓边稀疏的毛发微微抖动着，肌肉倏然凝固，最后竟至于浑身僵硬了。一会，他丢掉报纸，跳起来奔向门外，可又急转踅回，疯狂地扑向桌面。玻璃板底下有他的两个孩子，但那不过是永恒的一瞬留下来的不真实的形象罢了。

......

没有人管他们了。只有海充实着他们的生活，奉献着人间极端贫乏空洞的亲子之爱。爱的诱惑是力大无穷的，他们天天去海边，有时甚至整日逃学，在温暖的海水里贪婪地吮吸着。有一天，他们饿了，在黄昏的安慰下，用捡来的海鲜应付着大哭大叫的肚腹。后来，他们吃饱了，因为知道母亲今夜很晚才能回家，便坐在海滩上痴望太阳掉进大海的壮景。太阳没了，他们也就睡去了。晚潮滚滚而来，暴虐的浪头拍昏了他们，又将他们卷进了海的深处。母性的海在过多地给予了温情蜜意之后，又毫不留情地收回了两个原本就属于它的流浪的生命。温情泛滥的大海，同时又是残酷澎湃的大海。而这时，他们的母亲，却在一个无儿无女的瞎眼老人身边，擦洗着她枯槁的身子。老人唯一的儿子死了，死在南疆阴暗湿腻的猫耳洞里。街道居委会要组织人照顾这位孤苦的老人。于是她主动要求去了。

孩子走了，匆匆忙忙的，没有来得及获得早应该获得的父亲的爱，就带着两颗纯净的心灵，赤条条地不沾任何人间污秽地回归了海洋。走时，甚至连一件象征人类爱情的衣物都没有。那是一个夏天，一个肯定非常美丽的昼日将尽的时刻，一个充满幽默的时代的一瞬。

华老岳似乎就要哭了，酸涩的感觉充满了胸腔鼻孔，但眼泪却怎么也掉不下来。后来他才明白，他不是想哭，而是想面对户外的海放声大叫，不，应该大笑。他真的笑了，因为他看到妻子走了进来。

这异样的笑声使她心惊肉跳。她那黑亮的眸子滚来滚去的，终于滚到了那张撕人心肺的报纸上，血液顿时就凝冻了。总有一种海一样深的疚愧，总有一种提心吊胆的防备，总会有这么一天的，她必须跪在他的脚下，承受一切的一切。只要他愿意，哪怕她投海自杀。她没有销毁那张报纸，不就是希望丈夫能够自己去发掘那个早已显露了端倪的秘密吗？

他不笑了，锋锐逼人的目光像两柄长剑，刺向她那张罪犯一样板滞的面孔，又挑开她的衣襟，挑开她昂奋地隆起着的胸脯，挑起了她永远滴着红泪的心脏。她移动即使负重也无法消逝柔软和弹性的步子，一点点靠向他。他有点惶惑，注视着她，像注视迷雾的海面上正在咬噬弱小生命的美人鱼。她动作迟滞地跪下了。没有眼泪，眼泪早已流进了过去那些月华如水的夜晚。

"你……"

"老岳，要我去死吗？"

"死？哈哈！"他又一次鬼声鬼气地笑了。

她浑身一颤，颤落了手中那个棕红色蛇皮面的小包，颤得一头乌亮的秀发从脑后飘过来，遮去了她的半边脸。

有本事看着我。他想着，要去撩开瀑泻在她脸上的头发，却连自己也没想到地一把攥住了，一挥胳膊，将她摔倒在地。她软软地躺着，不想有任何挣扎。这使他觉得她已经没有人对痛苦的反抗了。他好奇而恼怒地抬起脚，死命地踢她，想踢出她的惨叫和乞求宽恕的声音。可是，除了牙齿碰撞的咯咯声外，他什么也没听到。血从她嘴里渗出来，灿烂得如同海上的晚韶。他不再踢了，绝望地歪倒在椅子上。

老岳，你怎么了？站起来，用你男子汉踢山踏地的勇气拖起我，将我拖进大海吧！大海里有我的孩子，有我博大精深的母亲。如果，母亲让我变成一条彩色条纹的神仙鱼，我就游进你的眼波里；如果，她让我变成一片水，我就用我的海蓝染透你灰黄的心；如果，她让我变成一朵黑色的海石花，我就安居到你的头顶，为你装扮一片乌亮的童发。女人，除了用爱去悔过，还能做什么呢？为了爱的罪孽只能用爱的付出去补偿。老岳，把我拖进大海吧！只是别忘记我，别忘记用海水撩湿你强健的身体。多去洗海澡吧！海的拥抱就是我的拥抱，就是孩子们的拥抱。

我轻轻蠕动疲倦的身子，像一条脱离了海水的鱼，蹭着光洁的地面，曲曲扭扭溜向你。多想抱住你岩锥般坚硬的双腿，做你的奴隶，你的睡眠的绣枕，你的歇乏的被褥，你的除去尘垢的洗脸也洗脚的一盆水。可是你却躲开了我，你却走了。为什么要留下我。难道你心甘情愿地要把我留给他？他会把我拖进大海吗？女人的心总会分成两半的，一半是你的，一半是他的，一半是大海的，一半是陆地的。别用道德来衡量我，高山、大海、奔驰的原野、飞翔的天空是不理解道德的。上帝的世界是没有道德的世界。你走了，而他却在窗下。自从你回来后，他夜夜都在我们的窗下踱步。我求他别这样。他说，不，反正他是不会有一个安睡的夜晚的。我是大海，我想淹没你们两个。而他说，现在他是大海，只想淹没我一个。男人，一切都值得赞美，唯独这种过分专注的爱，不过是一朵沾有毒粉的花，只配受到春天的鄙夷。

她躺在地上，听到被华老岳出去后关上的门重又打开了，她知道是他来了。"抱起我，抱起我。"她在心里呼唤着他。他懂了，审视着她，心痛地伸过手去。可她又用眼睛告诉他："别动我，就在这里，在我的丈夫踢打我的地方。来吧！世界是属于你的。"他愣怔着，看着她吃力地褪下了她的衣服。

"别忌讳我嘴上的血，人浑身都是血。"她说，熠熠闪光的眼睛瞪着他发愁的面孔。

"今天算了。"

"算了？那你来干什么？"

"看看你。"

"我有什么好看的？天下所有的女人都可以看，为什么不去看她们，来吧！"她哀求他。

他摇头："我是不是和他谈谈？"

"男人，你阳痿了，你滚！"她喊起来，顺手摸起自己脱落了的高跟鞋，朝他砸去。

他捂着脸："我要和他谈谈。我要正式娶你。爱菊，咱们结婚吧！"

"滚！"她发狂地用尖利的指甲在自己的胸脯和大腿上抠出了几道血印。

他被吓坏了，紧张地扑过去，却被她一脚蹬开："滚！快滚！谁敢和我睡觉我就是谁的。"

他朝后退去，恐怖得眼球都有些跳荡了。

是战士教会了他这首歌，如今，就只有他一个人孤独地品味那隽永深长的情调了——

> 往事像海上的帆，斑斑点点，
>
> 远去了，帆影，远去了，往事。
>
> 让迷雾遮断的生活，
>
> 追不回的时光，
>
> 在我走过的路上，
>
> 在我梦见今天的地方，
>
> 在海洋深处，在蓝天云中。
>
> 再也不能回头看了，
>
> 可是眼睛却依然明亮如水；
>
> 再也无法拥抱你了，
>
> 可是情怀却依然温暖如春。

往事已经过去，未来十分遥远，人注重的永远是今天。华老岳这样想。可是，离开了过去和未来，今天又有什么意义呢？夜的海是看不清的，什么也没有，好像脚下就是天边。而夜的大陆却用灯火伪饰着，熠熠煌煌的，向目空一切的宇宙徒然炫耀着自己的华丽。这就是今天吗？而海是属于过去，属于未来的。华老岳悲哀地坐下了，翘起下巴，神情恍惚地瞩望着黑暗、神秘、渺茫的未来。

孩子，父亲来了，来祭奠你们稚拙幼嫩的灵魂。出来吧！从未来中回到父亲的身边，看看今天这个伤感的日子。因为你们是父亲的一部分，是父亲生命的延续。

海的黑暗处荡起一层橘红色的亮波，甜润的风撩起夜幕的下摆，两个遗世独立的精灵超然无染地出现在了水面上。

似乎就你一个人爱着我们。不，父亲，我们甚至都不认识你。你来自海退去后的高原，古老的剑鱼告诉我们，那儿已经变成一个偌大的岩石垒成的棺椁了。而我们却在海中，这儿具有真正的洪荒远大，具有人类意想不到的欢愉和幸福。父亲，回去吧！我们不会走出大海的，除非我们听到母亲的呼唤。

孩子！

父亲！

难道你们忘了，小时候，我曾给你们做过两把木头的手枪。我把它庄严地授给你们，说："长大后当兵吧！"

可是，比起母亲的爱来，这又算得了什么呢？再说，父亲，我们不会去当兵的，母亲说了："别去当兵吧，你们将拥有妻子和爱。"

孩子，爱我吧！我可是打算为你们痛哭一场的。

不，我们只爱母亲。

可她是冷酷无情的。她毁了你们。

我们只记得母亲的温暖。她在痛苦中分娩了我们，又将我们哺育长大。是她把海送给我们的。父亲回去吧！母亲在等你。

我是要回去的，但我要见见你们。

不必了。你没有把全部爱献给母亲，我们也就不会把爱献给你的。回头看吧，有人朝你走来了。母亲是属于你们两个人的，她应该快乐。

橘红色的亮波消逝了。一阵海浪的喧嚣声从悠远的那边飘逸而来。水潮突起，将大海的清芳播向陆地的四面八方。华老岳听到了一阵脚步声，惊怵地站起。他觉得似乎有人要来暗杀他了，觉得在这个黑沉沉的黯夜，生命是格外脆弱的。

那人没有走近他，就不安地立住了。

"我想和你谈谈。"那人说。

女人变了，世界疯了，海琢磨不透了。四月份的那场暴风雨让海水狂怒了几天，浪击滩头，水走天涯，有一些近岸的建筑物坍塌了，但这并不意味着城市具有了创伤。因为海潮的进退使坍塌的痕迹也不复存在了，那里又变成了一片平整匀净的地方。真正的创伤出现在望不见海的新能源开发利用研究中心的基建工地上。

　　那天，工地上发生了一次流血事件，负责施工的市第七建筑公司按预定时间前来拆除旧有的平房，而近两百名老少不齐的老住户组成人墙不让动工，原因是他们认为搬迁费和损失赔偿费还应该增加一倍，时间就是金钱，建筑公司的推土机开过来了。想吓倒人墙。但老住户们却手挽着手，不屈不挠地迎了过去。说不清是谁先动了手，一阵搏斗之后，双方共有五个人当场倒毙，负伤的人更多，送进医院后抢救无效又死了一个。华老岳作为负责工程的甲方代表，虽然没有直接责任，但已不能赢得各方面的信任了。事件发生后，科委主任亲自将辞退华老岳的消息告诉了他本人。

　　已经没有什么可惊怪的了，华老岳早就预见到了流血事件的发生。如果他还像在部队时那样充满了信心和智慧，事件也许是可以避免的，至少不会如此惨重。但是他没有去努力避免，因为当他意识到自己是以张爱菊的丈夫的身份赢得了这份工作时，便不自觉地有些心灰意懒了。他从那位处长身上看到了伪善和自私，也从自己身上悟到了一种更为偏狭的发霉了的意绪。而城市是无法让他丢弃这种霉味的，只能强化，只能一次次地摧毁他作为一个自然人的那种旷达和豪迈。他自始至终以为自己是一个叱咤风云的人，可在这里，在海的边缘，有谁能给他提供仰天长啸的地盘呢？事件发生那天，他不在现场，而在家里，和女人，面对面，忍受着最后一次谈话的折磨。

　　沉默像省略号，那样多地间断了谈话的内容。因为在他心里，女人已经去了，血液变得冰凉，内心的骚动化作一脉闪电，消逝在了暴风雨之前的青色的天空中。他只想发出他的最后通牒：他要离家而去了，搬到工地上，去过那种对他格外亲切的栉风沐雨的集体生活。

　　"你又要丢下我了。"她悲愤地叫着，"我怎么办？我受不了。"

　　而他也是伤感的："跟他去吧！我早就允许你和他结婚了。"

　　"可我已经告诉你了，我和他根本就不可能。"

　　"形式并不重要，重要的是内容。我没有能力拴住一个女人随风飘摇的心。"

　　"你要相信我。"

　　"这种日子已经过去了。"

　　"老岳！"她扑过去。

　　无意再去拥抱女人的华老岳推开了她。

他走了，在女人的哭泣中，提着自己从部队带来的行李，朝着正在流血的工地走去。女人来到门口，瞩望着他，片刻，又无声地跟了过去。她跟他到了工地，又跟他来到了科委。

……

这是最后一次了，老岳，我求你，收下你的女人吧！但我的肉体是决不会再给你下跪的。你以为我是贱种，我的肉体比倒挂在铁钩上的动物零散的血躯高贵不了多少。错了，那是因为世界上的歌有千万首，就是没有一首肉体之歌。而我是属于自然的，我的自然就是我的肉体，来旅游吧，来参观吧，来触摸那亘古及今的忧伤和辉煌吧。老岳，假如你还是个男人，你就不应该封闭你的情欲的闸门，就不应该拒绝一个女人的奉献。来锤炼吧，来陶冶吧，来升华吧，来这里获取你永恒的价值吧。男人，假如你离开了女人，你就将是一堆粪土，一片无根无本的漂浮物。山川形胜鸟语花香，沿着我的脖颈走下去，你会看到全球最美丽的森林，看到最壮丽的山脉，看到最明净的温泉。摘一根翠枝，爬一段山路，喝一口泉水，如果你不死，你就是神仙，你就是上帝。而上帝最明确的含义就是爱，上帝最伟大的举动就是促成了男人和女人的化合。为了创造你的男人的风采，我来了。

在科委办公楼的楼道里，她碰见了那位处长。她说："滚开！"他四下里看看，快快溜走了，临走，没忘了叮嘱一句："别胡闹，单位上知道了不好。"她怒视他，直到看不见了他那畏畏缩缩的背影。

也是在过道里，她看见华老岳从科委主任办公室出来了，高高的颧骨海阔的额，一派肃穆沉雄的男人的神情，脚步沉稳，即使失败也无法低下的头颅笔直地耸立着。她朗声叫道："老岳！"

他站住了。

"我来接你。走吧，回家去。"

他摇摇头，径自朝前走去。而她却紧紧跟上了，嘴里还颤颤悠悠地唱着：

> 喝我烧的水，
>
> 吃我煮的饭。
>
> ……

许多办公室的门倏然打开，探出一些奇形怪状的头来，愕然望着他们。她不停地扭转面孔，朝那些人得意地笑笑，宣告胜利似的毅然挽住了他的胳膊。

"神经病！"来到楼下的大街上，他甩开她的手，气狠狠地说。

"是你病了，还是我病了？"

"我们都病了。"

"回去吧，我们给我们治病。"

"你先走，我得去工地取行李。"

他毫不犹豫地走了。而她却发出了一声忧虑深广的叹嘘。她明白他在骗她，骗了就骗了，对他来说这只不过是向一条冻鱼吹了一口热气罢了。她愤慨，她顾影自怜，凄婉地想冲他的背影喷出一口血色的痰唾。可是她忍住了。

她一个人回到家里，呆坐了两个小时，又来到海边。海让她想到了孩子。

老岳，我想错了你，我发现离开了女人的男人依旧是男人。你走了，去做不回头的浪子了。你把我留给了寂寞，留给了海，留给了不为人所知的那个世界。但我是永远不后悔的，我既然可以设计我的生活，也就有能力设计我的前途，而我的前途是人人都会有的。是的，既然死亡是不可避免的，我为什么不可以用我这造福于男人的肉体，去为死亡唱一首赞歌呢？唱起来吧，歌唱过诞生的生命只能在歌唱死亡中走向完美。因为不管人怎样不愿意，生命最终是属于海的。

一切都是早已想好了的。她站在阳光普照的海滩上，将衣服这文明的伪装一件一件脱去，衣服围着脚踝堆积在地上，像一朵彩色的云将她轻轻托起。浑身白嫩的皮肤放射出耀眼而圣洁的光辉。青春荡漾的乳房像一对震慑邪恶的铜锤，又像一双比太阳更加炽热的眼睛，而她的嘴就是她那悲怆的阴户，她的五官就是地球温暖又冰冷的大湖大海，就是宇宙神秘而恐怖的黑洞。她用丰腴宁静的裸体直面着憔悴喧嚣的陆地和城市，她渐渐升高了，仿佛正是由于她的高大，才使天穹没有压向地面，才使人类有了生存、发展的空间，男人，伟楼，遥远的丈夫的青藏高原，一切都渺然如豆了。她转过身来，面迎愤怒地抗拒着岸边岩石的激浪，朝大海深处走去，连回望一眼陆地的念头也没有了。

一个恐惧着死亡的老人，坐在海边的沙滩上，哭泣着那个被海吞没了的女人，就像给自己的女儿哭魂一样。人老了，就会愈加频繁地关注死亡了。华老岳这样想。可他自己呢？他来这里长时间地徘徊，仅仅是因为没有流泪，就能够证明他还十分年轻吗？

他走过去坐在老人身边，默默地，谁也不说话。

海静悄悄的，没有风，没有水浪的嚣声，像是要细细谛听老人压抑的哭泣。一种亲切感弥漫在四周。

过了好长时间，老人不哭了，侧过头来奇怪地望着他。他喃喃地说："我是她丈夫。"

老人点点头，轻轻叹气："你们男人，女人死了，才知道回来看看。"

他不想做任何解释，痴迷地望着金光灿烂的海面。太阳正从最高处朝下掉去。

老人撑着地面颤颤悠悠地站了起来。

"你媳妇，好人哪！她伺候我那几年，我就想，她会为我送终的。现在，我这个孤老婆子，要为她送终了。"她用手背揩一下溢出来的泪花，"你们男人，唉……"

她要走了。他起身扶住她："我送你回去。"

"你守着吧。太阳落进海的时候，会有一条泡泡鱼冒出水面，好人是会显灵的。"

老人一步一晃地走去。突然，她被一片绿色胎衣一样的海藻滑倒了。他奔过去搀起她。

"守着吧，太阳落进海的时候……"

"我们一起看吧。"

"我老了，老了就看不见了。"

老人又迈动了步子。直到消逝在城市的烟雾里，她再也没有摔倒。

可是，华老岳并没有看到那条好人显灵的泡泡鱼，他有些失望，在夜色笼罩了海之后，离开了沉寂的海滩。生命是可以显灵的，灵魂的不朽不就是人得以永生的标志吗？他之所以没看见，是因为他也老了，不可逆转地老了。海呢？地球呢？是不是也在一年一年地变得苍老了呢？

泡泡鱼，一定是金色的。

若干年后，今天的海底也许会隆升而起的，成为地球上最高的高原，世界屋脊的桂冠又将属于它了。而海将经过一次漫长而伟大的迁徙，回归它的故乡，青藏高原将再次被淹没。我们的后人大概会看到，泡泡鱼的生命的曙光正在唐古拉岛屿的那边，遥遥升起了。

泡泡鱼，一定是含情脉脉的。

一个月以后，华老岳死了，是自杀，是投海自杀，和他的妻子一样。

自杀前他给格拉输油管线工程团政治部主任周凤枝写了一封信，告诉他自己很后悔没有死在唐古拉山上。现在，必须要死了，意识到要死了，非死不可了，就不能再回去了，回去就是给部队丢脸，抹黑。他还说他现在非常清醒，终于悟透了一个平凡的真理：人可以占领包括生命禁区在内的任何空间，却无法战胜时间，无法战胜生命走向死亡的必然。他说，永别了，青藏高原。

周凤枝接到信后，带了两个人火速来到华老岳的家乡这个美丽的海滨城市。但是已经晚了，华老岳已经死了，是自杀，是投海自杀，和他的妻子一样。周凤枝说："他是会水的，他怎么会投海自杀呢？"有人告诉他，华老岳是站在二十米高的山崖上，张着嘴跳下去的，一入海就叫水呛死了。还有人说，会水又怎么样？淹死的都是会水的。人只要想死，还有死不了的？

周凤枝匆匆返回部队，回去以后告诉所有的人，华老岳死了，他死于生命衰竭，死于肝脾肾等好几种突发性的疾病，这些疾病早在他征服唐古拉山的时候就已经埋下了种子。死前，他只说了一句话：

永别了，青藏高原。